刘宜庆

著

坐看水云

沈从文别传

河北出版传媒集团

河北教育出版社

图书在版编目（CIP）数据

坐看水云：沈从文别传 / 刘宜庆著 . -- 石家庄：
河北教育出版社，2024.3
ISBN 978-7-5545-8189-6

Ⅰ.①坐 ... Ⅱ.①刘 ... Ⅲ.①传记文学 – 中国 – 当代
Ⅳ.①I25

中国国家版本馆 CIP 数据核字 (2023) 第 211728 号

坐看水云 沈从文别传
ZUOKAN SHUIYUN SHEN CONGWEN BIEZHUAN

作　　者　刘宜庆

出 版 人　董素山

策　　划　汪雅瑛　康瑞锋

责任编辑　张　畅　王旭瑞　温彦敏

特约编辑　李　晓　孙小艳

装帧设计　周伟伟

出　　版　河北出版传媒集团

　　　　　河北教育出版社　http://www.hhep.com
　　　　　（石家庄市联盟路 705 号，050061）

印　　制　河北鹏润印刷有限公司

排　　版　北京芳华思源文化有限公司

开　　本　880mm×1230mm　1/32

印　　张　11.5

字　　数　298 千字

版　　次　2024 年 3 月第 1 版

印　　次　2024 年 3 月第 1 次印刷

书　　号　ISBN 978-7-5545-8189-6

定　　价　69.80 元

在天为云，在地为水
——读懂沈从文的关键词

水云

沈从文这一生，好似水云。在天为云，在地为水。

云，聚散有时，浑然天成。爱月而不遮月，爱山而不依山，虽被大风改变形状，但内心不变。

水，随物赋形，流动通达，趋于上善。他好似来自湘西大地的精灵，怀着不可言说的温爱，写农人和士兵，写水边的故事，更是以水为媒介，展开对自然与人性、乡土与文明、历史与社会的思考。他笔下的故事和思考，可谓秋水文章，滋润几代读者的心田。他这一生，凝结风云气，是天地之间的云水谣。

水成就了沈从文。沈从文多次在文章中有类似的表述："水和我的生命不可分，教育不可分，作品倾向不可分。"他的生命在水的流动中展开："从《楚辞》发生地一条沅水上下游各个码头，转到海潮来去的吴淞江口，黄浪浊流急奔而下的武汉长江边，天云变幻、碧波无际的青岛大海边，以及景物明朗、民俗淳厚、沙滩上布满小小螺蚌残骸的滇池边，三十年来水永远是我的良师，是我的净友。"

在青岛的海天水云间，回望故乡湘西的沅江，生命之舟顺流而下。一位作家的现在，由无数过去的时光构建。《从文自传》中对过去的追忆始终联系着目前的生命情状。他如此道出创作这本书的初衷："民廿过了青岛，海边的天与水，动物和草木，重新教育我，洗练我，启发我。又因为空暇较多，不在图书馆即到野外，我的笔有了更多方面的试探，且起始认识了自己。"

正是在青岛，沈从文有了回望自己来时路的契机，开始审视自己。水边与孤独，是欣赏《从文自传》并走进他的精神世界的两把密钥。楚地的水，在齐地的海滨，风浪相激荡，《从文自传》的诞生，就是"一个传奇的本事"。《从文自传》之所以经典，是因为它写了水边的人，写了"人类的哀乐"，不论岁月的长河如何流转，都会与新的读者相遇，激发出回响。

多年历练，沈从文的文学创作在青岛进入成熟期。峰回路转，沈从文在青岛获得爱情。崂山北九水见证了沈从文、张兆和牵手的甜蜜时光，也赋予沈从文创作《边城》的灵感。1933年春，沈从文与张兆和游览崂山北九水，"见村中有死者家人'报庙'行列，一小女孩奉灵幡引路。因与兆和约，将写一故事引入所见"。崂山北九水，风景秀丽，水韵悠长是其特色。清潭叠翠，溪声潺湲，既有十里清溪，也有壮观的千尺飞瀑，流泻而下，声若奔雷。沈从文游览白云洞，观云海宛如海市蜃楼，观海鸟群舞，宛如人间仙境。青岛的海天水云，扩大了他的文学版图，润泽了他的文笔。

水云相邀，太平角保留着沈从文孤独的身影。他在太平角海边的礁石上沉思，对人生的远景凝眸。"海边既那么寂寞，它培养了我的孤独心情，海放大了我的感情与希望，且放大了我的人格。"海洋是地球生命的摇篮，沈从文亲近大海，则是对生命的礼赞。他评判万事万物，莫不是从生命出发。他说："一切临近我命运中的事事物物，我有我自己的尺寸和分量，来证实生命的价值与意义。"

沈从文生命的价值在于独立，生命的意义在于创造。早在 20 世纪 20 年代，在香山慈幼院做图书管理员时，这个刚获得稳定工作和收入的年轻人，因看不惯香山慈幼院教务长的傲慢、颐指气使，写小说《第二个狒狒》《棉鞋》讽刺他，讽刺的锋芒也指向了熊希龄。小说发表后，沈从文刚获得的饭碗保不住了，他拂袖而去。1927 年，沈从文作诗《给璇若》，回应炒老板鱿鱼，"为的是保持了自己的尊严"。沈从文外表看上去柔弱如水，其实，内心倔强如峻嶒的石头。他不愿意苟活于别人的"施恩"，"自己就甘做了一朵孤云，独漂浮于这冷酷的人群"。

行到水穷处，坐看云起时。在抗战大时代，沈从文被抗战的洪流带到大西南，在昆明生活了八年，教学、写作、读书、读人、读世，也读云南上空的云彩。他习惯于向远景凝眸，静观默会天空的云彩，获得启迪与陶冶。黄昏时分，沈从文在翠湖湖畔散步，观赏西天的云彩。色彩丰富，而色彩和形状变幻莫测，他心里不由得发出慨叹："云的颜色，云的形状，云的风度，实在动人。"

清晨，昆明的蓝天点缀着朵朵白云，低低地浮在空中。"色彩单纯的云有多健美，多飘逸，多温柔，多崇高！""云南的云似乎是用西藏高山的冰雪，和南海长年的热风，两种原料经过一种神奇的手续完成的，色调出奇的单纯，唯其单纯反而见出伟大。"

沈从文在《云南看云》一文中，把云的壮观美妙，同当时社会现实中某些丑恶现象作了强烈的对照。"所见、所闻、所有两相对照，实在使人不能不痛苦！"他又说："只要有人会看云，就能从云影中取得一种诗的感兴和热情，还渴望将这种可贵的感情，转给另外一种人。"总之，使他们在这片土地上更好一点，更像人一点！他对社会人生、对文学艺术的见解，在这篇文章中表达得十分清楚，而且流露出充沛的爱国主义热情。

在昆明，沈从文的写作，既有《云南看云》这样呈现抗战大时代社会风貌的文章，也有个人化色彩强烈的《水云》。

《水云》这篇文章是多声部的合唱：内心的独白，灵魂的低语，人生的偶然，情感的发炎。在抗战大时代，回望自己的人生路，可以听到他内心隐秘的声音。

故事的发生地在水边，沈从文的故事，有水的特性，包容、流动、洁净。水边的故事，戛然而止，这是沈从文的宿命。

1949 年，沈从文转行，留给中国文坛一个苍凉的背影。人生可悯，他心中的一派清波陷入凝滞。他经历了有情与事功、思与信、写与不写的种种冲突之后，在织锦的云纹中，获得人生的智慧。

不管是文学家还是文物专家，从文一生、一生从文，他不改其书生本色，对文化的热爱渗透到血脉之中。

妙赏

沈虎雏在《团聚》一文中写道：

> 日子一长我注意到，爸爸在欣赏一棵大树、一片芍药花，凝视一件瓷器、一座古建筑时，会低声自言自语：
>
> "啧！这才美呐！"

沈从文歌颂自然之美、人性之美，擅长表现"生命的庄严和人性与自然契合的美"。他对自然中的生灵微笑，他对流传千年的文物微笑，他对周遭的一切微笑。微笑的背后，有一个底色。从大处说，是民族的苦难与沧桑；从小处说，是从湘西走到现代化大都市的痛苦遭际和独特的个人经历。微笑的沈从文，流泪的沈从文，都有一种动人心魄的力量。文学的书写，文物的研究，都是追寻人性与文明的终极价值所在。

"文革"初期，沈从文被批斗，被抄家（八次之多），被罚打扫女厕所，被罚拔草。深秋的一天上午，他在历史博物馆院里拔草，听到墙外天安门广场上的群众在呼喊口号，革命的浪潮席卷而来，整齐的口号如惊雷排空，声浪将他淹没。

浩大的声势不绝于耳，忽然，他发现墙根下有一株秋葵开出黄色的花朵，吸引住他的目光。这花朵在秋葵的枝杈间开放，映衬着绿叶，在光与影中向上。薄薄的花瓣宛如丝绸，五瓣花瓣围拢成一个精巧的小铃，又如播放着无言大美的小喇叭。小喇叭的心，是一点深沉的紫红色。花瓣上边带着两滴朝露，别有风致。墙内墙外，仿佛是两个世界。他手中还抓着一把草，凝视着这美丽的花朵，心中若有所思："尽管身处金风肃杀时节，眼前的小小生物却仍在履行自己的责任。"刹那间，革命的时浪退隐，铺天盖地的红色退隐，唯有一人一花相对，他进入物我两忘的境界。这柔弱的秋葵花，抚慰他的心，让他宠辱不惊。这花瓣上晶莹的朝露，让他的心灵通透……

一朵柔弱的秋葵花，让沈从文超然物外，无挂无碍。他从这一朵秋葵花中悟到自己承担的使命，不论身处怎样的境地，这自觉的使命，不会让他放弃。

1969 年，沈从文被下放到湖北咸宁干校。有一段时间，他住在双溪，地势低洼，夏天下大雨，屋子漏雨。有时，要从室内泼出去三四十盆水。天气晴好，可见万顷荷花，沈从文给黄永玉的信中写道："这里周围都是荷花，灿烂极了，你若来……"

沈从文有一首小诗《漓江半道》："绿树蒙茸山鸟歌，溪涧清润秀色多。船上花猪睡容美，岸边水牛齐过河。"自然画卷，猪在其中酣睡。另外一首《西村》里，也写及渔船上的猪，似乎文雅一点："西村景物美，江水碧清深。滩头晒长网，船上养乌豚。桔柚团圞绿，桐茶一抹青。曹邺读书处，阳朔在比邻。"他对渔家船上养猪印象深刻。假如没有对世间万物的激赏与妙会，就不会把船上的猪写到诗中。不仅入诗，还清新脱俗。

凌宇在萧离的介绍下，第一次见沈从文。萧离说凌宇是里耶人，沈从文说道："我去过里耶，那地方真美。那次我乘船从龙潭去保靖，过里耶时，见一头小白山羊站在河边岩嘴上饮水，情怯怯的，让人替它捏一把汗。"妙赏连着深情，沈从文在《湘行书简》中写吊脚楼下传来小羊的叫声，"固执而且柔和的声音，使人听来觉得忧郁"。

宇宙万物在运动中，在静止中，沈从文总能抓住最美丽与最调和的风度。翻阅《沈从文全集》，这样的妙赏，俯拾皆是。如果把《沈从文全集》比作一个浩瀚的海洋，我只是一个在沙滩捡拾了几个漂亮贝壳和海螺的孩子。那海螺里有自然的曲线，以有限缠绕无限，壳里有大海的潮音。

我写的这本《坐看水云》，既不是严谨的学术著作，也不是传统的传记文学，而是试图把两者糅合。打个比方，陆地与海洋之间，有潮间带，我觉得我的这本书就是潮间带。这是一片蕴含无数生命之美的交叉地带，我呈现的是沈从文的人性之美。

想起沈从文一生的浮沉和遭际，我不禁叹息："美，总不免有时叫人伤心……"

执着

沈从文的后半生，倾力写了一部厚重的开山之作，这就是周恩来总理关心的《中国古代服饰研究》。这本书的命运，与沈从文后半生的遭遇一样，命运多舛。

1964年，沈从文接受了周总理指派的这一任务，开始呕心沥血地撰写《中国古代服饰研究》，然而这本物质文化史巨著历经波折，十七年后才得以出版。

在咸宁干校，沈从文被派去看菜园子。他要和牛、猪斗争，有时跑得气喘吁吁："牛比较老实，一轰就走；猪不行，狡诈之极，外象极笨，走得飞快。貌似走了，却冷不防从身后包抄转来。"

放下赶猪竿，握起手中笔。晚上在灯下，沈从文仅凭记忆，写下了《中国古代服饰研究》的补充材料。在《中国古代服饰研究》后记里，他写道：

> 于1969年冬我被下放到湖北咸宁湖泽地区，过着近于与世隔绝的生活。在一年多一点时间内，住处先后迁移六次，最后由鄂南迁到鄂西北角。我手边既无书籍又无其他资料，只能就记忆所及，把图稿中疏忽遗漏或多余处一一用签条记下来，准备日后有机会时补改。

1972年，沈从文因病回北京治疗。国家文物局传来意见，让他重新校阅被搁置的《中国古代服饰研究》书稿。回到北京后，他的房子被人占领，他只有一间小屋子，他和一屋子书籍和资料住在一起。

来访的亲友对沈从文此时的工作和居住状况印象深刻，黄永玉在《太阳下的风景》中写道：

> 无一处不是书，不是图片，不是零零碎碎的纸条。任何人不能移动，乱中有致，心里明白，物我混为一体。床已经不是睡觉的床，一半堆随手应用的图书。桌子只有稍微用肘子推一推才有地方写字。夜晚，书躺在躺椅上，从文表叔就躺在躺椅上的书上。这一切都极好，十分自然。

室内的空间不够，就开辟室外的空间。

沈从文一个人在一小间屋子里废寝忘食地工作，进行中国古代服饰资料图稿的修改增删和其他文物研究工作。"为了工作便利，我拆散许多较贵的图录，尽可能把它分门别类钉贴到四壁上去，还另外在小卧房中，纵横牵了五条细铁线，把拟作的图像分别夹挂到上面。不多久，幸好得到两位同好的无私热心帮助，为把需要放大到一定尺寸的图像，照我意见一一绘出，不到两个月，房中墙上就几几乎全被一些奇奇怪怪图像占据了。"

1978 年，沈从文从历史博物馆调入中科院历史所。他的居住条件随后改善，增订书稿的工作将要完成。《中国古代服饰研究》数易其稿，出版也历经周折，直到 1981 年 9 月，才由商务印书馆香港分馆印行。这一年沈从文已是七十九岁的高龄。

1980 年，沈从文访问美国，对于过去的遭遇，他说过这样一段话："社会变动过程太激烈了，许多人在运动中都牺牲后，就更需要有人顽强坚持工作，才能留下一些东西。"

沈从文后半生与文物为伍，在他看来，是幸运的选择，是坚定的守候。功名显赫，财富万千，终究是一时的，化为尘，被一阵风带走。他沉静而专注地做文物的整理和研究工作，他沉重的肉身为时代的风暴所左右，载浮载沉，但有定力，超脱时代，淡泊名利，断断续续做完了《中国古代服饰研究》。

不管世事如何变迁，沈从文把自己悟得的三点经验传给黄永玉：

一、充满爱去对待人民和土地。

二、摔倒了，赶快爬起来往前走，莫欣赏摔倒的地方耽误事，莫停下来哀叹。

三、永远地、永远地拥抱自己的工作不放。

沈从文有一句名言："独轮车虽小，不倒永向前。"他经常写了条幅，送给友人。这可以视作他的座右铭。

沈从文执着地进行文物研究，日夜守定工作，把这工作注入庄严和热爱。结合自己的工作，他归纳为"临事庄肃，为而不有"，这就是他的人生信条了。诚如学者张新颖所说："一个人甘受屈辱和艰难，不知疲倦地写着历史文化长河的故事，原因只有一个：他爱这条长河，爱得深沉。"

1923年起，沈从文在北京住在窄而霉斋。京城居大不易，他一直在狭小的空间开拓文学的疆土，在简陋的条件下，开拓文物研究的疆域。写作与研究，是他的安身立命之所。

在人生的最后两年，他终于住进宽敞明亮的大房子。1986年6月14日《文艺报》记者报道：最近，在中央领导同志的亲自关怀过问下，著名老作家沈从文的生活待遇问题得以妥善解决……中组部即下达了文件，文件规定：沈老的住房、医疗和工资按中央副部长级待遇解决。就这样，这对老夫妇终于在晚年搬进了一套五间的新居。乔迁新居后，过了几个月，沈从文的健康出了问题。后来，他中风，经过治疗后，他坐在椅子上发呆。他心中的长河，已经没有了回响，但常常流泪……

1988年5月10日，沈从文因心脏病猝发逝世。临终前，家人问他还有什么要说，他的回答是："我对这个世界没有什么好说的。"

一切水终归大海。沈从文留下的著作犹如浩瀚的海洋。

这本《坐看水云——沈从文别传》是有情的书写，打开后，你会听到流水深情的诉说，这诉说里包含了生与死的奥秘……

目录

第一章 错过与结缘

——从中国公学到武汉大学

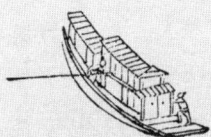

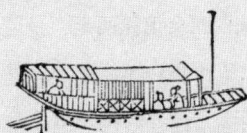

北漂青年
——文坛升起的新星

1923 年 8 月，军队出身的沈从文，在湘西看惯了杀人，厌倦了军队的生活，在新文化运动的感召下，离开湘西，9 月抵达北京，从此开始"进到一个使我永远无从毕业的学校，来学那课永远学不尽的人生"。沈从文最初是打算"半工半读"求学，结果投考北大等国立大学名落孙山，最后投考中法大学被录取，但因为交不上 25 元的膳食费而未能注册入学。

虽然未能进入正式的大学，但沈从文无时无刻不在社会大学中历练。沈从文住在酉西会馆，每天到京师图书馆分馆读书（可以躲避风雨，免费提供开水），像海绵一样一股脑地吸收新书旧书。从酉西会馆往西走，是琉璃厂，几十家古董店里有沈从文流连忘返的身影；从酉西会馆往东走，通往前门大街，开了很多出售明清旧服饰、器物的店铺，这些店铺承载了沈从文求知若渴的时光。今天往东走，明天往西走，走来走去，学到了很多东西。在社会大学文物历史系预备班毕了业，年轻时学到的东西，都化为人生的营养。对文物、器物的喜好，为他的人生做好了铺垫。

1949 年，沈从文的一生被时代的风暴吹折为上下半生，上半生是文学家，下半生是文物专家。1949 年之后的沈从文远离文学，躲进中国历史博物馆。早年在社会大学学到的东西，为他后半生从事文物研究打下了基础。

1924 年，沈从文失去了湘西军队陈渠珍的资助。这年冬天，他遭遇人生中最严酷的寒冷。在靠近北京大学的庆华公寓，一间由储煤间改造的小房间里，饿着肚子，捂着被子，用手止着鼻血写作。这个储煤间，狭小，夏天湿乎乎，有发霉的气味；冬天冷飕飕，就像一个冰窖。这是沈从文文学版图的一个重要的原点，他给"这个仅可容膝安身处，取了一个既符合实际又略带穷秀才酸味的名称，'窄而霉小斋'"。[1]沈从文到青岛后，居住的是楼房，房间虽然不大，但阳光充足，空气清新，发霉的气味没有了，发达的迹象出现了，但他称之为"新窄而霉斋"。

寒风乍起之时，沈从文蜷缩在他的这个小小的住所，1924年11月间，他写了一篇日记体散文《公寓中》，可以感受他孤单、寒冷的时光："北京的风，专门只欺侮穷人，潮湿透风的小房实在难过……这正是应上灯时间，既不能把灯点燃，将鸽笼般小房子弄亮，暮色苍茫中又不能看书，最好只有拥上两月以上未经洗濯的薄棉被睡下为是了。睡自然是不能睡熟，但那么把被一卷，脚的那头又那么一捆，上面又将棉袍，以及不能再挂的烂帐子一搭——总似乎比跑到外面喝北风好一点。"[2]1933年，沈从文在北京有了自己的一个家，当张兆和了解到沈从文北漂艰难的处境时，为之心酸落泪，心疼沈二哥遭了那么多的罪。当年的苦，沈从文满不在乎。

1924年，沈从文给《晨报副刊》投了大量的稿子，如泥牛入海。有一天，《晨报副刊》大编辑孙伏园，把沈从文的投稿粘成长长的一大卷，当着林语堂、钱玄同、周作人等人的面，说道："这是大作家沈某某的稿子。"说完，笑着撕得粉碎，投入纸篓。1976年秋天，沈从文在给王千一的信中，谈起这段往事："这事有人明见到，熟人说来总为打抱不平，我却满不在乎，以为开开这种低级玩笑，毫无损我的向前理想。这些小小得失，哪足介意？"[3]沈从文穷困潦倒，靠写作也无法维系下去，他向北京大学的教师郁达夫写了一封求助信。11月的一天，北京下着纷

[1] 沈从文. 沈从文全集：第 12 卷 [M]. 太原：北岳文艺出版社，2009:252.

[2] 沈从文. 沈从文全集：第 1 卷 [M]. 太原：北岳文艺出版社，2002:355.

[3] 沈从文. 沈从文全集：第 24 卷 [M]. 太原：北岳文艺出版社，2002:468.

纷扬扬的大雪，沈从文身陷冰窟，郁达夫冒着大雪来到沈的住处。他看到沈从文仍穿着单衣，情感充沛的郁达夫见状，不由得鼻尖红红的，心中一阵酸楚，眼中似有热泪要流出，他把自己的羊毛大围巾给沈从文围上，并热情地握住沈冰凉的手。雪中送炭的郁达夫，请沈从文到西单牌楼"四如春"吃饭，其中一个菜是葱炒羊肉片。这一餐，足以令沈从文抵御一生的严寒。郁达夫掏出五元钱支付饭钱，他把找回来的三元两毛几分钱一股脑地塞给了沈从文。沈从文手捧着找回的零钱，有一种沉甸甸的感觉，凉凉的硬币带着友情的温暖，亮亮的硬币照着他的双眼……郁达夫告辞，他俯在饭桌上哭了……

1924 年的冬天，严酷的命运向沈从文露出了一丝神秘的微笑。他遇到了一个令他日后在文坛"发达"的男人。郁达夫回到家后，仍为沈从文的遭遇意难平。他写了一篇文章《给一个文学青年的公开状》，11 月 16 日《晨报副刊》发表此文。

这封公开信，郁达夫用一种毫无保留的同情态度劝告那位"一无依靠"的文学青年，既然不能当土匪，也不能拉洋车，至于报馆的校对、图书馆的管理员、家庭教师、看护、门房、伙计之类又无人可以介绍，去制定时炸弹闹革命也不行，家乡又回不得，那么只好采取"两个下策"。郁达夫行文至此，故作愤世嫉俗之语：要么到天桥的招兵处去应募，不然就去偷窃。"无论什么人的无论什么东西，只教你偷得着，尽管偷吧"。写信人最后竟然要收信人到他那里去"先试一试看"，而且"心肠应该练得硬一点"，不能"没有偷成就放声大哭起来——"。[1]

郁达夫的这篇文章，没有写明这个穷困潦倒的文学青年是沈从文，引起文学圈的纷纷猜测。正是郁达夫的这篇文章，使沈从文后来得以结识林宰平。郁达夫不仅发表文章声援沈从文，还把他介绍给《晨报副刊》

[1] 刘洪涛，杨瑞仁. 沈从文研究资料：上 [M]. 天津：天津人民出版社，2006:154—157.

新任主编刘勉己和副主编瞿世英，两人许诺给沈从文发表作品的机会。

沈从文一下子从地下状态进入北京文化界的视野之中。1924年12月22日，《晨报副刊》第306号首次刊发沈从文的散文《一封未曾付邮的信》，署名"休芸芸"。几天前，他在《晨报·北京栏》发表了一篇文章，获得了稿酬——五毛钱的书券，这是他严格意义上的处女作。此文已经沉入时光之海，无从考证。

最黑暗的时刻挨过去了，曙光展现，1925年，光明降临。沈从文的朋友圈不断扩大，发表的园地多了，写作有了进一步的突破。3月，他结识了胡也频和丁玲。5月，他与林宰平建立了联系，并由此进入梁启超的视野，还结识了熊凤凰（熊希龄），得到香山慈幼院图书管理员的工作。这年夏天，北京大学的丁西林介绍沈从文在创办不久的《现代评论》兼职当发报员，收入不高，但由此结识了《现代评论》的主编陈源、文艺编辑杨振声。9月，他到徐志摩家中做客，徐志摩为他介绍了闻一多、潘光旦、罗隆基、叶公超等人。沈从文进入了北京文人圈子，渐渐成为中国文坛的一颗新星。

1927年12月下旬，沈从文从北京南下，经海路赴上海。彼时上海四马路出版业蓬勃发展，成为中国文学出版的中心。北京的《现代评论》、北新书局、新月社大部分成员，都南迁到上海。沈从文离开北京到上海发展还有一个大的历史背景，北伐兴起，北京被军阀张作霖控制，文人的生存空间被压缩。而上海出版业的兴起，新闻、出版发达，为文人独立生存带来便利。沈从文因与在武汉加入大革命洪流的张采真通信，被北京的警方传讯和审查，为安全计得离开北京。

沈从文在上海过着卖文为生的生活。他想摆脱书商的盘剥，与胡也频、丁玲创办红黑出版社，办《红黑》《人间》杂志。由于经营不善，沈从文欠了一笔款，本来不佳的经济状况变得雪上加霜。于是，在徐志摩的推荐下，1929年9月，胡适聘请沈从文为中国公学讲师，有了固定的月薪100元，再加上版税、稿费收入，他可以在上海生活下去。

开学第一课

——登上中国公学讲坛

1929年，是沈从文生命中非常重要的一个年份，可以说是他人生的转折点。他开始登上大学讲坛，在这里他认识了中国公学的校花张兆和，并对她展开情书攻势。很多读者关注沈从文在中国公学的经历，都会聚焦在沈从文追求张兆和这一件事上，其实，在这一段时间，沈从文的创作非常丰富。这一年他出版了《呆官日记》《一个天才的通讯》，这一年写的短篇小说纷纷发表，随后结集《龙朱》《神巫之爱》出版。后来，沈从文对金介甫说，1929年之前的作品不成熟（没有研究价值，拼命写作赚取稿费糊口），之后的作品逐渐成熟。

1929年夏天，沈从文被中国公学校长胡适破格聘为讲师，到吴淞任教。在中国公学，沈从文遇到了他一生的爱人——张兆和。我们相信这是命运安排的巧合，注定让沈的心灵先受到爱情的折磨和煎熬，然后才让他品尝幸福的甜酒。

1929年9月，过完暑假的学生们陆续回到了校园。这一天是沈从文第一次登台授课的日子。在此之前沈从文做了认真而充分的准备，所备资料足供一节课使用。从法租界的住所去学校时，他还特意花了八块钱包了一辆黄包车，而此次讲课的报酬却只有六块钱！

沈从文在文坛上声名鹊起，当天慕名来听课的学生早已挤满了教室。看着学生们齐刷刷期待的眼神，他慌了，本来准备好的开场白，此时却怎么也说不出口。他嗓子干涩，浑身冒汗，情急之中，在黑板上写了几个字：请等我五分钟！五分钟过去了，他仍然不知从何讲起。

此时，整个教室鸦雀无声！沈从文的紧张无形中传播开去，一些学生也莫名地替沈从文紧张起来。在他们中间，有一位外文系的大二女生来旁听，名叫张兆和，见沈从文如此狼狈，她竟不敢抬头再看这位年轻的老师。漫长的十分钟静悄悄地过去了，沈从文终于抬起头来说道："你们来了这么多人，我紧张得要哭了。"后来沈从文回忆第一次站在讲台的经历时说："感谢这些对我充满好意和宽容的同学，居然不把我轰下台去！"[1]

在第一堂课上，沈从文勉强讲了20分钟，再三强调叙事，"叙事是搞文学的基本功"。[2]

第一堂课沈从文的表现，让张兆和觉得他不过是位只会写写白话文小说的年轻人而已，还不知道怎样讲课。万事开头难，进入状态后，顺利多了。沈从文的课在学生中颇受欢迎，张兆和旁听的次数也多了起来。

这年冬天，沈从文对张兆和产生了恋情，这是典型的单相思，无法排遣，他写起了情书。他的情书如同流水一样奔涌而去，为他的爱寻找归宿。对于一个作家来说，这也许是唯一有效的打动女孩的方式。正如沈从文1926年3月10日在《晨报副刊》发表的《我喜欢你》一诗所写：

> 别人对我无意中念到你的名字
>
> 我心就抖战，身就沁汗
>
> 并不当到别人
>
> 只在那有星子的夜里

---

[1][2] 沈从文. 沈从文全集：第24卷 [M]. 太原：北岳文艺出版社，2002:260.

我才敢低低喊你的名字 [1]

　　沈从文爱上张兆和绝非"偶然"。从现在的黑白照片中可以看出张兆和的确是经典美女：额头饱满，鼻梁高挺，秀发齐耳，下巴稍尖，轮廓分明，清丽脱俗。更重要的是其大家闺秀的气质——高雅、沉静、羞涩、内秀。张兆和出身苏州名门，张家四姐妹个个都受过良好的教育，长得美丽。张兆和在学校内追求者甚多，心性高傲的她把追求者编成了"青蛙一号""青蛙二号""青蛙三号"。沈从文被张兆和的二姐张允和笑为"癞蛤蟆第十三号"。

　　张兆和在中国公学颇受瞩目，她在运动场上的健康、阳光、俊美的形象，刊登在上海的画报封面上。同在中国公学执教的赵景深，开设"小说原理""现代世界文学"两门课。张兆和上赵景深的这两门课。有一次，赵景深上课时低着头点名，点到张兆和的名字，特意抬起头望望。"因为兆和以前常常到北新来玩，与我的内侄和内侄女很熟，我的妻也早就认识了她，所以我也想认一认这朵黑牡丹。" [2]

　　叶圣陶说：九如巷张家的四个才女，谁娶了她们都会幸福一辈子。那时的沈从文期待着这种幸福的降临，知其不可而为之，惶惑而迷茫，一切都不可知。

　　尽管对沈从文连篇累牍的情书不胜其烦，年轻的张兆和却找不到恰当的办法拒绝沈老师的热情。她以为沉默是最好的拒绝方式，因而对沈从文的求爱信照例不复。可沈从文不管这些，依旧勤快地写他的情书。

　　沈与张是师生恋。周有光（张允和的丈夫）说：当时，经过五四洗礼，

---

[1] 沈从文. 沈从文诗集 [M]. 张新颖，编选. 桂林：广西师范大学出版社，2019:75.

[2] 赵景深. 记沈从文 [J]. 十日，1935（1）：48.

师生恋并没有受到来自道德或体制方面的反对。尽管如此，沈老师浓烈、持久的爱，给张兆和无形中带来心理压力，最初，她是不认同这种爱的，在沉默中任其自然。张兆和在日记中写道："又接到一封署名 S 先生的来信，没头没脑，真叫人难受！"[1]

写给张兆和雪花般飞出的情书，换来的是巨大的缄默。他也曾找过张兆和的同学王华莲通融、沟通，试图通过王对张进行劝说，动情处，沈流下了眼泪。但没有好的效果，反而使张兆和对沈从文有误解。张兆和在 1930 年 7 月 8 日的日记中写道："他对莲说，如果得到使他失败的消息，他只有两条路可走，一条是刻苦自己，使自己向上，这是一条积极的路，但多半是不走这条的；另一条有两条分支，一是自杀，一是，他说，说得含含糊糊，'我不是说恐吓话……我总是的，总会出一口气的！'出什么气呢？要闹得我和他同归于尽吗？那简直是小孩子的气量！我想了想，我不怕！"[2]

这孤独而绝望的爱情，巨大的挫败感一天天在心中蔓延，使沈从文无所适从。他想辞去中国公学的教职，以此逃避，甚至"打算死了"。1930 年 6 月 28 日，沈从文在给王际真的信中倾吐心中的烦恼，"常想得一机会逃开此地方，出国无谋生本领，就到军队中去胡混数年"。[3]

后来学校里起了风言风语，说沈从文因追求不到张兆和要自杀。张兆和情急之下，拿着沈从文的全部情书去找校长理论。

1930 年 7 月的一个下午，略显腼腆的女学生张兆和出现在胡适校长的办公室，她拿着一大摞沈从文写给她的情书，让胡适转交给沈。刚见面时，张兆和把信拿给胡适看，说：老师老对我这样子。胡校长答：

[1] 沈从文，张兆和. 从文家书——从文兆和书信选 [M]. 沈虎雏，编选. 上海：上海远东出版社，1996:13.

[2] 沈从文，张兆和. 从文家书——从文兆和书信选 [M]. 沈虎雏，编选. 上海：上海远东出版社，1996:14.

[3] 沈从文. 沈从文全集：第 18 卷 [M]. 太原：北岳文艺出版社，2009: 76.

他非常顽固地爱你。张兆和马上回他一句：我很顽固地不爱他。胡校长大夸沈从文是天才，是中国小说家中最有希望的。并说：我和你爸爸有乡谊，和他说一声。待得知了张兆和的态度后，胡适才不作声了，只是"为沈叹了一气，说是社会上有了这样的天才，人人应该帮助他，使他有发展的机会"。言外之意，怪张兆和不积极帮助沈从文这位天才。

追求无望，沈从文把自己的痛苦告诉了胡适，胡适写信安慰他："我的观察是，这个女子不能了解你，更不能了解你的爱，你用错情了……你千万要挣扎，不要让一个小女子夸口说她曾碎了沈从文的心。"[1]

胡适还对沈从文当面说过："爱情不过是人生的一件事（说爱是人生唯一的事，乃是妄人之言），我们要经得起成功，更要经得起失败。"[2]这真是放之四海而皆准的至理名言。

这种劝慰是起不到作用的。被爱情吸引的人，好比扑火的灯蛾，不知是盲目的冲动，还是追求爱情的奋不顾身的勇气。

沈有时一天中给张写好几封信。1930 年 7 月 11 日，张兆和收到沈从文当日写的第一封信："字有平时的九倍大！例外地称呼我'兆和小姐'！"[3]

沈从文追求张兆和，正如一篇小说，刚刚在中国公学开了头。一波三折的故事将在接下来的日子打开。

沈从文在中国公学执教，开了新文学作家在大学讲学的先河。梁实秋在《忆沈从文》一文中说："这是一件极不寻常的事，因为一个没有正常的适当的学历资历的青年而能被人赏识于牝牡骊黄之外，是很不容易的。"[4]

[1][2] 沈从文 . 沈从文全集：第 18 卷 [M]. 太原：北岳文艺出版社，2009: 88.

[3] 沈从文，张兆和 . 从文家书——从文兆和书信选 [M]. 沈虎雏，编选 . 上海：上海远东出版社，1996:18.

[4] 刘天华，维辛 . 梁实秋怀人丛录 [M]. 北京：当代世界出版社，2007:144.

沈从文后来在北大任教授，在课堂上称这是胡适"最大胆的尝试"。

聘请沈从文到中国公学任教，胡适颇有远见和魄力，开风气之先。五年后，他的创举已经结出丰硕的果实。1934年2月14日，胡适在日记中写道：

> 偶检北归路上所记纸片，有中公学生丘良任谈的中公学生近年常作文艺的人，有甘祠森（署名永柏，或雨纹），何家槐、何德明、李辉英、何嘉、钟灵（番草）、孙佳汛、刘宇等。此风气皆是陆侃如、冯沅君、沈从文、白薇诸人所开。
>
> 北大国文系偏重考古，我在南方见侃如夫妇皆不看重。学生试作文艺，始觉此风气之偏。从文在中公最受学生爱戴，久而不衰。
>
> 大学之中国文学系当兼顾到三方面：历史的；欣赏与批评的；创作的。[1]

胡适经过尝试之后，对大学的中文系进行了顶层设计，在胡适、杨振声、朱自清等的努力下，新文学研究与创作在大学站稳了脚跟。

沈从文刚到中国公学第一次上台讲课时，他绝对没有想到此后他的课在中国公学"最受学生爱戴，久而不衰"。

为了讲好课，沈从文每次上课前都要精心准备，还编写了很多讲义。《沈从文全集》第16卷收录了沈从文的文论，《中国小说史》《新文学研究——新诗发展》，这两辑是他的讲义和为上课准备的材料。

沈从文在中国公学讲了一个学年的新文学研究，第一学期讲中国新诗；第二个学期讲现代小说。在中国公学，他还讲授小说习作，展现出了作家的优势，他采取最朴实也最有效的方法，一篇一篇地写出来，当

---

[1] 胡适 . 胡适全集：第32卷 [M]. 季羡林，主编 . 合肥：安徽教育出版社，2003:304.

作示范。

1929年秋，沈从文在中国公学任教的同时还有兼职。由上海暨南大学政治学教师时昭瀛[1]介绍，沈从文还在上海国立暨南大学教中国小说史。此时，叶公超任暨大外文系主任兼图书馆馆长，梁实秋、罗隆基、潘光旦、梁遇春、卫聚贤等新月派成员均在暨大任教。这门课对沈从文来说，更有挑战性。踏踏实实地编写好讲义是上好课的基础。1930年，"暨南大学出版室以《国立暨南大学讲义》名义印行了沈从文与孙俍工合著的《中国小说史》，其中绪论和第一讲神话传说，为沈从文所写"。[2]

来自马来西亚的温梓川是暨南大学的留学生，他虽然没有正式选修沈从文的中国小说史，但一直坚持旁听。"他的讲义编写得又非常精细，足与鲁迅后来出版的《中国小说史略》媲美，听了半年的课，讲义居然积成了足足一大厚册。"晚年的温梓川仍然清晰地记得沈从文讲课的风采和形象，他留下了回忆文章：

> 这位农村作家现在还在我的记忆中保留着的印象，便是他的样子是那么朴实，不肥不瘦的中等身材老是穿一件阴丹布长袍，或深蓝哔叽长衫，西装裤，黑皮鞋，提着一个大布包袱，匆匆地显得很忙

---

[1] 时昭瀛，湖北枝江人，外交家。1914年考入清华，潘光旦的同学。留美在哈佛大学攻读政治学和国际法学，1927年获得硕士学位。回国后在中央大学、武汉大学等执教。1936年从政，在国民政府外交部任职。时昭瀛翻译过沈从文的短篇小说，后将梁实秋的《雅舍谈吃》翻译成英文。1929年1月10日，《新月》月刊第一卷第十一期发表《蜜柑》广告语，未署名，应出自徐志摩之手。介绍沈从文短篇小说集《蜜柑》："沈从文先生的天才，看过《鸭子》的读者们总该知道了罢。就大体上说，他的小说，更在他的诗同戏剧之上，这假使我们说《蜜柑》是这位作者的真代表，真能代表他的天才，那绝不是过分的话。《蜜柑》里面有六七篇已经由时昭瀛先生等译成几国文字在中西各洋文报张杂志上发表过了，外国文艺界已经有人起了特别的注意了。这不但是《蜜柑》的作者沈从文先生个人的荣耀，也是我们大家共有的荣耀。"这段广告语见韩石山编《徐志摩全集》第4卷第315页，商务印书馆2019年9月出版。

[2] 张新颖. 沈从文的前半生：1902—1948[M]. 上海：上海三联书店，2018:87.

碌，看起来倒有点像收账的小商人，或是出堂的理发师，他鼻梁上架着一副近视眼镜，两只大眼透露着深远的智慧和怡然自得的光芒。当他和你说话时，白白的面孔上，不时泛出安详的微笑。那时他大约二十八九岁的样子。[1]

1929 年 10 月 18 日，沈从文参加吴淞中国公学学生举办的晚会，学生鼓掌请沈从文演讲。没有发现资料证明哪些学生在场。但 1929 年秋到 1930 年夏，这一学年，沈从文和吴春晗（吴晗）同在中国公学，一个是中文系的讲师，一个是社会历史系的学生。沈从文在此期间，经常帮助学生和文学青年修改习作，推荐发表。他总是尽自己的力量帮助在文学和学术上有追求的学生，吴晗、罗尔纲、何其芳（在中国公学读预科，后考入北大）都得到过沈从文的帮助。高植、刘宇经沈从文提携，登上文坛。高植后来成为著名的翻译家，翻译了列夫·托尔斯泰的名著《战争与和平》。刘宇成为年轻的诗人。沈从文资助刘宇出版《刘宇诗选》（北新书局 1932 年 1 月），并为之作序。

1930 年 8 月 17 日，沈从文致信胡适，说要去青岛。但是，由于中原大战，交通受阻，沈从文错过了国立青岛大学，去了武汉大学。1931年 8 月，经徐志摩推荐，沈从文到杨振声任校长的国立青岛大学任教，教小说史和散文写作两门课。

[1] 温梓川 . 文人的另一面——民国风景之一种 [M]. 钦鸿，编 . 桂林：广西师范大学出版社，2004:71—74.

大学成立

—— 大师云集青岛

2021 年 10 月 15 日，山东大学迎来 120 周年华诞。沈从文的名字留在了山东大学的校史中。

东临黄海，南望泰山。1901 年，山东大学秉章程办学，开中国近代高等教育之先河。承齐鲁文脉，为天下储人才；融中西学术，为国家图富强。

山东大学一诞生，就与大海结下冥冥之中注定的缘分。1901 年，山东大学堂创办之初，学制初为三年，后改为四年。所设课程中学为体，西学为用，有四书五经，有与西方大学接轨的数理化生（动物学、植物学）、英法德文、各国政治学等，也有星学发轫、器具体操这样的课程。第二年次季（第二学期）开设的课程中有"航海法"。

百廿山大数经变迁，几度分合，历久弥坚，薪火相传。回望百廿山大的历程，这所大学如何与青岛结缘？

1928 年 5 月，济南发生了震惊中外的"五三惨案"。受其影响，山东大学不得不随之停办。稍早的 1924 年，在青岛山下原德国俾斯麦兵营创办的私立青岛大学，也因时局动荡，经费断绝，学校停办。

1928 年 8 月，时任山东省教育厅厅长的何思源，在山大停办不久后，报请南京国民政府教育部批准，拟重新组建国立山东大学。教育部指令何思源、魏宗晋、陈雪南、赵畸（赵太侔）、王近信、彭百川、杨亮功、杨振声、杜光埙、傅斯年、孙学悟 11 人组成国立山东大学筹备委员会，负责筹建工作。筹委会推举何思源、赵太侔、王近信为常务委员，何思源为临时主席。

1929 年 6 月 3 日，蔡元培携眷来青岛，住在私立青岛大学女生宿舍小楼[1]。蔡元培的青岛之行，改变了正在筹备中的国立山东大学的校址。他对青岛的优美环境、宜人气候倍加赞赏。鉴于当时军阀割据，战乱频仍，济南是四省通衢、兵家必争之地，而青岛地处海滨，可少受战乱影响，他力主将国立山东大学迁至青岛筹办。蔡元培远见卓识："青岛之地势及气候，将来必为文化中心点，此大学关系甚大。"国民政府教育部接受了他的建议，指令将国立山东大学筹备委员会改为国立青岛大学筹备委员会，除接收省立山东大学校舍校产外，还接收私立青岛大学校舍校产，在青岛筹办国立青岛大学。

6 月 13 日，国民政府教育部另行函聘何思源、王近信、赵太侔、彭百川、杜光埙、傅斯年、杨振声、袁家普、蔡元培 9 人为国立青岛大学筹委会委员，并推定何思源为筹委会主任。10 月，国民政府教育部增聘陈调元、于恩波、陈名豫为筹备委员，使委员由 9 人增至 12 人。

6 月 20 日，国立青岛大学筹委会在济南原省立山东大学校部召开第一次会议，何思源、赵太侔、王近信、彭百川、袁家普 5 位委员宣誓就职；"国立青岛大学筹备委员会"钤记即日启用。此次会议，讨论了办学经费、系科设置、行政机构（包括秘书长人选）等问题。

次日，何思源、赵太侔、王近信奉令赴青岛接收私立青岛大学校舍校产，着手筹办先修班等工作。

1929 年 7 月 8 日，国立青岛大学筹备委员会在青岛汇泉大饭店召开了第二次筹备会。9 位委员全部出席，国民政府教育部部长蒋梦麟专程到青岛参加会议。一直关心国立青大筹备事宜的蔡元培，和蒋梦麟一起

---

[1] "小楼说"存疑，蔡元培书信、日记、年谱均不见记录。

来青岛开第二次筹备会。关于这次会议的情况，1929 年 7 月 13 日出版的《时事新报》这样报道：

> 国立青岛大学，自何思源等奉令筹备以来，业经月余。日前蔡元培、蒋梦麟、傅斯年、何思源、王近信、陶百川（应为彭百川），相继来青，于本月八日下午，在大饭店举行筹备会议，议决青大先设文理工农法五科，并在济南设置实验工厂、青岛设农场，常年经费为五十万元。校长一席大概于何思源、傅斯年两人中择一任命，刻下尚未十分决定。唯记者今晨访何思源时，何则表示济南政务繁忙，不能兼任。闻俟经费拨妥，筹备就绪，即定于十月一日开学。[1]

这次筹备会连开两天，会上确定了系科设置、院系人选、经费筹备、招生工作、开学日期，以及在济南开设工厂和农业试验所等重要事项。这次会议基本奠定了国立青岛大学的基础，是筹备过程中一次重要的会议。

国立青岛大学的筹备和成立，蔡元培厥功甚伟，他助力解决了开办一所大学需要的经费问题。1929 年 8 月 3 日，蔡氏在致吴稚晖的函中，提出国立青岛大学经费分摊方案：每年经费 60 万元，由中央、山东省各出 24 万，青岛市政府、胶济铁路各出 6 万。预算很完美，现实很遗憾。国立青岛大学成立后，各方分摊的经费难以保障，经常出现缩减、停发的情况，影响了大学的发展。

因为种种困难（聘任教授不能迅速到岗、教育经费不能立即落实），原定于 1929 年 10 月 1 日开学的国立青岛大学未能开办。1930 年 4 月，国立青岛大学开学事宜提上日程。4 月 12 日，《申报》报道：

---

[1] 季培刚 . 杨振声年谱：上册 [M]. 北京：学苑出版社，2015:161.

国立青岛大学，拟于今夏创办暑假学校，现已有国立青大筹备委员会，聘定杜光埙、宋春舫、周钟岐、沈履、杨振声五人为暑期学校筹备委员，刻已正式成立委员会，立即进行。[1]

1930 年 4 月 14 日，杨振声作为清华大学、国立青大两所大学的代表和二十位高等教育组委员之一，参加在南京举办的第二届全国教育会议。这次大会，助推了国立青岛大学成立。

国立青岛大学紧锣密鼓地筹备，大学校长人选至关重要，蔡元培独具慧眼，推荐杨振声担任校长。

1930 年 4 月 19 日，教育部致函行政院政务处，送《请任杨振声为国立青岛大学校长提案》。4 月 25 日，南京国民政府第七十三次国务会议，决议任命杨振声为国立青岛大学校长。

4 月 28 日，国民政府发出府令：任命杨振声为国立青岛大学校长。5 月 28 日，杨振声离开清华大学赴青岛履新，到校视事，制定《国立青岛大学组织规程》。

蔡元培和蒋梦麟为何推选杨振声担任校长？因为他的身份和资历。杨振声是"五四运动"的学生领袖，两度入狱；是新文化运动中涌现出来的小说家，因小说《玉君》蜚声文坛；是美国哥伦比亚大学的教育学博士，令胡适刮目相看的教育家。他对欧美教育制度和办学方法比较熟悉，对大学教育有着深刻精辟的见解。杨振声是山东蓬莱人，是蔡元培任北大校长时的高足。这一切条件优化组合，成为杨振声担任国立青岛大学校长的优势。

1930 年，杨振声在任国立青岛大学校长之前，在清华大学任教务长兼文学院院长。作为蔡元培的得意门生，他学习北京大学"思想自由，

---

[1] 季培刚. 杨振声年谱：上册 [M]. 北京：学苑出版社，2015:185.

兼容并包"的办学思想，同样也吸收了罗家伦担任清华大学校长时的办学措施——廉洁化、学术化、平民化、纪律化。国立青岛大学初设文、理两学院，文学院下分设中国文学、外国文学、教育三个系（历史系因未能聘到好教授暂缓）；理学院下分设数学、物理、化学、生物四个系。

1930 年暑假，国立青岛大学开办暑假学校。"召集全省一百零七县教育局长、县督学、县小学教职员各一部分，青岛市小学教职员全体到校训练，党国要人如蔡元培等均到校讲演。"

1930 年的盛夏，青岛，这座年轻的城市，是文教扎根的园地，是科学激荡的海洋。国立青岛大学即将开办，8 月 12 日至 18 日，中国科学社第十五届年会在青岛举行。这两件盛事背后都有蔡元培的策划之功，这位伟大的教育家以科学的生长、文化的繁盛惠泽青岛。

1930 年 8 月，国立青岛大学在青岛、济南、北平招收新生 153 人，先修班学生测试合格升入 23 人。9 月 20 日，国立青岛大学正式成立，在大礼堂举行隆重的开学典礼，杨振声宣誓就校长职，蔡元培监誓。

国立青岛大学正式成立并举办开学典礼，成为当时国内的重大新闻，《申报》《大公报》当天均刊发消息，随后几天也有跟踪报道。

1930 年 9 月 29 日，《申报》报道：

> 二十日上午九时，国立青岛大学在该校大礼堂正式开学典礼，同时该校杨校长宣誓就职。到有中央委员蔡元培、张道藩（现任青大教务长）、市党部代表袁方治、委员胡市长代表胡家凤、山东省政府党部代表何思源、胶济路管理局代表周钟岐等，及各团体代表四十余人，该校第一年级学生一百七十余人，主席蔡元培。行礼如仪后，杨校长宣誓，监誓员蔡元培授印后，并训词。次有何思源、袁方治、周钟岐、胡家凤等相继演说，后由该校校长杨振声致答辞，

报告今后办学方针。礼成后，撮影而散。[1]

开学典礼全体嘉宾集体合影时，还有一个小插曲。杨振声对蔡元培执弟子之礼甚恭，他垂手而立，谦恭地请蔡先生坐在中间。蔡元培说："你就职，你坐中间。"杨振声等蔡元培先生落座后，才坐在中间位置。

关于杨振声在开学典礼上的讲话，9月26日的《大公报》做了报道：

> 行礼如仪后，校长杨振声宣誓，监督员蔡元培授印后，并致训词，略谓政府所以设大学于青岛，实以青岛有文化中心的资格，以我国的广土众民、文化集中，势不能限于一点，现在长江一带有中央大学、武汉大学，北方有北平大学，西南有中山大学，东北有东北大学，此外各省则有浙江大学、河南大学等。山东为古代文化最发达之所，在昔伯禽治鲁，太公治齐，战国时稷下为学者荟聚之地，所以教育部决定设一国立大学于山东境内，乃归并前山东大学及私立青大而设诸青岛。旧时大学多设于都市，使与社会相接近，如法之巴黎大学，德之柏林大学皆是。然英国大学之最著声誉者，则在牛津剑桥，美国各大学多设于山清水幽之所，而交通便利，接近自然，与接近社会两者均宜。青岛水陆交通，均极便利，山海林泉，处处接近自然，而工商发达、物产丰富，又非乡僻小村可比。国立青岛大学成立之后，并可设暑期讲演会，以集中全国学者于一地，至于大学课程，包括范围极广，青大因经济关系，先设文理二科，为任何各种应用科学之基础及研究的

---

[1] 季培刚 . 杨振声年谱：上册 [M]. 北京：学苑出版社，2015:212—213.

归宿点也。[1]

"暑期讲演会"和学术讲演是杨振声办国立青岛大学的一个特色。在国立青岛大学任校长期间，他邀请著名学者来校讲演和讲学，章太炎、胡适、罗常培、冯友兰、陈寅恪等人都曾在此讲学或讲演。

杨振声执掌国立青岛大学成功的基础在于，他为国立青岛大学延揽了大量的名师。

让我们看看那时国立青岛大学的师资力量：闻一多任文学院院长兼中文系主任，梁实秋任图书馆馆长兼外文系主任，黄敬思任教育学院院长兼教育行政系主任，黄际遇任理学院院长兼数学系主任，汤腾汉任化学系主任，曾省（省之）任生物系主任，王恒守任物理系主任。他们都是国内一流的学者，其中很多教授有到欧美留学的背景。杨振声聘请的讲师有游国恩、杨筠如、王普、刘天予、沈从文；助教有萧涤非、陈梦家。杨振声为国立青岛大学聘请的教职员，皆为一时之选。

杨振声为国立青岛大学选聘教职员非常严格。1920 年毕业于北京大学的杨晦，在五四运动中是最先冲入并火烧赵家楼的几个学生之一。他和杨振声是同一批的北大毕业生，想到国立青岛大学教书，便致函周作人请其向杨振声举荐，结果被杨振声婉拒。后来，周作人又接到废名同样想法的来信，但他不敢贸然再推荐，便致函与杨振声曾是北京大学同窗好友的俞平伯为废名帮忙。熟知杨振声秉性的俞平伯思前想后，最终未致函杨振声，而是于两天后，复函废名，劝其打消了在青岛任教的念头。杨振声想在国立青大开设历史系，拟聘请顾颉刚担任历史系主任，顾颉刚没有来青岛。杨振声又想聘请郑天挺为历史系教授，郑也未来青。于是，开设历史系的计划搁浅。宁缺毋滥，这是

---

[1] 季培刚. 杨振声年谱：上册 [M]. 北京：学苑出版社，2015:213—214.

杨振声用人的原则。

"所谓大学者，非谓有大楼之谓也，有大师之谓也。"这是清华大学终身校长梅贻琦的名言。在杨振声看来，一流的高等学府，不仅要聘请大师，也要建造大楼。杨振声十分看重学校的基础设施建设，他任校长时期，主持建造了高标准的科学馆、图书馆，为国立青岛大学营造科学民主的优良学风提供了阵地和依托。

在青岛任职期间，杨振声对青岛的地理环境、自然资源、古迹文献等作了认真的考察分析，提出了颇具远见的办学规划，力倡开办海洋生物学、海洋学、气象学等专业，他提出将国立青大建成海边生物学研究中心。他主张："青岛附近海边生物之种类，繁盛不亚于厦门，而天气凉热适中，研究上较厦门为便。若能利用此便，创设海边生物学，不但中国研究海边生物者皆须于此求之，则外国学者欲知中国海边生物学之情形，亦须于国立青大求之。"[1]

杨振声的高瞻远瞩和真知灼见，在他担任校长的两年间逐步体现出来。

杨振声担任国立青岛大学校长后，对课程内容结构做了调整，他带头开设了"小说作法"课，并亲登讲台讲授，把新文学课提到了与"诗经研究""楚辞研究"同等重要的地位。

杨振声为何开设"小说作法"这样一门课，根据已有的资料推测，他本来聘请沈从文教授此课，沈从文因中原大战旅途阻隔，未能到校就任。杨振声本就是新文学健将，就亲自开讲这门课。

---

[1] 李耀臻 . 中国海洋大学大事记 [M]. 青岛：中国海洋大学出版社，2004:11.

未抵达的港口

——1930 年暑假

国立青岛大学的筹办，远在上海的鲁迅也关注着相关的动态以及杨振声的动向。1929 年 7 月 21 日，鲁迅在给章川岛（章廷谦笔名川岛）的信中说：

> 青岛大学已开。文科主任杨振声。此君近来似已联络周启明之流矣。此后各派分合，当颇改观。语丝派当消灭也。陈源亦已往青岛大学，还有赵景深、沈从文、易家钺（君左）之流云。[1]

鲁迅在信中所提，"青岛大学已开"（会议拟定于 1929 年 10 月 1 日开学），"文科主任杨振声"（实为大学筹委会委员），都不准确，估计是道听途说的消息。

章川岛是鲁迅的学生，也是鲁迅最亲密的朋友之一，是《语丝》杂志的主要作者之一。鲁迅周作人兄弟失和后，鲁迅似乎迁怒于与周作人关系亲近的钱玄同、顾颉刚，对杨振声也颇有微词。因之鲁迅在信函中语带讽刺，流露出一种不屑。

杨振声的确聘请了他的一些朋友做国立青大的教授，但他都是为了

---

[1] 鲁迅 . 鲁迅全集：第 11 卷 [M]. 北京：人民文学出版社，2005:678.

大学的发展。鲁迅信函中提到的这些人，只有沈从文于1931年夏天到国立青大中文系担任讲师。在杨振声担任校长期间，文学院教师中，闻一多、梁实秋、方令孺、沈从文、陈梦家等都是"新月派"成员，因而鲁迅称国立青大是"新月派布道"的"圣地"。

沈从文到国立青岛大学执教，道路有点迂回、曲折。

1930年暑假，沈从文放弃了上海中国公学的教职，打算到新成立的国立青岛大学任教。

是年8月17日，沈从文在致胡适的信中说："中公的课程我想不担任了，我过青大去。理由是中公方面我总觉得没有东西可教，预备也不行，恐怕泼汤，至于青大，则初初开学，我糊涂也容易混得去，所以拿了他们的路费，预备在月底动身。"[1]

然而，沈从文赴青大执教未果，是因为中原大战爆发。8月20日，沈从文在给王际真的信函中说："中国之内战又过济南向北而进，天津北平之间火车不通，天津奉天之间火车也不通，天之戾降于人，固亦近于自然矣。"[2]蒋介石、冯玉祥、阎锡山之间的中原大战，战火燃烧到山东，交通不通，沈从文没有到青大执教。在胡适和徐志摩的推荐下，沈从文到了武汉大学中文系教新文学研究和小说习作课程。此时，陈西滢担任武汉大学文学院院长。

沈从文只在武汉大学执教了这一个学期。期间，陈西滢鼓励沈从文学英文，并承诺他学好英文后，推荐他到国外的大学深造。于是，沈从文跟随同事孙大雨、时昭潭学英文，学了一个月，结果连26个英文字母都记不住。

1931年1月上旬，时值寒假，沈从文从武汉到了上海，与胡也

[1] 沈从文.沈从文全集：第18卷[M].太原：北岳文艺出版社，2009:99.

[2] 沈从文.沈从文全集：第18卷[M].太原：北岳文艺出版社，2009:100.

频、丁玲来往甚密。1 月 17 日晚上，胡也频被捕。沈从文和丁玲奔波上海、南京，求助于党国要人蔡元培、邵力子进行营救。因此，沈从文错过了武汉大学的开学时间，这个学期未到校。殊不知，2 月 7 日，当沈从文、丁玲还在竭力营救胡也频时，胡也频已经被国民党军警秘密处决。

2 月 27 日，沈从文致信在美国的王际真："朋友胡也频已死去，二十人中八十枪，到后则男女埋一坑内。现在我同那个孤儿母子住在一处，不久或者送这个三月的孩子回到家乡去……我成天不出门，坐在一间三角形的楼顶……小孩母子住隔房，听听哭喊声音，便好像坐在地狱边界上，因为那母亲（丁玲），若果那一天同丈夫在一块走，一定也就死去了。"[1]

这个寒假是真的寒冷，让沈从文体验到生离死别的彻骨之寒。就在一个多月前的 1 月 2 日早晨，沈从文在寒冷的空气中，手握着笔，给王际真写回信。信中提及父亲病逝以及在燕京大学结识的好友张采真在武汉被国民党杀害的消息。信中谈到张采真牺牲，其夫人和孩子现正在上海，"我若在此可以支持下去，就不回武昌，因为小孩子的父亲死去，显得孤零，我不能不在上海蹲下了"。[2]

张采真、胡也频都因参加中国共产党、从事秘密的地下工作被捕，坚贞不屈，英勇就义。沈从文虽然在给王际真的信中明确表示，"革命一定要一种强项气概，这气概是不会在我未来日子发生的"[3]，但是他同情革命者的不幸，坚定地站在革命者这一边，站在道义这一边。3 月 21 日，沈从文护送丁玲母子离开上海回湖南常德，任务完成后，他先回武

[1] 沈从文 . 沈从文全集：第 18 卷 [M]. 太原：北岳文艺出版社，2009:132.

[2] 沈从文 . 沈从文全集：第 18 卷 [M]. 太原：北岳文艺出版社，2009:121.

[3] 沈从文 . 沈从文全集：第 18 卷 [M]. 太原：北岳文艺出版社，2009:127.

汉，再回上海，5月28日又到了北平，住在燕京大学达园教师宿舍。

经历了残酷的、无常的生离死别，经过了近一年的漂泊，沈从文人生的下一站越来越清晰——青岛。

1931年6月29日，沈从文在北平致信王际真："六月的北京真是热闹，诗哲（诗哲，指徐志摩）在此，陈通伯（陈源，字通伯，笔名西滢）夫妇在此，梁思成夫妇在此，大雨也要来了，陈雪屏不久又要在此接老婆了，还有许多许多事情，全是那么凑堆儿在一起……我不久或到青岛去……"[1]沈从文给王际真写信时，心中有莫名的哀伤，别人的热闹都是成双成对，自己的孤独就像孤灯下的影子，在风中凌乱、飘忽。

6月30日，沈从文参加了叶公超与袁永熹的婚礼。看着婚礼上的人们，觥筹交错、欢声笑语，这热闹与喜庆，自然也是别人的。沈从文的目光越过婚礼，越过蓝天……上海中国公学女生张兆和的影子又浮现在他的心头，他看到高远、湛蓝的天空，出现一个令他魂牵梦萦的笑脸……

又是徐志摩的推荐。国立青岛大学的校长、老大哥杨振声聘请沈从文担任中文系讲师。沈从文决定带着九妹沈岳萌一起到青岛。

1931年8月的一个夜晚，离开北平的前夕，沈从文与徐志摩在胡适家楼上促膝长谈，这一夕谈，深刻镌入沈从文的年轮。徐志摩谈了自己当时家庭生活中的一些苦恼，陆小曼不愿意来北平，徐志摩只好北平上海来回飞。徐志摩还谈如何与原配夫人张幼仪离婚，谈到与林徽因的感情，谈对凌叔华的欣赏。面对徐志摩的坦率、热诚，沈从文几次想把对张兆和的倾慕与追求和盘托出，但话到嘴边，又咽了回去。面对健谈的徐志摩，沈从文是一个倾听者。徐志摩还许诺，假以时日，请沈从文把

[1] 沈从文 . 沈从文全集 : 第 18 卷 [M]. 太原 : 北岳文艺出版社，2009:143.

自己年轻时的事情写成小说。面对如此的信任，沈从文含笑应允。

沈从文与徐志摩促膝长谈的这一晚，格外漫长，长得几乎可以囊括一位诗人的一生；这个推心置腹的夜晚，又格外短暂，短得就像梦幻泡影。沈从文想不到，他再次见到徐志摩，是在济南开山脚下一个简陋的小庙里，热情活泼的诗人，已经变成一具因飞机失事破损的尸体。

沈从文怀揣着希望上路，就像一只长期漂泊在外的帆船，终于抵达属于他的港口——青岛。

第二章　教学与创作

——1931 至 1933 学年在国立青大、国立山大

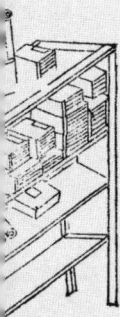

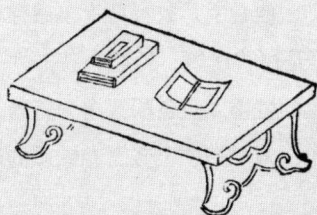

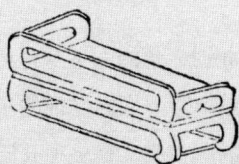

来到青岛，如远航船归港

"每一个船总要有一个码头，每一只雀儿得有一个巢。"

出了火车站，清凉的海风扑满襟怀，这海风潮湿，带着大海独特的气味，一片蓝色的海出现在视线里。远远的，栈桥伸入碧海，宛如长虹卧波。青岛火车站钟楼高耸，恰好报时的钟声响起，一下一下落入心中。沈从文回头看这威严耸立的钟楼，这时间的刻度，他的脚踩上了青岛的大地，在火车站广场，伴着钟声的余韵，他看了几眼青岛火车站钟楼对面的车站旅馆（站前旅馆）。车站旅馆是德式建筑，外墙有装饰性的山花，拐角有高耸的八角塔楼，这金黄色的塔楼以蓝色的大海为背景，格外引人瞩目。塔楼最顶端宛如一个帽子，帽子的顶上竖立着铁质的风向仪，标记着风的来处和去向。

沈从文刚到青岛，就被这个城市的颜色和气味击中，他伫立在站前广场，环顾周围，红瓦覆盖的洋楼，一切都是新鲜的。他发现这个城市的建筑带着浓郁的欧式风味，但是又融合了中国的古典元素——火车站的塔楼用的是中国古典的琉璃瓦。

1931 年 8 月底的一天，沈从文与青岛相遇，他的人生与青岛联系在一起。他把青岛写入他的作品，他在这个城市留下探索发现的足迹，留下载入文学史的名著。他走出青岛火车站的那一刻，是一种开始，一位年轻的作家与一座年轻的城市产生奇妙的化学反应的开始。

栈桥伸向大海，长剑一样指向深邃的蓝色，仿佛浮动在万顷碧浪的海面。海滨的太平路，白色的浪花从天边滚滚而来，抵达金黄色的沙滩，哗的一下散开，为沙滩盖上一层透明的白色的轻纱，晃动着，流淌着。小青岛上耸立着白色的灯塔，屹立在宛如蓝色绸缎的波涛中，岿然不动。

信号山顶着三个红球，不论处于海滨的任何位置，皆可回首看到。红瓦的洋楼掩映在绿荫中，尖顶的塔楼指向蔚蓝的天空。远处起伏的青山山峦之上，有银灰色的蓬松的云朵，大朵大朵的云团低低地浮在青山上，若有若无的山岚和雾气萦绕着青山和白云。

沈从文在国立青岛大学接站人员的指引下来到了大学路，很快就到了大学的校门。校门并不大，面对门口右手方向，挂着一个校牌，上面写着"国立青岛大学"。沈从文看了几眼校牌，没有辨别出出自谁的手。

后来，沈从文与国立青岛大学的师友们熟悉了，得知这是蔡元培的墨宝。梁实秋对蔡元培为大学题写校名，留下了详细的记录：

> 国立青岛大学的门口的竖匾，就是蔡先生的亲笔。胡适之先生看见了这个匾对我们说，他曾问过蔡先生："凭先生这一笔字，瘦骨嶙峋，在那时代殿试答卷讲究黑大圆光，先生如何竟能点了翰林？"蔡先生从容答道："也许那几年正时兴黄山谷的字吧。"今甫作了校长，得到蔡先生写匾，是很得意的一件事。[1]

走进了校门，沈从文被高大的法国梧桐的绿荫笼罩，风在树杪上起伏，翻滚，发出簌簌的声响。走在校园的林荫道上，沉浸于无边的清凉之中。接站人员指着几栋威严耸立的洋楼，热情地为沈从文介绍：这就是当年德国修建的俾斯麦兵营，有地下通道通向后边山上修建的炮台。

沈从文又一次环顾，他已经抵达国立青岛大学的心脏地带，他的人生岁月将在这里展开⋯⋯

---

[1] 季培刚. 杨振声年谱：上册 [M]. 北京：学苑出版社，2015:240.

居住的房间，窗子内外

"先生，您第一次来青岛看海吗？"

"先生，您要到海边去玩，从草坪走去，穿过那片树林子，就是海。"

"先生，您想远远地看海，瞧，草坪西边，走过那个树林子——那是加拿大杨树，那是银杏树，从那个银杏树夹道上山，山头可以看海。"

"先生，他们说，青岛海同一切海都不同，比中国各地方海美丽。比北戴河呢，强过一百倍。您不到过北戴河吗？那里海水是清的，浑的？"[1]

这是沈从文发表在 1935 年 8 月 1 日《文学》第 5 卷第 2 号上的小说《八骏图》的开头，看房子的听差喋喋不休，热情地向刚到青岛的达士介绍，"就为青岛的海，说了许多好话"。

小说以主人公周达士的笔触与视角描摹同宿舍楼的七位教授，大概是以国立青大的教授为原型，再加上小说主人公周达士的原型就是沈从文自己，美其名曰"八骏"。"八骏"展现了 20 世纪 30 年代知识分子的病症——懒惰、拘谨、小气、生命力萎缩。沈从文憎恨"被阉割过的寺宦观念"，写这篇小说，希望引起社会的惊醒，鼓舞、提升青年的血气和民族的士气。

小说中青岛的海是一种隐喻，代表了变幻莫测的情欲之海。小说结尾，那个眼睛里有"羞怯之光"，又有热烈诱惑之光的女人——经济学

---

[1] 沈从文. 沈从文全集：第 8 卷 [M]. 太原：北岳文艺出版社，2009:197.

者教授庚的女友——在沙滩上写下这样的话："这个世界也有人不了解海，不知爱海。也有人了解海，不敢爱海。"（文学评论家李健吾，笔名刘西渭，称之为"留在沙滩上神秘的绝句"。）达士看到后，不可救药地沦陷了。

达士时而给未婚妻瑗瑗写信，时而与教授们对话，内心独白与对话推动小说。小说带有讽刺的意味，就像一根针，一针见血刺破了伪装和虚伪。小说的主题是爱的冲突和美的诱惑，实质是情欲的冲突和性欲的诱惑。主人公周达士，"这个自命为医治人类魂灵的医生"，并非如标榜的那样坦诚——小米大的事也不会瞒未婚妻。他除了给未婚妻瑗瑗写信外，另有日记，记下了内心的隐秘。他在海滩上得到那个"穿着浅黄颜色袍子女人"的暗示，"确已害了一点儿很蹊跷的病"，立即改了归期，沦陷"海"中。达士抵制不住诱惑，的确病了，造成了令人深思的反讽效果。

小说中达士刚到青岛时，听差的带他入住大学的教授宿舍：

> 青岛住宅区××山上，一座白色小楼房，楼下一个光线充足的房间里，到地不过五十分钟的达士先生，正靠近窗前眺望窗外的景致。看房子的听差，一面为来客收拾房子，整理被褥，一面就同来客攀谈。[1]

在给未婚妻瑗瑗的信中，达士对宿舍周围的环境有细致的描写：

> 我房子的小窗口正对着一片草坪，那是经过一种精密的设计，用人工料得如一块美丽毯子的草坪。上面点缀了一些不知名的

---

[1] 沈从文 . 沈从文全集：第 8 卷 [M]. 太原：北岳文艺出版社，2009:197.

黄色花草，远远望去，那些花简直是绣在上面。我想起家中客厅里你做的那个小垫子。草坪尽头有个白杨林，据听差说那是加拿大种白杨林。林尽头便是一片大海，颜色仿佛时时刻刻都在那里变化：先前看看是条深蓝色缎带，这个时节却正如一块银子。[1]

小说中达士住的房间，对应着沈从文在青岛的住所，临近中山公园和汇泉湾第一海水浴场。沈从文在国立青岛大学教书时住的宿舍，位于八关山麓福山路 3 号。如今福山路 3 号石墙上挂着"沈从文故居"的黑色大理石铭牌，这栋楼是军队的房子，来此探访的游客，无法登堂入室一窥究竟。

一位署名"枫"（应是沈从文在青岛时的朋友）的作者，1932 年6 月，在《益世报》发表了一篇文章《沈从文在青岛》，写到了沈从文的住所："他的房子在山腰上，窗子对着别人的屋顶。沈先生曾写一篇《中年后记》，谈过窗户对屋顶的哲学（发表在青岛《民国日报》吴伯箫主编的副刊上）。"

宿舍的"窗子对着别人的屋顶"，在青岛这样的情景常见。因为青岛的很多洋楼，高低错落散落在山坡上。

沈从文住的宿舍留下了照片。《新月》主编、清华大学教授叶公超1932 年来青岛，为沈从文拍摄了一张照片。沈从文出版《记丁玲》时就用上了这张照片。

这张照片，沈从文站在宿舍的阳台上，露出腼腆、安静的笑容。阳台的外墙上，还摆放着两盆花。青岛的德式建筑，多配以花岗岩嵌角或采用厚重的蘑菇石做墙裙。沈从文所住的这栋小楼的外墙，以崂山花岗岩做墙裙，蘑菇石清晰可见，起到装饰的效果。

---

[1] 沈从文 . 沈从文全集：第 8 卷 [M]. 太原：北岳文艺出版社，2009:199.

《沈从文在青岛》透露了房间里的细节，让今天的读者穿越到沈从文的宿舍，看到两张书桌，摊开的稿子，读的书，书桌上摆放着徐志摩的照片：

> 沈先生屋里的陈设：一张桌子上放满了书——都是青岛大学图书馆的书，他自己没有——与药瓶。另外一张桌子便是他的书桌，正中有一张徐志摩的像，另外有信纸，还有成本翻译的外国小说——《父与子》《罗亭》，沈先生大概是喜欢屠格涅夫的。沈先生写字永远使钢笔，字迹很秀丽。

这篇文章的价值在于此，可以补充沈从文传记中在青岛的种种细节。

1932年9月初，巴金到青岛住了一个星期，沈从文把自己的房间让给巴金住，以便巴金安静地写小说。

沈从文在此住了两年。可以确定的是，叶公超、巴金、卞之琳、张宗和都到过这个宿舍，陈翔鹤、吴伯箫也曾在此与沈从文谈文学。

这个房间虽然不大，但可以看到天光水云，看到浩渺的大海。沈从文在北京当北漂青年时，住窄而霉的寒室。在青岛，栖身于半山腰上小楼三层的一个房间，沈从文文思泉涌，写了大量文学作品。在他的文章中，也可以发现这栋小楼的美好与安稳。

福山路3号小楼三楼窗口美不胜收，福山路3号堪称清幽之所。梁实秋1930年至1934年在山东大学执教，他的身影经常出现在大学附近的鱼山路、福山路，他说："福山路环境清幽，只有鸟语花香，没有尘嚣市扰。"

三十年后，1961年沈从文来到青岛故地重游，小楼犹存，物是人非，他经历了生死之变与沧海桑田。他在《青岛游记》中写当年住过的小楼："我住在山东大学和第一公园之间福山路转角一所房子里，小院中有一大丛珍珠梅开得正十分茂盛。从楼上窗口望出去，即有一片不同层次的明绿逼近眼底：近处是树木，稍远是大海，更远是天云，几几乎全是绿色。因此卅年来在我记忆和感情中，总忘不了这一树白花和一片明绿。"[1]

1983 年，沈从文在给鲁海先生的信中，回忆 1931 年夏天刚入住福山路 3 号时的情景："我到时，房屋刚粉刷过，楼前花园里花木尚未栽好，到处是瓦砾，只人行道两旁有三四丛珍珠梅，剪成蘑菇形树顶，开放出一缕缕细碎的花朵，增加了院中清韵风光。"

在这封信中，沈从文还谈到福山路 3 号的位置："在青岛，住在福山路三号，正当路口，出门直下即是（中山）公园。这是大学的教师宿舍，并不怎么大，少得只容 12 人。"[2]

珍珠梅，蔷薇科的灌木，如果不加以修剪，枝叶披离，茂盛蓬松，高可达 2 米。羽状复叶，小叶片对生，演绎着大自然的对称之美，浓绿可爱。初夏开花，打苞时宛如圆润的珍珠，纯洁、光滑。那白色的花苞有一种珍珠的光芒，中有黄色的花蕊，花形酷似梅花，花期长，持续月余。密集圆锥花序生长在绿叶之中，经雨之后，呈现凋零之相，发黄，一种轻柔的萎缩。让人不由得慨叹："生命都是太脆薄的一种东西，并不比一株花更经得住年月风雨，用对自然倾心的眼，反观人生，使我不能不觉得热情的可珍，而看重人与人凑巧的葛藤。"[3]

沈从文在青岛的岁月，与珍珠梅相伴。算起来，他目睹了居所旁的珍珠梅三次开花。珍珠梅开花时，他来到；珍珠梅开花时，他离开。因为这个文缘，在青岛，每次遇见珍珠梅，就想起沈从文居所"院中清韵

[1] 沈从文 . 沈从文全集：第 27 卷 [M]. 太原：北岳文艺出版社，2002:532—533.

[2] 刘宜庆 . 名人笔下的青岛 [M]. 青岛：青岛出版社，2008:174.

[3] 沈从文 . 沈从文家书 [M]. 北京：人民文学出版社，2010:6.

风光"。

2020 年 6 月 7 日，笔者所住的楼下，珍珠梅开了，拍摄了花开的情状，写了如下一段文字，发在微信朋友圈：

> 一大丛珍珠梅开了。细密圆润的白色花苞，真像珍珠。开出密密麻麻的小花，花团锦簇，像一片蓬松的轻云。
>
> ……因为沈从文笔下写过珍珠梅，此花虽轻柔，但在我眼中很珍重。珍珠与梅，二美相聚，就像沈从文与青岛，有沈氏笔墨意蕴。

沈从文故居前的甬道旁和庭院的草坪上，应种植珍珠梅，这是恢复名人故居的历史风貌的善举。

开设的课程，旁听的学生

1931 年 9 月 7 日，国立青岛大学开学。这一学年文学院新聘的讲师有沈从文、赵少侯、游国恩、杨筠如、梁启勋、费鉴照等人。沈从文开设的课程有中国小说史和高级作文课。1931 至 1932 学年，沈从文被聘为讲师，月薪 150 元。

1931 年 9 月，沈从文登上国立青岛大学的讲台，多了几分从容。

据当时听过他中国小说史课程的学生臧克家先生回忆："沈从文先生教我们小说史，他住在学校通往公园的林园右边的小楼的'窄而霉小斋'里，写作很勤，经常出入图书馆，查教学材料。他上课，声语低，说得快，似略有怯意……对爱好文艺的同学诚心提携。"[1]

沈从文讲高级作文课随意一些，有很多即兴发挥的内容。他注重学生的写，把他的课叫作"习作"。全面抗战时期，沈从文在西南联大开设了三门课，各体文习作、创作实习和中国小说史，汪曾祺全上了。汪曾祺在《我的老师沈从文》一文中，对沈从文的讲课特点和特色有精彩的描述，归纳要点如下：

> 沈先生是不赞成命题作文的，学生想写什么就写什么。
>
> 他是自学成才，讲课没有程式，很诚恳，甚至很天真，而且一口湘西话。但只要你真正听"懂"了他的话，听"懂"了他的

[1] 臧克家. 臧克家回忆录 [M]. 北京：中国工人出版社，2008:102.

话里并未发挥馨尽的余意，你就会受益匪浅，甚至终生受用。

他的教法很特别……只是即兴的漫谈，凭直觉说话，类似聊天，而且从不引经据典。他教学生写作，反反复复讲的一句话是：要贴着人物写，很多学生不理解。[1]

当然每个学生对老师的授课都有自己的评价。一位在国立青大读书的学生，后来在香港撰文回忆国立青岛大学的教授，写了很多印象化的细节，忆及沈从文时写道："他总是胆怯怯的样子，走路沿着墙，像要找一个依靠似的。他的'自卑感'是颇为强烈的。你想想，从一个小兵爬上大学教授的高位。选他课的很少，他讲书声音小，把讲义遮在脸前念着，选课的好似为了'面子'与'同情'才去上他的课。"[2]

关于沈从文讲课的情形，在国立青岛大学担任外文系主任兼图书馆馆长的梁实秋，后来在台湾撰写怀念沈从文的文章中有详细的记录："一位教师不善言辞，不算是太大的短处，若是没有足够的学识便难获得大家的敬佩。因此之故，从文不是顶会说话的人，仍不失为成功的受欢迎的教师。记问之学不足以为人师，需要有启发别人的力量才不愧为人师，在这一点上，从文有他的独到之处，因为他有丰富的人生经验和好学深思的性格。"[3]

同学们很是欢迎沈从文，课后有不少同学向他请教写作问题，还有些同学拿着习作，请他具体指导，他对同学非常热情，总是有求必应。在沈从文的提携下，王弨登上文坛。

王弨（王林），1909 年出生于河北衡水，16 岁时离开家乡到北京当

[1] 汪曾祺．我在西南联大的日子 [M]．济南：山东画报出版社，2018:36—41.

[2] 忆子．青岛文人过鸿录 [N]．大公报（香港版）：大公园，1949-01-19（8）.

[3] 刘天华，维辛．梁实秋怀人丛录 [M]．北京：当代世界出版社，2007:144.

学徒。1930 年秋，他考入国立青岛大学外文系，于 1931 年冬加入中国共产党，担任该校地下党支部书记，并秘密介绍同学俞启威（即新中国成立后天津市第一任市长黄敬）入党。在青岛期间，王弢积极参加左翼文艺活动，发表了《这年头》《龙王爷显灵》等一系列短篇小说。1932年，王弢因为身份暴露，为躲避国民党军警的抓捕，侥幸逃离青岛到了上海。1933 年 7 月，沈从文离开青岛，回到北平，协助杨振声编纂中小学教科书。随后，杨振声将《大公报》副刊编辑的接力棒传给沈从文。

沈从文、王弢师生在青岛结缘，两人都离开青岛后，这情谊一直延续。王弢用王强、儒闻等笔名，在沈从文主编的天津《大公报》文艺副刊和《国闻周报》文艺栏，先后发表了《怀臣的胡琴》《小粮贩陈二黑》等一系列乡土题材作品，并出版了长篇小说《幽僻的陈庄》。《幽僻的陈庄》出版后，王弢寄给鲁迅、沈从文各一册。

鲁迅在 1935 年 4 月 22 日的日记中记述："昙。午得王弢所寄赠《幽僻的陈庄》一本。"[1] 王弢赠送给鲁迅先生的《幽僻的陈庄》，现珍藏在鲁迅博物馆。

1935 年 2 月 18 日，沈从文发表《〈幽僻的陈庄〉题记》一文，对王弢赞许有加："他是北方乡下人，所写的也多是北方乡下的故事。作品文字很粗率，组织又并不如何完美，然篇章中莫不具有一种泥土气息，一种中国大陆的厚重朴野气息……现在他把他写的一个长篇给我看……看完了这个作品，我很感动。"[2]

沈从文自称"乡下人"，也把王弢称作"乡下人"，为同道中人，惺惺相惜，生出爱才之心。

在国立青岛大学教书，沈从文的教学与创作相互促进。

---

[1] 鲁迅 . 鲁迅全集：第 16 卷 [M]. 北京：人民文学出版社，2005:528.

[2] 沈从文 . 沈从文全集：第 16 卷 [M]. 太原：北岳文艺出版社，2009:331—332.

1931 年 9 月 30 日，沈从文的小说《三三》在《文艺月刊》发表，署名沈从文。1932 年 1 月，新中国书局初版的《虎雏》，收录了《三三》。后来，沈从文在自存的《虎雏》样书中《三三》文后有题跋："在青岛山东大学时为学生示范叙平凡事而写，与《八骏图》相对照，见两种格式。刘西渭以为《边城》系放大此事而成，意见对。"[1]

在国立青岛大学讲授中国小说史，直接催化了《月下小景》这本书的出版。沈从文在题记中写道："这只是些故事，除《月下小景》外，全部皆出自《法苑珠林》所引诸经。我因为教小说史，对于六朝志怪、唐人传奇、宋人白话小说，在形体结构方面如何发生长成加以注意……"[2]

沈从文在教学和创作中进行研究和尝试，改写佛经故事，完成了《月下小景》这本书。

值得注意的是，沈从文做了与鲁迅相似的研究和创作。鲁迅在给钱玄同的信中，对沈从文语含讥讽，可以看出鲁迅对沈从文有误会。沈从文对此心有芥蒂，一度对鲁迅也颇有微词。沈从文在大学里教书，讲的也是中国小说史。鲁迅的名著《中国小说史略》是开山之作。鲁迅创作《故事新编》，沈从文则对佛经中的故事进行改写。

鲁迅关注佛经，对佛经中的故事也非常感兴趣。自 1914 年始，鲁迅在漫漫长夜阅读了很多汉译的佛经，也抄写了大量的佛经，以此自娱。"在后来他的写作里，特别是在杂文写作里，那些译本被鲁迅转化为自己独特的东西。后来鲁迅收藏的佛经作品有《旧杂譬喻经》《佛说百喻经》《阿育王经》《法华经》等，他又给自己的母亲刻过《百喻经》，从中都能

[1] 吴世勇. 沈从文年谱 [M]. 天津：天津人民出版社，2006:116.

[2] 沈从文. 沈从文别集·月下小景 [M]. 长沙：岳麓书社，1992:16.

看出来他对佛教的一种喜爱。"[1]

在青岛时，沈从文的教学和创作，与鲁迅的教学和研究佛经，有高度重合的地方。

"枫"发表的《沈从文在青岛》一文，还透露出沈讲课的细节：

> 沈先生来青已将一年了，月薪一百五十元。他不教书，只与杨振声校长合任小说班讲座。他们唱的是双簧：杨振声上堂讲，而沈从文负责改学生的习作。这件事，沈先生说，下半年不干了！凡是干过教员的人，都知道改卷子是多么使人发疯的事！又坏又多，真是"不看的话，死亦无惧！"

这段话，可视为沈从文对朋友发的牢骚，教学与创作，需要沈从文分配好时间。他教书，修改学生的习作，细致、认真、非常敬业。以后在西南联大师范学院执教时，亦是如此。

在大学教书，与创作不同。教学有课堂前的准备，课堂上的传授，课堂下的交流。沈从文为了教好中国小说史，花费了大量的精力和时间备课、写讲义。1931 年 11 月 19 日，沈从文给王际真的信中，有点发牢骚地说："近来在研究一种无用的东西，就是中国在儒、道二教以前，支配我们中国的观念与信仰的巫，如何存在，如何发展，从有史以至于今，关于他的源流、变化，同到在一切情形下的仪式，作一种系统的研究。近来已抄得不少材料，若什么时候，你想考博士，论文用到这个题目时，我可以把全部寄来送你。"[2]

---

[1] 高丹，申璐.孙郁谈周氏兄弟与佛教：既有人情，又有佛性 [EB/OL].（2019-08-23）[2022-01-21].https://baijiahao.baidu.com/s?id=1642627642134967480&wfr=spider&for=pc.

[2] 沈从文.沈从文全集：第 18 卷 [M].太原：北岳文艺出版社，2009:151.

沈从文在图书馆抄写材料，给大学生留下深刻印象。"沈从文先生那时候在青岛大学教中国小说史，常见到他在图书馆中的旧书堆里找材料。"[1]

沈从文自己如何看待他在青岛教书的这两年呢？沈从文后来回忆："二十一年（1932年）我在某某大学（指国立青岛大学）教小说习作，起始约有二十五人很热心上堂听讲，到后来越来越少，一年以后便只剩下五个人了。五个人中还有两个是旁听的。"两个旁听者中，有一个是李云鹤，一个是崔嵬。

---

[1] 忆子.青岛文人过鸿录 [N]. 大公报（香港版）：大公园，1949-01-19（8）.

坐看水云，太平角孤独的身影

青岛海滨有许多风景秀丽的海岬，太平角是其中最美的一处。太平角在古代称"碌豆岛"，清朝后期与陆地相连成了半岛。

1922年12月10日，中国代表王正廷、熊炳琦与日本驻青岛守备军司令由比光卫、青岛民政长官秋山雅之介举行移交仪式，正式收回青岛主权。至此，在德、日统治下达25年之久的青岛，终于回到了祖国的怀抱。念及青岛屡遭列强凌辱，期盼从此太平，便命名了一批冠以"太平"的地名，如太平路、太平山、太平湾、太平角等。

岬角分为陆域、海角两部分。陆域由西南—东北走向的湛山一路至五路，还有一条湛山路，西北—东南走向的太平角一路至六路，纵横共12条街道组成。道路纵横交错，宛如棋盘，其中以各具特色的建筑著称，漫步其间，闲适飘逸，如入画境。海角之东、南、西三面环海，海岸约2.5公里。太平角又分为5个小岬角和5个小湾。海岬之衔接处有楔形礁岩，形成一个个海滩，其中有在别处难得一见的蓝色礁岩。此角适宜鱼类栖息，故此地为垂钓之绝佳地点。

叶春墀著《青岛概要》记载："太平角为颐养区之中心，西人避暑，皆集于此。避暑别墅，比比皆是。其地林木成荫，一碧无际，所有马路均隐藏于绿叶丛中。"

太平角处处如公园，而真正的太平角公园出现得稍晚。现在的太平角公园位于今香港西路南侧，太平角一路与太平角三路之间。这座美丽的公园从历史中来。1932年，中山路、河南路、曲阜路、肥城路合围的第四公园被占用，新建一批银行建筑。于是，1933 年，在太平角一路东南沿海新辟公园，占地面积 1500 平方米，抵补第四公园。

青岛文史专家鲁海接受采访时说，现在的太平角公园，曾是牧师们的墓地，"我当时看过很多墓碑，这些牧师不仅有青岛的，还有来自文登、荣成等地的。墓地里有一条小溪，两米宽，有的墓碑被推倒后就被当作小桥"。

20 世纪 20 年代，欧美传教士在太平角建别墅，这些宗教人士聚居在此，反映了当时的宗教气氛，仅美国传教士有名可查的有：樊都森、卜有存、赖恩源、贝尔斯、戴世珍、杜华德、明乐林、格雷夫斯、毕克、梅嘉礼等，多为长老会和浸信会牧师。传教士的别墅聚集到一定规模后，就连在济南任教的齐鲁大学的传教士，也来青岛太平角建别墅。

太平角的别墅群，比起八大关别墅群建设得早。八大关别墅群多建于 20 世纪 30 年代。太平角和八大关，两个海滨胜地连在一起，海滨、建筑、园林、街道，浑然一体，构成旖旎的前海风光。300 多座造型独特的别墅建筑，风格迥异，造型各具特色。俄、英、法、德、美、丹麦、希腊、西班牙、瑞士、日本等 20 多个国家的各式建筑，被誉为"万国建筑博览会"。老别墅经历岁月的洗礼，再加上不同年代的名流客居或寓居的经历，为之增添了文化内涵和神秘色彩，也具有了迷人的风采。

美丽的太平角晃动着名流的身影，作家（沈从文、苏雪林、王蒙）、诗人（柳亚子）、文豪（郭沫若）、科学家（李四光）以及军事家（朱德），都曾在太平角留下足迹。

在所有留痕太平角的名流之中，沈从文是特殊的一个，他把他的孤独和思考镌刻在海边的礁石上，他静坐的身影、青春的嘘叹被浪花托住。

1931 至 1933 学年，沈从文在国立山东大学中文系执教。人迹罕至的太平角成了他精神的高地、灵感的源泉。

1932 年 5 月的一个星期天，沈从文手拿两本书，迎着清晨的阳光，孤独地走过汇泉湾海水浴场，走过德国人留下的被岁月啃噬的炮台，经过八大关南端的岬角上高耸的花石楼，走到太平角。沈从文走到海边一块高高的礁石上，读书，沉思，遥望海天深处的水云。他在《水云》一文中这样写道：

> 走过了浴场，走过了炮台，走过了那个建筑在海湾石堆上俄国什么公爵的大房子……一直到太平角凸出海中那个黛色大石堆上，方不再向前进。这个地方前面已是一片碧绿大海，远远可看见水灵山岛的灰色圆影，和海上船只驶过时在浅紫色天末留下那一缕淡烟。我身背后是一片马尾松林，好像一个一个翠绿扫帚，归拂天云，矮矮的疏的马尾松下，到处有一丛丛淡蓝色和黄白间杂野花在任意开放。花丛间常常可看到一对对小面伶俐麻褐色野兔，神气天真烂漫，在那里追逐游戏。[1]

从沈从文的这段文字，可以看出 20 世纪 30 年代太平角的风貌。当年的太平角人烟稀少，海滨遍布低矮的马尾松林。松林间杂花生树，各种颜色的野花开放。这些可爱的小小麻褐色野兔，在林间自由地奔走、跳跃，三三两两傍地走，它们才是这林地的主人。看到陌生人沈从文闯入，它们忘记了逃跑，"只充满一种天真的好奇，偏着个小小的头痴痴地望着，随即似乎才发现这么过分有些不大妥当，于是又高高兴兴地在花草间蹦蹦跳跳地跑开了"[2]。

有一次，沈从文童心大发，他蹑手蹑脚地跟踪小野兔，小野兔倒也没有仓皇而逃，而是待沈从文的脚步近了，麻利地钻进陶制的引水管中躲了起来。一只小野兔在陶制的引水管中左顾右盼，头上两只毛茸茸的

---

[1] 沈从文. 沈从文全集：第 12 卷 [M]. 太原：北岳文艺出版社，2009:92.

[2] 沈从文. 沈从文全集：第 27 卷 [M]. 太原：北岳文艺出版社，2009:536.

长长的耳朵，不时摆动着。这只淘气的小野兔，以温润晶莹的大眼睛看着树丛中的沈从文，仿佛在说："好！你有本事来抓我啊！从这头赶来我就从那头跑去，赶不着，我不怕！"沈从文对这个顽皮的小野兔的神情永生难忘，这一幅画面镌刻在他的脑海之中。

沈从文悄悄地从马尾松林中离开，同样是蹑手蹑脚地走，没有留下脚印，就像不曾来过。当他回头望时，发现几只褐色野兔紧密地挨着，灵活地用两个前爪把松子送入嘴中，悠闲地嚼起松子。

1961年初夏，沈从文重返青岛，故地重游，他特意来到太平角怀旧。白云苍狗，太平角已不是当年的样子，野趣全无。八大关一带，有很多疗养院。疗养区占据了当年的马尾松林。但当年与小野兔对视的场景，在记忆中浮现。站在当年在太平角坐看水云的礁石上，望着层层海浪自天边来，心底生发出诸多细密的情感。礁石依旧，涛声依旧，只是自己不再是作家的身份……

只有在太平角这片海，沈从文才能感觉到心的跳动，"大海的脉搏节奏才更加和个人心脏节奏起伏相应"[1]。

让我们把时间的指针拨回1932年5月的那个星期天。

太平角的海天澄澈透明，高远浩瀚。近处的天空湛蓝，看一眼就醉了。一颗心也沉浸在虚空的蓝色之中，在梦幻的蓝色之中，变得纯粹。有时天空点缀着絮状的云朵，低低地浮现在空中，似乎要亲吻蓝色的海。有的云朵蓬松，散漫，是甜蜜的棉花糖，被任性的风扯成它想要的形状。有的云朵带着铅色的边缘，质感和层次更丰富，仿佛很有定力，不为风所动。如果思绪被风牵引，乘云飞翔，就云游到海天一色的地方，那里是云的故乡，也是雾气缓缓流动的神秘之所。

太平角高耸的礁石，是深沉的黛色，犬牙交错。海滨也有层层累积

---

[1] 沈从文. 沈从文全集：第27卷 [M]. 太原：北岳文艺出版社，2009:535.

的棕红色的礁石，错落有致，有一种粗犷的棱角的美。近海面处，礁石每天被海浪咬啮。连绵的海浪从海天深处滚滚而来，轰的一声，扑到礁石上，激荡起的浪沫散开，有时，带咸味的雾雨飞上沈从文的衣袂。礁石下，顿时铺展开白色的花朵，丝绸一样绣在透明的海水上。近处的海面汹涌起伏，与沉默了万年的礁石形成对照。潮音就在沈从文的脚下升起，海浪就在脚下散开。

右侧的沙滩上，一片空旷。沙滩上没有一个人影，空了壳的海螺，是大自然的杰作。生命消逝后，仍有一完美的曲线，落寞地埋伏在沙子中，隐匿着幽微的潮音。大海边，自然的奥妙与生命的奥秘无时无刻不在上演。海浪、礁石、贝壳、沙子以及沙滩上隐藏着数不清的海洋生物，物质的转化与生死的轮回，全部在脚下展开。

中午的阳光强烈，金黄色的沙滩散发着热力。太平角的绿荫是另外一个海洋，红色的洋楼隐在绿树中。马尾松林中动物发出的窸窸窣窣的声响，成群的鸟儿在树林上空盘旋，又唧啾着落入林中。林中乌鸫歌唱，发出串串珍珠的一般的乐音，悠长，婉转，也有不甚合群的乌鸫，在最高的枝头发出短促的、嗒嗒的鸣叫。

一个孤独的沉思者，坐在礁石上，宛如一尊雕像，融入海洋与陆地的交汇点。野花、野果都从阳光取得生命的芳馥。沈从文也从充沛的阳光中取得营养，在青岛的两年，那些曾经占据他生命的苦难，一一退隐。他的笔，一扫灰暗的调子，透着阳光的伟力，大海的颜色。

沈从文在太平角看海，获得写作的灵感："从默会遐想中，体会到生命中所孕育的智慧和力量。心脏跳跃的节奏中，俨然有形式完美、韵律清新的诗歌，和调子柔软而充满青春狂想的音乐。"[1]

沈从文时常到太平角，野生的诗意自由地生长。有时，大海波平如

---

[1] 沈从文．沈从文全集：第 12 卷 [M]．太原：北岳文艺出版社，2009:93．

镜。"海水明蓝而静寂，温厚而蕴藉"。[1]他倾听内心的声音，与自己对话。放眼海天水云，神游八极。

"抬头看看天空云影，并温习另外一时同样天空的云影，我便俨若重新有会于心。因为海上的云彩实在华丽异常。有时五色相煊，千变万化，天空如张开一铺活动锦毯。有时又素净纯洁，天空但见一片明莹绿玉，别无他物。这地方一年中有大半年天空中竟完全是一幅神奇的图画，充满青春的嘘息，煽起人狂想和梦想，看来令人起轻快感，温柔感，音乐感，情欲感。海市蜃楼就在这种天空中显现，它虽不常在人眼底，却永远在人心中。"[2]

夏天的太平角，经常有平流雾在海滨弥漫。如轻烟似的雾气从海上升起，最初淡淡的，被海风吹着，丝丝缕缕萦绕着海滨的马尾松林。海气与雾气扩散，令阳光带有了湿润的气息。平流雾在海面流淌，雾气在天空中浮动。海中岛屿的轮廓若隐若现，蓝色的海面在白色轻纱中变幻，海面上的船航行在梦境。沈从文看着雾气氤氲，仙气飘飘，感觉身处虚幻与真实的边界，轻柔的玄妙舞动粗粝的礁石。海市蜃楼，触手可及又遥不可及。身前的海天水云如梦如幻，身后的红瓦绿树宛如人间仙境。他的心中发出一阵叹息：这地方真是不可思议，天空与大海具有神秘的魔力……

太平角的水云，一如千百年来的纯粹，一如千百年来的变幻，一年四季神的手在这里创作油画。记忆在这里积淀，生命在这里丰富，女人的身影在水云间变幻。人脚踩着大海的旋律，可以有出离尘世之静思默想。太平角所有的水云，都成了沈从文的故事。汇泉湾沙滩上的螺蚌残骸被合拢在手中，潮和汐装进精巧的螺。在青岛经历的人与事，带着太阳的气味，带着大海的气息，带着沙滩的热度，储存在沈从文的心灵深

---

[1][2] 沈从文 . 沈从文全集：第 12 卷 [M]. 太原：北岳文艺出版社，2009:96.

处，经过岁月的储藏和发酵，变成故事，"偶然"很自然地从他的笔下流淌出来。

太平角的水云，藏着沈从文的情感秘史。他孤身一人，悄立于天地之间，面向大海敞开心扉，《水云》宛如行云流水，大段大段的内心独白，像青岛五月天正午的阳光，无遮无拦地倾斜而下，阳光到了海面，和波光一起流转，晃动。

沈从文离开后，苏雪林来太平角观海。

1935年盛夏，苏雪林与丈夫来青岛避暑。期间，她写下了20篇散文，集结为《岛居漫兴》。其中有一篇为《太平角之午》，请看苏雪林笔下的太平角的大海：

> 整个空间，除了"光明"似乎更无别物。造化的元气是这么的淋漓浩瀚；这么的涵盖万有，弥纶六合，令我们渺小的人类只有低头膜拜，更无言语可以赞叹。
>
> 这是佛书上的"光明之域"！这是但丁《神曲》第九重天上的上帝所居的万福的"水晶之海"！[1]

虽然正午的阳光带着大海的雾气，但依旧很强烈。苏雪林在太平角领略了一个盛夏正午的美景，她把太平角比拟为"光明之域""水晶之海"，真是神来之笔！

沈从文在太平角静坐、沉思、读书的经历，成为深刻的记忆。"水晶之海""光明之域"，汇成水云的印记，封存在沈从文的年轮中。

---

[1] 沈晖. 苏雪林文集：第1卷 [M]. 合肥：安徽文艺出版社，1996:301.

笔尖下的江河
——创作《从文自传》的夜晚

　　一盏灯照亮了房间之中的黑暗，沈从文伏案笔耕不辍，灯光勾勒出他的剪影。他的记忆像沅水一样涌动，绵延千里，在他的笔墨下流淌。笔尖划过方格稿纸，发出唰唰的声音，有一种迷人的节奏，笔墨与稿纸的缠绵，是他心头焐热的鲜活的故事。沈从文在创作时，时间静止了。他身处的现实世界仿佛消逝了，他借助纸与笔创造了一个世界，他就是那个创世的主人，毫不疲倦地挥洒着他的才气，酣畅淋漓的才气……

　　然而，现实中一切都存在，窗外草坪上、草尖上挂满了清凉的露珠，第一公园的花木在窃窃私语，八关山上的槐树夹道向深夜的孤峰爬去，跑马场上的海风在夜色中互相追逐，汇泉湾中永恒的潮汐是大海的呼吸。

　　打开的窗户，子夜的风，紫茉莉馥郁的气味，飘忽不定的窗帘，带有黏稠睡意的虫鸣，这一切陪伴着沈从文的追溯之旅。不远处加拿大白杨林进入静默之中，似乎蕴含了神秘的意味。银杏树浓密的树冠被夜色笼罩，似乎进入一个梦中，那梦里有遥远的湘西的歌声和水声。

　　这是 1932 年暑假的一个深夜，万籁俱寂，整个世界都进入了睡梦之中，远处汇泉湾的潮声也退隐了。只有这盏灯是醒着的，灯下的人在奋笔疾书。

　　1932 年暑假，沈从文在青岛福山路 3 号完成了《从文自传》。他用了三个星期的时间，写下了一部新文学史上的经典。沈从文创作小说，总会不停地修改，而这部自传，可以说是一气呵成，很少修改。因为写的是自己的经历，忠实的呈现，就是一种自然的本色。

这本书的创作缘起，和新月诗人邵洵美有关。

1932 年夏，邵洵美创办时代印刷厂。邵洵美，这位闻名上海滩的唯美诗人，娶盛宣怀的孙女盛佩玉为妻。佩玉锵锵，洵美且都。一个是簪缨世家的千金小姐，一个是才华横溢的风流公子。两人举行了盛大的婚礼。但在一些时人看来，邵洵美攀龙附凤，进入豪门。邵洵美的得力干将章克标著有《文坛登龙术》一书，被鲁迅撰文《登龙术拾遗》讥讽。鲁迅的火力累及邵洵美。（登文坛）"最好是有富岳家，有阔太太，用陪嫁钱，作文学资本……"鲁迅在《拿来主义》曾这样讽刺邵洵美："因为祖上的阴功，得了一所大宅子，且不问他是骗来的……或是做了女婿换来的。"鲁迅的讽刺失之偏颇。像邵洵美这样的公子哥，锦衣玉食，口中含着金钥匙出生的人，偏偏又才华横溢，自然会招来各种各样的羡慕嫉妒恨。"你以为我是什么人？是个浪子，是个财迷，是个书生，是个想做官的，或是不怕死的英雄？你错了，你全错了；我是个天生的诗人。"邵洵美如是说，有为自己辩解的意思。邵洵美作为出版家，其功绩彪炳史册。卞之琳说邵洵美办出版"赔完巨万家产""衣带渐宽终不悔"当算精当。

胡适认为"中国缺乏传记文学"，他主张，不论各界名流还是黎民百姓，都要留下自传。邵洵美服膺此论，于是，策划作家"自传丛书"。约请巴金、沈从文写自传。这套书实际出版了沈从文、张资平、庐隐、巴金和许钦文的五种。

1934 年 7 月 15 日，《从文自传》由上海第一出版社出版发行，发行人为谢文德，时代印刷厂印刷。书前有"沈从文先生近影"。

邵洵美还特为这部自传写了广告语，文字如下：

> 天才而又多产的作家沈从文先生，已名满大江南北，无远无届，而且多才又多艺，其生平想必为人所乐闻。殊不知沈先生乃贫苦出身，读书甚少，大都由刻苦自修中得来，更兼生长蛮荒之邦，受着

大自然的陶冶，故为文诡奇多姿，令人神往。先生从小曾当士兵，在军队中做着下级工作，这些都是异于其他作家的地方。他能有今日的成就，却非幸致。本书是他的自述生平刻苦上进的历程，不但趣味横生，而且获益良多，实为有益青年的无上的读物，存书无多。幸无失之交臂。书用九十磅米色道林纸精印，尤为美观。内容较庐隐自传增加一半，定价每册仍售六角。[1]

从这则图书的广告中，可以看出邵洵美对沈从文的青睐与赏识。这种赏识是发自内心的。诚如邵洵美所言："钞票用得光，交情用不光。"沈从文与邵洵美建立了长期而牢固的友情。1958 年，邵洵美被捕；1962 年，被释放。邵洵美在提篮桥监狱中，曾写信给沈从文，想把家中的宋代瓷器卖给博物馆。沈从文作信答复（1962 年 12 月 7 日）。1966 年 5 月 16 日，沈从文又回复邵洵美一封信，两人都经历了天翻地覆的陵谷之变。邵洵美晚年凄凉，疾病缠身，生活困苦，靠翻译为生。这封信，沈从文写得温情动人，对老友的关爱令人温暖。邵洵美患心脏病，咳喘不已。"此间熟友说及，'金橘饼'能治哮喘。不知实验过否？"[2]

两人均是老病缠身，昔年故旧，多成古人。沈从文念及陆小曼近况。在"文革"狂风暴雨骤起之时，每个人免不了浮浮沉沉。沈从文汇报了京城老友的情况：

> 熟人中唯金岳霖半月犹可一面。余唯政协学习组约卅人，每星期有两上半天共同学习，人来自各个方面，同学十年，实仍如同陌生人。北京公园中牡丹芍药闻已次第开放，亦少有兴致一看。努生

---

[1] 彭林祥.《从文自传》的版本谱系 [N]. 中华读书报，2015-01-14（14）.

[2] 沈从文. 沈从文全集：第 22 卷 [M]. 太原：北岳文艺出版社，2002:16.

（罗隆基）去世，想早闻知，去世一礼拜前，犹同往郊外参观"焦庄户"地道战遗迹也。光旦先生似仍康健如昔，饶孟侃任教外语学院，去年闻住医院，有患癌传闻，难得其详。之琳、健吾住处虽相隔不远，因业务不同，至多一年半载偶尔一见，高植患心脏病已故去数年，梦家似仍在科学院工作，已四五年未见面。太侔先生仍健在，住青岛，五六年前去青岛曾相见。俞珊情形不明白，想来晚景或不如小曼从容也。林徽因故去后，思成再婚亦已数年，唯偶于某种会期中可一晤及。傅雷想尚不断有新译出版。此间闻周知堂老人年近八十，尚有新译希腊文学约廿万言完成。并著有自传约四十万言，或在香港出版，日本拟全译。萧乾亦经常有译著刊印，唯不署本名而已。拉杂奉闻，或可一慰病榻岑寂也。[1]

沈从文的这段信函，提及不少故雨的近况，宛如历经沧桑的老人负暄絮语，娓娓道来，让人倍觉亲切。病中的邵洵美读到此信，一定会感到欣慰，友情的温暖遍布全身。但今天的我们，读到这简短的尺牍中包含着巨大的历史信息，每个人的遭遇都多少带有历史的苍凉。

1962 年 12 月 7 日，沈从文给邵洵美的信中，末尾提到他仍有回归作家队伍之念想，格外怀念当年写《从文自传》时的状态：

　　大堆破烂作个交代后，或许再回到老行业，来写"五四到解放"一段社会小说，不过再希望如过去廿天写自传情形，恐已不可能了。[2]

---

[1] 沈从文. 沈从文全集：第 22 卷 [M]. 太原：北岳文艺出版社，2002:16—17.

[2] 沈从文. 沈从文全集：第 21 卷 [M]. 太原：北岳文艺出版社，2002:285.

岁月长河无形之中制造历史的落差，放大今昔的距离。沈从文在星月之下，在浪花驮着月光旅行的海滨，写作《从文自传》的夜晚，多么令人怀想啊。那是一种自由勃发的创作状态，那是江河奔腾、百川入海的一种写照。

　　深夜，亮着的书灯，也散发着友情的光芒。

水边的孤独

—— 理解《从文自传》的两把密钥

在青岛的海天水云间，回望故乡湘西的沅江，生命之舟顺流而下。一位作家的现在，由无数过去的时光构建。《从文自传》中对过去的追忆始终联系着目前的生命情状。他如此道出创作这本书的初衷："民廿过了青岛，海边的天与水，动物和草木，重新教育我，洗练我，启发我。又因为空暇较多，不在图书馆即到野外，我的笔有了更多方面的试探，且起始认识了自己。"

正是在青岛，沈从文有了回望自己来时路的契机，开始审视自己。

《从文自传》讲述的是 1902 年到 1923 年沈从文进入都市前的人生经历，即沈从文的湘西经历。一个只有小学学历的湘西人，是如何成长为一个作家的？湘西是如何成为他写作中挖掘不尽的资源的？这就是这本自传的核心内容。他这样谈及《从文自传》的创作："就个人记忆到的写下去，既可温习一下个人生命发展过程，也可让读者明白我是在怎样环境下活过来的一个人。特别在生活陷于完全绝望中，还能充满勇气和信心始终坚持工作，他的动力来源何在。"[1]

水边与孤独，是欣赏《从文自传》并走进他的精神世界的两把密钥，鲜活是最直接的阅读感受。

---

[1] 沈从文. 沈从文全集：第 13 卷 [M]. 太原：北岳文艺出版社，2002:367.

十余年来，笔者常读《从文自传》，也有过带着这本书到太平角红棕色礁石读的经历。每当掩卷之时，"鲜活"两个字涌现，就像一条鲤鱼跃出水面，划过一道优美的弧线，又落入河水之中。啪的一声，鲤鱼落入水中的声响消逝，河面上的水花消逝，层层涟漪荡漾开来。水波晃动着夕照，夕阳的余晖铺满了河面，晚霞静静地燃烧着天空。那个从河中泅渡、摸鱼的孩子，也离开河面，留下一个清晰的身影，一串稚嫩的脚印……

这个极不安分的孩子常常逃学。他的课堂就是大自然，下河、划船、爬树、钓鱼、打猎、摘野果、采笋子……他津津有味地看小作坊里手工艺者的劳作：制作瓷器的、烧窑的、打铁的、打鱼的、造纸的、造船的、榨油的、做鞭炮的、雕刻佛像的……这位在镇筸游荡的少年，获得了比在课堂上更鲜活而丰富的生活。这就是沈从文在自传中的一章，"我上过许多课仍然不放下那一本大书"。湘西的山水、人性、人情、风物、习俗，在他笔下是鲜活的。鲜活的自然，鲜活的人物，自由的生长，野性的力量，敏锐的观察，丰饶的诗意，和着大自然中的万千声音和气味，滋养着沈从文年少的心灵。

清澈鲜活的水流经他的童年。天上的雨水流经他的幻想，注入河流。"沈从文的童年在故乡沅水河边度过，他常常在雨水中陷入某种幻想的状态，忘记了经书，忘记了课堂。"

沈从文常常因为逃课受笞，或者罚跪（一炷香的时间）。罚跪，他从不觉得枯燥，更不觉得是受罪，正可练习想象力。他望着天空中的白云发呆，进入想象中的世界。沈从文可以从一个普通事物出发，借着想象的小舟，抵达五十多个不同的地方。一个物象，经过联想，生发出五十多种不同的意象。这是沈从文后来成为作家的天赋。诚如他所说："我的心总得为一种新鲜的声音，新鲜颜色，新鲜气味而跳。我得认识本人生活以外的生活，我的智慧应当从直接生活上消化吸收，却不需从一本好书一句好话上学来。"[1]

在天为云，在地为水。水，就是沈从文的文学，活泼流动，从生活中汲取，从不枯竭。"在水的包围中，他成了一个作家，使人与事物获得意义。"

《从文自传》中汩汩流淌着沈从文独特的生命体验：

> 我情感流动而不凝固，一派清波给予我的影响实在不小。我幼小时较美丽的生活，大部分都与水不能分离。我的学校可以说是在水边的。我认识美，学会思索，理解人生，水对于我有极大关系。[2]
>
> 在我一个自传里，我曾经提到过水给我的种种印象。檐溜，小小的河流，汪洋万顷的大海，莫不对于我有过极大的帮助，我学会用小小脑子去思索一切，全亏得是水，我对于宇宙认识得深一点，也亏得是水。"孤独一点，在你缺少一切的时节，你就会发现原来还有个你自己。"这是一句真话。我有我自己的生活与思想，可以说是皆从孤独得来的。我的教育，也是从孤独中得来的。然而这点孤独，与水不能分开。[3]

水边的孤独喂养了一颗丰饶的灵魂，质朴的山歌能让他的灵魂浮起，哗哗的水声伴随他行进的脚步。他在孤独中学习，他在孤独中吸收，他在孤独中远眺。从逃学的顽童到辗转湘西的小兵，这是时间，这是成长。沈从文生命的章节伴着流水展开，他的写作与水有着密不可分的关系：

---

[1] 沈从文. 沈从文全集：第13卷 [M]. 太原：北岳文艺出版社，2002:253.

[2] 沈从文. 沈从文全集：第13卷 [M]. 太原：北岳文艺出版社，2002:252.

[3] 沈从文. 沈从文全集：第17卷 [M]. 太原：北岳文艺出版社，2002:206.

到十五岁以后，我的生活同一条辰河无从离开，我在那条河流边住下的日子约五年。这一大堆日子中我差不多无日不与河水发生关系。走长路皆得住宿到桥边与渡头，值得回忆的哀乐人事常是湿的。至少我还有十分之一的时间，是在那条河水正流与支流各样船只上消磨的。从汤汤流水上，我明白了多少人事，学会了多少知识，见过了多少世界！我的想象是在这条河水上扩大的。我把过去生活加以温习，或对未来生活有何安排时，必依赖这一条河水。这条河水有多少次差点儿把我攫去，又幸亏他的流动，帮助我做着那种横海扬帆的远梦，方使我能够依然好好地在人世中过着日子！

……我虽离开了那条河流，我所写的故事，却多数是水边的故事。故事中我所最满意的文章，常用船上水上作为背影，我故事中人物的性格，全为我在水边船上所见到的人物性格。[1]

进入军队之中，沈从文的人生经历在长河边展延开来。他构建的湘西文学版图中的人物，都可以在《从文自传》中看到：樵夫、水手、手工艺者、小作坊主、师爷、乡绅、官僚、吹喇叭的号兵、文书、军官、女囚犯、妓女、山大王、戴水獭皮帽子的大老板……

令人印象最深刻的是"白脸长身见人善作媚笑的女子"，"竹筏上且常常有长眉秀目脸儿极白奶头高肿的青年苗族女人，用绣花大衣袖掩着口笑，使人看来十分舒服"。

哗哗的流水，是一种隐喻，各色人物在岸边的舞台上演悲喜人生，短暂如幻梦，迅疾如流星。流水带走各种各样的人生，创造生命，又毁灭生命。水边的孤独开启沈从文创作之源泉，《从文自传》中因为他的书写，那些消逝的生命趋于永恒。水有时指向死亡与毁灭，有时指向清洁与救赎……

---

[1] 沈从文. 沈从文全集：第 17 卷 [M]. 太原：北岳文艺出版社，2002:209.

水边的杀戮
——《从文自传》中冷峻的痛苦

《从文自传》中最惊心动魄的章节就是杀人，但沈从文却以平淡的语气，冷静地描写。

革命算已失败了，杀戮还只是刚在开始。……平常杀人照例应在西门外，现在造反的人既从北门来，因此应杀的人也就放在北门河滩上杀戮。当初每天必杀一百左右，每次杀五十个人时，行刑兵士还只是二十，看热闹的也不过三十左右。……被杀的差不多全从乡下捉来，糊糊涂涂不知道是些什么事，因此还有一直到了河滩被人吼着跪下时，才明白行将有什么新事，方大声哭喊惊惶乱跑，刽子手随即赶上前去那么一阵乱刀砍翻的。
……

我那时已经可以自由出门，一有机会就常常到城头上去看对河杀头。每当人已杀过赶不及看那一砍时，便与其他小孩比赛眼力，一二三四屈指计数那一片死尸的数目，或者又跟随了犯人，到天王庙看他们掷筊。看那些乡下人，如何闭了眼睛把手中一副竹筊用力抛去，有些人到已应当开释时还不敢睁开眼睛。又看着些虽应死去还想念到家中小孩与小牛猪羊的，那份颓丧、那份对神埋怨的神情，真使我永远忘不了。

我刚好知道"人生"时，我知道的原来就是这些事情。[1]

自幼就看杀人，沈从文出生在镇筸，军人的血统注定了他无法摆脱这一切，这是他与生俱来的宿命。1918 年 7 月 16 日，15 岁的沈从文以补充兵的身份离开家乡，到遥远的，比凤凰更大的辰州（沅陵）驻防。进入军队中，目睹了军队在清乡过程中的杀人如麻。在《从文自传·清乡所见》中，我们看到沈从文冷静、客观的记录。

同样是描写杀人的场景，鲁迅笔墨中有火，他是批判性的，怒其不争，哀其不幸。而沈从文写河边杀人，心中仍然是流动的水，看不清楚他的表情，笔中似乎有冰，他是包容性的。

学者张新颖说："鲁迅是能够而且善于从平常中看出不平常的极端敏感的天才，而沈从文是把不平常也当作平常来接受的那么一个人；鲁迅是质疑性的，沈从文是容纳性的。"[2] 真是一针见血，睿智的洞察力。

沈从文描写严刑拷打与杀人的场景很冷峻，有一抹灿烂的人性的微笑，令读者难以忘记。打豆腐的年轻男子，偷了商会会长女儿的尸体，在山洞里睡了三天。这个打豆腐的年轻人被逮捕行刑时，一个士兵问他："疯子，要杀你了，你怕不怕？"他就说："这有什么可怕的。你怕死吗？"士兵被反问得恼了，大声恐吓打豆腐的年轻男子。这男子"柔弱地笑笑，便不作声了"。这个微笑像豆腐一样柔弱，像岩石一样倔强，人性的光辉往往是在荒芜与野蛮之处闪现，转瞬即逝。

在青岛海滨，沈从文深夜写作《从文自传》时，这个微笑如同烟花一样在黑暗中璀璨绽放，冰冷的岩石也开出了温柔的花朵。

沈从文是流水中人性之美的捕猎者。打豆腐的青年男子的这段奇特

---

[1] 沈从文 . 沈从文全集：第 13 卷 [M]. 太原：北岳文艺出版社，2002:269—271.

[2] 张新颖 . 沈从文九讲 [M]. 南京：译林出版社，2021:64.

的经历，被他写进短篇小说《三个男人和一个女人》。

杀人的场景镌刻在沈从文的人生年轮中，其实，这对他是一种另类的教育。他在《我的教育》中写道："逢场杀了这些人，真是趁热闹。血从石罅流到溪里去，桥下的溪水正是不流的水，完全成了血色，大家皆争伏到栏杆上去看。"[1]

流水冲刷血，暴雨冲刷血。水可洁净万物，沈从文的书写就是一种救赎。水在大自然有各种形态，雪山有水，冰霜有水，云中有水，草尖有露珠，地下有泉水……他把大自然各种形态的水汇聚笔端，在青岛的二十个日夜，把水的悲鸣，把水的悲欢，酣畅淋漓地释放出来。伴随他的是汇泉湾的潮涨潮落，太平角的海天水云，他写作《从文自传》时，长达一千里的沅水在他身体里起伏，发出的种种声音，与海滨的潮音一唱一和。

沈从文最终厌倦了军队的杀人。一场高烧让他病倒不起，他与发烧、头痛搏斗了四十天，他刚从床上站起来，结果噩耗呼啸而至——他的好朋友陆弢为了同一个朋友争口气，泅渡湍急的河流，结果壮如猛虎的陆弢溺毙。这也为他的生活带来转机。在湘西王陈渠珍的支持下，沈从文去了北京，"进到一个我永远无法毕业的学校，来学那课永远学不尽的人生了"。

《从文自传》到决定去北京，戛然而止。1932年暑假写的书，沈从文把书稿邮寄到上海。两年后，《从文自传》出版，此时，他已经从青岛转到北平，编辑教科书，并编《大公报》副刊。

1980年5月17日，沈从文在《从文自传》附记中写了这样一段话：

部分读者可能但觉得"别具一格，离奇有趣"。只有少数相知

---

[1] 沈从文.沈从文全集：第5卷[M].太原：北岳文艺出版社，2002:215.

亲友，才能体会到近于出入地狱的沉重和辛酸。可是由我说来，不过是还不过关的一本"顽童自传"而已。[1]

《从文自传》"有趣"的背后是有血有泪，心灵的大悲痛隐藏在缓缓流淌的水中。流水洗不掉冷峻的痛苦。

---

[1] 沈从文 . 沈从文全集 : 第 13 卷 [M]. 太原：北岳文艺出版社，2002:367.

水边的反响
——沈从文这部"神的杰作"

《从文自传》出版后，这本小书因每页皆有时代的回响、历史的波澜，深受读者喜爱。1934 年 12 月，林语堂主编的小品文半月刊《人间世》杂志，开了一个专栏"一九三四年我爱读的书"，面向全国的作家约稿。《从文自传》被周作人和老舍选为"一九三四年我爱读的书"。

《人间世》的编辑也向沈从文约稿。看下沈从文如何回复：

　　一《神巫之爱》

　　二《边城》

　　三《xxxxx》

第一本书我爱它，因为这是我自己写的。文章写得还聪明。作品中有我个人的幻想。四年前写来十分从容，现在要写也写不出来了。

第二本书我爱它，也因为这是我自己写的。文章写得还亲切。作品中有我个人的忧愁，就是为那个作品所提及的光景人物空气所浸透的忧愁。这作品是一九三三年写的。这一年很值得我纪念。我死了母亲，结了婚，写了这样一本书。

第三本书我爱它，因为这本书不是用文字写成的。文章写得又聪明又亲切。这作品使我灵魂轻举，人格放光。一部神的杰作。这作品虽不是我写的，但很显然的，我却被写进书里面去了。天知道这是一本什么书！[1]

　　由此可以看出沈从文对自己创作的自信。他的自信有时掩藏在温和与谦逊之下，偶尔锋芒毕露。

　　1934年初，他回乡看望病中的母亲，在湘西的小船上校改自己的作品，听着船桨划水的声音，他在给妻子张兆和的信中写道："我想印个选集了，因为我看了一下自己的文章，说句公平话，我实在是比某些时下所谓作家高一筹的。我的工作行将超越一切而上。我的作品会比这些人的作品更传得久，播得远。我没有方法拒绝。"[2]这样的自信，因是私人话语，不会引起任何人的不快。对自己作品的评价，建立在他已经洞察河流的秘密之上。

　　"一九三四年我爱读的书"，沈从文提供的三本，要么是自己的书，要么是他自己这个人（一部神的杰作），的确符合林语堂倡导"以自我为中心"的办刊宗旨。但这样的锋芒毕露，自然会招致批评。陈望道的《是我，是我，第三个还是我》一文在详细地摘引了沈从文所开书单及其理由之后，接着写道："应该再加上一个'第四本书'，但他没有预先料到在'新年附录'里也有人爱读他的《从文自传》。"[3]

　　这篇委婉的批评文章，1935年2月20日发表在陈望道本人主编的《太白》杂志第一卷第十一期，文章发表在"掂斤簸两"栏目。这四个字，难免让人产生联想，这四个字蕴含的力量，更厉害。

　　沈从文开列书单时，自然不会想到：周作人和老舍分别开列了三本书，不约而同地都选择了《从文自传》。

[1] 张新颖. 沈从文的前半生：1902—1948[M]. 上海：上海三联书店，2018:169.

[2] 沈从文. 沈从文全集：第11卷 [M]. 太原：北岳文艺出版社，2002:181—182.

[3] 陈望道. 陈望道文集：第一卷 [M]. 上海：上海人民出版社，1979:408.

我们来看一下周作人和老舍都选了哪些书。看到这些书，自然会明白《从文自传》的分量，以及在两位作家阅读视野中的地位。

周作人开列的三本书：一是希本著《木匠的家伙箱》，二是霭理斯著《我的告白》，三是《从文自传》。

老舍开列的三本书：一是《从文自传》，二是 *Epic and Romance* By W.P.Ker（苏格兰作家克尔著《史诗与浪漫：中世纪的文学随笔》），三是美国学者都兰著《古今大哲学家之生活与思想》。

很显然，《从文自传》出版半年就跻身中外经典的行列。周作人是新文化运动中的风云人物，他眼界开阔，读书品位高雅，他"最爱"的书，自然令世人格外关注。年末开书单，列出三本"最喜爱的书"。除此之外，周作人还做过两次书单。1936年与1937年，合计六种书——永井荷风《冬天的蝇》，谷崎润一郎《摄阳随笔》，罗素《闲散礼赞》，*The World of Nature* By H.C.Knapp-Fisher（纳普-费舍尔著《大自然的世界》），*Men and Women* By M.Hirschfeld（赫希菲尔德著《男人和女人》），*The History of Medicine* By B.Dawson（道森爵士著《医学史》）。

由此可见，在周作人开列的三次书单中，《从文自传》是唯一的中文书，且为唯一的晚辈作者所著。

老舍曾在伦敦大学教中文五年，在英国期间博览欧美大作家的经典之作。在山东大学执教时，老舍还讲过欧洲文学史。《从文自传》也是他选的唯一的中文书。

《从文自传》受到读者、作家和学者的欢迎，是普遍的现象，而非独特的个例。清华大学图书馆馆员毕树棠，被清华师生誉为"活字典"，他一生阅书无数，对《从文自传》也是非常喜爱，撰写书评发在1936年2月《宇宙风》第1卷第10期。他称《从文自传》"委实是一部很可爱的书"。他敏锐地发觉，沈从文从军的经历，"练就一副结实的人格"，有一种作家有生活，"不学而有术"，生活的阅历和积累，对于作家创作来说尤为重要：

我们知道沈君是一个成名的小说作家，而在这书里却找不出他的文学修养的所在，其实这二十年的生活情景便是他后来文学创作的根基。高尔基的少年浪荡，康拉德的海上漂泊，都是后来文章成功的种子，文学是生活的反映，此之谓也。

无独有偶，沈从文的弟子汪曾祺后来也有过类似的表述："高尔基沿伏尔加河流浪过。马克·吐温在密西西比河上当过领港员。沈从文在一条长达千里的沅水上生活了一辈子。"

毕树棠还注意到《从文自传》的语言风格，作为鉴书无数的"理想读者"，他对沈从文行文的语言特色大加赞赏："这本书的文字近于随笔演述，写得细密而轻松，在字句上看不出什么精巧的锻炼，而组合起来，却朴素而丰韵，参差而有致，整个脱去传统散文的节奏，而另具一新格调。这是作者久写小说，文笔独造，习惯成自然，有 Simplicity（简单）之美，非偶然所能至者。这本书的可爱处，风格也居重要之点。"

一位作家开始写自传，标志着已经确立了在文坛的地位。美国学者夏志清最先在其巨著《中国现代小说史》里指出："自传实在是他一切小说的序曲。"

在青岛的创作，是沈从文文学作品的成熟期。他的生命和文学，皆由水涵养。抗战期间，沈从文在昆明，回首自己的创作之旅，他在《一个传奇的本事》里这样写道：

　　水和我的生命不可分，教育不可分，作品倾向不可分。这不仅是二十岁以前的事情。即到厌倦了水边城市流宕生活，改变计划，来到北平阅读那本抽象"大书"第二卷，告了个小小段落转入几个学校教书时，我的人格的发展和工作的动力，依然还是和水不可分。从《楚辞》发生地一条沅水上下游各个码头，转到海潮来去的吴淞江口，黄浪浊流急奔而下的武汉长江边，天云变幻、碧波无际的青岛大海边，以及景物明朗、民俗淳厚、沙滩上布满小小螺蚌残骸的滇池边，三十年来水永远是我的良师，是我的诤友。这分离奇教育并无什么神秘性，然而不免富于传奇性。[1]

楚地的水在齐地的海滨，风浪相激荡，《从文自传》的诞生，就是"一个传奇的本事"。《从文自传》之所以经典，是因为它写了水边的人，写了"人类的哀乐"，不论岁月的长河如何流转，都会与新的读者相遇，激发出反响。

1989 年，作家三毛返乡寻根，称《从文自传》为她最爱读的书。像水一样流动的人生，每一个无法驯服的灵魂，每一颗向往自由的心灵，都会与这本书相逢。

[1] 沈从文 . 沈从文全集：第 12 卷 [M]. 太原：北岳文艺出版社，2009:215.

海滨的创作
——进入成熟期

"在青岛的那两年中,正是我一生中工作能力最旺盛,文字也比较成熟的时期,《自传》《月下小景》,其他许多短篇是这时写的,返京以后着手的如《边城》……也多酝酿于青岛。"

晚年的沈从文,站在岁月的高岗上回头凝望,青岛的海天水云已经融入他的灵魂之中,他多次谈在青岛工作的日子。海天辽阔,大海浩渺,天光云影,变幻丰富的色彩,他的胸襟开阔,呼吸着自由而清新的空气,一年四季花木渐次开放,青岛的风中是大海的气息,空气中是花朵的芬芳。他常年流鼻血的老毛病在青岛不治而愈。他如往常一样孤独,经常独自在海滨漫步,在礁石上静坐,但也会融入山大知识分子群体之中。在青岛,他的薪资稳定,生活安稳,他的脸上经常绽放微笑。

"也许你们愿意知道沈从文的小说是怎样写的。"让我们跟随"枫"的脚步,进入福山路3号寓所,近距离观察沈从文是怎样写作的:

有一天我走到他屋去,正赶着他在工作。稿纸铺满桌,大概有八九篇吧,都不曾写完,有的写一大半,有点写半节,有的几行,有的才写下一个题目。沈先生是很能静坐的人,他说自从从前做四块钱一个月的书记时就学会静坐了,可以坐在桌子前一天不动——他坐在那里想,想到那一篇,就写一点下去,这样他自己也会说不是顶好的写法,然而为了量的方面,却也不得不这样做。现在的报酬太可怜了。在平常沈先生是极不愿意谈写小说的。如果你在未进去之前先敲门，那么他会很快地将稿纸藏起来，不使你看他是在工作，有职业的人常在休息的时候谈的还是那一套玩意，沈先生不喜欢谈写小说，不知是不是这种缘故。

国立山东大学校长办公室秘书吴伯箫、青岛市立中学教师陈翔鹤、新月派诗人卞之琳、新月派诗人叶公超都曾走进福山路3号沈从文的寓所，但都没有留下详细的文章。"枫"的文章直观呈现了沈从文的写作状态。

心情舒畅，精力充沛——沈从文每天只睡三个小时，把时间用于备课、教书和写作。这两年是他写作的高产期，佳作频出，如同井喷。沈从文在青岛前后出版的著作如下：

《石子船》短篇小说集，上海中华书局，1931年1月。

《沈从文子集》短篇小说集，上海新月书店，1931年5月。

《龙朱》短篇小说集，上海晓星书店，1931年8月。

《一个女剧员的生活》长篇小说，上海大东书局，1931年8月。

《虎雏》短篇小说集，上海新中国书局，1932年1月。

《记胡也频》传记，光华书局，1932年5月。

《泥涂》中篇小说，北平星云堂书店，1932年7月。

《都市一妇人》短篇小说集，新中国书局，1932年11月。

《慷慨的王子》短篇小说，上海良友图书印刷公司，1933年3月。

《阿黑小史》中篇小说，上海新时代书局，1933年3月。

《一个母亲》短篇小说，上海合成书局，1933年10月。

《月下小景》短篇小说集，上海现代书局，1933年11月。

《沫沫集》文学评论集，上海大东书局，1934年4月。

《游目集》短篇小说集，上海大东书局，1934年4月。

《如蕤集》短篇小说集，上海生活书店，1934年5月。

《从文自传》传记，上海第一出版社，1934 年 7 月。

《记丁玲》传记，上海良友图书印刷公司，1934 年 9 月。

《边城》中篇小说，上海生活书店，1934 年 10 月。

《八骏图》短篇小说集，上海文化生活出版社，1935 年 12 月。

《石子船》《沈从文子集》《龙朱》《一个女剧员的生活》是沈从文来青岛前出版的，与青岛没有关系。1932 年 9 月，《石子船》再版时，沈从文在青岛。

《虎雏》《记胡也频》是沈从文在青岛时出版，创作时间是在来青岛前。

《泥涂》落款为"一九三二年一月作毕"，从时间上看，创作于青岛。

《泥涂》以后的沈从文的著作，或创作于青岛，比如《凤子》；或创作于青岛并在青岛时出版，比如《都市一妇人》；或者创作于青岛、离开青岛后出版，比如《月下小景》；或者灵感缘起于青岛，比如《边城》；或者小说内容反映在青岛的生活，比如《八骏图》。

总之，青岛是沈从文文学版图中重要的一个板块，20 世纪 30 年代的沈从文，创作进入成熟期。他的代表作《从文自传》《边城》在 1934 年出版，《湘行散记》发表于 1934 年。

20 世纪 30 年代，沈从文的笔不断地开拓疆土，不仅聚焦湘西边城，而且触及大都市，上海、武汉、北平、青岛。不仅仅写湘西神秘土地上自然、人性与神性，也写海滨美丽的女性。他用笔谱写田园牧歌，也刺破都市虚伪的幻象。他的小说发生地，从湘西的长河转换到青岛的海滨。

海滨的如蕤

—— 从文的都市爱情小说

在青岛，沈从文的小说创作多为都市爱情小说，其中塑造了不少美丽的知识女性。《都市一妇人》《凤子》《三个女性》《三三》《如蕤》，这些小说中的女性，她们的身影停留在青岛的海滨，有的在山上一块平坦的石头上读诗，有的在落日的五色明霞的沙滩上探讨自然的神性与美，有的独自驾驶小船出海遭遇暴风骤雨……

这些美丽的女性性格各异，但都有一种独立的精神，沈从文大概是用这些女性来点破都市中庸俗的习气，更新人性贪婪的空气。

《一个女剧员的生活》《都市一妇人》《如蕤》等，都集中反映了沈从文反庸俗的主旨，表现了都市男女挣脱庸俗人生所做的努力。

在《如蕤》中，沈从文写了一位出身于高贵门第的小姐（××总长庶出的女儿），这位长期生活在都市的知识女性，才华出众，尤爱运动，"游泳，骑马，划船，击球，无不精通超人一等"。按照今天的眼光来看，妥妥的白富美，优质女神。她的内心渴望奇遇，拥抱激情，幻想疯狂的爱，喜欢挑战，灵魂深处隐藏着被征服的潜意识。她看透了那些在她身边团团转的男人（丑角），逃脱了上流社会的包围，到青岛的海滨追求新的生活。她驾船出海，遭遇暴风雨，一只强而有力的手臂拯救了她。英雄救美，沙滩邂逅，她认识了这个姓梅的大一新生，但爱情的萌芽在一点误会中夭折。三年后，当她得知梅先生做化学实验不幸中毒后，她出现在病房中，温柔照顾。当梅先生爱上她时，她发现他与其他男人没有什么区别，决绝地转身离开，放弃了这一段感情……

"拣尽寒枝不肯栖，寂寞沙洲冷。"如蕤能否寻找到一棵大树？"她希望的正是永远皆不动摇的大树，在她面前昂然地立定，不至于为她那点美丽所征服。"她想："海边不会有这种树。若需要这种树，应当深山中去找寻。"[1]

这可能寄寓了沈从文的某种理想，现代文明可能是一种病，都市的人病了，需要湘西边城或者深山中的淳朴、率真和自然才能治愈，那超脱了名利的"大树"，不正是充满了原始的野性吗？

小说通过对如蕤这一人物形象的着力描绘，集中展现了沈从文对都市人追求爱情的挣扎与困境的独到理解。

小说借如蕤的观察视角和心理活动，轻轻地道破都市里的庸俗，可谓石破天惊：

> 民族衰老了，为本能推动而作成的野蛮事，也不会再发生了。都市中所流行的，只是为小小利益而出的造谣中伤，与为稍大利益而出的暗杀诱捕。恋爱则只是一群阉鸡似的男子，各处扮演着丑角喜剧。[2]

如蕤寻找理想人格的男人，她又一次失败了。沈从文对"都市男性缺少生命力与昂扬的力量进行了批判与嘲笑"，与《八骏图》表达的主旨有异曲同工之妙。

沈从文在《如蕤》中对大海的描写，是建立在两年的青岛生活基础

[1] 沈从文. 沈从文全集：第 7 卷 [M]. 太原：北岳文艺出版社，2002:337.

[2] 沈从文. 沈从文全集：第 7 卷 [M]. 太原：北岳文艺出版社，2002:339.

之上的。他描述的海上风云和气象，非常美，非常准确。

> 有些银色的雾，流动在沿海山上，与大海水面上。
> 这些美丽的东西会不会到人的心头上？
> ……
> 日光出来了，烧红了半天。海面一片银色，为薄雾所包裹。
> 早日正在融解这种薄雾。清风吹人衣袂如新秋样子。
> 薄雾渐渐融解了，海面光波耀目，如平敷水银一片，不可逼视。
> 炫目的海需要日光，炫目的生活也需要类乎日光的一种东西。这东西在青年绅士中既不易发现，就应当注意另外一处！[1]

大海，海纳百川，以其辽阔浩瀚包容万物，涵养万物，大海的美有力量。沈从文的文笔细腻，在细腻中见辽阔，在精微中见阔大。从他笔尖滴落的美，流淌到今天我们的心里。海，就在那里，谁不愿意驾船领略海上风光呢？如蕤，本来就有运动天赋，思想极不安分，她驾船出海了，会遇到什么呢？

> 当船摇到离开浴场约两哩左右，将近第三海湾，接近名为太平角的山岨时，海上云物奇幻无方，为了看云，忘了其他事情。
> 盛夏的东海，海上有两种稀奇的境界，一是自海面升起的阵云，白雾似的成团成饼从海上涌起，包裹了大山与一切建筑；一是空中的云彩，五色相煊，尤以早晨的粉红细云与黄昏前绿色片云为美丽。至于中午则白云嵌镶于明蓝天空，特多变化，无可仿佛，又另外有

---

[1] 沈从文. 沈从文全集：第 7 卷 [M]. 太原：北岳文艺出版社，2002:336—339.

一番惊人好处。

　　她看的是白云。

　　到后夏季的骤雨到了，挟以雷声电闪，向海面逼来。海面因之咆哮起来，各处是白色波帽，一切皆如正为一只人目难于瞧见的巨手所翻腾，所搅动。她匆忙中把船向近岸处尽力划去。她向一个临海岩壁下划去。她以为在那方面当容易寻觅一个安全地方。[1]

　　沈从文的小说有一种妙处，人物与环境水乳交融，也许受到屠格涅夫的影响。他有一支具有魅力和魔力的笔，在多篇小说和书信中，以诗人的眼光发现青岛的美，风景画式的白描呈现，令读者陶醉。

　　海滨的如蕤，化为逃离与找寻的一个文学形象。

---

[1] 沈从文.沈从文全集：第 7 卷 [M]. 太原：北岳文艺出版社，2002:341—342.

海滨的黄昏，神的手笔

　　沈从文对青岛的大海爱得深沉，爱得广阔，在他的小说中，有一年四季的海滨风景、海上气象；在他的散文中，有流动的海天水云，变幻着丰富的色彩；在他的书信中，有对青岛大海的描写，信手拈来，可谓神来之笔。在此选取不同的片段，领略沈从文笔下青岛的大海无限丰饶的美。

　　在小说《凤子》中，一位"纯洁如美玉，俊拔如白鹤"的青年男子，因生活的失意，离开北平，"逃遁"到青岛，寄居在青岛。他如同一位隐士，"默思的朴素生活的继续，给他一种智慧的增益，灵魂的光辉"。

　　一个黄昏，他在海滨漫步，想起去年十月初在海滩上的偶遇。沈从文格外喜欢青岛海滨的黄昏，他在《凤子》《三个女性》中有精彩的描绘。请看《凤子》中的片段：

　　　　落日如人世间的巨人一样，最后的光明烧红了整个海面，大地给普遍镀成金色，天上返照到薄云成五色明霞，一切皆如一只神的巨手涂抹着，移动着，即如那已成为黑色了的一角，也依然具一种炫耀惊人的光影。年青人在海滩边，感情上也俨然镀了落日的光明，与世界一同在沉静中，送着向海面沉坠的余影。

　　　　年青人幻想浴了黄昏的微明，驰骋到生活极辽远边界上去。一个其声低郁，来自浮在海上小船的角色正掠着水面，摇荡在暮气里。沙滩上远近的人物，在紫色的暮气中，已渐次消失了身体的轮廓。天上一隅，尚残留一线紫色，薄明媚人。晚潮微有声息，开始轻轻

地啮咬到边岸……[1]

五彩明霞，落日镀金，一线紫色在浮动的暮气中格外动人。这样的黄昏，青岛人常见。笔者留意观察青岛四季的黄昏，在海滩，在栈桥，在太平角，在燕儿岛，身处不同的位置，黄昏的气象、颜色皆不相同。人间四月，青岛的黄昏，天空从幽蓝变得带有夜色的深蓝，宛如镜子，映照着海浪与怒放的樱花。初秋时节，也曾到汇泉湾海滩捕捉浮动的薄暮中的紫色，不可得。

沈从文《凤子》中来隐居的年轻人，在十月初的海滩黄昏，听到一位有学究气的中年人与一个二十岁的女子的对话。这个笑意盈盈的女子就是凤子，中年男子对她说："你瞧，凤子。你瞧，天上的云，神的手腕，那么横横的一笔。"他们不知从什么地方过来，坐在松软的沙滩上。学究气的中年男子又说："年青人的心永远是热的，这里的沙子可永远是凉爽的。"凤子轻轻地笑，笑声掩饰不住的放肆的快乐。男子继续说："这一线紫色，这一派角色，这一片海，无颜色可涂抹的画，无声音可摹仿的歌，无文字可写成的诗。"[2]神性与自然，就在沈从文的笔下展开，这个静默的黄昏，有一种惊心动魄的美，通过悄立在沙滩上的年轻人的眼睛和耳朵呈现……

沈从文在青岛创作的作品，就是一个宝藏之海。青岛大海浩瀚的美，与沈从文小说艺术的美，交相辉映，互相成就。再比如《若墨医生》中医生驾船出海的这段：

> 一只白色的小艇，支持了白色三角小篷，出了停顿小艇的平坞后，向作宝石蓝颜色放光的海面滑去。风极清和温柔，海浪轻轻地

---

[1] 沈从文.沈从文全集：第7卷 [M].太原：北岳文艺出版社，2002:87.

[2] 沈从文.沈从文全集：第7卷 [M].太原：北岳文艺出版社，2002:88.

拍着船头船舷，船身侧向一边，轻盈得如同一只掠水的燕子。我那时正睡在船中小桅下，用手抱了后脑，游目看天上那些与小艇取同一方向竞走的白云。

……

前面只是一片平滑的海，在日光下闪放宝石光辉。海尽头有一点淡紫色烟子，还是半点钟以前一只出口商轮残留下来的东西。[1]

小说中，若墨医生与"我"对话、辩论，探讨国家强盛和民族的强健，一个人行走在人世间要有理想的人格。

上岸后，他们走进青岛的五月，走进另一片海，绿海，花海。老舍有一篇散文写《五月的青岛》，铺展繁花似锦的青岛。沈从文对五月的青岛感受也颇为细腻：

> 青岛地方的五月六月天气是那么好，各处地方是绿茵茵的。各处是不知名的花，天上的云同海中的水时时刻刻在变幻各种颜色，还有那种清柔的，微涩的，使人皮肤润泽，眼目光辉，感情活泼，灵魂柔软的流动空气，一个健康而体面心性又极端正的男子，随同一个秀雅宜人温柔的少女，清晨或黄昏选择那些无人注意为花包围的小路上，用散步来治疗胃病，这结果，自然慢慢地把某一些人的地位要变更起来的，医生间或有时也许就用不着把烟斗来保护自己的嘴唇，却从另外一个方便上习惯另外一种嗜好了。[2]

这样的天气和风景，若墨医生与前来治病的少女恋爱了。

---

[1] 沈从文. 沈从文全集：第 9 卷 [M]. 太原：北岳文艺出版社，2002:163—164.

[2] 沈从文. 沈从文全集：第 9 卷 [M]. 太原：北岳文艺出版社，2002:179.

沈从文的散文《水云》中，把青岛的大海之上的云与昆明滇池上空的云融合。《水云》中青岛的海滨风景，在其他章节有赏析。在此略过。

小说和散文都是艺术的创作，源自沈从文的生活体验。他在青岛写信札时也会信手摘一片海天，几朵白云，邮寄到湘西，邮寄到北平。

1932年4月28日，沈从文给三弟沈荃的信中写道："此地近日看来还极平安，樱花已从大开渐有零落之象，气候则仍如湘西二月。萌弟（九妹沈岳萌）一切尚好，可以勿念。"信末有这样一句"此地海上真极美"。[1]

1932年7月22日，沈从文在给大哥沈云麓的信中写道："萌弟极安静，住处比我的较好，每天差不多都同我过海边一次，在青岛住下一年，走路真很可观。"[2]也许正是每天都到海边观察、感受，沈从文写青岛之海，大有取之不尽、用之不竭之势。

1932年5月28日，沈从文在给好友程朱溪的信中写道："这里的气候还在穿夹衣情形中没有改变多少。这里只有春天同秋天，真很希奇。我住处一切都是静静的，楼上可以看到海，成天变各种颜色，天上云总是淡淡的，夜里天常常还是浅蓝色。美极了。一切都美极了。"[3]

臧克家谈到自己的诗和陈梦家的诗的区别时说："我的诗在地上，梦家的诗在天上。"品赏沈从文在青岛留下的文字，不由得慨叹，沈从文的心在大海里，在白云上。

沈从文在青岛还收获了爱情，爱情激发了他的创作灵感，作品皆洋溢着海洋的气息、明快的色彩。沈从文在《我的写作与水的关系》一文

---

[1] 沈从文. 沈从文全集：第18卷 [M]. 太原：北岳文艺出版社，2009:166—167.

[2] 沈从文. 沈从文全集：第18卷 [M]. 太原：北岳文艺出版社，2009:170.

[3] 沈从文. 沈从文全集：第18卷 [M]. 太原：北岳文艺出版社，2009:168—169.

中写道：

> 我的住处已由干燥的北京移到一个明朗华丽的海边。海既那么宽泛无涯无际，我对人生远景凝眸的机会便较多了些。海边既那么寂寞，他培养了我的孤独心情，海放大了我的感情与希望，且放大了我的人格。[1]

海边的沈从文，也是"神的手笔"？

---

[1] 沈从文. 沈从文全集：第 17 卷 [M]. 太原：北岳文艺出版社，2002:209—210.

海上的仙山
——崂山云海、海市蜃楼

1931 年至 1933 年，沈从文在国立青岛大学执教了整整两学年，时间跨度为三个年份。所以，他晚年回忆 20 世纪 30 年代在青岛，常常说在青岛三年。

在青岛期间，沈从文一共五次游览崂山。1961 年沈从文来青岛疗养，并考察青岛的纺织业。他乘船，经海路，到了崂山游览。沈从文一生，六次游览崂山，三次乘坐汽车去，三次乘坐海船去。其中一次同杨振声、闻一多、梁实秋在崂山住了 6 天。

杨振声、闻一多、梁实秋、沈从文同游崂山，这一次是乘坐海船去的。这次去崂山的具体时间，笔者推断为 1932 年 4 月初，4 月 1 日，国立青岛大学放春假一周。据《国立青岛大学周刊》4 日报道：

> 本校于四月一日至七日放春假七天，全校学生，除赴济南参观及赛球者外，其赴崂山旅行及生物系采集团师生往沙子口采集标本各组，共计一百七十余人，备荷沈司令惠借军舰，沃备餐膳，往返招待，极为周至，师生快游之余，无不感佩，返校后当将一切情形报告校长，杨先生室当即谕令秘书室备函申谢矣。[1]

---

[1] 佚名.校闻本校学生暨生物系采集团春假赴崂山旅行[N].国立青岛大学周刊，1932-04-04（1）.

周刊中提到的"沈司令惠借军舰",是青岛特别市市长沈鸿烈,时任"中华民国"海军第三舰队司令。沈鸿烈在青岛重视教育,兴办各级学校,对大学的支持,可见一斑。

这次游览,令沈从文的印象深刻,晚年在《小忆青岛》中回忆说:"棋盘石、白云洞留下的印象特别深刻。两次上白云洞,都是由海边小路一直爬上,这两次在'三步紧',临海峭壁上看海,见海鸟飞翔景象,至今记忆犹新。"

国立青岛大学的诸位教授,游览崂山时,个人感受也不尽相同。梁实秋和闻一多乘车游览崂山,去的是北九水。梁实秋非常喜欢崂山的山海风光,他在《忆青岛》文中写道:

> 青岛本身没有高山峻岭,邻近的劳山,亦作崂山,又称牢山,却是峻峥巉险,为海滨一大名胜。读《聊斋志异·劳山道士》,已心向往之,以为至少那是一些奇人异士栖息之所。由青岛驱车至北九水,就是山麓,清流汩汩,到此尘虑全消。舍车扶策步行上山,仰视峰嶂,但见参嵯翳日,大块的青石陡峭如削,绝似山水画中之大斧劈的皴法,而且牛山濯濯,没有什么迎客松五老松之类的点缀,所以显得十分荒野。[1]

闻一多觉得登北九水,甚无趣,有点发牢骚地对梁实秋说:"风景虽美,但不见古人的流风遗韵,不能发思古之幽情。"梁实秋当即反驳,手指崂山山岩说:"随便哪一块巍巍的巨岩不是大自然千百万年锤炼而成,怎能说没有古迹?"由此可见闻梁性格爱好的不同。闻一多好古,梁实秋欣赏眼前。后来,闻研究《楚辞》,梁写雅舍小品。闻一多

---

[1] 梁实秋. 梁实秋散文:第四集 [M]. 北京:中国广播电视出版社,1989:248—254.

醉心于人文，梁实秋贴近自然。闻一多觉得济南名胜古迹多，胜过青岛，1932年从春天延续的夏天的学潮中，两人都受到罢课学生的攻击，闻一多断然离开青岛，奔赴故都，执教清华；梁实秋等学潮退去，仍留在青岛，怡然自得，享受青岛的山海风光之美、饮食之美、风物之美。

驱车北九水之旅，闻梁等人经过几个小时的攀登，虽然大汗淋漓，梁实秋仍游兴不减，攀登到黑龙潭观瀑亭，众人体力不支，梁实秋也感到"疲不能兴"，他望着其他胜境如清风岭、碧落岩，只得作罢，留待他日登临。

沈从文对崂山是喜爱的，否则不会有六次的游览。游览崂山对于他来说，一是放松休闲，从写作的书斋投身崂山云海，欣赏山海胜景，忘却尘世烦忧；二是获得写作的素材和创作的灵感。

1932年4月春假，沈从文游览崂山，爬上白云洞，在"三步紧"临海悬崖，观赏海鸟，成为他生命中独特的体验：

> 用一个古典式幽人探胜访奇情绪去看海，照我个人记忆，最好地方是崂山白云洞前边"三步紧"那个悬崖绝壁顶端。在那里去才真像是在看海！远望一碧无际，近望则绝壁千丈直插海中，足下青红紫蓝斑驳断层崖石间，还可望到另外一批海上主人，百十种不同海鸟，分别栖息于不同层次的崖石间，有白翅如雪眼红如火的，有背作浅天青和深灰色的，也有全部漆黑如乌鸦，嘴脚却浅红深黄十分突出的。这些不知名海鸟，都各自挤在一处休息或抚育小鸟，相互用着不同鸣声呼朋唤侣，有的又沉默如有所思，真正是海上奇观！[1]

观海鸟，赏云海，看日出日落，从此，崂山的云海萦绕在他的梦境

---

[1] 沈从文. 沈从文全集：第27卷 [M]. 太原：北岳文艺出版社，2009:554.

之中：

> 看脚下海云如絮升起，白茫茫一片平布海面，如奔如驶，一会儿即将海面完全笼罩，倒真是人间壮观。还有落日下沉前景象，同样够瑰丽庄严，值得看看！[1]

沈从文在白云洞观赏云海，层云从海上升起，云山苍苍，海水茫茫，白云、山岚、雾气，营造出崂山神秘的景象。身在山巅，云气缭绕，升腾，弥漫，千变万化，青山隐隐，大海朦胧，天空幻化，宛如人间仙境。面对这样的景象，他自然会想起《史记》上的"海市蜃楼"，以及海上三仙山的传说。

崂山胜景在于山海互相映照，崂山之美在于千变万化，有时就在瞬间。满山的白云缭绕青峰，海风一吹，絮状白云点缀蓝色天空，顿时变得高远。山岚雾气流淌山谷，海风一吹，云消雾散，青山连绵起伏，远处海面如同深邃的蓝色玉石，波平如镜。虚实切换，青山展现，大海浩瀚，水云无限。

---

[1] 沈从文 . 沈从文全集：第 27 卷 [M]. 太原：北岳文艺出版社，2009:555.

水边的故事

——九水转折开启边城

一生六次游览崂山，沈从文的足迹遍布太清宫、上清宫、白云洞、棋盘石、华严寺、北九水等崂山名胜古迹。

沈从文的文笔就像源自湘西的一脉活水，他的人生篇章由水书写。他爱山乐水，他以诗人的眼光、敏锐的心灵，捕捉到北九水山水与众不同之处——"山石树木特别清润"。因临近海边的缘故，北九水环境清幽，水声潺湲，有置身山林丘壑之雅趣，所到之处，目之所触，皆是一幅山水画。在《青岛游记》中，沈从文把这种妙处呈现："白日当空，气候晴明，山中一切依旧均若长远笼罩在淡淡烟雾中，稍稍深入，即可从崩崖奇树、崖石间细流断续、流水渟聚处随地可发现小小鱼群唼喋游漾，人被包围在这种丘壑里，实有别处所没有的清幽。"[1]

沈从文笔下的这种小鱼，可能就是崂山特产仙胎鱼。这种小鱼，喜欢清澈的溪流，就像山中隐士，隐隐有仙气。"崂山仙胎鱼，仙山第一鱼。"仙胎鱼见于地方志文献记载，清朝同治年间《即墨县志》记载："仙胎鱼出白沙河，从九水来，山回涧折，其流长而清湛不染泥尘，鱼之游泳于清泉白石中者也，大可五六寸，鲜美异常。"小鱼脊背呈淡青色，鱼体扁平透明。此鱼虽小，长不过尺，肉质细嫩，味道鲜美，闻起

[1] 沈从文.沈从文全集：第 27 卷 [M].太原：北岳文艺出版社，2009:556.

来有一种特殊的瓜香。沈从文的文笔，尽显崂山风物之美。为崂山仙胎鱼又增添了文雅之气。

身处清幽的北九水，应该有美丽的故事。

1933 年，沈从文和未婚妻张兆和游览北九水时，看到的一幕，赋予他灵感，成为创作《边城》的缘起。"路过一小乡村中，碰到人家有老者死亡，报庙招魂当中一个小女儿的哭泣，形成《边城》写作的幻念。记得当时即向面前的朋友许下心愿：'我懂得这个有丧事女孩子的欢乐和痛苦，正和懂得你的纯厚与爱好一样多一样深切。我要把她的不幸，和你为人的善良部分结合起来，好好用一个故事重现，作为我给你一件礼物。你信不信？'"[1]

一位眉清目秀的小女孩，走在发丧队伍的前端，她神情悲戚，一双清澈的大眼睛里饱含泪滴，她高举着灵幡引路，身后是长长的披麻戴孝的队伍，唢呐、笙等民族乐器吹吹打打，围观的人群都受到情绪的感染。沈从文和张兆和驻足观看，看到这个小女孩，沈从文一下子想起湘西和她一样年龄的女孩，女孩的神情打动了沈从文，他敏感的心弦在北九水潺潺的溪水中发出了微妙和音。沈从文看到张兆和也被一层忧伤笼罩，他握了握张兆和的手，当即许诺："将写一故事引入所见。"

崂山北九水也见证了沈从文和张兆和的爱情。沈从文向依偎在身边的张兆和许诺，他看到身边的人脸上绽放了微笑。沈从文会意，他把这个微笑翻译为张兆和的回答："我完全相信，女人的生命本来就是由信出发，终止于爱，恰恰和你们男子一切由思出发，终点为知；二合一，都接触了生命本体，了解了生命。方式可不一样。"

《边城》是沈从文信与爱、思与知的结晶。小说描写了山城茶峒码头团总的两个儿子天保和傩送与摆渡人的外孙女翠翠的曲折爱情。他书

---

[1] 沈从文 . 沈从文全集：第 27 卷 [M]. 太原：北岳文艺出版社，2009:26.

写了湘西劳动人民的悲欢，一个民族的哀乐和情感样式。这是一个美丽的故事。"美丽总是愁人的。"天保与傩送一个身亡，一个出走，祖父也在一个风雨雷电交加的夜晚死去，一个顺乎自然的爱情故事以悲剧告终。《边城》的结局是悲剧："塔圮了，船溜了，老船夫于一夜雷雨中死了，剩下一个黑脸长眉性情善良的翠翠，在小河边听杜鹃啼唤。一个悲剧的镜头如此明白具体。"[1]

每一位读过《边城》的读者，都会脱口而出这个故事的结尾：那个"使翠翠在睡梦里为歌声把灵魂轻轻浮起的青年人"，也许永远不回来了。这是悲剧故事唯一的结局。也许得了"三三"的建议，沈从文把结尾修改了，给读者想象的空间，变成一个开放式的结局：

> 到了冬天，那个圮坍了的白塔，又重新修好了。那个在月下唱歌，使翠翠在睡梦里为歌声把灵魂轻轻浮起的青年人还不曾回到茶峒来。
>
> ……
>
> 这个人也许永远不回来了，也许"明天"回来![2]

白塔在边城高耸，这个古典样式的建筑，在中国传统文化中包含诸多内涵。沈从文小说中的风物，使人与环境和谐地融合在一起。《边城》是沈从文的"桃花源"，正如聂华苓的评价："中篇小说《边城》，是沈从文为乡下人构建的理想世界的代表作，这是一个未被现代文明糟践的理想世界。"[3]

---

[1] 沈从文.沈从文全集：第 27 卷 [M].太原：北岳文艺出版社，2009:27.

[2] 沈从文.沈从文全集：第 8 卷 [M].太原：北岳文艺出版社，2002:152.

[3] 聂华苓.沈从文评传 [M].刘玉杰，译.北京：北京联合出版公司，2022:127.

白塔圮坍，标志着一个时代的终结；渡船溜走，标志着"桃花源"秩序的失衡。

1934年，《边城》出版，翠翠成为中国新文学史中一个经典的形象。翠翠这个虚构的人物身上，有湘西女性的风情，也有崂山北九水小女孩的"不幸""欢乐和痛苦"，还有张兆和的"纯厚""为人的善良"。

《边城》是沈从文送给张兆和的"一件礼物"，也是馈赠给青岛的一个礼物。

1934年，是沈从文文学创作的一个顶峰。翠翠这个文学形象，进入万千读书人的心灵。这个人物是他的文学创造，在他建造的供奉人性的小庙中，高居核心地位。这个人物也寄托了沈从文的人生理想、精神寄托和美学关怀，成为他作为小说家身份不可分割的一部分。

1949年，遭到批判的沈从文处于精神崩溃的悬崖边，云山雾罩让他看不到海天。在生存与毁灭的边界，在连接生与死的奈何桥畔，他像泣血的杜鹃一样，深情地呼唤翠翠：

> 夜静得离奇。端午快来了，家乡中一定是还有龙船下河。翠翠，翠翠，你是在一零四小房间中酣睡，还是在杜鹃声中想起我，在我死去以后还想起我？翠翠，三三，我难道又疯狂了？[1]

经过一番挣扎之后，沈从文对旧我做了了断，和翠翠的世界切割，经历了生死的考验，他完成了身份的转变……

[1] 沈从文 . 沈从文全集：第 19 卷 [M]. 太原：北岳文艺出版社，2002:43.

时局之中，学潮汹涌

天气晴好时，青岛的海面风平浪静，白花花的阳光在明晃晃的波光上流转，宛如跳跃的银子。远观大海，波平如镜，这只是一个幻觉。大海永远处于风浪之中。青岛的夏天已过去，游客退去，沙滩空旷，城市里车辆行人不多，沈从文给亲友的信中屡次提到这里"极静"，尤其是冬天。这也是一个假象，青岛时常处于动荡之中。每次日本帝国主义挑衅滋事，日本的军舰都会侵入青岛前海，把黑洞洞的炮口对准市区。

时局变动下的大海，变幻莫测，有风潮，也有学潮。

国立青岛大学两年爆发了三次学潮，沈从文经历了两次。学潮的爆发，原因复杂。之所以频繁爆发学潮，主因是国民政府面对日本帝国主义的侵略采取不抵抗的策略，导致国土沦丧、主权受辱，爱国学子罢课、游行、请愿，要求国民政府抗日。

第一次学潮是1930年11月的反甄别运动。当时，国立青岛大学刚刚成立，一些学生是用假文凭考进来的，按照规定，这些人的学历不被承认，于是学校发出布告，开列了这些学生的名单，让他们离开学校。但是，当时情况有些特殊，一是这样的人很多，几乎占一半以上；二是这些人认为，既然能通过考试，就说明有这个能力，就不应该让他们退学。矛盾激化时，教务长张道藩打电话叫来国民党警察保安队，包围校舍。学潮被镇压，校方开除假借证书考入者21名、参与学潮者17名。

1930年12月19日，徐志摩致函梁实秋，谈及国立青岛大学的诸位好友，也谈及学潮：

> 好，你们闹风潮，我们（光华）也闹风潮。你们的校长脸气白，我们的成天地哭，真的哭，如丧考妣地哭。你们一下去就三十多，我们也是一下去了卅多。这也算是一种同情罢。
>
> ……
>
> 今甫我也十分想念他，想和他喝酒，想和他豁拳，劝他还是写小说吧。精神的伴侣很好！[1]

第二次学潮，发生在九一八事变后，奔赴南京的请愿运动。这次事变发生后，全国群情激昂，青年学生纷纷到南京请愿，要求停止内战，一致抗日。国立青岛大学学生也组织起来，为了南下请愿，曾卧在铁轨上，要求火车运送他们，秩序有些混乱。鉴于全国各地青年学生一波一波地到南京请愿，教育部下令各校阻止学生前往。国立青岛大学校方执行指令，矛盾不可调和。杨振声辞职未果，最后不惜开除了几个学生领袖。

第三次学潮，出现在 1932 年春季，反对学分淘汰制运动。教育部出台了《大学学则》，规定全年学程有三门不及格或必修学程有两种不及格者，令其退学。学生们认为，时局不靖，爱国第一，学校如此压迫学生，目的是反对学生从事爱国运动，于是群起反对。学生们斗争的矛头对准杨振声最信任的左膀右臂，闻一多和梁实秋，攻击新月派把持校政。这次学潮导致校长杨振声辞职，闻一多出走青岛，国立青岛大学改组为国立山东大学。

沈从文经历了第二次、第三次学潮。他不像杨振声、闻一多、梁实秋那样深处学潮的漩涡之中，但也无法置身之外。学潮对他的教学和写作都产生了影响，动荡之中，何去何从，他看不清下一步如何走。有时，

---

[1] 章景曙，李佳贤. 徐志摩年谱 [M]. 杭州：浙江大学出版社，2021:447—448.

在给胡适和王际真的信中，他流露出悲观的心绪。

1931 年 9 月 18 日深夜，日本关东军炸毁沈阳柳条湖附近日本修筑的南满铁路路轨，并栽赃嫁祸于中国军队。日军以此为借口炮轰沈阳北大营，是为九一八事变。次日，日军侵占沈阳，又陆续侵占了东北三省。1932 年 2 月，东北全境沦陷。

九一八事变，激起了全国人民的怒火。国立青岛大学也迅速作出反应。

1931 年 9 月 20 日，国立青岛大学建立一周年纪念日，学校全体教职员和学生在大礼堂举行纪念活动，校长杨振声作报告，教育学院黄敬思院长演讲怒批日本侵略暴行。

10 月 1 日晚，青岛大学在学校大礼堂召开反日救国大会，校长、职员及全体学生参加。此后，国立青岛大学成立抗日救国会，校长杨振声、教师沈从文与三位学生组成领导小组；成立学生军，进行操练；组织请愿代表团赴南京请愿，要求政府抗日、收回失地。沈从文成为抗日救国会的领导成员，是看重他的从军经历。抗日救国会领导小组的三位学生，由两名男生（推测可能是杨希文和李林）、一位女生徐植琬组成。

鉴于日寇步步紧逼，国民政府教育部决定对全国高校的大学生实行军训。1932 年 1 月，派黄埔军校三期毕业的军官戴安澜来国立青岛大学，任军事教官，对大学生进行军事教育和训练。戴安澜在抗日战争中成为一代名将，率领中国远征军奔赴缅甸对日军作战。"浴血东瓜守，驱倭棠吉归。"戴安澜扬名国际，后孤军奋战，壮烈牺牲，马革裹尸回国。戴安澜舍生忘死、为国捐躯的精神，植入青岛的文化血脉之中。

九一八事变后，沈从文忧心忡忡，同年 11 月 19 日，在给王际真的信中，他担心战争爆发，分析时局：

这个信倒很希望可以送到你身边。今年来生在中国的人，感情上所负的重压，是非常非常非常非常多的，故到近日来，对日本事言主战

第二章　教学与创作　**89**

者乃较多。徒言主战，不知政府因一党分派不匀，尚多纠纷，将用何种能力调兵集中？且贸然一战，内部无赖分子，各处皆莫不可以如天津事随时扰乱后方，内忧外患，足以亡国，国即不亡，亦几希矣。目前南京政府，正在改组，左派胜，则与俄携手，右派胜，则英美自然帮忙。据一般情形看来，推测将来事，恐两种势力平均，则既无从讨好苏俄，亦无从求助英美。满洲则迁延时日，复辟成功，即此断送矣。[1]

正如沈从文信中预测的那样，国民政府依赖"国联"调查仲裁，希望英美制衡日本，通过外交手段收回东三省。最终竹篮打水一场空。

一波未平，一波又起。

1932年1月28日23时30分，日军海军陆战队2300人在坦克掩护下，沿北四川路（上海公共租界北区的越界筑路，已多次划为日军防区）西侧的每一条支路：靶子路、虬江路、横浜路、宝山路、天通庵路、宝兴路口、青云路、广东街（今新广路）等处冲过来，向西占领淞沪铁路防线，在天通庵车站遇到十九路军——六旅第六团的坚决抵抗，一·二八事变爆发。驻守上海的国民党十九路军在蔡廷锴、蒋光鼐的率领下，浴血奋战，开始了淞沪抗战。

在上海的战事，日军蓄谋已久，令人发指的是，日军为了摧毁中国的文化教育事业，轰炸了商务印书馆编译所、印刷所、东方图书馆，还轰炸了同济大学校舍。沈从文在商务印书馆即将出版的两本小说集《王谢子弟》和《衣冠中人》毁于战火之中。老舍的长篇小说《大明湖》已排好了版，也被炸毁。

一·二八事变爆发时，国立青大放寒假，沈从文在北平，寄居在胡适家中。新学期开学后，沈从文回到青岛。1932年2月12日，沈从文

---

[1] 沈从文. 沈从文全集：第18卷 [M]. 太原：北岳文艺出版社，2009:151.

在给胡适的信中写了青岛的情况：

> 青岛方面一切还是原样子十分清静，不知有年也不知有上海
> 事情（一·二八事变和淞沪抗战），学校还是照常上课，地方安静，
> 不会出什么事故。[1]

沈从文信中描述的情况，只是青岛的表面。沈鸿烈主政青岛期间，
对日本态度强硬，并在军事上筹备，积极发动民众、训练民众，建立体
育场，建立国术馆，组织抗日力量。抗日的烈火在燃烧。

1932 年 2 月 28 日，沈从文在给王际真的信中，谈及国内抗日的士
气高涨，当然也有一丝悲观：

> 这信到美国时，不知道青岛是不是还为中国人所有。我们在
> 此每日皆舍了眼泪在报纸上搜索那些消息（十九路军抗日的消息）。
> 每一个战胜纪录，皆知道这应当是若干中国人的生命所造成。中国
> 人正在开始用血来证明民族的勇气。目前一切还在发展，不是结局。
> 照一般观察，若上海事件延长，则长江各地，皆终不免为日本人炸
> 毁。这损失是一个大价钱，很值得考虑，但任何牺牲我们皆不能再
> 想法避免，也只好死里求生，因为凡是避免的方法全已用尽了，日
> 本人还不行，还要闹，中国人也只能冒险而进了。
>
> 北京各国立大学目前皆无法开门，上海私立各大学皆已成为一
> 片瓦砾，政府用火车作行辕较各处移动办公，一切组织皆在变动。[2]

---

[1] 沈从文 . 沈从文全集：第 18 卷 [M]. 太原：北岳文艺出版社，2009:161.

[2] 沈从文 . 沈从文全集：第 18 卷 [M]. 太原：北岳文艺出版社，2009:162.

因青岛地理位置处于抗日最前线，加之 1914 年至 1922 年，日本第一次侵占青岛的历史，沈从文在信中担心"青岛地方随时都可失去"。"学校目前还仍然照常上课，大家心都不怎么安定……"

自九一八事变以来，大学里学子投笔从戎者络绎不绝。一·二八事变又激起爱国学子的抗日的热潮。1932 年 1 月 29 日，诗人陈梦家和几位同学一起，从南京来到上海近郊的南翔前线，参加十九路军六十一师一二二旅部英勇抗击日本侵略军的战斗行列。3 月，他从上海战场上撤下，在闻一多的邀请下，来到国立青岛大学中文系任助教。

经历了铁与火的洗礼，陈梦家在青岛，写了一系列反映淞沪会战的诗篇。笔者没有找到确切的记载，以证明沈从文与陈梦家在青岛谈上海的战事，但沈从文格外关注上海的战事，他在上海生活多年，战场吴淞，是他执教的中国公学所在地。中国公学的校舍也被炸毁。海军学校所在的炮台湾，曾是沈从文散步的地方。所以，他在国立青岛大学的图书馆，"每日皆含了眼泪在报纸上搜索"十九路军抗击日军胜利的消息。

随着陈梦家的到来，新月派文人闻一多、梁实秋、方令孺、沈从文、陈梦家、孙大雨先后与这所大学结缘，留下了文化的记忆，留下了诗文。大海之上一弯新月缀在海天，梦幻一般的幽蓝色的夜空，群星璀璨，成为 20 世纪 30 年代青岛文化繁盛的一个象征。

一个浪在脚下的礁石下散开，白色的泡沫很快消散。1933 年早春，寒假结束，沈从文上完课，又一次在太平角面对大海沉思。远处的海面波平如镜，他知道这是暂时的幻象。

1933 年 1 月 1 日，日军入侵山海关，中国守军与之激战。1 月 3 日，山海关失守。局势又一次动荡不安。故宫博物院理事会决定将故宫部分文物分批运往上海。2 月 5 日夜，故宫博物院的第一批 2118 箱南运文物从神武门广场起运。

沈从文关注时事，他以此为背景创作了一篇短篇小说《早上——一堆土一个兵》。通过那个坚守在前沿阵地，对侵略者充满仇恨的老兵之口，批评国民政府的不抵抗政策。"大家都想搬了宝贝向南边跑，不要脸，不害羞，留下性命做皇帝，这块土地谁来守。"身边一个小兵听说到了一万顶钢盔，冲锋可不怕机枪了。结果却被流弹打死在战壕里。老兵又骂开了："送来一万顶，好像全望着别炸碎脑子，枪子儿赶别处进，把受伤的填满一个北京城，让人知道抵抗了那么久，伤了那么多，就来讲和似的。妈妈的，你们讲和我不和。我怕丢丑。我们祖宗并不丢丑。"[1]

时局动荡，内忧外患。1933 年 5 月，丁玲被国民党特务绑架，生死未卜，沈从文竭尽所能进行营救，他一度以为丁玲已被秘密杀害。在动荡之中，生死离别成了寻常事……

[1] 沈从文 . 沈从文全集：第 7 卷 [M]. 太原：北岳文艺出版社，2002:390—391.

第三章　情感与归宿

——与张兆和的恋情

宛若星辰

—— 水云深处情书美

1929 年秋，沈从文在中国公学初识张兆和，内心无法安放的爱，如同潮水一样涌向张兆和。他写出的情书，没有得到回应。

1930 年 7 月上旬，沈从文通过张兆和的同学王华莲打探张兆和的态度，获悉张兆和拒绝接受沈从文的爱，态度很顽固。张兆和因沈从文连续的情书感到困扰，并担心沈从文做出偏激的行为，于是找中国公学校长胡适反映情况。不料，校长胡适竟然试图说服张兆和转变对沈从文的态度，建议她爱惜天才，帮助天才。

7 月 9 日，沈从文给张兆和连写了两封信：

> 我尊重你的"顽固"，此后再也不会做那使你"负疚"的事了。
> 我愿意你的幸福跟在你偏见背后，你的顽固即是你的幸福。[1]

同时也表明自己的态度：

> 我的顽固倒并不因为你的偏见而动摇……[2]

---

[1] 沈从文. 沈从文全集：第 18 卷 [M]. 太原：北岳文艺出版社，2009:84—85.

[2] 沈从文. 沈从文全集：第 18 卷 [M]. 太原：北岳文艺出版社，2009:84.

互相在顽固中生存，我总是爱你你总是不爱我，能够这样也仍然是很好的事。我若快乐一点便可以使你不负疚，以后总是极力去学做个快乐人的。

……如果我爱你是你的不幸，你这不幸是同我生命一样长久的。我愿意你的理智处置你永远在幸福中。[1]

这是一场爱情的博弈，张兆和的"顽固"最开始就有了一丝松动。

7月12日，在收到一封六纸长函后，张兆和在当日的日记里写道：

看了他这信，

不管他的热情是真挚的，

还是用文字装点的，

我总像是我自己做错了一件什么事因而陷他人于不幸中的难过。

……

但他这不顾一切的爱，

却深深地感动了我，

在我离开这世界以前，

在我心灵有一天知觉的时候，

我总会记着，

记着这世上有一个人，

他为了我把生活的均衡失去，

他为了我，

舍弃了安定的生活而去在伤心中刻苦自己。[2]

[1] 沈从文. 沈从文全集：第18卷 [M]. 太原：北岳文艺出版社，2009:86—87.

[2] 沈从文，张兆和. 从文家书——从文兆和书信选 [M]. 沈虎雏，编选. 上海：上海远东出版社，1996:24.

一个女孩微妙、复杂的心思，仿佛微风拂过琴弦，发出一丝微弱的回应，尽管沈从文无从得知。张兆和的感动，源自文字的力量，源自爱的力量。

沈从文在巨大的失意中离开中国公学，1930 年 8 月中旬至 1931 年 8 月中旬，沈从文四处漂泊，那个相貌清秀、肤色微黑的女子的影子时常浮动在他的心里，挥之不去。辗转武汉、上海、湖南、北平，每到一处，他仍然给张兆和写情书。

1931 年 6 月，沈从文在北平给张兆和的情书堪称经典，那些闪光的、饱满的文字，带着赤诚与优美的光芒，串在了一起，宛如一粒一粒珍珠，宛如熠熠生辉的星辰：

> 为月亮写诗的人，他从它照耀到身上的光明里，已就得到他所求的一切东西了。他是在感谢的情形中而说话的，他感谢他能在某一时望到蓝天满月的一轮。三三，我看你同月亮一样。
>
> 望到北平高空明蓝的天，使人只想下跪，你给我的影响恰如这天空，距离得那么远，我日里望着，晚上做梦，总梦到生着翅膀，向上飞举。向上飞去，看到许多星子，都成为你的眼睛了。[1]

当对一个人的爱与思念占据生命的天空，月亮与星辰，蓝天与花朵，皆是爱人的化身。在爱情中，全身心追求者，爱得越虔诚，就爱得越卑微：

> 三三，莫生我的气，许我在梦里，用嘴吻你的脚。我的自卑处，是觉得如一个奴隶蹲下用嘴接近你的脚，也近于十分亵渎了你的美丽。[2]

---

[1] 沈从文 . 沈从文家书 [M]. 北京：人民文学出版社，2010:6—8.

[2] 沈从文 . 沈从文家书 [M]. 北京：人民文学出版社，2010:8.

沈从文的这段情书，让人想起跌入爱河的张爱玲，张爱玲在赠送胡兰成的照片上写着："见了他，她变得很低很低，低到尘埃里，但她心里是欢喜的，从尘埃里开出花来。"

在漫长的夜晚，在与清风和萤火虫结伴行走的夜晚，沈从文写着长长的情书，心底喷涌而出的灵感，宛如夜空中绚丽的烟花绽放：

> 我生平只看过一回满月。我也安慰自己过，我说："我行过许多地方的桥，看过许多次数的云，喝过许多种类的酒，却只爱过一个正当最好年龄的人。"[1]

凡读沈从文者，皆过目不忘。

> "崔苇"是易折的，"磐石"是难动的，我的生命等于"崔苇"，爱你的心希望它能如"磐石"。
>
> 我念到我自己所写到"崔（huán）苇是易折的，磐石是难动的"时候，我很悲哀。易折的崔苇，一生中，每当一次风吹过时，皆低下头去，然而风过后，便又重新立起了。只有你使它永远折伏，永远不再作立起的希望。[2]

面对这样的追求者，张兆和无法忽略沈从文的情书，从最初的反感、抗拒到慢慢地习惯情书的到来。

沈从文和张兆和的师生恋宛如山间小溪，经过千转百折，最终抵达畅通之境。张兆和的心情如乍暖还寒的早春，几经反复。1929 年 7 月

---

[1] 沈从文 . 沈从文家书 [M]. 北京：人民文学出版社，2010:6—7.

[2] 沈从文 . 沈从文家书 [M]. 北京：人民文学出版社，2010:8.

15日，她在日记中写道："他爱我爱得太深切了。他仍然没有放松他的想头，不过知道不成后在表面上舍弃罢了，唉，这真是一场孽债，哪里是他的前因，将生怎样的后果，何日才能偿清！……知道他失恋后将会怎样的苦闷，知道……她实在比什么人都知道得清楚，但是她不爱他，是谁个安排了这样不近情理的事，叫人人看了摇头？"[1]

只能是命运的设计，写下这一段话的张兆和，此时也是困惑的，犹豫的，她不知道，她一生的命运和牵挂都要托付给追求她的这个人，她今后的道路将和这个人一起走过。

张兆和的这种困惑在于当一个人执着地爱着她，她实在是无从选择，她也没有力量和勇气拒绝，只好慢慢地接受了，何况很多人，包括她的一些老师、她的姐姐和弟弟并不是都摇头表示反对的。张的这一段感想，对于沈来说，只是黎明前的黑暗，爱情的曙光即将来临。

沈从文不仅给张兆和写情书，还邮寄他的新作。据《张宗和日记》1931年5月7日记录："沈从文给张兆和邮寄了新作《沈从文甲集》，在扉页上写了这样一句话，'我把认为不好的书送给我认为最好的人'。"张宗和因为在学校读这本书，被人发现，引起误会，"不知不觉脸忽然有些红了"。[2]

沈从文来到青岛后，用天蓝作底色，用崂山柔软的白云作点缀，用海风熏染的妙笔，写下情意绵绵的书信。沈从文从1929年深秋开始给张兆和写信，到了青岛，已经写了100多封信。这100多封信，藏在苏州。可惜的是，在全面抗战爆发后，毁于战火。

1937年12月14日，张兆和致信沈从文，信中谈到张家苏州的房屋

---

[1] 沈从文，张兆和.从文家书——从文兆和书信选[M].沈虎雏，编选.上海：上海远东出版社，1996：27—28.

[2] 张宗和.张宗和日记（第一卷）：1930—1936[M].张以㮇，张致陶，整理.杭州：浙江大学出版社，2018:279.

毁于炮火，"正是千万人同遭命运，无话可说"。令张兆和无法释怀的是，装在一个大铁箱子里的情书灰飞烟灭。"有两件东西毁了是叫我非常难过的。一是大大（张兆和之父张冀牗）的相片，一是婚前你给我的信札，包括第一封你亲手交给我的到住在北京公寓为止的全部，即所谓的情书也者，那些信是我俩生活最有意义的记载，也是将来数百年后人家研究你最好的史料，多美丽，多精彩，多凄凉，多丰富的情感生活记录，一下子全完了，全沦为灰烬！多么无可挽回的损失啊！""为这些东西的毁去我非常难过，因为这是不可再得的，我们的青春，哀乐，统统在里面，不能第二次再来的！"[1]

沈从文婚前写给张兆和的情书，只保存下来三封。

---

[1] 沈从文. 沈从文全集：第 18 卷 [M]. 太原：北岳文艺出版社，2009:279.

契机降临

—— 苏州的意外来客

1932 年早春，2 月 28 日，就像早春天气一样，乍暖还寒，充满了不确定性，这没有回应的爱恋折磨着沈从文敏感的心灵。他在给好友王际真的信中感叹："三年来因为一个女子，把我变到懒惰不可救药，什么事都做不好，什么事都不想做。人家要我等十年再回一句话，我就预备等十年。"[1]

沈从文写到这里，看了看窗外的柳树已变成嫩黄色，在带有些许寒意的风中轻扬，山坡上的迎春花已经零星开放。他继续写道："有什么办法，一个乡下人看这样事永远是看不清楚的！或者是我的错了，或者是她的错了，支持这日子明是一种可笑的错误，但乡下人气氛的我，明知是错误，也仍然把日子打发走了。"[2]

教书，写作，日子就这样溜走了。青岛的夏天照例是热闹的，其他的季节，都是静悄悄的。在静悄悄的期待中，契机来了。这契机是一封信带来的。

一封打开的信，带着意外的惊喜，带着畅想的音符，带着上海吴淞盛开的波斯菊的色彩，平铺在沈从文的书桌上……

1932 年 5 月 18 日，一个开始有了热意的上午，刚讲完课的沈从文到国立青岛大学传达室收信。几封信在一起，沈从文并没有一一看，

---

[1][2] 沈从文 . 沈从文全集：第 18 卷 [M]. 太原：北岳文艺出版社，2009:163.

一定像往常一样，有发表后邮寄来的样刊，有朋友的来信。

他回到福山路 3 号寓所，坐在书桌前，把信件一一拆开。当他看到信封上的寄信人的名字，他的心顿时怦怦乱跳。他怀疑自己看花了眼，看了又看……突然，他从椅子上猛地站了起来，想冲着窗外大吼一声！这封信是她寄来的！从上海中国公学邮寄来的。

沈从文迫不及待地拆开这封信，喜出望外，激动得手都有点颤抖。这是一封厚厚的信，她会在信中说什么呢？肯定不是再次顽固地拒绝，如果是拒绝，就没有必要写厚厚的信。

原来，这是张兆和写的一篇短篇小说，只有开头两句与他有关："寄来篇习作，若能看得下去的话，麻烦给改一改。"没有客气的问候，只是单纯的请教，感觉并不突兀，反而有难得的信任。这毕竟是她的回信！第一次收到她的来信！

沈从文还是有一点小小的失落，可是，激动的浪潮久久不肯退去。他站到阳台上，望着远处的碧海，再抬头看看蓝莹莹的天空，这天是无垠的纯净的蓝，没有一缕白云，他抬头向海天凝眸。风吹来月季花的芬芳，他又看着这封厚厚的信，看着娟秀的字迹，他的眼泪流了下来……他似乎看到张兆和写信时的神情。魂牵梦绕的人，终于给他写信了。

从这封来信中，沈从文看到了希望，远在天边的人，一封信把他们之间的距离拉近。沈从文郑重地摊开稿件，仔细阅读，字斟句酌，认真修改。最后完整地誊抄一遍，一气呵成，篇名定为《玲玲》，署名黑君。这篇小说发表在了《文艺月刊》第 3 卷上。

1934 年 5 月，沈从文的短篇小说集《如蕤集》由上海生活书店出版。书中收录了这篇短篇小说，改名为《白日》，文末有"改三三稿"的标注。

晚年张兆和对此有什么反应呢？张兆和自然主张自己是《玲玲》的原作者，她笑着对凌宇说："他有点无赖，不知怎么就把我的小说收到他的集子里。"[1]

1932 年 5 月 18 日，一个平常的日子。可是，这一天令沈从文感觉到，世界因一封信的到来变得不同。这一天，世间所有的水都流经他的身边，世间所有的云都飘过他心灵的天空……

两个月后，张兆和从中国公学毕业，又给沈从文回了一封信，感谢他修改文章并予以发表。这让沈从文有了继续追求张兆和的信心，他当即写信说要去苏州张家拜访。张兆和回信说："脚长在你身下，像你这样'顽固'的人，要往哪里去，谁拦得住啊！"[2]

这埋怨，这嗔怪，让沈从文生发出一种前所未有的对生活的热望！

1932 年 7 月，张兆和从上海中国公学毕业回到了苏州。

7 月底，沈从文决定亲自去苏州看望张兆和，希望确定恋爱关系。在去苏州前，沈从文先到了上海。这次上海之行，他认识了一位终生的挚友——巴金。

沈从文到了上海，住在西藏路一品香旅社。"恰好原《创作月刊》的主编汪曼铎这时从南京到上海组稿，两人相遇，由汪曼铎做东请他到一家俄国西菜社吃午饭。汪曼铎同时还请了巴金，沈从文因而与巴金相识，席间两人谈得很投机。"[3]

两人长达半个世纪的友谊，从这顿午饭开始。两人性格都是内敛的，一见如故，饭后，沈从文邀请巴金到他的旅馆房间坐一会。巴金陪沈从文到闸北新中国书局把书稿《都市一妇人》卖掉，两人在书局门口分手。沈从文热情地邀请巴金到青岛，两人相约青岛见面。巴金挥挥手告别，沈从文看到巴金额头上密布的汗滴，他也抹了一把自己额头上的汗水，

[1] 凌宇 . 沈从文传 [M]. 北京：北京十月文艺出版社，1988:244.

[2] 杨雪舞 . 沈从文的朋友圈 [M]. 石家庄：花山文艺出版社，2017:171.

[3] 吴世勇 . 沈从文年谱 [M]. 天津：天津人民出版社，2006:125.

看着巴金消失在上海街头的人潮之中……

沈从文带了一大包礼物，踏上去苏州的路。这一大包礼物是英译精装本俄国小说，有托尔斯泰、陀思妥耶夫斯基和屠格涅夫等作家的著作。这包礼物让他感到踏实，又感到忐忑，到了苏州火车站，他的心怦怦跳得厉害，觉得脚下的路抖动起来。

到了苏州，沈从文在旅馆住下，稍事休息，去了九如巷张家。二姐张允和打开门，门口站着一位提着沉甸甸包袱的陌生人，苍白的脸，戴着眼镜，很文气，也很羞涩。看着张允和狐疑的目光，沈从文尴尬而又拘谨地笑了笑，自称姓沈，来找张兆和。

张允和恍然大悟，连声邀请沈从文到家里坐坐，并告知张兆和不在家中，去了图书馆。沈从文留下了纸条，怅然而去。在去张家求访张兆和未果的情况下，沈从文回到了中央饭店的旅馆。

正在思绪烦乱的时候，沈从文突然听到了两声轻轻的叩门声，打开门一看，门口站着的正是他苦苦等待的张兆和。原来，沈从文从张家离开后不久，张兆和就回到了家。在二姐张允和的劝说下，张兆和来到了旅馆回访沈从文，并鹦鹉学舌般按照二姐的吩咐，背出一段邀请："沈先生，我家兄弟姐妹多，很好玩，你来玩！"说完，再也想不出说什么。于是，两人一同回到家中。

1980 年，张充和在美国回忆起沈二哥送的礼物，还清晰地记得，礼物中还有一对书夹，上面有两只有趣的长嘴鸟。张充和在《三姐夫沈二哥》里说到了这件事："这些英译名著，是托巴金选购的。"[1]

"为了买这些礼品，他卖了一本书的版权。"张兆和觉得礼物太重，退了大部分书，只收下《猎人日记》《父与子》。

在苏州停留一周的时间里，沈从文每天一早就来到张家，直到深夜

---

[1] 朱光潜，张充和，等 . 我所认识的沈从文 [M]. 荒芜，编 . 长沙：岳麓书社，1986:5.

才离开。张家兄妹听沈从文讲故事。张家小五拿出自己的零花钱，给沈从文买汽水，招待他。沈从文心存感激，许诺："我写些故事给你读。"后来，他在青岛写下《月下小景》，每篇都附有"给张小五"字样。这次来访苏州，是事情的转机。7天后，沈从文离开了苏州。

沈从文来苏州，张兆和的大弟弟张宗和没有见到沈，但在日记中有记录。1932年8月8日，张宗和写道："沈从文来苏州一趟，他算是得了一点胜利，三姐怕他不是很好看，我倒很愿意他们好。"[1]

追求张兆和者众多，张家戏称追求张兆和者为"癞蛤蟆"，"癞蛤蟆想吃天鹅肉"之意。就在8月8日的日记里，张宗和提到："又有第六只癞蛤蟆，三姐说。"四姐张充和了解沈从文追求张兆和的始末，对弟弟张宗和讲述了经过，张宗和发了一番感慨："真的，一个人有些事真的很要命，有些感情上的事连自己都不容易解决。"[2]他是有感而发。

沈从文和张兆和算是确立了恋爱关系。张兆和对沈从文不再冷若冰霜。沈从文的书信以及建议，已经开始影响张兆和的人生选择。

1932年9月3日，张宗和考入清华大学历史系，和三姐张兆和一起到北平。张兆和这次到北平，是听从了沈从文信中的建议，来读书深造。张兆和、张宗和到了北平，住在张三爷（三叔张禹龄）家里。

此时，沈从文的情书，还成了张家姐妹弟兄的读物。1932年9月10日，张兆和的大弟张宗和在日记中写道：

> 上午三姐在看沈从文的信，看得心动，连我也有得看了，他的信写得像文章一样好。我以为爱是伟大的，无论如何我又以为爱的目的并不是为了结婚、为了养儿子，恋爱只是恋爱，恋爱把一个人

[1][2] 张宗和.张宗和日记（第一卷）：1930—1936[M].张以䍐，张致陶，整理.杭州：浙江大学出版社，2018:214.

的青春装饰得美一点，就是痛苦也是美的。[1]

1932年9月24日，张宗和在日记中写道：

> 沈从文又来了快信给三姐。她先已经看过后，怕人说她再看，就装作看书，把信放在书里看。[2]

这些变化，在青岛的沈从文一无所知。从苏州回来后，新学期开始，沈从文面对无处安放的思念，一方面写信给在北平的张兆和，一方面和北平的好友程朱溪诉说：

> 真难受，那个拉琴的女子，还占据到我的生活上，什么事也做不了。一个光明的印象，照耀到记忆里时，使人目眩心烦，我不明白我应当如何来保护自己，才可以方便一点。
>
> ……
>
> 让我们留下一个年青人的笑话，到老年时节来作为娱乐，我告你，见了那个女人，我就只想用口去贴到她所践踏的土地，或者这是一个不值得如此倾心的人，不过我自己，这时却更无价值可言，因为我只觉得别人存在，把自己全忘掉了。[3]

沈从文对张兆和的迷恋，可谓痴情。人永远追逐着希望，沈从文追

---

[1] 张宗和. 张宗和日记（第一卷）：1930—1936[M]. 张以䑃，张致陶，整理. 杭州：浙江大学出版社，2018:229.

[2] 张宗和. 张宗和日记（第一卷）：1930—1936[M]. 张以䑃，张致陶，整理. 杭州：浙江大学出版社，2018:234.

[3] 沈从文. 沈从文全集：第18卷[M]. 太原：北岳文艺出版社，2009:172.

逐着张兆和。1933年元旦来临前，沈从文追随张兆和去了北平。这一次的北平之行，沈从文在呼啸的寒风中，怯怯地、轻轻地拥抱了张兆和，就像拥有了世间所有的幸福和光明……

执子之手
——1933年元旦这一天

1932年12月27日，在清华园读书的张宗和接到三姐的一封信，信中称"一封大信"即将来北平。第二天，会说话、会走路的"大信"到了清华园。

沈从文出现在清华园，清华大学文学系的林庚（清华大学哲学系教授林宰平之子）带着沈从文来见张宗和。这是张宗和第一次见到沈从文，他眼中的沈从文是这样子：

> 他矮矮的不魁伟，但也并不孱弱，脸上带着一副红边的眼镜，眼也像很有神的样子，不像我想象的那样坏（因为我曾听三姐说他不好看）。脸色还红红的，头发向后梳着，没有擦油，但还不乱。穿了一件蓝布皮袍子，有油迹子，皮鞋不亮，洋裤子也不挺，总之一切不是很讲究，也不糟糕。我对他印象很好，因为我原先想象的他并没有这样漂亮，脸也不瘦，还有点肉。[1]

张宗和上完课，去找林庚和沈从文，清华的诗人曹葆华也在，他们四人边谈边到清华气象台，"在气象台顶上看圆明园全景"。有朋自远方

---

[1] 张宗和. 张宗和日记（第一卷）：1930—1936[M]. 张以䎬，张致陶，整理. 杭州：浙江大学出版社，2018:263.

来，不亦乐乎。张宗和和林庚翘课陪沈从文。他们谈文艺界的事情，清华怎样，国立青大怎样，死去的诗人徐志摩怎样，孙大雨怎样。

这次见面后，沈从文出了清华园，去了邻近的燕京大学，他去燕园访冰心。临别时，他邀请清华的这几位好友周六去喝酒，自称"能喝，还能喝很多"。因为爱情，沈从文变得自信，和朋友们在一起，变得健谈。

张宗和在日记中有自己的判断，他写道："看样子他和三姐的来（通）信都很快乐，大概他们的事没有弄僵，而且弄得很好。"[1]

张宗和是沈张之恋的目击者，他留下了两人亲密关系的进展痕迹。爱情的火苗在这个辞旧迎新的日子熊熊燃烧。

1932 年 12 月 31 日，张宗和在日记中写道："三姐告诉我这几天来沈从文来的经过，看样子很好，一切都很顺利。沈从文快乐，三姐也快乐。"[2]

张兆和对待沈从文温柔又体贴。"十二点多，沈才来，提了一包东西站在门口不得进来。"张宗和见状，开门，迎接他进来。"三姐打水给他洗脸，揩手，像待情人一样（不，本来他们就是一对情人）。"[3]

随后，他们一起去吃饭，"还吃了酒，大概一人三杯的样子"。饭后，他们一起回到张兆和的公寓。沈从文喝了一点酒，谈兴正浓，讲起他在上海的经历。胡也频被捕杀害，他护送丁玲、胡也频的幼儿回湖南。他特意提到，胡也频的母亲抱着孙子，但不知道儿子胡也频已经不在人世。

[1] 张宗和 . 张宗和日记（第一卷）：1930—1936[M]. 张以䴢，张致陶，整理 . 杭州：浙江大学出版社，2018:264.

[2] 张宗和 . 张宗和日记（第一卷）：1930—1936[M]. 张以䴢，张致陶，整理 . 杭州：浙江大学出版社，2018:264—265.

[3] 张宗和 . 张宗和日记（第一卷）：1930—1936[M]. 张以䴢，张致陶，整理 . 杭州：浙江大学出版社，2018:265.

张宗和觉得沈从文"很会说故事","有时候偶尔夹两句小说中的句子"。谈着谈着，张宗和觉得自己是多余的人，因为他看到眼前这样的场景："沈常常把三姐的手捉在他的手里，我想到他们能这样，一会儿一定也能那样了。如果那样起来，我在当中岂不是很不好吗。"[1]

张宗和不愿意当电灯泡，借故离开了，他说他要去北大看朋友。

晚上九点左右，张宗和从北大回到三姐住处，他们又聊了一个小时左右。张宗和回北大找朋友借宿，沈从文回旅馆。北平的冬夜，寒风呼啸，树影晃动。风过后，夜晚静悄悄，大街上空无一人，连夜空中的星子也进入甜美的梦乡。两人一路走着，谈着，空旷的街道上只有欢快的脚步。昏黄的路灯，把他们的影子拉得很长。"好像他不是沈从文，不是大作家，倒像是我的一个朋友一样。"[2]

红日从东方升起，这是全新的一天，这是新的一年。在辞旧迎新的时刻，沈从文获得了全新的生命体验。

1933 年 1 月 2 日，张宗和的日记，记录下了沈从文与张兆和的热恋时刻。"我弯弯曲曲地问她，她弯弯曲曲地回答我，我知道他们当然已经接吻了。"[3]

等沈从文来到三姐的公寓后，张宗和很识趣地拎着半瓶子酒离开了。

---

[1][2] 张宗和 . 张宗和日记（第一卷）：1930—1936[M]. 张以䎃，张致陶，整理 . 杭州：浙江大学出版社，2018:265.

[3] 张宗和 . 张宗和日记（第一卷）：1930—1936[M]. 张以䎃，张致陶，整理 . 杭州：浙江大学出版社，2018:269.

苏州来电
—— 乡下人，喝杯甜酒吧！

沈从文从北平回到青岛。这次归来，有一种说不出的欣悦。

很快放寒假了，沈从文憧憬着再次见到张兆和。趁热打铁，春节过后，沈从文又一次踏上去苏州的路。据《张宗和日记》记载，沈从文到苏州是大年初四，1933 年 1 月 29 日。

这次到苏州，沈从文穿的还是在北平时穿的那件衣服——蓝布面子的破狐皮袍。张家的姐妹兄弟和沈从文熟悉了起来，就喜欢听他讲故事。

张充和在回忆文章《三姐夫沈二哥》一文中，有详细的描述：

> 大家围在炭火盆旁。他不慌不忙，随编随讲。讲怎样猎野猪，讲船只怎样在激流中下滩，形容旷野，形容树林。谈到鸟，便学各种不同的啼唤，学狼嗥，似乎更拿手。有时站起来转个圈子，手舞足蹈，像戏迷票友在台上不肯下台。可我们这群中小学生习惯是早睡觉的。我迷迷糊糊中忽然听一个男人叫："四妹，四妹！"因为我同胞中从没有一个哥哥，惊醒了一看，原来是才第二次来访的客人，心里老大地不高兴。"你胆敢叫我四妹！还早呢！"这时三姐早已困极了，弟弟们亦都勉强打起精神，撑着眼听，不好意思走开。真有"我醉欲眠君且去"的境界。[1]

---

[1] 朱光潜，张充和，等．我所认识的沈从文 [M]．荒芜，编．长沙：岳麓书社，1986:6.

沈从文这次苏州之行，基本上确定了他们的婚事。他和张兆和一起去了上海，拜见张兆和的父亲张冀牖先生，征求张父对他们婚事的意见。

　　正如张允和在《张家旧事》中所言："父亲从小给了我们尽可能好的、全面的教育，一定是希望我们不同于那个时代一般的被禁锢在家里的女子，希望我们能迈开健康有力的双腿，走向社会。"

　　张兆和的父亲思想开明，对儿女的恋爱、婚姻从不干涉。在张兆和的婚事上，他自然也不持异议。在得到父亲的明确意见后，张允和与张兆和一同来到了邮局，给沈从文发了一份电报。

　　周有光回忆，张允和就复他一个字，就是"允"。这一个字有两个作用：一个作用表示允许了；另外一个作用，允是她的名字，作为回复电报人的名字。一个字的电报发出去了，张兆和却仍不放心，她担心沈从文看不懂，就给沈从文发去了另一封电报：乡下人，喝杯甜酒吧！

甜蜜时光
——海滨的恋人

　　沈从文接到电报后，欣喜地找到赵太侔，请求他为张兆和谋一份工作。其时，国立青岛大学的校长杨振声已经辞职，国立青大已改组为国立山东大学，赵太侔任校长。为了成人之美，赵太侔聘请张兆和到图书馆工作，负责西文书籍的编目。

　　1933年寒假结束后，张兆和到了国立山东大学，两个人终于走到了一起。

　　这个春天，沈从文再也不感到孤单，他经常牵着张兆和的手，去栈桥看海，或者去汇泉湾的海水浴场。有时，他们去人迹罕至的太平角，两人坐在海边的礁石上，依偎在一起，看一层一层的海浪，从海天之间涌过来，遇到礁石，卷起千堆雪，轰的一声，海浪散去，海水带着白色的泡沫，钻进礁石的罅隙。海浪层层叠叠，无休无止。两人就这样坐着，天地之间，只有他们两人，好像是今生的约定，相依相伴，终生厮守，直到天荒地老。

　　20世纪30年代的中国，电影还不发达，人们还没有关注电影明星八卦的习惯。作家的动态和情感，成了公众关注的对象。有一杂志叫《老实话》，1933年第3期，刊载了一篇《最近的沈从文》，文中报道了热恋中的沈从文和张兆和。文章作者好像目睹了两人的甜蜜：

　　　　先来谈谈他的她吧，在他称呼她黑猫，或小猫中，便使我想象到这位张兆和女士是如何的温柔和活泼，三四年前张兆和女士在中公（中国公学）时代是一位用功而常常获得学业优等的学生，一部分男士，曾私溢之为皇后，她会运动，《时报》上常有她的照片……

张兆和的面庞并不白嫩，现在被青岛的海风吹得更黑了，但却更透露出健康的美，我们常常看见她偎傍着沈从文从海滨走过，踱着一种轻快悠适的步调。

真不知这文章作者是想象出来的，还是亲眼看见的。但这篇文章的确透露出一个信息，沈从文对张兆和的爱称和昵称"黑猫"，是真切的。

在青岛，张兆和受沈从文的影响，也写小说。1933年《现代》杂志第三卷第三期发表了她的一篇小说《男人》，署名"叔文"。这是张兆和作的，她排行第三，故用此笔名。《男人》文后署"一九三三年四月廿一日，青岛"。

沈从文同时作小说《女人》，文后署"为张家小五哥辑自《杂比喻经》，二十二年四月二十二日于青岛，廿四年十一月廿七日改于北平"。

两人以小说篇名对偶，堪称相映成趣的双璧之作。这是热恋中的沈从文与张兆和的浪漫之举。

沈从文在青岛精力充沛，爱情激发了他的创作灵感，再加上山海风景俱佳，适合居住，他每天只睡三四个小时，教书之外，其余时间都用来创作，写下了《凤子》《三个女性》《三三》等作品。

"三"是张兆和在姐妹中的排行。婚后，沈从文写给张兆和的许多书信都称她为"三三"。沈从文作品的成熟，得益于青岛山水的滋养。

1933年春，沈从文和张兆和游览崂山北九水，"见村中有死者家人'报庙'行列，一小女孩奉灵幡引路。因与兆和约，将写一故事引人所见"。[1]

这次游崂山给沈从文带来创作的灵感，后来，他在北平写出小说代表作《边城》。翠翠这个虚构的人物身上，有湘西女性的风情，也有崂山北九水小女孩的"不幸"，还有张兆和的品性。《边城》是沈从文送给张兆和的"一件礼物"，已经成为新文学的经典，成为送给一代又一代读者的礼物。

缘起于青岛崂山，创作于新婚后北平达子营"窄而霉小斋"。1934年4月24日，沈从文在《〈边城〉题记》中写道："对于农人与士兵，怀了不可言说的温爱，这点感情在我一切作品中，随处都可以看出。我从不隐讳这点感情。"[2]

情感与理智在《边城》中得到平衡。关于《边城》，沈从文对自己的这部代表作有这样的评价："我要表现的本是一种'人生的形式'，一种'优美，健康，自然，而又不悖乎人性的人生形式'。……为人类'爱'字作一度恰如其分的说明。"[3]

是不是可以这样理解，因为收获了张兆和的爱情，由爱与美出发，塑造了《边城》中翠翠这一经典的文学形象。

天气渐渐地热了起来，蔷薇花开放，空气中满是香甜的花香。五月的青岛依然清凉。沈从文和张兆和已经订婚，他写信把这个消息告诉给胡适：

> 多久不给您写信，好像有些不好意思似的，因为我已经订了婚。人就是在中公读书那个张家女孩子，近来也在这边做点小事，两人每次谈到过去一些日子的事情时，总觉得应当感谢的是适之先生：

---

[1] 吴世勇. 沈从文年谱 [M]. 天津：天津人民出版社，2006:132.

[2] 刘洪涛，杨瑞仁. 沈从文研究资料：上 [M]. 天津：天津人民出版社，2006:39.

[3] 沈从文. 沈从文全集：第9卷 [M]. 太原：北岳文艺出版社，2002:5.

"若不是那么一个校长，怎么会请到一个那么蹩脚的先生？"[1]

这年9月9日，沈从文与张兆和喜结连理，胡适先生主婚。胡适对外界也以沈从文、张兆和的媒人身份自居。

沈从文和张兆和在青岛度过了一段快乐而甜蜜的时光，这成为他们共同的记忆，温馨而悠长。三十年后，沈从文还在给张兆和的信中提到在青岛的种种细节。

1962年8月1日，在大连休养的沈从文，漫步海滩，捡了几块鹅卵石。他忽然想起在青岛的甜蜜时光，在信中写道：

> 从小石子让我回想起卅年前在青岛种种，上白云洞时你的尴尬处，到北九水洗手时我告诉你写小说的事，——也捡了好些青红圆小石子，和这里的竟差不多，特别是在一处崖边得到的硬度较高的长长的石子，这里也有，和宝石差不多。有些近似"乌金墨玉"。小妈妈，你那时多结实年青！我因此特别捡了些近于"乌金墨玉"的石子做个纪念，别人看来无意思，给你却有意思！[2]

在青岛经历的一切都不曾消失，成为岁月之中美好的记忆。在不同时期，沈从文写给张兆和的情书和家书，情感真挚，文笔优美，文学家随手写来的文字，经过岁月的酝酿，就像一坛美酒，只要打开，就会让人微醺。

青岛只是沈从文人生行旅中的一个驿站。青岛的路与桥、山与海、水与云，都是沈从文创作的素材和灵感。

---

[1] 沈从文. 沈从文全集：第18卷 [M]. 太原：北岳文艺出版社，2009:179.

[2] 沈从文. 沈从文全集：第21卷 [M]. 太原：北岳文艺出版社，2002:224—225.

亲友见证

—— 中山公园办婚礼

1933 年 8 月，沈从文完成了国立山大暑假学校的工作，接受了杨振声抛来的橄榄枝——去北平编辑中小学教科书，月薪一百五十元。他和张兆和辞去了国立山大的工作，到了北平。

1933 年 9 月 9 日，沈从文与张兆和在北平中山公园水榭举办婚礼。

在举办婚礼前，沈从文就委托好友程朱溪租下西城府右街达子营 28 号作为婚房。这是一个四合院，正屋三间，有一厢房，厢房是沈从文的书房兼客厅。1933 年 8 月 24 日，在给哥哥沈云麓的家书中，有详细的介绍：

> 全屋有电灯约十二处，光皆极好，厨房虽小，也还干净。大门有一屏风，院子中有一大槐树，一大枣树，院子虽小，因为还系长形，散步尚好。又有一更小院子，可晾衣裳。堂屋隔扇与客厅隔扇，皆如北方一般房子雕花，我们用黄布糊裱，房子纸张则正屋用白色，客厅书房用焦黄色（即包皮纸背面糊成）。[1]

看得出，为了结婚，房间做了简单的装饰。房子里置办了什么家具，继续看家书中的描述：

---

[1] 沈从文 . 沈从文全集：第 18 卷 [M]. 太原：北岳文艺出版社，2009:183—184.

> 房中只一床，一红木写字台，一茶几，一小朱红漆书架。客厅器具还不曾弄来，大致为沙发一套，一茶凳，一琴条，一花架，一小橱柜。书房同客厅相接，预备定制一列绕屋书架，一客床，两个小靠椅，一写字台。木器我们总尽可能用硬木，好看些也经用些。[1]

张兆和拉琴，所以有琴条。沈从文喜欢书，所以"预备定制一列绕屋书架"，有了书架，摆上自己的著作和喜欢读的书，这个家有了书香和琴声。朋友来访，还有茶香袅袅，房子里充满了温馨的气氛。

请客约六十人，客人大都是北方几个大学和文艺界的朋友。这场婚礼，沈从文和张兆和准备了大概一个月的时间。关于请客名单，经过深思熟虑。

沈从文给大哥沈云麓的信中，谈到了筹备婚礼的过程，已经定下请客名单。沈从文还随着这封信邮寄了喜帖。

> 这边只预备请五十个客，在这数目内，请某人不请某人，真是一个费神研究的问题。本来还只想请客廿人，因为实在不便在这种数目请谁，不请谁，故只好多请了些。我们希望在这一天城中家里也有两桌客，一桌老亲，一桌朋友。[2]

拟请客的名单确定后，还要考虑请客吃饭的餐具和家具：

> 木器、碗盏，皆仿古式样，堂屋中除吃饭用小小花梨木方桌外，只是四张有八条腿的凳子，及一个长条子案桌，一个茶几（皆红木

---

[1][2] 沈从文 . 沈从文全集：第18卷 [M]. 太原：北岳文艺出版社，2009:183.

与花梨木）。[1]

沈从文还考虑到来参加婚礼的亲友吃醉了酒，如何住宿的问题。总之，为了这场婚礼，一对新人幸福地忙碌着。张兆和大弟张宗和在婚礼前天不停地买东西。"我为三姐结婚也买了一双新皮鞋、小手巾，我自己的绸大褂马马虎虎，也过得去。"大姐张元和提前几天到了，与四妹张充和为新人的衣服被子穿针引线，不停地缝制。张充和对大弟张宗和说，这真是"为他人作嫁衣裳"。[2]

婚礼当天，双方均有外地亲戚到场祝贺。沈家到的有沈从文的表弟黄村生，从厦门来；大姐夫田真逸（田真一），自张家口来；玉姐夫妇，自天津来。九妹沈岳萌已经跟随沈从文张兆和来到北平，自然为哥哥嫂子的婚礼做了很多工作。张家的亲戚有在北平定居的张兆和的三爷张禹龄一家，四妹张充和、大弟张宗和、大姐张元和自上海来。二姐张允和嫁给了周有光，到了日本，不能来参加婚礼。

张兆和的父亲张武龄（张冀牖）在上海没有来参加女儿的婚礼，送了字帖《宋拓怀仁集王羲之书圣教序》作为嫁妆。

下午四点左右，张宗和到了中山公园，客人来了不少，他和夏云在门口等候客人，请他们在签到簿上签名。

婚礼热闹、喜庆，又没有什么程序，大家很随意。来宾祝福新人，与新人合影。婚礼上，由张禹龄作为女方长辈亲属证婚，胡适到场主婚。想来，胡适发表了热情、祝福的讲话。由于是年九月份胡适的日记缺失，不清楚胡适具体讲了什么话。《朱自清日记》只留了简单的一句"下午

[1] 沈从文 . 沈从文全集：第 18 卷 [M]. 太原：北岳文艺出版社，2009:183.

[2] 张宗和 . 张宗和日记（第一卷）：1930—1936[M]. 张以眠，张致陶，整理 . 杭州：浙江大学出版社，2018:346.

沈从文结婚",看样子没有到中山公园水榭。

新郎沈从文穿着一件蓝毛葛的夹袍,新娘子张兆和穿着一件浅豆沙色的普通绸旗袍,这是张元和在上海为他们专门缝制的。

七点半钟开始吃饭了,一共六桌。吃到中间,证婚人杨振声(作为男方家长)起来讲几句话。沈从文张兆和到各个桌子,向亲友敬酒。

这次婚礼花费了一千二百元。沈从文有四百元的薪水积蓄,其余的钱是张兆和带来并收礼所得。

梁思成、林徽因送了锦缎百子图床罩单作为贺礼。

两人筹备婚礼,还有一个小插曲。刚从青岛回到北平时,沈从文住在西城西斜街五十五号甲杨振声家,中小学教科书编纂委员会工作场所也设在这里。张充和在回忆文章中写道:"一天杨家大司务送沈二哥裤子去洗,发现口袋里一张当票,即刻交给杨先生。原来当的是三姐一个纪念性的戒指。杨先生于是预支了五十元薪水给沈二哥。后来杨先生告诉我这件事,并说:'人家订婚都送给小姐戒指,哪有还没结婚,就当小姐的戒指之理。'"[1]

沈从文的婚礼,北平文艺界的朋友还有谁参加了,这是一个谜。陈子善教授撰文钩沉,周作人当天没有参加婚礼,但送了贺联。

周作人1933年9月8日日记云:"上午写联云:试游新奇境,相随阿丽思。因明日沈从文君结婚也。"11月1日杭州《艺风》月刊第1卷第11期又刊出署名知堂的补白《沈从文君结婚联》:"国历重阳日,沈从文君在北平结婚,拟送一喜联而做不出,二姓典故亦记不起什么,只想到沈君曾写一部《爱丽思漫游中国记》(《阿丽思漫游中国》),遂以打油体作二句云:'倾取真奇境,会同爱丽思。'"[2]

[1] 朱光潜,张充和,等.我所认识的沈从文[M].荒芜,编.长沙:岳麓书社,1986:7.

[2] 陈子善.不日记二集[M].济南:山东画报出版社,2015:75.

《阿丽思中国游记》为沈从文著的长篇小说，二卷本，分别于1928年7月和12月由上海新月书店出版。

婚姻就是生儿育女，相守相伴，油盐酱醋，不是新奇境，倒是本真的平淡日子。但对于沈从文来说，生活翻开了新的篇章。

两人结婚后，过的是平淡的日子。但是，家国相连。家事注解国事，国事影响家事。

1945年9月9日，在南京中央军校大礼堂举行中国战区受降仪式，日本"中国派遣军"总司令官冈村宁次在投降书上签字、盖章，标志着中国战区战争的结束，中国抗日战争取得彻底胜利。

1945年9月9日是沈从文与张兆和的结婚纪念日。沈从文写下"从今天起，全世界战争结束了"！当天晚上，他特意写了篇题为《主妇》的小说，作为礼物送给妻子。次日，沈从文在呈贡桃园新村的家中请客，庆祝抗日战争胜利。沈从文在小说《主妇》中写道："今天又到了九月八号，四天前我已悄悄地约了三个朋友赶明天早车下乡，并托带了些酒菜糖果，来庆祝胜利，并庆祝小主妇持家十三年。"[1]

9月10日清晨，晨晖洒满窗前，一夜未眠，完成《主妇》初稿的沈从文走出房门，迎着初升的太阳，跑到田野，采了一把带露水的蓝色野花回来送到张兆和面前。张兆和看到沈从文双手捧着的花朵，羞赧地笑了，她接过这一束芬芳的花朵，蓝色花瓣上带着晶莹剔透的露珠，在手与手的传递间，滴落在手上。张兆和把花朵插在沈从文淘来的白瓷敞口的花瓶中。呈贡县桃园新村茅屋里，顿时亮丽多姿。

八点多，程应镠和王逊等人来访，清寂的房间热闹起来。"桌案上那束小蓝花如火焰燃烧，小白花如梦迷濛。"[2]这一天，沈从文创造的文

---

[1] 沈从文.沈从文全集：第10卷[M].太原：北岳文艺出版社，2002:317.

[2] 沈从文.沈从文全集：第10卷[M].太原：北岳文艺出版社，2002:324.

学世界与现实世界，水乳交融。

欣悦之中也有辛劳，辛劳的滋味，不足对外人道。但他向西南联大毕业的学生程应镠写的信中吐露了生活的艰辛，也谈到《主妇》这篇小说创作完成时的情景："到天明时走到村子外边去，越过马路，躺在带露水的荒坟间，头中发眩，觉得十分悲戚，总想事如可能，应当到回北时改一小小职业，不再做这种费神不见好的工作，一家也会过得日子稍好些。"[1]

张兆和是沈从文生活中的伴侣，不仅仅是一个"主妇"，她对沈从文的文学创作也起了重要的作用。在沈从文最为高产的30、40年代，张兆和作为沈从文的私人读者，常对沈从文作品中的文法错误予以纠正，还承担着誊抄编辑的工作，甚至参与小说的创作。因而张兆和不是作为"他者"而存在，而是直接参与了沈从文生命的再造和皈依。

1949年，遭到批判的沈从文，改行从事文物研究，从北京大学转到北平历史博物馆。无论遇到什么，沈从文和张兆和都相濡以沫，携手渡过激流险滩。执子之手，与子偕老。沈从文最终迎来文学繁荣的20世纪80年代，他的文学经典就像出土文物一样，受到读者的追捧……

[1] 沈从文 . 沈从文全集：第 19 卷 [M]. 太原：北岳文艺出版社，2002:92.

第四章 交游与友情

—— 客居青岛有亲友

凋零的玫瑰

—— 沈从文与九妹

一朵娇艳的玫瑰，盛开在青岛海滨，后来在凌乱的风中凋零……她依然绽放在沈从文的作品中。

沈从文的九妹，叫沈岳萌，1912 年生于凤凰。沈从文从自己的生活阅历和人生经历出发，创造了一个文学版图上的湘西。沈从文的小说中多次出现九妹，在散文中九妹就成了九九。

短篇小说《炉边》《玫瑰与九妹》中的九妹，就来自沈从文的生活。《静》《三个女性》等作品，其中的人物关系和故事情节，皆以九妹为原型。

在《炉边》里，"九妹在家中是因了一人独小而得到全家——尤其是母亲加倍的爱怜"。[1]

在《玫瑰与九妹》中，她是那个被妈妈宠溺的孩子。此时的九妹任性、活泼，就像娇艳的玫瑰带着刺。九妹与玫瑰，成为沈家团圆幸福的象征，除了缺失的父亲，几乎每个家庭成员都在盛开的玫瑰花下。"九妹还时常一人站立在花钵边对着那深红浅红的花朵微笑；像花也正觑着她微笑的样子。""那年的玫瑰糖呢，还是九妹到三姨家里折了一大篮单瓣玫瑰做的。"[2]

---

[1] 沈从文. 沈从文全集：第 1 卷 [M]. 太原：北岳文艺出版社，2002:308.

[2] 沈从文. 沈从文全集：第 1 卷 [M]. 太原：北岳文艺出版社，2002:77.

《炉边》《玫瑰与九妹》，隐约可见沈从文的少年经历以及家庭生活。

在《静》中，九妹伫立在春天的长江边上，向北方眺望。水边的少女，江水流淌，目光悠长，满脑子的遐想，跟随江水奔腾入海了。

现实生活中，九妹的确给亲友留下了深刻的印象。黄永玉在《这些忧郁的碎屑》中这样描写九妹："以后我稍大的时候，经常看得到她跟姑婆、从文表叔诸人在北京照的相片。她大眼睛像姑婆，嘴像从文表叔，照起相来喜欢低着头用眼睛看着照相机。一头好看的头发。那时候兴这种盖着半边脸的长头发，像躲在门背后露半边脸看人……我觉得她真美。右手臂夹着一两部精装书站在湖边尤其好看。"[1]

湖畔的九妹，怀里抱着英文诗集，这样的形象，就像小说中的一个场景。

沈从文在青岛创作了小说《三个女性》。这篇小说中的三个女性来自他的生活。"高壮健全具男子型穿白色长袍的女子，名叫蒲静"，是沈熟悉的丁玲，沈晚年说，从来没有喜欢过丁玲，因她具有男子气。"年约十六，身材秀雅，穿了浅绿色教会中学制服的女子，名叫仪青"，原型是在国立山东大学旁听英文、法文的九妹。"年约二十，黑脸长眉活泼快乐着紫色衣裙的女子，名叫黑凤"，原型是在国立山东大学图书馆编西文图书的张兆和。她们一起去青岛海滨的山头游玩，仪青举手投足间，与海滨的风光融合一体，成为文学中经典的一幕：

那年纪顶小美丽如画的仪青，带点儿惊讶喊着：

"看，那一片海！"她仿佛第一次看到过海，把两只光裸为日炙成棕色的手臂向空中伸去，好像要捕捉那远远的海上的一霎蔚蓝，

---

[1] 黄永玉 . 沈从文与我 [M]. 长沙：湖南美术出版社，2015:65.

又想抓取天畔的明霞，又想捞一把大空中的清风。[1]

如诗如画，这是沈从文在青岛海滨捕捉到的美。《三个女性》小说中，她们登上了山（也许是太平山，或者信号山），躺在大石头上聊天，仪青向着蓝天谈着诗……也谈论手边的工作，仪青已定好把一篇法文的诗人故事译出交卷。

海滨的黄昏迷人，夕阳浮动在海面上，大海与天空呈现丰富的色彩。三个女性美丽动人，各具特色，性格鲜明。当然，她们也并非无忧无虑，这天晚上，黑凤收到未婚夫在上海发来的电报，好友死亡的噩耗在夜色中呼啸而至……

沈从文在写这篇小说时，现实中的丁玲被捕入狱，生死未卜，他竭尽所能，进行营救。因之前胡也频被捕遭秘密杀害，死亡的恐惧梦魇一样压在沈从文的心头……所以他写了《三个女性》，把青春和美好置于永恒的蓝色的大海上，这是生命的赞美诗，是对美的礼赞。

总之，沈从文小说中的女性形象，几乎都有生活原型。"在沈从文湘西题材的小说中，活跃着一群灵动的少女形象，如翠翠、三三、夭夭、萧萧、金凤等，皆纯净可人。这许多湘西少女，似乎都能有九妹的身影与风韵。"[2]

我们来看一下生活中的九妹，追寻她的生命轨迹。

沈从文的父亲沈宗嗣在辛亥革命后进京，参与刺杀袁世凯的密谋。因走漏风声，他的同伴被捕遇害，他机敏跑路，在热河隐姓埋名，重新开始戎马生涯，长期不能回凤凰。1927年，北漂文学青年沈从文已经成为青年作家，稍微有点能力，就把母亲与九妹接到北京，自觉地承担起

---

[1] 沈从文.沈从文全集：第7卷 [M].太原：北岳文艺出版社，2002:360.

[2] 九妹.今生看到的前世——沈从文与胞妹沈岳萌的故事 [EB/OL].（2015-09-15）[2022-01-21]. https://mp.weixin.qq.com/s?__biz=MjM5ODI3MTAzNQ==&mid=218273682&idx=4&sn=1e325111c7 af52f1cb0dd7cb4eb3f094&scene=27.

养家糊口的重任。此时九妹已经十五岁，长成大姑娘了。

1928 年 3 月，沈从文到上海开辟文学天地，在上海滩有立足之地后就把母亲和九妹接来同住。沈从文初到上海的生活就像一场没有硝烟的战斗，他像战士一样拼杀，靠一支笔养活三个人，太难了。小说《楼居》里写到沈从文的真实处境：母亲生病，无钱医治，九妹不适应大都市的生活常常哭泣，以及他为了养家糊口，不得不流着鼻血拼命赶稿子。

1929 年 7 月，生病的母亲担心连累沈从文，就把九妹留下，只身返回故乡。

1928 年，沈从文在上海写了他的第一部长篇小说，叫《阿丽思中国游记》。《新月》月刊从第一期（3 月 10 日）开始连载这部长篇小说。他借鉴 19 世纪英国作家卡罗尔《爱丽斯漫游奇境》的奇幻故事，创作的动机是"给我的小妹看，让她看了好到在家病中的母亲面前去说说，使老人开开心"（后序），小说里面天真可爱的仪彬就是以九妹为蓝本：

> 女儿的名字，叫仪彬。仪彬这时正立在窗前，（我们的读者，总不会如阿丽思小姐疑心这是黑夜！）在窗前是就着阳光读她的初级法文读本。法文读不到五个生字，便又回头喊一声妈。[1]

小说中的仪彬，无心读书，最喜欢和母亲做伴，时刻不愿离开，同现实中的九妹一模一样。

1929 年 11 月 4 日，沈从文已经在中国公学当了讲师。他写信给胡适，请准许他的妹妹沈岳萌到中国公学当旁听生："不求学分、不图毕业、专心念一点书。"[2]沈从文已经为妹妹做好了规划，他没有进入大学

---

[1] 沈从文 . 沈从文全集：第 3 卷 [M]. 太原：北岳文艺出版社，2009:177.

[2] 沈从文 . 沈从文全集：第 18 卷 [M]. 太原：北岳文艺出版社，2009:25.

里接受正式的高等教育，他不会英语、法语，也不能到欧美留学，他想让妹妹学外语，以此达成他的心愿。沈岳萌得以进入中国公学外文系旁听。沈从文让妹妹到外文系旁听，似乎还有一个隐秘的目的——可以得知张兆和的动态。

沈从文追求张兆和，有时九妹充当信使。

1931 年 6 月，沈从文到了北平，夜宿达园。他在北平高远、湛蓝的天空下，感受到远方吹来的清风，张兆和的影子就出现在蓝天下。快要放暑假了，他思念在上海吴淞的张兆和。他给张兆和写了一封长长的信，在信的开头，提到这样一件事——让妹妹沈岳萌去看望张兆和："我要玖到 ×× 来看看你，我说：'玖，你去为我看看 ××，等于我自己见到了她。去时高兴一点，因为哥哥是以见到 ×× 为幸福的。'"[1]

在信中，沈从文向张兆和确认："不知道玖来过没有？"这绝对是文学家细腻而浪漫的举动，不断地写情书，宛如流水。张兆和不爱沈从文，心若磐石，可是流水不舍昼夜，长时间地流过，磐石的位置和形状也发生了变化。只是，张兆和也未必马上觉察到。刚开始，张兆和对于沈从文顽固的爱顽固地不接受，可是，爱如流水，潜移默化地改变着一个人的想法。

在这封信中，沈从文还告诉张兆和兄妹两人接下来的生活变化："玖大约秋天要到北平女子大学学音乐，我预备秋天到青岛去。"他还建议张兆和大学毕业后到北平来再读几年书。"北平这地方是非常好的，历史上为保留下一些有意义极美丽的东西，物质生活极低，人极和平，春天各处可放风筝，夏天多花，秋天有云，冬天刮风落雪，气候使人严肃，同时也使人平静。"[2]

沈从文的潜台词是，北平这么好的地方，我就在这里等你，你来读

---

[1][2] 沈从文. 沈从文家书 [M]. 北京：人民文学出版社，2010:3.

书，我就在这里陪你。

九妹在沈从文身边生活了十几年，因为沈从文的关系，九妹顺理成章地进入沈从文的朋友圈。

与沈从文交往甚密的朋友，都见过九妹。

赵景深与沈从文同在中国公学任教，他第一次见到沈从文时，留下了这样的印象："他有的是静默，你见了他不会觉得燥热。有燥热也会因为遇见他而消掉。当你第一次见到他，他以微笑的寒光望着你，你或许会觉得他的眼睛给你不安——说不定他想把你当作模型写进他的小说里。以后你如果遇见他。那么他的眼光给予你的不是冷，却是凉爽了。"

有一天黄昏，沈从文偕九妹访赵景深。沈从文"穿了一件酱色的哔叽长衫，手的轻扬，口的微启，每一个举动都是文雅的"。赵景深对沈岳萌也有印象："岳萌很矮小，羞涩地低着头，朦胧的夜色掩住了她的面容。她不大说话。也许这是第一次会晤的缘故吧？"[1]

在巴金回忆沈从文的文章中，可以看到九妹清晰的身影。

1932年9月，巴金应沈从文邀请，到国立山东大学做客。在福山路3号沈从文的宿舍住了约一个星期，写了短篇小说《爱》。沈从文常和他一起去散步，九妹有时也一同去。巴金在一篇纪念沈从文的文章中深情地回忆起那段经历："他的妹妹在山东大学念书，有时也和我们一起出去走走看看。他对妹妹很友爱，很体贴，我早就听说，他是自学出身，因此很想在妹妹的教育上多下功夫，希望她熟悉他自己想知道却并不很了解的一些知识和事情。"[2]

1933年秋，巴金因筹备《文学季刊》来到北京，他见到了新婚不久的沈从文夫妇。此时，九妹与沈从文张兆和夫妇住在达子营28号。巴

---

[1] 赵景深. 记沈从文 [J]. 十日，1935（1）：48.

[2] 巴金，黄永玉. 长河不尽流——怀念从文 [M]. 长沙：湖南文艺出版社，2018:13—14.

金到北京后，住在沈从文家中，又一次见到九妹。巴金在沈家住了一段时间，大部分时间写作。

巴金住在沈从文家，从张宗和的日记中可以找到佐证。1933 年 9 月 29 日，是个周五，张宗和下午五点离开清华园，进城。"我走到达子营，他们都在，客人巴金也在。星期六早晨陪大姐、九妹到西城裁衣服。"[1]

巴金到清华，就住在清华的学生宿舍。1933 年 10 月 3 日，《张宗和日记》写道："昨晚我已经上床了，巴金却来了，他说他住在我的对面，四二九号。我两节课没有上，就到对过去坐了许多时候，说了许多话。曹葆华也来了，章靳以也来了。"[2]

国立青岛大学的学子，对沈从文与九妹也有印象。后来，一位笔名为"忆子"的当年的学生在回忆文章中有这样的描述：

> 他住在从青大通往公园的一条大道的右手的一座红楼上，房子狭而长，那一个时期他写的小说如《八骏图》等，下边都是落一个'于窄而深（霉）斋'。那时候，他的妹妹沈岳萌也在青大做事，蜡黄的脸，人很瘦小，一看就知道是神经质的。他常常从"女生楼"门口把她接出来一道出街玩，抱一些水果之类回来，又把她送回去。[3]

"忆子"的回忆有不准确的地方，沈岳萌是在国立青大外文系借读，并非在国立青大"做事"。沈从文几乎每天接了妹妹到海滨散步，回来时顺便买些水果。这样的情形，被一些不了解情况的大学生看到，难

---

[1] 张宗和 . 张宗和日记（第一卷）：1930—1936[M]. 张以㟁，张致陶，整理 . 杭州：浙江大学出版社，2018:351.

[2] 张宗和 . 张宗和日记（第一卷）：1930—1936[M]. 张以㟁，张致陶，整理 . 杭州：浙江大学出版社，2018:352.

[3] 忆子 . 青岛文人过鸿录 [N]. 大公报（香港版）：大公园，1949-01-19（8）.

免会有流言，"当时就有了一种谣言，而沈先生好似要证实这谣言似的……"这篇文章发表于香港，发表的时间在郭沫若批判沈从文之后。

1948年3月1日，郭沫若发表了《斥反动文艺》(香港生活书店《大众文艺丛刊》第一辑)，将沈从文定为"桃红色"作家。"作文字上的裸体画，甚至写文字上的春宫。"文中斥道："特别是沈从文，他一直有意识地作为反动派而活动着。"在这样的背景下，"忆子"发表在香港报纸上的回忆文章，文中写沈从文、沈岳萌兄妹的谣言，真不厚道！如果"忆子"回忆沈从文，有跟风郭沫若批判沈从文的主观意图，不光不厚道，还有落井下石之嫌疑。

九妹到了谈婚论嫁的年龄。大家撮合她与沈从文的好友、燕京大学的夏云在一起。

夏云，字斧心，燕京大学心理学助教。沈从文很早便开始接触弗洛伊德精神分析理论，他在《答瑞典友人问》中提到，自己通过在燕京大学心理系做助教的夏云接触到弗洛伊德的学说，"是一九二四或一九二五年"。沈从文在《水云》中以弗洛伊德学说为依据，来解释自己创作《八骏图》《边城》《看虹录》以及佛经改编故事《月下小景》等作品的意图。

大家都看好这段缘分，但九妹此时如盛开的、带刺的玫瑰，心高气傲，看不上夏云。而在英文、法文的学习中，她并没有取得二哥期望的建树。如果此时选择夏云，不失为一对佳偶。遗憾的是，感情的事一旦错过也就错过了。

随即，又有一位年轻人刘祖春出现在达子营28号沈家客厅中，这位来自湘西的年轻人，考上了北大，获得了沈从文大哥沈云麓的资助，到北京后，自然成为沈家的座上客。

刘祖春在纪念沈从文的长文《忧伤的遐思——怀念沈从文》中，详细描述了他第一次走进沈家的情形，第一次见到九妹的场景。1934年初夏，一个下午，刘祖春怀着兴奋和期待的心情，又夹杂着几分忐忑，等心情平静了，敲响沈家黑漆的门上两个小小的铁环，走进了院子。"我抬头望天，北京初夏的天比起家乡凤凰的天更澄蓝更高更清明。四周环境好安静，简直像在我们乡下。一群带哨音的鸽子在澄蓝空中盘旋，发出美妙的声音"。

沈从文从这个有点拘谨的年轻人身上，看到当年自己刚到北京时的影子。沈从文热情地向刘祖春介绍张兆和与九妹。当然，这个从湘西来的年轻人要叫九妹为"九姐"。刘祖春就这样见到了沈岳萌。

岳萌从西屋晚出来一步，掀开门帘，站在那里微笑，看着这个刚从湘西才到北京的同乡青年人。然后，沈从文对她们（张兆和和九妹）二人又补充一句："他就是我对你们说的祖春，一个人从凤凰来到了北京，了不起吧？"

沈从文留刘祖春在家吃晚饭，这次晚饭，让刘祖春感受到家的温馨。他和九妹在一张饭桌上吃饭，心情有很微妙的变化，那感觉如同在梦里：

> 我早知道从文身边有个妹妹，且在云麓大哥借给我一本叶圣陶主编的《小说月报》一期封面上见过她的照片。大概是刊载丁玲的《在黑暗中》那一期月报的封面吧，丁玲坐着，膝上抱一个婴儿，站在她身后右边稍后一点，就是九姐，穿一身朴素旗袍。这张照片，占满整个封面，照片很大。九姐整个身材、相貌很显眼，且惹人注意。这是多年前的印象，现在她本人突然与我同坐一张桌上吃饭，且坐在我右手边。她说话很少，样子似乎很高兴。比《小说月报》封面上那个，人长高了，少女那点稚气见不到了，变成了另外一个样子。我低头吃饭，很少看她。[1]

就这样，刘祖春和沈家的成员熟悉起来。在沈从文的提携下，刘祖春

---

[1] 刘祖春．忧伤的遐思——怀念沈从文 [J]．新文学史料，1991(1):85.

在《大公报》文艺副刊发表小说，成了乡土作家，他的小说《荤烟划子》《佃户》《守哨》也写湘西风情。1935年，刘祖春考入了北京大学历史系。

每逢周末，刘祖春习惯性地到府右街达子营28号沈家。"发觉自己的心在从文家里得到了意外的平静"，"从文的家庭气氛是谧静的，和谐的，让人感到愉快。三姐九姐对我都很好，不把我这个乡下年轻人当作外人看待"。一壶茶，溢出清香，沈从文和刘祖春谈北大的朋友们，谈写作问题，谈华北局势。九妹安静地坐在沙发上，听他们谈话，有时也插上几句。

同为湘西人，九妹与刘祖春产生了朦胧的感情。沈从文和张兆和给他们创造机会，一个黄昏，四人去游览中山公园，沈和张借故溜走，留下两人在公园的长椅上。丁香花盛开的时节，空气中浮动着浓郁的芬芳。月亮钻进了云层里，两只飞鸟在树丛中振翅飞过夜空。两人都意识到了什么，但谁都无力捅开那层窗户纸。害羞的九妹、害羞的刘祖春，他们没有勇气在这长椅上走进那个温和的夜晚。他们起身，追赶沈和张的身影去了……

刘祖春和九妹相恋了，但两人的爱情没有酿成一杯甜酒，反而成了一杯苦酒……

1937年，七七事变爆发，已经成长为坚定的马克思主义者的刘祖春，选择了革命，告别了爱情。他要去抗日战争的前线。九妹表示，"我什么都不怕，到哪里去我都不怕"，愿意和他一起去走生死未卜的革命之路。但刘祖春觉得不愿意连累九妹，更不愿意让一朵玫瑰被炮火炙烤。分别的时刻，刘祖春不敢看"她那双满是惊疑和责备的眼神"，九妹的泪水往心里流……

九妹送给刘祖春一张相片，他怀揣着这张照片，投身于抗日战争的时代大潮之中。后来，这张照片丢了，但九妹的身影一直停留在脑海中。一本《堂吉诃德》英译本，是从九妹手中借来的，伴随着刘祖春走进延安。这本经历了战争、见证了爱情的名著，成为永久的纪念。

世间的爱情往往如此，机缘巧合或者阴差阳错。此后，伴随玫瑰的不再是文化的甘露，而是苦涩的泪滴。

1938 年，张兆和带儿子及九妹逃出北京，几经辗转到达昆明。九妹在西南联大图书馆工作，随着韶华悄然渐逝，她后来信了佛教，吃斋并参加当地的佛事活动。一位学习英语、法语的湘西少女，此时，吃斋、念佛。时间十字架之上的玫瑰，被时间的大手偷换了符号，香火缭绕，佛号声声，一朵失去饱满颜色的玫瑰，虔诚跪拜在佛像前。

1941 年 8 月 14 日，西南联大校舍遭日寇飞机轰炸，图书馆藏书室一部分被毁。九妹帮助别人抢救东西，等警报解除，回到自己的住处，发现房间已被小偷洗劫一空，内心的郁结与外部的刺激，竟致精神失常而疯了。

沈从文在给陈小滢（陈西滢与凌叔华之女）的信中，提到这次日寇的轰炸，九妹宿舍被袭击以及东西丢失。当年陈小滢出生时拍下照片，陈西滢与凌叔华赠予沈从文的这张照片，被沈从文当作一件礼物送给陈小滢。

> 这个礼物原来是你一张一岁多点的相片，上面还有我妹妹写的几个字，"眼睛大，名小滢"，这相片有个动人历史，随我到过青岛，住过北平蒙古王府——卅一年昆明轰炸学校时，同我家中几个人的相片放在一处，搁在九妹宿舍小箱子中，约四十磅大小一枚炸弹，正中房子，一切东西都埋在土中了，第二天九妹去找寻行李时，所有东西全已被人捡去，只剩废柱上放了一个小信封，几个相片好好搁在里边。原来别的人已将东西拿尽，看看相片无用处，且知道我们还有用处，就留下来，岂不比小说还巧！[1]

九妹的人生悲剧已经铸成，这是无关小说之巧的真。沈从文写作此

---

[1] 沈从文 . 沈从文全集·补遗卷 1[M]. 太原：北岳文艺出版社，2020:55.

信时，九妹已经不在他身边。

面对精神失常的九妹，万般无奈之下，1943 年 3 月 5 日、6 日，沈从文写信给大哥，请求把九妹接回。因她失去理智，执迷于佛事，沈从文在信中写道："若能回沅陵凤凰，与大嫂三嫂住，一定比在此继续下去好。因目前二三同她念佛的，大致都头脑不甚清楚，说及她慷慨处时，反而夸奖她，全想不到她将衣物给人后，要穿时还依然得我设法，我事实上又精疲力竭，用全副精力在应付一家生活，自己衣裤已破烂不堪，尚无法补充也。"[1] 信发出后，九妹并没有立即回沅陵。与九妹生活在一起多年，沈从文希望再观察观察，期待九妹病情好转，能够正常生活。然而，他的愿望落空了。

1945 年 3 月，九妹沈岳萌痴迷佛事，已从不能正常生活发展到精神失常。沈从文贫困，无力为她长期医治，万般无奈之下，和大哥沈云麓商定，请凤凰同乡严超和一位姓龙的老乡护送她回到沅陵。

九妹走时生性活泼，明眸善睐，巧笑倩兮，回来时呆呆痴痴、疯疯癫癫，眼睛仿佛是干涸的翠湖，失去了生命的光彩。九妹的疯，令血性刚烈、黄埔军校出身的弟弟沈岳荃发疯。据说，他一度情绪失控、怒发冲冠，拔出手枪要与二哥算账。

湘西乌宿，一个渡船出发和抵达的小渡口，这里是九妹最后的归宿。九妹嫁给了一个乌宿的泥瓦匠，她与莫士进结婚，生了一个儿子叫莫自来。"偏僻一隅的乌宿村多了一个身穿旗袍的女子，有时说一口村民不懂的英语，墨黑的眼睛蓄满淡淡的孤寂。"[2]

1959 年冬，九妹在饥寒中死了。一朵玫瑰凋零在二酉山下的流

[1] 沈从文. 沈从文全集：第 18 卷 [M]. 太原：北岳文艺出版社，2009:427—428.

[2] 九妹. 今生看到的前世——沈从文与胞妹沈岳萌的故事 [EB/OL]. （2015-09-15）[2022-01-21]. https://mp.weixin.qq.com/s?__biz=MjM5ODI3MTAzNQ==&mid=218273682&idx=4&sn=1e325111c7af52f1cb0dd7cb4eb3f094&scene=27.

水中……

　　沈从文说，沅陵，美得让人心痛。九妹，美得也让人心痛，她的生死流转和最后的命运，更让人心痛。九妹娇艳的美，永远地停留在沈从文的小说中。

　　沈从文和九妹在青岛的两年，应该是九妹最美的时光。"负手眺海云，目送落日向海沉。"这是《三个女性》中仪青所说的话。读这篇小说，仍然可以感受到山顶上棕色石头上的热度，"坐下来，你就可以听到树枝的唱歌了"。

　　那是玫瑰的歌唱，或者是夜莺的歌唱，这歌声里包含着一切生与死的奥秘……

云游的诗人想飞
——沈从文与徐志摩

云游的诗人想飞！无常的命运令他不归！行走的诗篇化为灰！

1929 年，徐志摩在上海光华大学和南京中央大学任教，在双城间来回穿梭。他在英美留学，接受先进的生活方式。一次从南京乘坐飞机回到上海，落地后，他难掩兴奋，对光华大学学生分享乘机的感受，他以诗一般的语言描述："我只觉得我不再是一个地球上的人，我跟暑天晚上挂在蓝天空里闪亮的彗星一样，在天空中游荡，再也不信我是一个皮肉造成的人了。……让我尽量地大笑一下吧：你这座可怜渺小的地球，你们这辈住在地面上的小虫儿，今天给我看到你的丑态了！"在散文《想飞》中，徐志摩写道：

> 是人没有不想飞的。老是在这地面上爬着够多厌烦，不说别的。飞出这圈子，飞出这圈子！到云端里去，到云端里去！
>
> 哪个心里不成天千百遍地这么想？飞上天空去浮着，看地球这弹丸在太空里滚着，从陆地看到海，从海再回看陆地。凌空去看一个明白——这才是做人的趣味，做人的权威，做人的交代。
>
> …………
>
> 同时天上那一点子黑的已经迫近在我的头顶，形成了一架鸟形的机器，忽地机沿一侧，一球光直往下注，硼的一声炸响，——炸

碎了我在飞行中的幻想，青天里平添了几堆破碎的浮云。[1]

想飞！挣脱地球的引力。想飞！摆脱人世的烦忧。无羁绊的想象不料成为现实，一语成谶，徐志摩死于飞行。徐志摩的最后一天，与平常无异。孰料，最凶险的遭遇，潜在平常之中。

1931 年 11 月 19 日早晨，徐志摩匆匆给林徽因发了一个电报，说下午 3 点准时到达北平南苑机场，让梁思成开车去接他，他将准时听林徽因的讲座。这是一架邮政的飞机，除了邮件，只有徐志摩一位乘客。飞行员王贯一、副驾驶员梁璧堂都是南苑航空学校毕业生。飞机起飞的时候，万里晴空。

10 点 10 分，飞机降落在徐州机场，徐志摩突然头痛欲裂（因临行前一天与陆小曼吵架生气所致），他在机场写了封信给陆小曼，不打算再飞。多么希望诗人如信中所说，留下来休息一下。他抬头看看天空，一片晴朗，想到北平林徽因的讲座。十分钟后，他改变主意了，坚持一下，很快就到北平了。

最后的旅途充满种种玄机，假如留在徐州……

"济南号"邮政飞机飞上天空后，没有料到"济南号"在济南上空遇到大雾。飞行员降低飞行高度，寻觅航线，一头撞到济南附近的开山。飞机坠落山脚，起火。一代诗人云中鹤（徐志摩笔名）遇难，时年 36 岁。两位飞行员无一生还。

诗人沉重的肉身陨落大地，魂魄飞向九天云霄。徐志摩写的散文《想飞》，中国航空公司拿徐志摩和这篇文章做形象代言，赠送他一本免费乘机券。"朵朵的春云跳过来拥着他们的肩背，望着最光明的来处翩翩的，冉冉的，轻烟似的化出了你的视域……是人没有不想飞的……"

---

[1] 徐志摩. 徐志摩自述 [M]. 济南：泰山出版社，2022:21—22.

邮政飞机失事，徐志摩遇难！震惊全国。国内重要报纸均做了报道。1931 年 11 月 20 日，《北平晨报》刊发消息如下：

京平北上机肇祸，昨在济南坠落

机身全焚，乘客司机均烧死

天雨雾大误触开山

【济南十九日专电】十九日午后二时中国航空公司飞机由京飞平，飞行至济南城南卅里党家庄，因天雨雾大，误触开山山顶，当即坠落山下。本报记者亲往调查，见机身焚毁，仅余空架，乘客一人，司机二人，全被烧死，血肉焦黑，莫可辨认。邮件被焚后，邮票灰仿佛可见，惨状不忍睹。遇难司机为王贯一、梁璧堂，乘客为中国航空公司总经理之友。开山在党家庄以西十八里。

短短几句，可以想象到空难之惨烈。1931 年 11 月 21 日，上海《新闻报》报道徐志摩空难颇详细，现抄录如下：

中国航空公司京平线之济南号飞机，于十九日在济南党家庄附近遇雾失事，机既全毁，机师王贯一、梁璧堂及搭客徐志摩，均同时遇难。华东社记者，昨往公司方面及徐宅访问，兹将所得汇志如后。

失事情形：济南号飞机于十九日上午八时，由京装载邮件四十余磅，由飞行师王贯一、副机师梁璧堂驾驶出发，乘客仅北大教授徐志摩一人拟去北平，该机于上午十时十分飞抵徐州，十时二十分由徐继续北飞，是时天气甚佳，不料该机飞抵济南五十里党家庄附近，忽遇漫天大雾，进退俱属不能，致触山顶倾覆，机身着火，机油四溢，遂熊熊大火不能遏止。飞行师王贯一、梁璧堂及乘客徐志摩遂同时遇难。

办理善后事：……公司方面，并通知徐宅，徐宅方面，一方面既嘱公司代为办理善后，一方面亦已由徐氏亲属张公权君派中国银行人员赶往料理一切。公司损失：济南号机为司汀逊式，于十八年蓉沪航空公司管理处时向美国购入，马力三百五十匹，速率每小时九十哩，今岁始换装新摩托，甫于二月前完竣飞驶，不意偶遇重雾，竟致失事，机件全毁，不能复事修理，损失除邮件等外，计五万余元……

徐氏上星期乘京平线飞机来沪……才五六日，以教务纷繁，即匆匆拟返，不意竟罹斯祸……徐之乘坐飞机，系公司中保君健邀往乘坐，票亦公司所赠……由公司赠送，盖保君方为财务组主任，欲借诗人之名以作宣传，徐氏留沪者仅五日。

11 月 19 日下午 3 点，北平，梁思成雇车来到南苑机场接，至四时半，望眼欲穿，不见诗人，带着疑惑回。徐志摩的朋友圈中，最早获悉徐志摩遇难者，应是杨振声、胡适、梁思成、林徽因。他们在日记或者回忆文章中记录了这沉痛的时刻。

胡适日记 11 月 20 日记：

昨早志摩从南京乘飞机北来，曾由中国航空公司发一电来梁思成家，嘱下午三时雇车去南苑接他。下午汽车去接，至四时半人未到，汽车回来了。我听徽因说了，颇疑飞机途中有变故。今早我见《北平晨报》记昨日飞机在济南之南遇大雾，误触开山，坠落山下，司机与不知名乘客皆死，我大叫起，已知志摩遭难了。电话上告知徽因，她也信是志摩。上午十点半，我借叔永的车去中国航空公司问信，他们也不知死客姓名。我问是否昨日发电报的人，他们说是的。我请他们发电去问南京公司中人，并请他们转一电给山东教育厅长何思源。十二点多钟，回电说是志摩。我们才绝望了！

对胡适来说，这是一个漫长的煎熬的上午。今天的读者，看到胡适的这段日记，似乎能够听到胡适与林徽因通电话时，胡适焦急的无奈，林徽因的哽咽。下午，徐志摩在北平的好友，纷纷赶到胡适家中。

> 下午，思成、徽因夫妇来，奚若来，陈雪屏、孙大雨来，钱端升来，慰慈来，孟和来，孟真来。皆相对凄惋，奚若恸哭失声。打电话来问的人更无数。
>
> 朋友之中，如志摩天才之高，性情之厚，真无第二人！他没有一个仇敌，无论是谁都不能抗拒他的吸力！[1]

1931 年 11 月 20 日这天，胡适的日记中，还保存了一份《北平晨报》报道徐志摩空难的剪报。

11 月 19 日深夜，国立青岛大学校长杨振声接到山东省教育厅长何思源的电报："志摩乘飞机在开山失事，速示其沪寓地址。"杨振声在纪念文章《与志摩的最后一别》中写道："天啊！我的眼睛可是花了？揉揉眼再看，那死字是这般的突兀，这般的惊心，又是这般的不可转移！……四周望望，书架，桌椅，电报，为什么这般清晰，这分明又不是梦！志摩，他是真死了！"[2]

杨振声 11 月 19 日深夜接到何思源的电报后，急忙派人到鱼山路梁实秋宅，梁实秋、程季淑夫妇被急促的敲门声惊醒。一看，是杨校长派来的人问徐志摩上海居所的地址。梁实秋取笔在纸上写下：上海福煦路新村 × 号，根本没有多想，就上楼睡觉了。

---

[1] 胡适.胡适日记全编1931—937:第6卷[M].曹伯言,整理.合肥:安徽教育出版社,2001:167—168.

[2] 季培刚.杨振声年谱:上册[M].北京:学苑出版社,2015:292.

11 月 20 日中午，梁实秋上完课后，到杨振声的校长办公室想问个究竟。徐志摩死了！这个晴天霹雳在国立青岛大学教授之间传开了。沈从文听到，脸色苍白，无声饮泣。大家都赶到校长办公室，闻一多、赵太侔、梁实秋、沈从文在校长办公室里相顾愕然，无话可说。"一阵惊愕的寂静过去，我们商量应该做些什么事情。"杨振声当即决定，"由沈从文尚赴济南探询一切"。[1]

　　各地的亲友将于 22 日在济南齐鲁大学校长朱经农处会齐。

　　11 月 21 日晚上，当开往济南的火车离开青岛时，悲痛万分的沈从文感觉路程像黑沉沉的夜一样漫长，关于徐志摩的回忆在胶济铁路上蔓延。七年前，文学青年沈从文在北京漂泊，如果没有郁达夫等朋友的鼎力相助，他也许还是北京街头的一个巡警，也许在北京的屋檐下冻僵甚至饿死了，也许成了照相馆的工作人员。沈从文想起 1925 年 9 月的一天，第一次见到徐志摩的情景，他到北京松树胡同 7 号徐志摩家中拜访。这是一所小小的洋式房子，住处后有个小小的院落，齐腰栏杆边放着几盆菊花和秋海棠，一面墙上挂满了绿叶泛黄的爬山虎。沈从文羞涩地见到徐志摩，他的心情中还有一点自卑，自己是一个打烂仗的小兵、不讲什么礼貌的乡下人，而眼前的徐志摩则是一位大诗人。他刚起床，穿了一件条子花纹的短睡衣，一边整理床铺，一边和沈从文聊天。在此之前，徐志摩在《晨报副刊》上发表了多篇沈的作品。这次见面，就像好多年的老朋友那样，亲切又随意，没有拘束和生疏之感。当徐志摩询问他的工作和生活时，沈从文的心顿时放松了。他们聊了一会，房间里的空气活泼、生动起来。徐志摩为沈从文朗诵了他昨夜刚写出来的两首新诗。沈从文看着徐志摩读诗时天真烂漫、自得其乐的神情，感觉这位诗人很可亲。他们又谈到《现代评论》的

[1] 刘天华，维辛. 梁实秋怀人丛录 [M]. 北京：当代世界出版社，2007:12.

人与事。就这样，一个小时过去了。徐志摩忽然想起了什么似的，转身找出一封长信，好像是写在日本纸上，递给沈从文欣赏。这是林徽因在美国给徐志摩写来的信，沈从文边看娟秀的字体书写的长信，边感慨徐志摩的毫无机心、待人真诚。他被徐志摩明朗的热情、天真的坦荡深深地感染了……

后来，沈从文纪念徐志摩，写了像诗又像札记似的句子：

> 他永远总是过分的年青、热心、富于感情。
> 他永远十分信任凡是他认为朋友的熟人。
> 他在人面前，由于他的亲切，洒脱，
> 使一个生人也没有拘束。[1]

沈从文蜷缩在车厢一隅，茫然地看着车厢内的乘客——从关外来的农民。苦难的车轮在他们的脸上留下深深的车辙，关外的风霜在他们的脸上留下深深的印记。沈从文看得见他们的悲苦，却看不见自己脸上的悲戚。他睁大了眼睛望着车窗外，悲伤的目光穿不透漆黑的夜幕。窗外偶尔飘过几粒灯火，他想起徐志摩的诗《火车擒住轨》，默念着：

> 火车擒住轨，在黑夜里奔：
> 过山，过水，过陈死人的坟；
> 过桥，听钢骨牛喘似的叫，
> 过荒野，过门户破烂的庙；
> 过池塘，群蛙在黑水里打鼓，
> 过噤口的村庄，不见一粒火；

---

[1] 沈从文.沈从文诗集 [M].张新颖，编选.桂林：广西师范大学出版社，2019:203.

过冰清的小站，上下没有客，

月台袒露着肚子，像是罪恶。

……

车窗外是浓重的黑暗，偶有几点飘忽的星火。沈从文想起 1926 年他参加徐志摩婚礼的情形。徐志摩的婚礼在新开放的北海静心斋举行，主婚人梁启超用异常严肃的口吻怒斥徐志摩："志摩，你可知道你是个罪人，结了婚又离婚，现在结婚要认真地对待你自己，要负责任……"沈从文当时在婚礼现场，感觉梁启超的讲话有点大煞风景，甚至觉得有酸秀才的迂腐。沈从文在徐志摩的婚礼上第一次见到梁启超，因他对徐志摩的训斥，感觉怪怪的。梁启超训斥性质的发言结束后，送徐志摩一件翠绿的玉佩，期望徐志摩对待爱情和婚姻坚贞。结婚进行曲响起，弹钢琴的是音乐学院的萧友梅先生，拉小提琴的是语言学家赵元任先生。乐曲响起，现场变成一片欢乐的海洋，来宾举杯祝福新人……

这一幕在浓重的黑夜中闪过。沈从文觉得徐志摩这一生就像暗夜中的烟花，绚烂夺目，转瞬即逝。

回忆徐志摩的场景，伴着他的诗句，沉入沈从文的心里，不再泛起一点浪花。他迷迷糊糊地睡着了……

11 月 22 日清晨，济南的晨晖照着沈从文。他在齐鲁大学最先见到了校长朱经农。沈从文一问才知道北平来了梁思成、金岳霖、张奚若，南京来了郭有守和张慰慈，上海来的是张嘉铸和翁瑞午，并携志摩的儿子徐积锴。从北平来的三人，于 11 月 22 日上午 9 点半赶到济南。

各路人马汇聚后，众人冒雨赶到济南郊外的长清。在一个叫"福缘庵"的小庙里，沈从文看到了最后的徐志摩。此时的他穿了身与平日性情爱好极不相称的上等寿衣：头戴红顶黑绸小帽，身穿蓝色的绸布长袍，上罩一件黑马褂，脚着一对粉底黑色云头如意寿字鞋。沈从文后来才得知，是中国银行一位姓陈的先生帮助料理了徐志摩的身后事，徐志摩所穿的寿衣是当地民间寿衣的样式。

沈从文望着徐志摩的遗体：眼睛微张，鼻子略肿，门牙脱尽，额角有一个小洞，安静地躺在小庙一个角落的棺材里。心中默想，这还是那个爱热闹的诗人徐志摩吗？自此一别，天人永隔。小庙檐角滴着淅淅沥沥的雨。这初冬的雨，带着一股寒意，浸透了沈从文愁肠百转的心。

当天晚上 10 点，沈从文从济南乘车返回青岛。夜车在大地上穿行，他的心中升起一颗星。一闭上眼睛，徐志摩的音容笑貌就在黑暗中升起。火车已经进入夜间行车模式，他盖着一层薄薄的被子，在薄薄的寒意中，他的心中有诗句在流淌：

> 一声霹雳，一堆红火，
> 学一颗向无极长隉的流星，
> 用同样迅速，同样风度，
> 你匆匆忙忙押上了
> 一个这样结实沉重的韵。
> 你的行为，就只在
> 使人此后每次抬起头来，
> 眺望太空，追寻流星的踪迹，
> 皆不能忘记你
> 这种华丽的结束。
> ……
> 把你用生命写成的诗给一切朋友，
> 用文字写成的诗，
> 给此后凡是认识中国文字的年青人。
> 在那些一切有血流动的心胸，
> 留下你一个印象——

光明如日头，温柔如棉絮，

美丽炫目

如挂在天上雨后新霁的彩虹。[1]

23日清晨，沈从文回到青岛的住所，写信给王际真，告诉他徐志摩飞机失事的详情。沈从文致王际真全信如下：

际真：

志摩十一月十九日十一点三十五分乘飞机撞死于济南附近"开山"。飞机随即焚烧，故二司机成焦炭。志摩衣已尽焚去，全身颜色尚如生人，头部一大洞，左臂折碎，左腿折碎，照情形看来，当系飞机堕地前人即已毙命。廿一此间接到电后，廿二我赶到济南，见其破碎遗骸，停于一小庙中。时尚有梁思成等从北平赶来，张嘉铸从上海赶来，郭有守从南京赶来。廿二晚棺木运南京转上海，或者当葬他家乡。我现在刚从济南回来，时二十三早晨。[2]

徐志摩去世，"给沈从文的打击是相当沉重的"（梁实秋语）。诗人远行，留下的残缺的空白，需要沈从文慢慢填补。1931年开始，沈从文遭遇亲友的死亡，到了这一年的冬天，徐志摩又遭遇空难。死亡在这一年留下阴影，同时也促使沈从文的笔更勤奋，他知道了活下去的价值，知道自己的使命——替张采真、胡也频、徐志摩写下去……

徐志摩遇难后，如何举办纪念活动，是新月派文人考虑的问题。心情稍微平复的沈从文，11月24日，致信胡适，信中建议：一、购买徐

---

[1] 沈从文．沈从文诗集 [M].张新颖，编选．桂林：广西师范大学出版社，2019:201—202.

[2] 沈从文．沈从文全集：第18卷 [M].太原：北岳文艺出版社，2009:153.

志摩乘坐的失事飞机以留纪念；二、定下一个日子，在上海、南京、济南、青岛、北平、武昌各地，同时举办徐志摩的追悼会。[1]此后的几天，尚在悲痛之中的沈从文写诗文纪念徐志摩，并写信给胡适，谈了自己对徐志摩日记的处理意见。朋友们预备印行徐志摩的信札，作为纪念。

沈从文为徐志摩奔丧回来后，国立青岛大学拟举办纪念徐志摩的活动，因学潮爆发而搁置。日军蓄谋已久，制造九一八事变，东三省沦陷，国民政府采取不抵抗政策，全国的大学爆发抗日游行和请愿的大规模学潮，国立青岛大学学潮风势急，学生罢课，校长杨振声为阻止学生到南京的请愿，忙得焦头烂额。徐志摩追悼会"不及举行"，1931 年 12 月 12 日，沈从文和校长谈及徐志摩追悼会一事，"或当在日内定一日子"。[2]

徐志摩遇难，沈从文心中的悲痛，无法诉诸文字。三年后，才撰写纪念文章《三年前的十一月二十二日》，他仰慕徐志摩的精神境界和人格魅力：

> 我以为志摩智慧方面美丽放光处，死去了是不能再得的，固然十分可惜。但如他那种潇洒与宽容，不拘迂，不俗气，不小气，不势利，以及对于普遍人生万汇百物的热情，人格方面美丽放光处，他既然有许多朋友爱他崇敬他，这些人一定会把那种美丽人格移植到本人行为上来。这些人理解志摩，哀悼志摩，且能学习志摩，一个志摩死去了，这世界不因此有更多的志摩了？
>
> 纪念志摩的唯一方法，应当是扩大我们个人的人格，对世界多一分宽容，多一分爱。也就因为这点感觉，志摩死了三年，我没有写过一句伤悼他的话。我希望的是志摩人虽死去了，精神还能活在

[1] 沈从文 . 沈从文全集：第 18 卷 [M]. 太原：北岳文艺出版社，2009:154.

[2] 沈从文 . 沈从文全集：第 18 卷 [M]. 太原：北岳文艺出版社，2009:157.

他的朋友间的。[1]

事实上，沈从文接过了徐志摩传递的接力棒，"那种美丽人格移植到本人行为上来"，怀着对徐志摩的知遇之恩，他无私地提携年轻作家，慷慨地帮助青年诗人。在青岛执教的两年，沈从文就帮助并提携了高植、刘宇、卞之琳、王林等人，或者推荐发表文章，或者为新作作序，或者资助出版……

如果说《三年前的十一月二十二日》这篇纪念文章，是沈从文对徐志摩人格的礼赞和推崇，那么1932年8月发表在《现代学生》杂志上的文章《论徐志摩的诗》，便是高度评价徐志摩的诗文："其文字风格，便具一切诗的气氛。文字中糅合有诗的灵魂，华丽与流畅，在中国，作者散文所达到的高点，一般作者中，是还无一个人能与比肩的。"徐志摩对于新诗的贡献，"加上了韵的和谐与完整"。[2]

沈从文以文学评论家的鉴赏品位和诗人的敏锐，道出徐志摩诗文的魅力："以洪流的生命，作无往不及的悬注，文字游泳在星光里，永远流动不息，与一切音籁的综合，乃成为自然的音乐。一切的动，一切的静，青天，白水，一声佛号，一声钟，冲突与和谐，庄严与悲惨，作者是无不以一颗青春的心，去鉴赏、感受而加以微带矜持的注意去说明的。"[3]

在梁实秋看来，徐志摩具天生的诗人气质，有心灵充实丰饶之美。"志摩的诗之异于他人者，在于他的丰富的情感之中带有一股不可抵拒的'媚'。这妩媚，不可形容，你不会觉不到，它直诉诸你的灵府。从表面上看，这妩媚的来源可能是他的文字运用之巧妙。"梁实秋看到的

---

[1] 沈从文. 沈从文全集：第12卷 [M]. 太原：北岳文艺出版社，2009:202—203.

[2] 沈从文. 沈从文全集：第16卷 [M]. 太原：北岳文艺出版社，2009:97.

[3] 沈从文. 沈从文全集：第16卷 [M]. 太原：北岳文艺出版社，2009:101.

不仅仅是文字之巧妙，这还不够，"志摩的诗是他整个人格的表现，他把全副精神都注入了一行行的诗句里，所以我们觉得在他诗的字里行间有一个生龙活虎的人在跳动……"[1]

徐志摩逝世五十年后，梁实秋对徐志摩的文学成就有这样的评价："志摩是诗文并佳，我甚且一度认为他的散文在他的诗之上。……《巴黎的鳞爪》与《自剖》两集才是他的散文杰作。他的散文永远是亲切的，是他的人格的投射，好像是和读者晤言一室之内。他的散文自成一格，信笔所之，如行云流水。"[2]

诗人远游天宇，诗文长驻人间。在朋友们不断地追忆与怀念中，徐志摩"精神还能活在他的朋友间的"。当时间的流水冲刷走一切色彩和偏见，露出诗人的本真，崇尚爱与美，自由的灵魂发出的歌，伴着新月的光辉，萦绕天地间。

---

[1] 刘天华，维辛. 梁实秋怀人丛录 [M]. 北京：当代世界出版社，2007:340.

[2] 刘天华，维辛. 梁实秋怀人丛录 [M]. 北京：当代世界出版社，2007:165.

长河不尽流
—— 沈从文与巴金

1932 年 8 月，国立青岛大学校长杨振声因为学潮压力辞职。教育部下令整顿国立青岛大学，并进行改组，改名为国立山东大学。

8 月 23 日，杨振声致电教育部，坚辞国立青岛大学校长一职。《大公报》【北平通讯】云：青岛大学校长杨振声前为该校学潮赴京，向教育部请示办法，并呈请处分，旋奉教育部令解散改组，处分未蒙允准。旋杨奉令整顿该校，办理招生事宜，现已大体就绪，兹悉杨以解散改组责任业已完成，特电教部请辞。[1]

这年 8 月，沈从文在福山路 3 号挥汗如雨地写作《从文自传》，也从写作的世界走出来，关心学校整顿改组的情况。沈从文经历了这次持续了大约四个月的学潮风波，身处其中，不可能一点不受影响。但因为沈只是中文系一个讲师，不在大学中枢位置，没有受到大的波及。杨振声辞职，对沈从文影响不小。老大哥杨振声的离开，他觉得遗憾，也很难过。

9 月初，新的学期开始了。沈从文接到巴金从上海来的信，得知他要来访，心中一片宁静的喜悦。他对巴金的来访，充满了期待。

巴金来了，沈从文把福山路 3 号自己的宿舍让给巴金住，他每天到

---

[1] 季培刚．杨振声年谱：上册 [M]．北京：学苑出版社，2015:342．

别处打游击。巴金在文中回忆:"我在他那里过得很愉快,我随便,他也随便,好像我们有几十年的交往一样。"[1]

其实,两人才认识一个多月。

在福山路 3 号沈从文的宿舍,巴金在沈从文的书桌上安静地写信,写短篇小说《爱》。两人见面时,"有话就交谈,无话便沉默"。沈从文带他到第一公园(中山公园)游览,两个人在樱花林中散步,毫无拘束,自由而随意。两人话都不多,有一次,沈从文打开了话匣子,向巴金讲起在中国公学第一次登上讲台的经历。面对满教室的学生,沈从文登上讲台,往下一看,年轻的学子闪亮的眼睛紧紧地望着他,他紧张得额头上直冒汗,准备好的资料怎么也开不了口。沉默,还是沉默……面对讲台上讲不出话的老师,学生只是安静地坐着,期待他开讲。沈从文在黑板上写了几个字:请等五分钟。

沈从文把这段经历当作故事来讲,巴金只是认真地聆听,不作评论。沈从文从巴金温和的目光中能够看到很多东西,有鼓励和期许。巴金比沈从文小两岁,有时反而像一位兄长,温和、宽厚。

有时,他们到海滨漫步。信步走到黄昏中的汇泉海水浴场。沈从文感受到巴金那宽广的心灵,如同蓝色的锦缎,夕阳的金辉,流转在海面,那是永不落幕的爱的光芒。

沈从文向巴金谈起自己之前的处境。有一段时间,他几乎每个月要卖出一部书稿,他急需稿费来养家,那时母亲生病……他谈到徐志摩,徐志摩不仅帮他发表文章,还帮他卖书稿。后来,他写多了,卖稿有困难,徐志摩便介绍他到大学教书。

谈到徐志摩对自己的帮助,沈从文心里很难过。这位朋友已经不在人间。沈从文向巴金谈到去年 11 月去济南处理徐志摩后事的情形,说

[1] 巴金,黄永玉 . 长河不尽流——怀念从文 [M]. 长沙:湖南文艺出版社,2018:13.

着说着，声音哽咽，眼睛里泛出泪花，说不下去了……夕阳为海滨涂上了一层金辉，西边一轮落日浮在半空，皆成五色明霞，有的是玫瑰红，有的是热烈的橙色，有的像融化的金子。而头顶上的云朵，被金色渲染，白云上的粉色、银色和铅色，变幻着丰富的色彩。沙滩上人群渐渐稀少，远方的岛屿呈现青黛色的轮廓，几只飞鸟贴着海面飞翔。白色的浪花轻轻地咬着金色的沙滩，落日余晖中的沈从文，伫立在沙滩，有一种静穆的悲恸在他心中起伏，宛如海浪。这情形，正如沈从文的小说《凤子》中的描写："年轻人在海滩边，感情上也俨然镀了落日的光明，与世界一同在沉静中，送着向海面沉坠的余影。"[1]

巴金只是静静地看着他，一句话也不说，又似乎道出了千言万语。紫色的暮气在天空氤氲，暮色的天空蓝而透明。空旷的海滨，唯有涛声和潮音弥漫……

巴金在青岛住了一个星期，要去北平。沈从文为他介绍了北平的两个朋友，"一个姓程，一个姓夏；一位在城里工作，业余搞点翻译，一位在燕京大学教书。"姓程的朋友叫程朱溪，姓夏的朋友叫夏云。

程朱溪遗留的日用流水账中记有款待巴金的花费："1932 年 9 月 25 日与巴金公园喝茶，0.3 元。""20 日请巴金东来顺涮羊肉，1.8 元，买鸡及牛肉请巴金，1 元。"[2]

巴金在《怀念从文》一文中，有记沈从文的朋友夏云："一年后我再到北平，还去燕大夏云的宿舍里住了十几天，写完中篇小说《电》。我只说是从文介绍，他们待我十分亲切。我们谈文学，谈得更多的是从文的事情，他们对他非常关心。"

[1] 沈从文 . 沈从文别集·阿黑小史 [M]. 长沙：岳麓书社，1992:127.

[2] 胡其伟 . 八十年前北平古都生活的第一手资料——程朱溪夫妇的"北平家用账本" [N]. 中华读书报，2016-02-179(18).

1933 年 9 月 9 日，沈从文与张兆和结婚。作家李辉的文章透露："结婚请柬就请上海的开明书店转给巴金，巴金将这个请柬一直保留到他去世。"新婚后，沈从文在北平拥有了自己的家，他写信邀请巴金来做客。巴金只提了一个藤包，里面一件西装上衣、两三本书和一些小东西，就到了达子营 28 号沈家。沈从文与巴金握手，微笑着对他说："你来啦。"沈从文向巴金介绍夫人张兆和。

在青岛时，巴金就知道沈从文在恋爱中，这次见到了新娘子。九妹沈岳萌和巴金在青岛就认识了，她有时和两位作家一起聊天、在海滨散步。

巴金住在达子营 28 号沈从文的书房，"院子小，客厅小，书房也小，然而非常安静，我住得很舒适。"一日三餐，巴金也在沈家吃。有时，还与别的客人同一餐桌吃饭，沈从文视巴金为重要的客人，"让我坐上位，因此感到一点拘束"。

巴金了解到，沈从文 8 月辞去了国立山东大学的教职，到北平后，跟随杨振声编辑教科书，朱自清也参与其中。8 月底，《大公报》决定请杨振声、沈从文接替吴宓编辑文艺副刊。巴金观察到，来沈从文家的客人不算少，"一部分是教授、学者，另一部分是作家和学生"，"为了写稿和副刊的一些事情，经常有来同他商谈"。

这些工作够他忙了，可是他还有一件重要的工作，天津《国闻周报》上的连载：《记丁玲女士》。这部作品于 1933 年 10 月 9 日到 12 月 18 日间，首次在《国闻周报》上连载发表。1934 年 9 月，良友公司出版单行本时，改名为《记丁玲》。由于政治原因，《记丁玲》只出了全文的前半部。直到 1939 年 9 月，才以《记丁玲续集》为题，出版了后一半的单行本。

因为近距离接触，巴金发现这个连载多么受读者欢迎："根据我当时的印象，不少人焦急地等待着每一周的《国闻周报》，这连载是受到欢迎、得到重视的，一方面人们敬爱丁玲，另一方面从文的文章有独特的风格，作者用真挚的感情讲出读者心里的话。"

巴金在沈从文家住了大概两个月，偶尔有几天住在清华园和燕园，巴金送张宗和《文学》第四期。程朱溪的生活账单中，又提到巴金。"（1933年）9月22日晚，请巴金、从文、卞之琳、靳以吃饭，7元。""9月23日午，请巴金、从文、访先、梦华吃饭，5元。"[1]

1933年10月7日，沈从文张兆和夫妇、九妹、张宗和、张充和等人一起游览颐和园。张宗和这天的日记，虽然没有明确出现巴金的名字，但根据日记的记录推测，巴金也和沈从文一家、沈家的亲戚一起游园。"雨渐渐地越下越大，下得不停，我们只好在长廊里面走，看湖上的雨景。渐渐地，雨停了，我们坐船到龙王庙、十七孔桥。到玉泉山的时候，我和四姐骑车。我们先去看泉水，他们都说那泉水好，不舍得走了。"[2]

巴金客居沈家，两人都在进行文学创作。沈从文在院子里写，在一枣一槐的树荫下写《记丁玲女士》《边城》。《〈记丁玲女士〉跋》发表于1933年9月23日《大公报·文艺副刊》，文后注明：廿二年六月青岛。

巴金在沈家完成了《爱情三部曲》中的《雷》，以及《电》的一部分。晚年沈从文回忆，巴金写得又快又好，自己同样的时间写得比巴金少，而且反复修改。

1933年8月，沈从文辞职到北平，写作状态可视为青岛时期的延续。沈从文承认，自己在青岛迎来一个创作高峰。抗战时期，他执教西南联大师范学院，疏散到呈贡，在此期间他写下一篇散文，回顾1931年至1934年的文学创作情景："重读《月下小景》《八骏图》《自传》，八年前在青岛海边一梧桐树下面，见朝日阳光透树影照地下，纵

[1] 胡其伟.八十年前北平古都生活的第一手资料——程朱溪夫妇的"北平家用账本"[N].中华读书报，2016-02-17(18).

[2] 张宗和.张宗和日记（第一卷）：1930—1936[M].张以祇，张致陶，整理.杭州：浙江大学出版社，2018:353.

横交错，心境虚廓，眼目明爽，因之写成各书。二十三年（1934年）写《边城》，也是在一小小院落中老槐树下，日影同样由树干枝叶间漏下，心若有所悟，若有所契，无滓渣，少凝滞。"[1]

沈从文刚开始写《边城》时，巴金恰好住在他的家中。小院若无客人，沈从文在院子树荫下写作，巴金则在沈的书房写作。两人沉浸在自己的文学世界中，在静谧的院子里，创作各自的小说。

两个多月后，巴金搬离沈家。"不久靳以为文学季刊社在三座门大街十四号租了房子，要我同他一起搬过去，我便离开了从文家。"巴金对沈从文张兆和夫妇感激不尽，"我常常开玩笑地说我是他们家的食客，今天回想起来我还感到温暖。"值得注意的是，张兆和也有创作的才华，只可惜没有时间和精力用来创作。巴金回忆说："一九三四年《文学季刊》创刊，兆和为创刊号写稿，她的第一篇小说《湖畔》受到读者欢迎。她唯一的短篇集后来就收在我主编的'文学丛刊'里。"[2]

巴金和沈从文的友情在随后的岁月里延展。抗战期间，巴金到昆明，去呈贡沈从文位于桃园新村的家中做客。巴金遇到日寇的轰炸，见证了战争的血与火。他们的友情也经过了战争、政治运动等考验，书信往返。长河不尽流，他们的友情横跨20世纪，令后人怀想。

[1] 沈从文. 沈从文别集·七色魇 [M]. 长沙：岳麓书社，1992:123—124.

[2] 巴金，黄永玉. 长河不尽流——怀念从文 [M]. 长沙：湖南文艺出版社，2018:18.

幽暗航程的灯塔
——沈从文与程氏兄弟

生存的压力，苦海的沉浮，沈从文靠着朋友的支持、自身的努力，挣脱苦海。程氏兄弟的友情，一度是他幽暗航程中的灯塔。

程万孚（笔名程信），1904 年生；程朱溪（原名程建磐，笔名朱溪），1906 年生。程氏兄弟是安徽徽州绩溪人。20 世纪 20 年代初，程父程修兹经其学生陶行知向张伯苓推荐，到天津南开大学教授国文。1921 年，舒庆春（老舍）在南开中学教国文，开始写小说。程修兹与老舍比邻而居。程朱溪随父亲到南开中学读书，程万孚则在北京今是中学上学，后入北大中文系。程朱溪受老舍的启发和影响，课余尝试着文艺创作，写几篇文艺小品，向报刊投稿。

程万孚考入北大后，一面读书一面写作，先后在《国闻周报》《北平晨报》《大公报》等发表文章，赚点稿费补贴生活。

1926 年，程朱溪从南开中学毕业后，追随兄长程万孚来到北京。程朱溪参加了北京大学文科考试，国文英文高分，但数学过低未被录取。于是，在沙滩孟家大院学生公寓租房，在北大旁听，又在中国大学注册上课，以取得毕业文凭。程朱溪祖籍安徽绩溪，与胡适之有乡谊，父亲程修兹也与当时中国教育界的要人建立了联系，这是他闯北京的优势。

程朱溪通过同乡兼亲戚章衣萍开始向报纸投稿。这时，从湖南湘西来北京的沈从文，经过郁达夫的呼吁和帮助，在文坛声名鹊起。他经林宰平、梁启超的介绍，在郊区香山慈幼院图书馆当图书管理员，并进行文学创作。

　　类似境遇和相仿年龄以及对文学的共同爱好，使沈从文与程氏弟兄在 20 世纪 30 年代前后逐渐形成了深厚的友谊。

　　程朱溪的外甥胡其伟，撰文钩沉程朱溪的文学创作成就：朱溪正式出版的第一本书是爱情散文诗《天鹅集》，由其表哥章衣萍介绍在北新书局出版，随即又出版了他翻译的《哈代小说集》与高尔基的小说《草原上》（再版时改为《二十六与一个》）。这些作品由于年代久远，已不可考。

　　20 世纪 30 年代，东三省沦陷后，日寇步步紧逼，进犯山海关，侵占热河，向长城逼近。"我二十九军将士在长城喜峰口、古北口一带英勇拼杀，屡次打败来犯日军。" 1937 年 7 月，程朱溪在中华书局出版发行的小说集《紫色炸药》，"讲述的都是中国军民浴血奋战抗击侵华日军和平民百姓惨遭日军迫害的故事"。[1]

　　程万孚北大毕业后，追随胡适多年，有一段时间住在胡适上海的家中，誊写文稿，查找资料，充当助手。胡适对程万孚很满意。1928 年 6 月 5 日，胡适在他的《白话文学史》上卷的自序中，在感谢帮他校对这本书的人中即有程万孚的大名。安徽省教育厅厅长、歙县人江彤侯也在上海，他托胡适为他准备考大学的儿子物色一位家庭教师，胡适立马向他推荐了程万孚。程万孚在江家做家庭教师时，与江家次女江萱相恋。1930 年秋，程万孚与江萱的爱情修得正果，诚如他所说："我的精神亦因这三四年来，同萱死力奋斗的结果，得了胜利，非常愉快。"江萱毕业于中央大学上海商学院，她鼓励程万孚出国留学。

　　1933 年，程万孚留学法国，巴黎大学文学院肄业，回国后如愿以偿地与江萱在上海喜结良缘。程万孚在胡适主持的中华教育文化基金

---

[1] 胡其伟. 程朱溪的抗日小说《紫色炸药》[N]. 中华读书报，2015-05-06(18).

会的编译委员会担任书记（实为抄写工作）。随后，担任卫立煌的秘书处长（少将衔）。1936年底，西安事变中，程万孚作为卫的幕僚同时被扣，化装逃回安徽，被免军职，携妻江萱到安徽大学图书馆工作，后任教授。

程万孚的文学创作集中在外国文学的翻译。1927年夏天，他翻译了契诃夫的长篇小说《决斗之后》，1930年秋又翻译《柴霍夫[1]书信集》。《柴霍夫书信集》于1935年4月在亚东图书馆出版。这本书颇受欢迎，半年后再版。

程万孚对契诃夫的小说有着超乎寻常的喜爱。他在北大读书时，有一位清华的好友，叫子敦（大概是笔名），两人志同道合，都对契诃夫的作品的"趣味更浓厚些"，同样是"拼命地看他的小说"，每逢礼拜日清晨，子敦就从清华园进城，到北大沙滩找程万孚，"谈到多半是关于柴霍夫（契诃夫）的作品同他的轶事等"。两个好朋友，谈性浓，忘了时间，"等到太阳斜斜地照到纸窗上时才猛然发觉肚子真饿得可以了"，跑到饭馆，错过了饭时，连师傅都午睡了，只好买几个烧饼，买点花生米，回去当午饭。吃完接着聊契诃夫，"一直聊到太阳入了土，子敦才想起来妈妈让他早点回去的嘱咐"。

正因为有这样的热爱，程万孚从日本买到英文版的《柴霍夫书信集》，商量着与子敦合译这本书。由于子敦忙于学业，直到程万孚南下，1930年秋天在安庆安徽大学图书馆任职，才有了时间，开始独自翻译。他在序言中写道："译此书时正值严冬，窗前积雪盈尺，室内滴水成冰，甚至于自来水笔头的墨水都冻成冰，呵一口气只能写三五个字。在这么冷的天时，我照旧工作，从来没有间断过，这是我心里有了新的力

---

[1] 契诃夫，旧译作"柴霍夫"。

量以后的表现，写在这里是谢那些给我力量的人……"[1]

程万孚翻译《柴霍夫书信集》，与沈从文在北京大学附近的一所公寓"窄而霉小斋"写作的情形类似。

沈从文与程氏兄弟在北京结识，详细经过不清楚，大概是沈从文在北大旁听时，与程氏兄弟相识，引为同道中人。三人密切的交往是沈在上海办《人间》杂志期间。

1929年初，当时在文坛已露头角的沈从文离京赴沪，与胡也频、丁玲在刚筹办的"人间书店"出版《红黑》《人间》杂志。他们还在萨坡赛路204号创办红黑出版社，计划出版"二百零四号丛书"。1929年1月10日，《红黑》杂志问世，胡也频任主编，三人合作编辑。1929年1月20日，《人间》杂志创刊，沈从文任主编，三人合作编辑。

施蛰存到萨坡赛路204号看沈从文，对铁三角留下了这样一笔："从文都在屋里写文章，编刊物，管家。他们三人中，丁玲最善交际，有说有笑的，也频只是偶然说几句，帮衬丁玲。从文是一个温文尔雅到有些羞怯的青年，只是眯着眼对你笑，不多说话，也不喜欢一个人或和朋友一起出去逛马路散步。"[2]

因为三人关系很铁，上海的小报记者捕风捉影，推测他们"大被同眠"。这谣言可能源自李辉英写的《记沈从文》："他们可以三人共眠一床，而不感到男女有别，他们可以共饮一碗豆汁，嚼上几套烧饼、果子，而打发了一顿餐食。有了钱，你的就是我的，全然不分彼此；没有钱，躲在屋中聊闲天，摆布了岁月；兴致来时，逛北海，游游中山公园，又三个人同趋同步，形影不离。"

沈从文、胡也频、丁玲铁三角干劲十足，但由于不善经营，《人间》

---

[1] 柴霍夫. 柴霍夫书信集 [M]. 程万孚，译. 上海：上海亚东图书馆，1935：序言.

[2] 巴金，黄永玉. 长河不尽流——怀念从文 [M]. 长沙：湖南文艺出版社，2018：63.

编到第 4 期，实际只出了 3 期就停了。《红黑》坚持到第 8 期，也不得不结束。《人间》昙花一现，《红黑》消逝在人间。这样的结果让他们欠了一屁股债。沈从文的生存压力很大，一度萌生自杀的念头。

"人间书店"筹备时，程万孚以书店小伙计的身份参与了。他以沈从文好友的身份，给弟弟写了几封信，道出了沈从文的苦闷和承受的压力。

1928 年 12 月 6 日，程万孚给朱溪信中写道："从文今日在我处时，你信来，他也高兴知你的一切，说是昨夜他给了你信。此人真苦，真可怜！而也频与丁玲在一起，从文处处皆受指挥，不然，奶奶不悦，先生亦怒。他又毫无趣，且贫，他的遗嘱已写好，想死，非自杀，乃怕死。你可写信安慰他，但勿说起胡与蒋（丁玲原名蒋伟），因他们同住，免多事。他待我很亲、诚，我亦十分诚恳待他的。"[1]

这封信道破铁三角的实情，并非外界猜测的那样情同手足、不分彼此。沈从文由于性格等方面的因素，处于弱势地位。

同年 12 月 17 日，程万孚给朱溪信中谈道："从文可怜，生活干枯，加之生性不同，更苦。他说已找人为你画《天鹅集》封面。"

1928 年、1929 年，沈从文在上海生存的环境和压力没有根本地改善，导致心情低落。程万孚与沈从文聊天，开导他。1929 年 8 月 20 日，程万孚致朱溪信云："我四日来除了找子敦、从文之外，没有做过别的事……从文说的话，是他多年来自身体验之谈，昨日我与他长谈，聊了六点钟之久，受益不少。他说他有信给你。生活的担子，简直把温文笃实的他压死了。从文之母同哥哥都返湖南去了，妹妹同他一起住着，一个月内同去青岛，非去不可的。"1929 年，国立青岛大学因故未能开学；1930 年，沈从文已经收到国立青大的路费，因战争未能到青岛。

沈从文不断地与命运搏斗，有心力交瘁之时，便会写信给朋友，

---

[1] 胡其伟 . 三十年代前后沈从文与程万孚程朱溪兄弟书信钩沉 [J]. 新文学史料，2000(1):169.

倾吐心中的烦恼。1929 年 1 月 30 日，沈从文给程朱溪的信中，有点老气横秋，有失意，有自嘲，但他一直未放弃写作，也可见沈从文写作之勤奋：

> 谢谢你来信总不忘劝我的话。自己真是中年无用人了，除去牢骚，所谓生活，就剩余无多了。近来大致是天气不行，只想与世界离开。文章是写来也全无意思的，我似乎在作文章以外还应当做一点其他事情，但目下则除了这样写三块钱一千字的小说以外就是坐到家中发自己的脾气，或者世界上也应有这种人点缀，所以无法与命运争持了。
>
> 身体不好则只想回北平住，可是还不知要到什么时候我可以来去自由。目下则一离开上海就得饿死。有人在我《龙朱》一文上又称我为天才，可不知道这天才写完文章，倒到床上时是何等情形，若说写《雨后》时有灵感可以自豪，我倒将为我一面想到病倒在床的母亲一面写出《龙朱》与《雨后》那样文章为奇事了。不死之前大约还得写五百篇吧，自己想起自己，却真只能笑的。
>
> 日子是快过年了，只愿你好好过日子。我们太容易老了，能在年青时荒唐一点就不妨荒唐，不要太老成，幸福得多。[1]

这封信的结尾，沈从文流露出来的放纵念头值得注意，这是爱情无着落、经济无保障时的幻想。毕竟，沈从文只能是沈从文，他做不出胡适年少时在上海滩叫局吃花酒、醉宿街头这样的荒唐事。

沈从文与程氏兄弟的友情，在岁月山河之中绵延。

程万孚在法国留学，仍念念不忘沈从文。1932 年 6 月 21 日，在给

---

[1] 沈从文 . 沈从文全集：第 18 卷 [M]. 太原：北岳文艺出版社，2009:15.

弟弟程朱溪的信中说"从文可佩服处多"。程万孚翻译的英国作家谢尔顿（A.L.Shelton）的《西藏的故事》在亚东图书馆出版了，他嘱咐弟弟转给沈从文一本。7月17日，程万孚在致其弟的信中又说："从文，我是很喜欢的，但我总以为他不能了解我。他把我当作一个时髦人看，我能认识人生，我能吃苦工作，他也许不知道，他只知道我穿衣讲究合身材，头发梳得亮亮的。《柴霍夫书信集》他说好吗？他是照例对翻译的东西都说好的。他能耐能忍，但我以为他缺少一点男人应该有的魄力，他不希望为英雄，但英雄之所以为英雄，不是希望与否可以决定的。" [1]

沈从文自称是"乡下人"，对很时髦、洋气的年轻人，有一种本能的疏离。在北平北漂时，他见过各式各样的青年学子和文学青年：燕京大学穿洋装的洋气的大学生，一只手插在大衣襟缝中扮成拜伦做派的文学青年，已印好了加有边款"××诗稿"信笺的这种诗人。闯上海滩时，他见过"艺术家"：多流行长头发、黑西服、大红领结，以效仿法国派头为时髦乐事。他与司徒乔这样的朴素、诚实的画家交往，也能与衣着光鲜的程万孚结为好友。程万孚在给弟弟的信中，也委婉地指出，沈从文应多一些男人的魄力、英雄气概，不要对生活逆来顺受。

沈从文在青岛与程朱溪鱼雁传书。好友之间，自然是毫无隔阂，无话不谈。

1932年春天，程朱溪与女子艺术学院毕业的潘君璧相恋，把与女友的合影随信邮寄给在青岛教书的沈从文。沈从文接到这封信，1932年5月28日写回信，这封信写得很有意思，开头谈到两人在北京的友情：

> 这信寄过北平，恐怕你不能在北平见到了的。你廿一来信廿八才收到，邮局罢工对我们有了那么一点损失。去年今天似乎我正刚

[1] 郭存孝.程万孚与胡适——兼谈与沈从文及罗尔纲的友情 [J].江淮文史,2016(5):112.

好到北京，一堆日子过去得真快。北京听说热极了，想到那么热天，朱溪还从城中赶到香山去，在床边为我试温度，去年的回忆使我对今天感到惆怅。[1]

这一段，信息量大。一是，沈从文盼着收到程朱溪的信，不然，不会计较青岛邮局罢工带来的延迟。二是，1931 年 5 月 28 日，这是沈从文到北平的日期。三是，沈从文在京郊香山发烧，程朱溪在大热天从城中赶来探望，足见友情深厚。

收到程朱溪与潘君璧的合影，沈从文想象着他们结婚的情形，他自然想到魂牵梦绕的三小姐。"三小姐那两个小辫儿成了大辫儿，照我想来，应当分成四个，给姐姐两个才好。"这就像小说中的闲笔，很有趣味。

这封信，照样谈到青岛的气候和大海："这里的气候还在穿夹衣情形中没有改变多少。这里只有春天同秋天，真很希奇。我住处一切都是静静的，楼上可以看到海，成天变各种颜色，天上云总是淡淡的，夜里天常常还是浅蓝色。美极了。一切都美极了。可是这半年来又依然什么也不做就过去了。"[2]

1932 年 7 月，程朱溪与潘君璧在中山公园水榭结婚。沈从文获悉好友喜结连理的好消息，为程朱溪感到高兴，他绝对想不到，一年后，他也要筹备婚礼了，同样是在中山公园水榭。

沈从文与张兆和准备婚礼时，西城达子营的婚房是程朱溪为沈从文租的。程朱溪留下的手账中，有这样的记录："（1933 年）8 月 12 日，代

---

[1][2] 沈从文 . 沈从文全集：第 18 卷 [M]. 太原：北岳文艺出版社，2009:168—169.

从文付达子营 39 号定金 7 元。"[1]

沈从文与程氏兄弟友情发源于北漂，友情弥笃于上海共同办《红黑》《人间》。沈从文在青岛与程朱溪书信往返，重回北京后，交往甚密。沈从文与程氏兄弟在抗战中分离，渐渐疏远。

抗战胜利后，程朱溪任安徽省第九行政公署专员、南京社会部总务司司长。1949 年程朱溪随国民党到广州，因家庭留在大陆，回到南京。1951 年春夏间病逝于看守所。

新中国成立后，程万孚在南京市文物保管委员会工作。1968 年逝世。

---

[1] 胡其伟. 八十年前北平古都生活的第一手资料——程朱溪夫妇的"北平家用账本"[N]. 中华读书报，2016-02-17(18).

闻风相悦

—— 沈从文与卞之琳

你站在桥上看风景，

看风景人在楼上看你。

明月装饰了你的窗子，

你装饰了别人的梦。

这首《断章》在中国新诗中是一个里程碑式的存在。诗人的哲思在澄澈的流水中升起，浮动于桥上，萦绕于红楼的窗口，飞升于明月之上，如梦如幻。

这首诗歌最大的魅力在于主客体之间的诗意转换，相映之趣，互为镜像。以古典诗歌常见的意象，抽象出人与物的关系，人与宇宙的关系，构筑空灵、隽永的美与真。一首经典的诗歌，可有多重的解读，有人理解为爱情，有人理解为哲学。

1935 年 7 月，25 岁的卞之琳从日本回国。秋初，应好友李广田之约，来到济南，受聘于山东省立高级中学。济南是泉城，家家泉水，户户垂柳，有江南的水韵，城中多桥。山东省立高级中学附近有一座杆石桥。也许这座美丽的桥，给了卞之琳创作的灵感。10 月，他创作了脍炙人口的著名诗作——《断章》。

卞之琳的这首《断章》中的风景元素，放在青岛也颇为和谐。栈桥卧波、绿树红楼、海上明月、岛上落日，都带有大海潮音的气息。事实上，卞之琳多次来青岛，与青岛颇有文缘。

卞之琳，中国当代著名诗人，既写自由体诗，又写新格律诗，在新诗格律化问题上进行持续不断的探索，著有诗集《三秋草》《鱼目集》《汉园集》（与李广田、何其芳合著）《慰劳信集》《十年诗草（1930—1939）》《布莱希特戏剧印象记》《山山水水》《人与诗：忆旧说新》等。

这位从江苏海门走出来的诗人，1929年考入北京大学。此前他在上海的浦东中学读书，那时就开始写诗，进入北大后，师从徐志摩。卞之琳把自己的诗面呈徐志摩，徐志摩读后连连称赞。他对卞之琳说，要选几首登在他们新创刊的《诗刊》上。过了一段时间，徐志摩又找卞之琳要了他新近创作的20多首诗，拿给好友沈从文看。他们都对卞之琳的诗大加赞赏，觉得应该把他推上诗坛。沈从文给素不相识且名不见经传的卞之琳写了封信，对其诗表示赞赏的同时，还告知他和徐志摩都认为可以印一本诗集。

沈从文还为这本小诗集起名叫《群鸦集》（因集中《群鸦》一诗得名），还写了篇《〈群鸦集〉附记》刊登在1931年5月的《创作月刊》上，热情地向读者推荐："弃绝一切新辞藻，摈除一切新旧形式，把诗仍然安置到最先一时期文学革命的主张上，自由的而且用口语写诗，写得居然极好，如今却有卞之琳君这本新诗。"[1]

卞之琳读到这篇文章，感到意外的惊喜，开心极了。他觉得自己太幸运了，刚刚写诗，就遇到两位伯乐，热情地提携，无私地帮助。

徐志摩和沈从文将他引领进入诗坛。由于徐志摩提携的缘故，卞之琳在20世纪30年代，被视为"新月"之中的一缕清辉；20世纪40年代，卞之琳在昆明，在西南联大，同样有一批诗人同伴，他又被视为现代派的代表诗人。卞之琳在20世纪的中国诗坛，是承前启后的重要人物。

---

[1] 沈从文. 沈从文全集：第16卷 [M]. 太原：北岳文艺出版社，2002:310.

1931 年，徐志摩与上海新月书店谈妥为卞之琳出版诗集《群鸦集》。谁知，徐志摩于 1931 年 11 月 19 日空难逝世。这本诗集被延迟出版了。

1933 年春天，卞之琳翻译波德莱尔的诗，得了一笔稿费，利用放春假的时间，由北平来到青岛，拜访沈从文，并携带了一本诗稿《三秋草》。此时，沈从文在国立山大执教，寓居福山路 3 号。沈从文在他半山腰的一栋红楼三层的房间，读过卞之琳的诗稿《三秋草》后，不由得击节赞叹。沈从文慷慨地拿出 30 元，支持卞之琳自费出版新作《三秋草》。此时，沈从文月薪 150 元。当时一位中学教师的月薪是 30 元至 40 元。沈从文要承担他和九妹的生活费用，手头并不宽裕，卞之琳看见过他抽屉里还放着当票。沈从文坚持把 30 元钱塞给卞之琳。当时，沈从文经济窘迫的状况并没有得到真正的改善，实际上这 30 元钱是未婚妻张兆和提供的。

卞之琳回北平后，就用这些钱将《三秋草》印出 300 本，这本书成为卞之琳得以出版的第一本诗集。1933 年 5 月 5 日，《三秋草》由新月书店出版，这本薄薄的诗集，开启了卞之琳丰厚的人生。

而沈从文资助卞之琳出版诗集《三秋草》，将当年郁达夫给予他的友情的温暖像接力棒一样传递下去。有意思的是，臧克家决定自费出版诗集《烙印》，则受到了卞之琳的建议和鼓励。已经到了清华大学执教的闻一多为臧克家的诗集《烙印》作序，卞之琳、李广田、邓广铭在北平设计封面。闻一多支持 20 元，王统照支持 20 元，还有一位朋友（王笑房）慷慨解囊资助。花了 60 元出版的 400 本诗集很快脱销。当时，臧克家是国立山大的学子。臧克家将卞之琳视为《烙印》的助产士，"没有卞之琳就没有《烙印》"。

卞之琳和臧克家的处女作，都在山大师友的帮助下，得以出版发行。诗坛冉冉升起两颗新星，苍穹之上，有青岛蔚蓝大海的底色。

沈从文对卞之琳出版诗集《三秋草》的帮助是全方位的，出资赞助只是一个方面，书名题签是沈从文，作序推荐也是沈从文。

"卞之琳君的《三秋草》，就是我所说的一本简朴的诗。"沈从文很欣赏卞之琳的诗，他以诗歌评论家的身份进行赏析、品评：

> 我也爱朴素的诗。它不炫目。它不使人惊讶。它常常用最简单的线，为一个飘然而逝的微笑，画出一个轮廓。或又用同样的单纯的线，画出别一样人事。由于作者的手腕，所画出的一切，有时是异常鲜明美丽的。它显得不造作，不矜张。作者用字那么贫俭，有时真到使人吃惊的地步。由于文字过简，失去一首诗外形所必需的华腴时，它不能使大多数人从讽读上得到音调铿锵的快乐。用某种体裁来作诗的型范时，它比起来又常不像诗。但它常有一个境界。这境界不依赖外表的华美来达到。[1]

因为新月派两大主将徐志摩和沈从文的赏识和提携，卞之琳也被视为新月派诗人。

就在《三秋草》出版的这一年，卞之琳遇见了一个人，改变了他诗歌创作的路径，也改变了他的人生命运。

1933 年初秋的一日，北平西城达子营 28 号，沈从文家。巴金、章靳以、卞之琳在此小聚，碰巧，张充和从苏州赶来，要入北大中文系上学，投靠新婚成家的姐姐、姐夫。卞之琳、张充和都来自江南，都在北大上学，同样雅好昆曲，喜欢文艺。卞之琳沉静，张充和活泼，有时两人挺谈得来。卞之琳自己感觉"彼此有相通的'一点'"。卞之琳在晚年回忆起当时的心境："由于我的矜持，由于对方的洒脱，看来一纵即逝的这一点，我以为值得珍惜而只能任其消失的一颗朝露罢了。"

自此一见后，有一个身影，萦绕于心，挥之不去。1935 年，张充和

---

[1] 沈从文 . 沈从文全集·补遗卷 2[M]. 太原：北岳文艺出版社，2020:13.

因病辍学，回了苏州老家休养。这年秋天，卞之琳开始在济南执教，每当他走过济南的桥，就会想起远在天边的一朵无心出岫的白云。

1936年暑假前，弟弟张宗和与在苏州家中的张充和写信，"准备去海滨城市青岛走走看看"。张充和当即决定来青岛疗养。海滨的空气清新，张充和患的是肺病。张充和住在太平路上的一栋别墅里。这栋别墅名为静寄庐，是南浔富商刘锦藻的旧居。青岛喜欢昆曲的人，在此曲会。张充和就在大曲会上演唱昆曲。张充和享受着青岛的悠闲时光，她写道："今晚海向我笑了，月亮在山头上露出一半来，我穿着睡衣伏在窗口向外看。"张充和索性一步步走到海边，"赤着足踏在沙上倒也很舒服"。

"我又跨过几块石头，坐在一个伸在海水里的石头上，我展开两臂向天空，向月亮，向大海，我又不是祈祷，但是我的臂不能缩回来，因为天空、月亮、大海，还有水面的山、山外的小岛，它们太爱我了，我自己想到底我没有去爱它们。完全是它们，它们以一切人间找不到的美来引诱我……" [1]

张充和这篇海滨随笔，如同海边的梦中呓语，"青岛这地方简直美得使我发呆"。

1936年，卞之琳又一次来到青岛。请注意，张充和此时也在青岛。

卞之琳租住在莱阳路28号的一个小房间。他邀请"汉园三诗人"的另外两位——李广田和何其芳也来青岛度假，当时在莱阳教书的何其芳（沈从文中国公学时的学生）欣然前往，并在青岛度过了1936年的新年，一个多月后，新诗史上的一大标志《汉园集》出版。

1936年10月7日，《华北日报》发表了一篇文坛掌故《卞之琳和沈从文》，作者署名"五郎"。文章不长，抄录如下：

---

[1] 王道. 一生充和 [M]. 北京：生活·读书·新知三联书店，2017:110.

"卞之琳"一个名字，虽则还不很熟，但是在中国诗坛，他是一颗晶莹的明星。

他有着北方作家的诚恳和温文，虽则他是道地的南方人。

他本来在上海浦东中学理科专业的，毕业后即入北大英文学系读书。他在浦中的时候，就动手作诗，到北大后，自然作得更多。

他的诗本来是学徐志摩的，而在北大亲听徐志摩的课时，反而和徐志摩分道了。

他一共出了两本诗集。一本是《三秋草》。一本就是出版不久的《鱼目集》。《三秋草》的出版，是沈从文出的钱，而他和沈从文的关系，就非常奇怪。是一·二八的前两年，暑期中徐志摩带了他的几首诗，到上海来，在新月书店中，给沈从文看到了，就惊为奇才，拿上要徐志摩介绍，徐志摩说："在北平。"于是沈从文就写一封信去，从此他们就成了莫逆。

"闻风相悦"在古书上常常看到，不图卞之琳与沈从文，复于今日实现之。

"闻风相悦"出自《庄子·天下》："古之道术有在于是者，关尹、老聃闻其风而悦之。"沈从文、卞之琳闻风相悦，堪称民国文坛一佳话。

沉静水畔一红烛

——沈从文与闻一多

1930年8月，闻一多到国立青岛大学，被杨振声聘为中文系教授，兼任文学院院长、中文系主任。闻一多开设的课程有中国文学史、唐诗、英诗入门等。

1932年7月下旬，因学潮，闻一多辞职离开国立青岛大学。闻一多到了北平，任国立清华大学中文系教授。清华本拟聘闻一多为中文系主任，因他有在武汉大学、国立青岛大学两次担任中文系主任的经验，闻一多不肯应允。清华遂聘请朱自清任中文系主任。

闻一多在青岛，与沈从文有一个学年的交集。但翻阅《闻一多年谱长编》（上册），找不到闻一多和沈从文有直接联系、交往的记载。闻一多为文学院院长、中文系主任，沈从文为中文系讲师，同在一系任职，再加上都是新月派成员，在青岛的这一学年，两人定有交往。

1931年9月，陈梦家编选的《新月诗选》由新月书店在上海出版，这是新月派的重要作品集。《新月诗选》选取了徐志摩（8首）、闻一多（6首）、饶孟侃（6首）、孙大雨（3首）、朱湘（4首）、邵洵美（5首）、方令孺（2首）、林徽因（当时用林徽音的名字，4首）、陈梦家（7首）、方玮德（4首）、梁镇（3首）、卞之琳（4首）、俞大纲（2首）、沈祖牟（2首）、沈从文（7首）、杨子惠（3首）、朱大柟（6首）、刘梦苇（5首）共18人的诗作81首。[1]

---

[1] 子仪. 陈梦家先生编年事辑 [M]. 北京：中华书局，2021:40.

《新月诗选》收录了沈从文的7首诗：《颂》《对话》《我喜欢你》《悔》《无题》《梦》《薄暮》。

《新月诗选》收录了闻一多的6首诗：《死水》《"你指着太阳起誓"》《夜歌》《也许》《一个观念》《奇迹》。次序排在徐志摩之后。

沈从文虽然入选多了一首，但闻一多对诗坛的贡献更大。

陈梦家在《新月诗选》的序言中评介闻一多："影响于近时新诗形式的，当推闻一多和饶孟侃他们的贡献最多。中国文字是以单音组成的单字，但单字的音调可以别为平仄（或抑扬），所以字句的长度和排列常常是一首诗的节奏的基础。主张以字音节的谐和，句的均齐，和节的匀称，为诗的节奏所必须注意而与内容同样不容轻忽的。使听觉与视觉全能感应艺术的美（音乐的美，绘画的美，建筑的美），使意义音节（Rhythm）色调（Tone）成为完美的谐和的表现，而为对于建设新诗格律（Form）唯一的贡献，是他们最不容抹杀的努力。"又说："苦炼是闻一多写诗的精神，他的诗是不断地锻炼、不断地雕琢后成就的结晶。《死水》一首代表他的作风。《也许》《夜歌》同是技巧内容溶成一体的完美。《"你指着太阳起誓"》是他最好的一首诗，有如一团熔金的烈火。"[1]

1930年下半年，沈从文在武汉大学中文系执教时，写了几篇作家论，其中一篇是《论闻一多的〈死水〉》，发表在《新月》三卷二期。这篇文章一开头写沈从文的读闻一多诗集《死水》的印象：

> 以清明的眼，对一切人生景物凝眸，不为爱欲所炫目，不为污秽所恶心，同时，也不为尘俗卑猥的一片生活厌烦而有所逃遁；永远是那么看，那么透明地看，细小处，幽僻处，在诗人的眼中，皆闪耀一种光明。作品上，以一个"老成懂事"的风度，为人所注意，是闻一

---

[1] 闻黎明，侯菊坤. 闻一多年谱长编：上卷 [M]. 上海：上海交通大学出版社，2014:369.

多先生的《死水》。[1]

由对诗集的印象出发，沈从文评价闻一多对新诗的贡献："在文字和组织上所达到的纯粹处，那摆脱《草莽集》为词所支配的气息，而另外重新为中国建立一种新诗完整风格的成就处，实较之国内任何诗人皆多。"[2]接着，话锋一转："然而给读者印象却极陌生了。使诗在纯艺术上提高，所有组织常常成为奢侈的努力，与读者平常鉴赏能力远离，这样的诗除《死水》外，还有孙大雨的诗歌。"[3]沈从文也指出闻一多那种"理知的静观""那种安详同世故处，是常常恼怒到年青人的"。[4]

闻一多很重视沈从文的这篇评论。1930 年 12 月 10 日，在青岛大学任教的闻一多给朋友朱湘、饶孟侃写信说，沈从文"那篇批评给了我不少的兴奋"，"他所说的我的短处都说中了，所以我相信他所提到的长处，也不是胡说"。这封信中，闻一多还说："从文写过评《死水》后，又写完一篇评《草莽集》，马上就要见于《新月》。"[5]

1980 年 7 月 20 日，沈从文与美国学者金介甫谈话。沈说，他在开始写诗之前，多次参加闻一多家里举行的读诗会，当时北京诗人徐志摩、闻一多、朱湘、刘梦苇、孙大雨、饶孟侃等人都在会上认真谈自己的诗。后来又在北平后门慈恩殿 3 号（景山后慈慧殿胡同 3 号）朱光潜家按时举行的文化沙龙上读诗，参加人有梁宗岱、冯至、孙大雨、罗念生、周作人、叶公超、废名、卞之琳、何其芳、朱自清、王了一（王力）、李健吾、林庚、曹葆华、林徽因、周煦良等。沈认为这些人的新诗都比他

---

[1][2][3][4] 沈从文 . 沈从文全集：第 16 卷 [M]. 太原：北岳文艺出版社，2002:109—114.

[5] 闻一多 . 闻一多书信选集 [M]. 北京：人民文学出版社，1986:224—225.

高明得多。[1]

闻一多热情似火，富有感情，写诗以及研究唐诗，都有燃烧的激情。

因为沈从文性格沉静，宛如沅水长流，他不喜交游。在青岛，他从未参加酒中八仙的宴饮。沈从文对这种群体性的活动，一贯地冷眼旁观，并将其作为小说的素材。

1933年沈从文创作了短篇小说《八骏图》，于1935年发表。作品以国立青岛大学若干同事为原型，塑造了八位教授不同的生活态度与生活方式。他们中有物理学家、哲学家、历史学家、六朝文学专家等。作品通过对话、白描推动并揭示了"八骏"道德观的虚伪性，颇具讽刺意味。

小说一发表，就引起圈内几位人士的不快，这样的小说最容易引起身边同事的联想，即使不主动去对号入座，也会让人感到影射。

这篇小说发表后，闻一多与沈从文的关系一度变得很微妙。闻一多对此心有芥蒂。

后来两人共同到了昆明西南联大，尽管朝夕相处，但关系仍不融洽。小说发表10年后，据沈从文在长篇回忆性散文《水云——我怎么创造故事，故事怎么创造我》中回忆："两年后，《八骏图》和《月下小景》，结束了我的教书生活，也结束了我海边单独中那种情绪生活。两年前偶然写成的一个小说，损害了他人的尊严，使我无从和甲乙丙丁专家学者同在一处继续共事下去。"[2] 这件事，对沈从文的创作也有一定的影响，金介甫分析，沈从文停止了以身边人物为原型的讽刺性小说创作，转向对湘西美丽女性的塑造。

[1] 金介甫. 沈从文传 [M]. 符家钦，译. 北京：国际文化出版公司，2005:113.

[2] 沈从文. 沈从文全集：第12卷 [M]. 太原：北岳文艺出版社，2009:105.

沈从文与闻一多的交往中，有很温暖的一幕，停留在历史深处的那场风雪中。

1937 年，卢沟桥事变突然爆发，清华、北大、南开三所大学在战火中被迫南迁。三校在媒体上发布公告称，将在长沙成立长沙临时大学，通知全国各地北大、清华、南开的师生校友迅速向长沙集中。因为南京失守，武汉震动，临时大学决定迁到昆明。1938 年 2 月，湘黔滇旅行团成立，2 月 20 日从长沙出发。闻一多加入的旅行团在湖南沅陵留宿。

此前，国立北平艺专于 1938 年元旦之际抵达沅陵，落脚沅陵对岸的老鸭溪。国立北平艺专的校长为赵太侔。沅陵是湘西门户，沈从文的大哥沈云麓就住在这里。恰巧沈从文当时也路过沅陵，他那时在杨振声手下为国民政府编中学教科书，从北平到了长沙，正预备从长沙转移到昆明。

1938 年 1 月中旬，沈从文带了几个人先到沅陵，住在他大哥沈云麓家里，前后长达三个月。同住的还有萧乾、杨振声的大儿媳侯焕成，还有赵太侔夫人俞珊。

赵太侔、杨振声、沈从文、闻一多……北平、青岛时期的老朋友聚在了沈从文大哥沈云麓家。抗战大潮之中，人人都被激流挟裹，这是文人在湘西的一次萍聚。这天南地北不同方向汇聚到湘西的人们，发现这里的房子，竟然与青岛有着隐秘的联系。

说起来，沈从文的大哥建造的房子芸庐，还带有青岛建筑的色彩和元素。在未完成的小说《芸庐纪事》中，大哥沈云麓就成了小说中的"大先生"，沈从文把自己的生命体验移植给大先生。

沈从文写道："他自己认为一生中最得意的事情，是六年前跑到青岛去，经由上海港瞎跑了七天，回转到家里时，却从一大堆记忆印象中掏摸出一个楼房的印象来。三个月后就自己打样，自己监工，且小部分还是自己动手调灰垒石，在原有小楼房旁边空地上，造成了座半中半西的楼房，大小七个房间，上下的窗户，楼梯和栏杆，房间的天花板颜色，墙壁上彩纸的花样，无一不像在青岛时看见的那座楼房。大先生的用意，原来就是等待在青岛教书的兄弟归来时，如同当年'新丰父老'不可免的那一惊！"[1]

芸庐位于沅陵县城天宁山上，地势很高，环境清幽。沈从文在《芸庐纪事》中说："在对河码头上抬头就可见到那房子。"并描绘道："这人家房子位置在城中一个略微凸出的山角上，狭长如一条带子。屋前随地势划出一个狭长三角形的院落，用矮矮黄土墙围定。墙隅屋角都种有枝叶细弱的紫竹，和杂果、杂花。院中近屋檐前，有一排鬃绿的花架，架上陶盆中山茶花盛开，如一球球火焰。院当中有三个砖砌的方形花坛，花坛中有一丛天竹和两树红梅花。房子是两所黄土色新式楼房，并排作一字形，楼下有一道宽阔的过道相接，楼上有一道同样宽阔的走廊。"[2]

沈云麓的芸庐，先后留下诸多文化名人的身影。1938年3月上旬，沈从文为闻一多设宴洗尘，客有赵太侔、杨振声等旧友，还有湘黔滇旅行团指导委员会的黄钰生、李继侗、许维遹等新知。

沈从文回忆说："一多和旅行团到沅陵，天下起大雪，无法行进。我那时正回家，就设宴款待他们，老友相会在穷乡僻壤，自有一番热闹。我请一多吃狗肉，他高兴得了不得，直呼'好吃！好吃！'。一条破毯子围住双腿，大家以酒暖身。我哥哥刚刚起了新房，还没油漆，当地人叫它'芸庐'，我安排一多他们在芸庐住了五天。"[3]

在西南联大时期，闻一多与沈从文在昆明的交往比青岛时期多了。

[1] 沈从文. 沈从文别集·龙朱集 [M]. 长沙：岳麓书社，1992:209—210.

[2] 沈从文. 沈从文别集·龙朱集 [M]. 长沙：岳麓书社，1992:221—222.

[3] 闻黎明，侯菊坤. 闻一多年谱长编：上卷 [M]. 上海：上海交通大学出版社，2014:462.

但沈从文的学生程应镠后来对研究沈从文的专家邵华强说，在抗战时期沈与闻的关系并不融洽。笔者认为，沈与闻的隔阂，有性格的原因，更多的是对闻一多从书斋转向政治的不以为然。

在昆明，沈从文与闻一多在文艺方面、教育方面有一些合作，但多为集体活动。

1943年5月25日晚，中法大学大礼堂，掌声阵阵，这是西南联大中文系排练的吴祖光的话剧《风雪夜归人》正在上演，以此欢送中文系毕业生。这次演出的成功，源自西南联大中文系教授们的鼎力合作。第二天出版的《云南日报》刊发了这次演出的消息："该校此次演出由中国文学系主任罗常培主持，该校教授孙毓棠导演，杨振声舞台监督，闻一多舞台设计，沈从文、罗膺中（罗庸）顾问，中文系全体同学参加演出，成绩甚佳，观众无不赞誉云。"

1944年，沈从文与闻一多、潘光旦、吴晗等协助地方人士办起一所建国中学。曾任建国中学董事的李沛阶后来回忆说："由于护国中学无人照料，师生流离失所，闻一多先生等了解后甚为关心。云南大学李吟秋打算把护国中学接过来，改成建国中学，受到闻先生等人的支持。旋，建国中学在昆明跑马山桃园新村创建，先生慨然应聘教授文学，潘光旦亦任优生学，沈从文任现代文学，吴晗任老师，沈从文夫人张兆和任英文。几位大学教授于乡村中学任教，令诸教师学生感动。"[1]

抗战相持阶段，昆明通货膨胀，物价飞升，教授之家的生活水平从高峰跌落谷底。为维持生计，养家糊口，西南联大的教授们卖文卖字、卖衣服卖书籍度日。闻一多靠刻章补贴家用。西南联大留下的一份重要的文献《闻一多教授金石润例》，称其是"文坛先进，经学名家，辨文字于毫芒，几人知己；谈风雅之源始，海内推崇"，这份《闻一多

---

[1] 吴世勇. 沈从文年谱 [M]. 天津：天津人民出版社，2006:261—262.

教授金石润例》由浦江清撰写，文末有清华校长梅贻琦、冯友兰、朱自清、潘光旦、杨振声、沈从文等十二人的署名。

抗战后期，闻一多已经走出书斋，转变为一位民主斗士。朱自清日记说，闻一多在政治方面投入了大量的精力和时间。1945 年 3 月 12 日，昆明文化界 342 人联名发表《关于挽救当前危局的主张》，要求成立民主联合政府。沈从文在上面签了名。此前，为征集签名，闻一多专程到呈贡，请沈从文签名。沈从文签名后，留闻一多吃饭。可以推想，两人的谈话一定围绕着"当前危局"展开。

沈从文一直与政治、革命保持距离。1945 年冬天，闻一多和吴晗一起专程到呈贡桃园新村沈从文家中，劝他加入中国民主同盟。因对党派政治保持距离，沈从文不肯参加。这也许是沈从文的清醒之处，可以撰写评论文章抨击时弊，可以签名表态，但相对来说保持独立性，不介入政治太深。

1946 年 7 月 15 日，闻一多在昆明被国民党特务暗杀。"李闻血案"传遍全国，沈从文一家在上海非常震惊，感到难以置信。四天前，他们一家刚乘坐飞机至上海。

8 月 9 日，沈从文写了一篇《怀昆明》（8 月 13 日发表在《大公报·文艺》），谴责云南军事负责人，谴责昆明地方治安责任人，呼吁务必使"其事追究水落石出"[1]，表达了反内战的观点。

1946 年 8 月 6 日，上海《大公报》"星期论文"栏目发表沈从文的《忆北平》一文，他大声疾呼，闻一多喋血昆明街头西仓坡，"实正象征国家明日更大的不幸"，他忍不住反问：孙中山"难道当真就死了吗？"[2]抨击国民党当局的罪行严重背离孙中山的精神。

---

[1] 沈从文.沈从文全集：第 12 卷 [M].太原：北岳文艺出版社，2009:277.

[2] 沈从文.沈从文全集：第 12 卷 [M].太原：北岳文艺出版社，2009:271.

闻一多倒下了，但民主斗士的雕像顶天立地，屹立在昆明。这是一座精神的丰碑，永不熄灭的红烛。沈从文北归，回到北平。假如闻一多不被国民党特务杀害，他也可以回到北平，回到清华园，就像沈从文一样……

1946年10月中旬，沈从文接受记者姚卿祥的采访。谈到一些作家的情况时，他称赞巴金、茅盾以及卞之琳、萧乾默默地坚持工作，而对原来静静地写文章的人现在"出风头"，闹运动，"显然有些爱莫能同意"，并认为："文学是可以帮助政治的，但用政治干涉文学，那就糟了。"[1]

北归之后，沈从文对于文坛、作家以及内战、时局，经常发表观点。

早在1937年5月12日，赵小梅在《华北日报》副刊"文坛杂话"栏目发表文章《沈从文热心政治》，文中写道：

> 他近来除吃饭游公园之外，是不大写文章了。似乎最近对于政治感了兴趣，大喊"××阵线"，并认识了不少各大学的青年学生，他可以给他们介绍投稿的地方。
>
> 近来还往各大学讲演，有人说沈先生想做官。他一向是不好说话的，一和人说话就先脸红，可是现在的沈先生已经和以前不同了。

沈从文登上文坛，是一个传奇，再加上他追求名门名媛张兆和的经历，他的动态和消息，一向是报纸关注的焦点。有的小报记者捕风捉影、添油加醋报道沈从文，以此吸引眼球、增加销量。1935年3月15日，《北平晨报·红绿》发表了安开的文章《天才多产的作家沈从文》，文中以沈从文私事为题材，无中生有。沈从文看后，大光其火，觉得被诽谤，

---

[1] 吴世勇.沈从文年谱[M].天津：天津人民出版社，2006:276—277.

名誉受损。沈从文很苦恼，写信给胡适诉苦："《北平晨报》一再以我私事为题材，无中生有，附会成篇。"在信中，请求胡适先生"作一文章，质之社会"，希望能够净化舆论环境。[1]

自 20 世纪 30 年代，沈从文就遭到左翼作家的批评。如果说战前"沈从文热心政治"不甚准确，战后北归，这个判断是准确的。沈从文发表了不少政论，高调地点评文坛，月旦人物，抨击时局，激扬文字。这为他后来的遭遇埋下了伏笔。

20 世纪的文坛，每个作家都无法摆脱政治，在文学与政治之间，很难独善其身。有的跌落水中身不由己地挣扎，有的身处激流勇立潮头，有的被卷入漩涡被淹没。即使站在岸边者，也难免被浪花打湿衣服。

闻一多、朱自清、老舍、陈梦家、郭沫若、丁玲、巴金、沈从文等作家的生死流转和命运浮沉，揭示出 20 世纪知识分子的生存图景，也昭示了不论怎么选择都无法摆脱的困境……

---

[1] 沈从文. 沈从文全集：第 18 卷 [M]. 太原：北岳文艺出版社，2009:218.

被扭曲的友情
—— 沈从文与梁实秋的恩怨

　　身悬海外的梁实秋坐在书桌前，从报纸上读到沈从文去世的文章，顿时愣住了，手中报纸轻飘飘地滑落……此时的梁实秋，宛若青岛海滨公园高耸的礁石，经受着巨大波澜的冲击，颓然地靠住椅子，沉默良久……

　　三十多年的时光倒流，那个瘦小而弱的身影，浮现在梁实秋眼前。沈从文的脸上常带着有点腼腆的神色，说话细声细气，每逢遇到有人夸他的小说，就很害羞，不由得低下头。梁实秋印象深刻的有两点：沈从文"脸色苍白，常常流鼻血，一流鼻血脸更苍白了"；沈从文总是独来独往，不大喜欢与人交往，总是躲在房间里拼命地写作。[1]

　　报纸上的这篇署名"井心"的文章，提到了沈从文的出身经历和音容笑貌。"他出身行伍，而以文章闻名；自称小兵，而面目姣好如女子，说话、态度尔雅、温文……"显然，从一个小兵到文坛名家的转变，这是属于沈从文的传奇。这文章还提到沈从文的书法，"他写得一手娟秀的《灵飞经》……"沈从文的出身经历与后来的成就和命运形成巨大的反差，让人难以忘记。

　　1949 年之后的台湾地区，长期禁止出版鲁迅的作品，也禁止出版沈

---

[1] 刘天华，维辛. 梁实秋怀人丛录 [M]. 北京：当代世界出版社，2007:143,227.

从文的作品。由于通信不畅，导致很多谣传。"井心"的文章称沈从文"不久以前"遭"迫害而死"，就是谣传。沈从文"喝过一次煤油，割过一次静脉"，自杀未遂，是1949年的事情。

当时梁实秋相信了报纸上发表的"井心"的文章，写了一篇《忆沈从文》的怀念文章。1973年6月，梁实秋在美国西雅图读到了聂华苓英文版的《沈从文评传》，获悉沈从文尚在人间，原来"井心"的文章是谣传，他感慨地说："人的生死可以随便传来传去，真是人间何世！"

沈从文去世的谣言是假的，梁实秋面对好友生死的情感是真的。

1931年8月至1933年8月，梁实秋和沈从文同在国立山大，这是他们共同的山海岁月，他们生命的天空都是蓝色的岁月。他们还有一个共同点，都属新月派。从上海到青岛，他们交往的时光，有着一弯新月的照耀。

梁实秋在回忆沈从文的文章中说，沈从文的字"挺拔而俏丽"。"他最初以'休芸芸'的笔名向《晨报副镌》投稿时，用细尖钢笔写的稿子就非常的出色，徐志摩因此到处揄扬他。后来他写《阿丽思中国游记》分期刊登《新月》，我才有机会看到他的笔迹，果然是秀劲不凡。"

新月书店在上海出版《新月》月刊时，沈从文也在上海。那时的沈从文承受着巨大的经济压力，生活窘迫，每月写一万五千字的《阿丽思中国游记》，在《新月》发表。沈从文在上海靠卖文为生的经历，在他的自传体小说《不死日记》中有详细而生动的描写。

有一次，沈从文有揭不开锅之虞。他到新月书店领取稿费。书店的人说，要梁实秋盖章才可以。沈从文就找到了梁实秋家。梁实秋感到纳闷，沈从文不走前门按门铃，走后门。梁实秋家的用人把稿费单子给梁实秋，他爽快地盖章。梁实秋下楼想看看沈从文，等他下楼到了后门，只看到沈从文走远的身影，飘然离去。

既进入新月书店的场域，又保持着一定的距离，走到中心却又疏离。这可能是沈从文的一贯的姿态。

新月书店经理余上沅的夫人陈衡粹回忆："新月的同仁如胡适之、闻一多、梁实秋、徐志摩、邵洵美、饶孟侃、叶公超、沈从文、潘光旦、罗努生（隆基）等每每聚集在书店里高谈阔论。"[1]

想来话题的核心集中在胡适之、徐志摩、罗隆基等人身上，沈从文只是默默地聆听，而不发言。在梁实秋的印象中，沈从文不善言辞。但文学团体同道中人在生活上，对沈从文产生了一定的影响。从沈从文的《不死日记》中可以看到，新月文人聚餐，诗酒相伴，有时盛情难却，沈也会小酌两杯。

梁实秋是《新月》月刊的编辑，沈从文的小说经由梁实秋的编辑刊发。《我的教育》《牛》《灯》《绅士的太太》，文论《郁达夫张资平及其影响》，都是经梁实秋的编辑发表在《新月》。

在上海时，沈从文有一封致梁实秋的信，抄录如下：

实秋先生：

韦丛芜兄译有一英国文学史，拜伦时代。据闻有数处不确处，你曾为改正过，他自己已改正了数点，很希望得见到你所指出的误处，因此书行将连同另一部分付印，若能得你将可商酌处参考，实极感谢，他想你把那书（经你指出的）寄给他，他的住处是上海法租界霞飞路泰辰里七号。若这事并不十分麻烦你，我想得到这书的他一定非常高兴。

从文 顿[2]

这封信写于 1931 年初，当时梁实秋已经到了青岛，在国立青岛大

[1] 王锦厚. 沈从文为何咒骂梁实秋 [J]. 郭沫若学刊，2014(2):63.

[2] 沈从文. 沈从文全集：第 18 卷 [M]. 太原：北岳文艺出版社，2009:124.

学执教。沈从文在信中附言"今甫一多先生好"。

韦丛芜读的大学是燕京大学，当时燕京大学校址位于盔甲厂，与北京大学相距不远。沈从文初到北京时，与北大、燕京两所大学喜欢文学的大学生熟悉，认识交往了诸多好友，韦丛芜是其中一位。韦丛芜是未名社成员，青年诗人，崭露头角的翻译家，沈从文热心鱼雁传书，请梁实秋为韦丛芜提供书。沈与梁、与韦都有交情。

1931年8月底，沈从文到青岛，与梁实秋同在国立青岛大学执教，因沈从文远离"酒中八仙"，也不与梁实秋同系工作，与梁实秋交往并不算密切。总的来说，两人因志趣和性格的因素，并不是亲密的朋友。一般来说，亲密的朋友，除了志趣相投，生活合拍，彼此还会赠送小的礼物。比如，梁实秋与黄际遇。

1932年10月24日，梁实秋赠送好友、酒友黄际遇一本《新月》。当天，黄际遇在日记中写道："实秋贻《新月》（四卷三号）一册，卧阅沈从文《若墨医生》一首，饶富构想之力。"

《若墨医生》是沈从文的一篇小说，1932年7月15日写于青岛。这篇小说是以张采真烈士为原型创作的。

1924年初，沈从文的姐夫田真逸给他介绍了在燕京大学读书的董秋斯。沈与董相识，两人一见如故，在校长秘书室，通宵达旦地谈话，结下深厚的友情，维系终生。通过董秋斯，沈从文先后认识了张采真、刘廷蔚、顾千里、韦丛芜、于成泽、夏云、焦菊隐、刘谦初、樊海姗、司徒乔等一批燕大学生。北伐风起云涌，武汉成为大革命的中心，张采真在刘谦初的感召下，奔赴武汉参加革命。大革命失败后，刘谦初、张采真转战上海、福建。在刘谦初的介绍下，张采真加入了中国共产党。张采真与苏国才结为夫妇。1930年11月14日，张采真被捕入狱。在狱中，张采真经受严峻的拷打，坚贞不屈，视死如归。1930年12月27日，张采真被国民党杀害于武汉，英勇就义。沈从文在上海时，对张采真的妻子（已怀孕，后生下儿子小铁，大名张铁铮）、幼女明明（张清明）照顾有加，展现出侠肝义胆。

沈从文来到青岛后，为纪念张采真，创作了《若墨医生》。小说中，若墨医生与"我"（可视为沈从文本人）驾船出海，在海上讨论民族的出路、国家的强健、个人的信仰。若墨医生在青岛认识了一位牧师的女儿，后离开青岛，与牧师的女儿结婚。

这篇小说对青岛的大海有精彩描写，浪漫而美好。环境描写不仅有助于小说塑造人物，也让读者身临其境，生活在青岛的黄际遇对沈从文笔下的大海击节赞叹，欣赏沈从文的文笔富有魔力，赞叹其想象力瑰丽。

沈从文在给好友的信中，习惯写身边友朋的动向，梁实秋的名字几次出现在沈从文的信中。许多时候，梁实秋的名字与俞珊紧紧联系在一起。

俞珊，祖父是俞明震，出身名门世家。俞珊早年就读于南开中学，后因主演田汉导演的《莎乐美》《卡门》，成为国内炙手可热的女明星，红透上海滩。后来俞家禁止俞珊走出家门登台演出，她得了一场大病。

1930 年 10 月 24 日，徐志摩写信给梁实秋说："太侔、春舫二兄来，颇道青岛风雅，向慕何似！莎乐美公主不幸一病再病，先疟至险，继以伤寒，前晚见时尚在热近四十度，呻吟不胜也。承诸兄不弃，屡屡垂询，如得霍然，尚想追随请益也。"[1]

1930 年 12 月 19 日，徐志摩致函梁实秋，谈到俞珊的病情，语气关切："俞珊死里逃生又回来了，先后已病两个月，还得养，可怜的孩子。"[2]

1931 年 2 月 9 日，徐志摩给刘海粟的书信中说："俞珊大病几殆，

[1] 章景曙，李佳贤．徐志摩年谱 [M]．杭州：浙江大学出版社，2021:442.

[2] 章景曙，李佳贤．徐志摩年谱 [M]．杭州：浙江大学出版社，2021:446.

即日去青岛大学给事图书馆，藉作息养。"[1]

俞珊以养病为借口，摆脱家庭的束缚，来到青岛，在梁实秋手下当了一名图书馆职员，梁馆长自然对其关照有加。俞珊容颜娇艳如玫瑰，身材似魔鬼，风韵如海伦。她的到来，如风乍起，吹皱一池春水。几位大学教授竞相对俞珊大献殷勤，好端端的一所大学差点被俞珊搅散了，由此可见俞珊颠倒众生的魅力。

1931 年 7 月 4 日，沈从文在北平听到国立青大中的绯闻，有为俞珊献殷勤者，有热烈追求俞珊者。他在给王际真的信中忍不住地感叹说："梁实秋已不'古典'了，全为一个女人的原因。"[2]

自然是因为"莎乐美公主"俞珊。

在北平的徐志摩也听到了国立青岛大学的种种传闻，1931 年 6 月 14 日，他在给妻子陆小曼的信中写道："星期四下午又见杨今甫，听了不少关于俞珊的话，好一位小姐，差些一个大学都被她闹散了。梁实秋也有不少丑态，想起来还算咱们露脸，至少不曾闹什么话柄。夫人！你的大度是最可佩服的。"[3]

沈从文说梁实秋"已不古典"，他本人来到国立青大执教后，也受到了俞珊的影响。他的小说《八骏图》中穿黄绸子裙裾的女子，就有俞珊的影子和风韵。美国学者金介甫在《沈从文传》中认为，沈从文《水云》中的"偶然"，其中一个就是青岛海滨的俞珊。

在众多追求者当中，最终"寡言笑"的山大校长赵太侔，走到舞台中央，热烈地追求俞珊，令其无可逃遁，抱得美人归。赵太侔有发妻和家室，离婚后追求俞珊成功，颇有戏剧性。赵太侔大俞珊 19 岁，两人

[1] 章景曙，李佳贤. 徐志摩年谱 [M]. 杭州：浙江大学出版社，2021:459.

[2] 沈从文. 沈从文全集：第 18 卷 [M]. 太原：北岳文艺出版社，2009:147.

[3] 韩石山. 徐志摩全集：第七卷·书信（一）[M]. 北京：商务印书馆，2019:226.

的婚礼轰动一时，报刊竞相报道，1933 年 12 月 16 日出版的《北洋画报》头版刊发了两人的结婚照。

1933 年春节过后，新学期开学，沈从文的未婚妻来到国立山大，在图书馆任职。这年春天，山大的教职员一起去崂山旅游，梁实秋、沈从文、张兆和等人都参加了。

梁实秋在青岛住了四年，他非常喜欢青岛的山与海，红瓦与绿树，民俗与风情，水果与海鲜。晚年梁实秋回望在青岛的时光，这里是梁实秋心目中民风淳厚的"君子国"，真正令人流连不忍离去的城市，人生漂泊之中的久居之地，称得上是"春有百花秋有月，夏有凉风冬有雪"的好地方。除此之外，可能还有经济方面的因素。

晚年沈从文对闻一多之孙闻黎明说，梁实秋在厚德福和顺兴楼这两处饭店有股份。此言不虚，臧克家也有记录。臧克家回忆道：

> 青岛有个颇有点名望的餐馆，名叫"厚德福"，据说梁实秋先生就是它的股东之一，我们在这儿聚过餐。文友中，赵少侯先生酒量最大，家中酒罐子一个又一个。老舍先生也能喝几杯，他酒量不大，但划起拳来却感情充沛，声如洪钟。[1]

说起来，梁氏家族与厚德福颇有渊源。厚德福是一家河南菜馆，主打豫菜风味，总号在北京。梁实秋的祖父梁芝山是厚德福的股东。厚德福到青岛开分店，是听从了梁实秋的建议。梁实秋在《酒中八仙》文中回忆说：

---

[1] 赵明顺，刘培平. 战士·学者·诗人——臧克家先生百年诞辰纪念文集 [M]. 济南：山东大学出版社，2005:441.

厚德福是新开的，只因北平厚德福饭庄老掌柜陈连堂先生听我说起青岛市面不错，才派了他的长子陈景裕和他的高徒梁西臣到青岛来开分号……厚德福自有一套拿手，例如清炒或黄焖鳝鱼、瓦块鱼、鱿鱼卷、琵琶腌菜、铁锅蛋、核桃腰、红烧猴头……都是独门手艺，而新学的焖炉烤鸭也是别有风味的。[1]

厚德福店址在河南路上，与北京路上顺兴楼相距不远。"酒中八仙"的欢宴畅饮就在这两个酒楼中进行。

1934年夏天，梁实秋应胡适的邀请，任北大外文系主任，离开了青岛。此时，他和沈从文同在北平文艺圈中。抗战大时代，两人都流寓大西南，梁在重庆，任职于教育部，编教科书（此前沈从文亦编教科书）；沈在昆明，执教于西南联大。

抗战期间，因昆明遭到日寇飞机轰炸，沈从文一家迁往呈贡，最初住龙街杨家大院。1944年下半年，沈从文一家从呈贡龙街杨家大院搬到跑马山桃园新村。这年秋天，桃园新村村长、地方士绅李沛阶见沈从文一家生活清苦，出于好意，劝沈从文在自己的酒厂里挂名股东"吃干股"，这样可以改善一下生活。沈从文婉言谢绝了李的好意。由此可见，沈从文淡泊名利。在当年物价飞涨的情况下，教授的生活困难，就是挂名股东"吃干股"，亦无可厚非。但沈从文爱惜自己的羽毛，不做与自己的身份不相符的事情。这一点真是令人感佩。

抗战胜利后北归，梁实秋在北平师范大学任教授，沈从文在北京大学任教授。

梁实秋和沈从文在一张照片中同框，定格了抗战胜利后北平文坛萍聚的一个瞬间。1948年10月23日，北平怀仁学会善秉仁司铎在北平王

---

[1] 梁实秋. 梁实秋集 [M]. 高旭东，宋庆宝，编选. 广州：花城出版社，2008:374.

府井安福楼招宴留影。

常风度过劫波，把这张照片保存了下来。在"文革"中，常风对善司铎的面孔进行了模糊处理。这张照片很有名，背后的故事学者谢泳先生有文章考证。20 世纪 80 年代，常风将此照邮寄给海外的梁实秋，他已经忘记。看着照片，往事与故人在他记忆中渐渐显影。梁实秋拿到这张照片时，杨振声、章川岛（章廷谦，字矛尘）、李长之、朱光潜都已不在人间。这张照片让梁实秋不胜唏嘘。

老照片上的历史波澜已经停息，北平文坛的大家萍聚之后就是星散。这张照片预示着一个时代的终结。1948 年冬，北平解放，梁实秋仓皇南下，随后被历史的激流放逐到台湾地区。1949 年，被批判的沈从文离开文坛，留下一个苍凉的背影，两次自杀未遂后，度过了精神危机，自我放逐到中国历史博物馆，改行从事文物研究，从此与文物上的花花朵朵、库房中的坛坛罐罐相伴。

梁实秋与沈从文分属于两个世界。晚年梁实秋写了多篇怀人的随笔，《忆沈从文》写了两篇，篇幅虽不长，但历史的沧桑尽在其中了。沈从文看到梁实秋听信谣传而写的悼念文章后，有什么反应呢？

沈从文在给朋友的信中，多次指责梁实秋造谣，斥之为"无聊文人"，甚至咒骂。

1975 年 6 月，在给黄裳的信中，沈从文给黄裳邮寄"几张习字"，先谈作家书法，后谈梁实秋的谣言：

> 由于社会新，要求严，除主席外，作家中死去的有鲁迅先生，活着的有郭沫若院长，可称"并世无敌，人间双绝"，代表书法最新最高成就，和日本书道专家周旋，已绰绰有余。……最近始因为香港熟人破破戒，实近于配合政治，一清梁实秋辈在国外假惺惺造

谣，传我在折磨中死去的凭吊而作。[1]

1976年10月12日，沈从文在给身处贵州的内弟张宗和的信中，把驳斥梁实秋谣言的前因后果谈得更为详细：

> 我已快卅年没有为什么人写过一张字，一是"作家"所有的好处还主动放弃了，哪会再来从这方面来插一手，博个什么"书法家"空名。直到今年春季，流亡到美国的梁实秋，为台湾造谣帮腔，作文以外还讲演，说我和冰心都在"文革"中被折磨死去。还说："像沈某某这种人，哪有不死道理！"事实上呢，我在这廿多年中，活得比许多旧同行老同事都有劲头，都活得还健康，甚至于还可说更自由。……可是香港方面熟人办了个谈书法的《书谱》，为抵消梁实秋的无聊谎话，把我偶然写下的一个条幅和文化部长茅盾所写的字并列，还有意抑彼扬此附加了个短跋，说我是作家中唯一懂书法的人。[2]

1975年9月上旬，沈从文在给杨振亚（时任中国革命历史博物馆馆长）、陈乔（时任中国革命历史博物馆副馆长）的信中写道：

> 近来台湾还在对我造谣，说我已在"文革"时被折磨死去。最无聊文人梁实秋，还在西雅图写文章追悼我。[3]

杨振亚和陈乔是沈从文单位的领导，他这封信显然是一种明确的政

---

[1] 沈从文.沈从文全集：第24卷[M].太原：北岳文艺出版社，2002:315—316.

[2] 沈从文.沈从文全集：第24卷[M].太原：北岳文艺出版社，2002:496—497.

[3] 沈从文.沈从文全集：第24卷[M].太原：北岳文艺出版社，2002:328.

治表态。

1975 年，钟开莱访问中国。当年西南联大数学系的高才生，如今归来是"美国概率论界第一人"，这位数学家是沈从文的忠实粉丝，他曾自称是"沈从文迷"。来到北京，提出要到沈从文家中拜访。沈从文的斗室堆满了书，盛不下归国的"爱国人士"，经过部局同意，沈从文和妻子张兆和特意去钟开莱一家三口所住的新侨饭店，谈了一回天，吃过一顿饭。谈话中，钟开莱的职业病冒了出来。他说："你在《从文自传》中写杀人，让犯人掷爻决定生死，说犯人活下来的机会占三分之二（阳爻、顺爻：开释；阴爻：杀头）。那不对，应该是四分之三（阳爻一，顺爻二：一阴一阳与一阳一阴；阴爻一）。"沈从文听罢，莞尔一笑。后来，沈从文按照钟开莱的意见对《从文自传》中掷筊（掷爻）的内容进行了修改。

在这次见面中，钟开莱的夫人与孩子为沈从文录像。1976 年 8 月中旬，沈从文在给程应镠（笔名流金，毕业于西南联大历史系）、李宗蕖夫妇（毕业于西南联大哲学心理系）的信中说到这件事：

> 还尽他爱人和孩子照了些小彩色电影……据说带回美国后，放映时都很好。可能把我好几次打哈哈的镜头也照去了。（主要原因是可以抵消梁实秋帮台湾残余造谣，说我已在"文革"中被折磨死去。梁还作文追悼，十分可笑。事实上我是没有什么难受处，不久即正式宣布无问题，结论是盼好好保持晚节的。）[1]

梁实秋作悼念文章，实出于友情，有没有"为台湾宣传加盐加醋"不好断定；沈从文三番五次表态，他对梁实秋的悼念文章耿耿于怀，也

---

[1] 沈从文.沈从文全集：第 24 卷 [M].太原：北岳文艺出版社，2002:446—447.

许有"配合政治"的因素，沈从文对梁实秋看似悖乎常情常理的指责，隐约折射出文人在复杂的政治环境下的多个面孔。

在"文革"语境下，新月派与鲁迅的论敌这两张标签被钉在梁实秋的背后，沈从文对梁实秋的苛责和反击，讲究的是政治正确。直到20世纪80年代初，沈从文也不承认自己是新月派的一员，也是出于政治正确的考虑。

从给国内亲友、单位领导、美国友人的信来看，沈从文把自觉消除梁实秋悼念文章在海内外带来的不良影响当作一种任务。也极有可能感受到外界的压力，再加上内心的不安，屡屡表态。1949年之后的沈从文一贯地谨小慎微，采取明哲保身、隐忍求全的人生哲学。

"文革"结束后，沈从文回望与梁实秋一起在国立青岛大学教书的这段历史，如何评价、界定两人的关系呢？他干脆撇清，一笔勾销，1979年10月15日，沈从文在给北大讲师孙玉石的信中写道：

> 至于梁实秋这个人，我始终并不和他有什么友谊。外人只见到我们一道写文章，又一道在山大教书，却不知道彼此之间性格不同，极少往来。[1]

沈从文当年在《新月》上发的几篇小说，是梁实秋负责编辑的；当年沈从文的未婚妻张兆和在图书馆任职，还是梁实秋的部下。

沈从文的刻意回避，更加凸显他的生存困境和精神压力。即使到了1979年，关于沈从文的不实传言（徐志摩、梁实秋介绍沈从文认识曼殊斐儿，而他辩解只认识史沫特莱），仍在文化界流传。所以他在给孙玉石的信中，矢口否认与梁实秋的友谊。

---

[1] 沈从文．沈从文全集：第25卷 [M]．太原：北岳文艺出版社，2002:403.

其实，在历次运动中，沈从文不仅撇清与梁实秋的关系，对西南联大时期与战国策派的陈铨、雷海宗、林同济的交往也刻意回避。可是，任凭谁也无法把一个人从自己的生命中剔除，迫于外界压力扭曲的友情能得到还原，刻意删除的历史经历也必定会显影。沈从文越是回避，越是撇清，今天的我们越能感受到他内心的不安。他一直在这样的处境中，完成了研究文物的工作，填补了很多空白。

战胜那些不实传言的是时间。

不论历史如何变迁，不论时潮如何强大，最终文化的力量胜出。1949 年之后，梁实秋以一人之力翻译完莎士比亚，沈从文在艰难的条件下、恶劣的环境中完成《中国古代服饰研究》，完成这样的创举，都是文化的英雄！

一新一旧的交集
—— 沈从文与黄际遇

黄际遇，一代鸿儒，是多个大学的数学系主任，同时又是天文学家、文学家、音韵文字学家、书法家。

黄际遇，字任初，号畴庵，1885年生于广东澄海一个名门望族。黄际遇14岁中秀才，1903年到日本，入宏文学校普通科学习，1906年考入东京高等师范学校数理科，攻读数学，1910年毕业。选择数学，成就了他大学数学系教授的元老地位，为中国现代高等数学教育事业奠定了基石。在日本留学时，黄际遇与范源濂、经亨颐、陈衡恪、黄侃交游，过从甚密。更与黄季刚（黄侃）从余杭章太炎游，遍窥各家门径。黄际遇对音韵文字学的研究，大概始于此时。

1910年，黄际遇回国，受聘到天津工学堂任教，下半年参加京试，中格致科"举人"。1914年，黄际遇任武昌高等师范学堂教授，开始了在大学40年的教书生涯。

1930年，杨振声在青岛筹备创立大学。是年夏天，国立青岛大学行开学礼。杨振声为校长，黄际遇为理学院院长兼数学系主任。两位学者，一位是蓬莱达人，一位是潮汕潮人；一位是蜚声国内的文学家，一位是闻名遐迩的数学家。他们的身材同样高大魁梧，丰神潇洒，有名士派头。在这次开学典礼上，两人一出场就成为全场关注的焦点。我们不妨通过梁实秋的描写，看看黄际遇的肖像：紫檀脸，膀大腰圆，穿的是长衫，黑皂鞋；讲一口广东官话，调门很高，性格爽朗而幽默。他的长衫有一个特色，左胸前缝有一个细长细长的口袋，内插一支钢笔和一支铅笔，取用方便。有亲炙黄际遇先生风采的门生弟子回忆说，他爱穿一件玄色长袍，胸前缝有两个特大的口袋，左边放眼镜，右边放笔。

黄际遇博学多闻，出口成章，俯拾皆丽句。蔡元培来青岛度假，黄际遇与之一见面，即脱口而出："君住故都皇帝之居。"蔡元培则对曰："子住岛上神仙之宅。"两人相视大笑，在场教授鼓掌叫好。

杨振声掌国立青岛大学时期，有几位教授豪于酒，常常聚饮。他们中间还出现了八位名震校园的善饮者，人送雅号"酒中八仙"。黄际遇为其中之一。"每当嘉会，酒阑兴发，击箸而歌，声振屋瓦，激昂慷慨，有古燕赵豪士风。"黄际遇在武昌高等师范学堂执教时的学生张云，后来成为中山大学的校长，他如此评价其师。

在青岛的这一段时光，是黄际遇人生中风平浪静的日子。他勤于写日记，在国立山东大学执教五年，他写的日记名为《万年山中日记》《不其山馆日记》。

《万年山中日记》24册，《不其山馆日记》3册，由潮汕历史文化研究中心"文化名人档案库"收存。在青岛，梁实秋对黄际遇的日记印象深刻："他的日记摊在桌上，不避人窥视，我偶然亦曾披览一二页，深佩其细腻而有恒。他喜治小学，对于字的形体构造特别留意，故书写之间常用古体。"《万年山中日记》主要用中文书写，也偶尔夹有英、日、德文；文体有散有骈，此外还有对联、书信、棋谱和大段的高等数学方程算式。

杨方笙教授在《黄际遇和他的〈万年山中日记〉》中写道："由于它全部用的是文言文，有些还是华丽富赡、用典很多的骈体文，文章里用了许多古今字或通假字，而且绝大部分没有断句、不加标点。如果读者不具备一定的文字学知识，几乎触目皆是荆棘，无从下手。""蔡元培先生曾说：'任初教授日记，如付梨枣，须请多种专门者担任校对，始能完善。'"

李新魁教授在《博学鸿才的黄际遇先生》一文中写道："先生勤写日记，日以蝇头小楷记述其研讨学问之心得，诸凡数理文学、文字语言、棋艺评论，各项见解，杂然并陈。时或记述交游，学者文士往来之行踪，写景、抒情以及酬唱之辞，时呈笔端。日积月累，竟达四十七厚册。"学人的日记是第一手文史资料，其重要性自不待言，"录心境之起伏，著世事之兴替，为文为史，具有巨大之学术价值"。黄际遇的日记，记录了大学的教学、科研、讲座、校委会、开学、考试、人事变动等高等教育活动，还留下了交游、宴饮、人情、风俗、风景等生动的记录，是研究国立山大在青岛时的第一手资料，也是了解20世纪30年代青岛生活史的重要史料。

黄际遇的日记中，有关沈从文的记录，钩沉如下：

1932年7月11日

阅沈从文集，峻峭可爱，究仍太多自己扛轿之作。

1932年8月16日

是日评阅试卷。与李保衡分阅数学；王贯三（王普）、郭贻诚分阅物理；汤腾汉阅化学；曾省之、秦实美阅生物学；梁实秋阅英文；李云涛、游国恩阅国文，延沈从文助之；杜毅伯（杜光埙）阅中外地理、历史，延郭君助之。傍晚始散，倦甚。

1932年10月8日

沈从文子同事亦快两年了，是一个颓废派小说的作家，是一个文科高级作文的指导教员。我和他见面的时间，倒没有和他的作品见面的时间百分之一，他的作品是无法遮掩他天才的，他的行为却知道不多。因为少见面，或者见面而仍不多说话的缘故，不免由耳食或他的作品所表现上加以种种推测，乃至于幻想。但有一次因为阅国文试卷，人马不够用，请他帮忙，一连三天，同桌吃饭，亦好几次才知道他是不像我心目中所悬拟的那样颓废和畸特。据说他的确是一个小兵出身——他署他作品亦用过小兵字样，但是不许朋友当面说的——所谓"险阻艰难备尝之矣，民之情伪尽知之矣"。年纪不满三十,作出来的文字倒是高下在心,长短皆宜。《阿丽思中国游记》尤为宏丽,不像鲁迅专以尖刻,郁达夫专以颓废为拿手戏的。小小大学奄有此才,可以不必有"不与斯人同时"之恨了。阅沈从文子《不死日记》后记。任初。[1]

1932年10月8日这则日记传达的信息很丰富。黄际遇在大学听到了很多沈从文的传闻,因沈从文生性腼腆,见到黄际遇不说话,所以对他的印象停留在作品中,以为是"颓废派小说的作家"。三天的国文阅卷、近距离接触,颠覆了黄际遇之前对沈从文的印象。有这样的感想,大学以有沈从文为傲,自己以认识沈从文为幸。

黄际遇是数学系教授、系主任,兼理学院院长,但他的国学根基深厚,在山大中文系兼课。后来从国立山大辞职后,回到广州中山大学,为中文系的学生开过骈文研究、说文解字等课程。

在山东大学,黄际遇与中文系的教授、讲师交往甚密,游国恩(字泽承)、张煦(字怡荪)、姜忠奎(字叔明)、丁山、舒舍予(老舍)、彭啸咸(字仲泽)等频频出现在黄际遇的日记中。黄际遇与他们毫无隔阂,宴饮、同游、应酬、聊天等。黄际遇交往的这些中文系的教师,多是研究古典文学的,只有老舍是新文学家,但老舍生性诙谐、幽默,善饮酒,擅京剧,所以,来到青岛后,很快与黄际遇成为酒友。

值得一提的是,1933年8月,沈从文辞职后,接替他课程的是彭啸咸。彭不仅教沈从文留下的高级作文和中国文学史两门课,还开设国文、戏曲、中国通史、汉书研究、史学名著等课程。显然,就精神旨趣而言,彭啸咸更符合黄际遇的偏好。

---

[1] 黄际遇.黄际遇日记类编:国立山东大学时期[M].黄小安,何荫坤,编注.广州:中山大学出版社,2020:19,35,56—57.

一位是用文言文写日记的文理兼精的奇才，一位是以白话文创作新文学为职志的作家，他们在国立山大的见面次数并不少，因为精神的趣味迥异，再加上沈从文不爱交际，两人只是见面寒暄的交往。三天的阅卷改变了黄际遇对沈从文的印象。

从这段日记来看，黄际遇读过沈从文的作品《阿丽思中国游记》《不死日记》，想来，沈从文在青岛时期出版的作品，黄际遇也都读过。

同样是吃饭饮酒，对照一下沈从文的《不死日记》和黄际遇《万年山中日记》的记录，很有意思。

沈从文的《不死日记》写于 1928 年，是自传体小说，与同时期的书信参照来看，真实性极高，可视为这一时期真实的心境写照。此时，他和胡也频、丁玲办《中央日报》的《红与黑》副刊、办人间出版社，与在上海的新月派成员交游。

> 1928 年 8 月 22 日日记节选：
>
> 今天到《新月》饶子离处喝了一杯白兰地酒，竟像是需要酒来压制心上涌着的东西了，我设想变成酒徒，倒总不算坏事。[1]
>
> 1928 年 8 月 27 日日记节选：
>
> 下午连同一张小当票送来的是四块盖有水印的现洋钱，把三块给他（催债的裁缝），我留下一块新中国的国币，留到晚，又把这一块钱来换了一罐牛肉同一些铜子了。
>
> 晚上也平夫妇（胡也频、丁玲）就在此吃晚饭，菜是那一罐牛肉，若不是他们来此，大致这一块钱还可以留到明天。
>
> 到晚上，是天气更冷，仿佛已经深秋了，我的夹衣真非常适宜。穿了夹衣到晒台上去看月，凄清的风带来了秋的味道，是非常合适

---

[1] 沈从文. 沈从文全集：第 3 卷 [M]. 太原：北岳文艺出版社，2009:435.

有趣的。[1]

1928 年 8 月 29 日日记节选：

一个早上用到看女人事上去，一个中午写了一篇短文，上半日是这样断送了。

下午，想走动，看看钱，还有四十一个铜子，所以大胆走到华龙路新月书店编辑处去。到了见到孟侃以外，还见到叶公超、彭基相与潘先生。我对穿洋服的人，是常常怀着敬畏的。本来看到这用上等外国材料做成的衣服，又是白领子，又是起花的领带，相貌堂堂不由人不加以尊敬。仿佛羡慕这些人，又仿佛想劝自己去学裁缝；——学裁缝，当然是缝洋服了。这必定可以发财。

四人正在喝酒，于是便成为座上客了，主人说喝一杯吧，也不拒绝。我近来渐渐发现我是能喝酒的人了，也似乎需要这东西。把一杯酒灌到肚中去，把疲倦便惊走了，这是试验过的。不久以前在此喝了一盅白兰地，今日又是一杯橘子酒。把酒喝过又吃一碗饭，吃到后来是只剩我一个人的。中年人，是真应当常常喝一点酒精之类才合乎情调。小小的病疼，同到小的感想，把酒去淹它，倒非常有效。我将来，也许可以成为一个酒徒吧。

若是真成了酒徒，把沉湎的样子给人看，是不会如今日把寒村样子给人看时使人更看不上眼的。生涯的萧条，已到尽头了，纵怎样放荡，总不至于比如今更萧条吧。并且不是有人便正利用着荒唐于酒中，反而得到若干年青人可怜的么？从喊叫中，错误中，把这类同情得到，我是不预备收受的，然而这样一来，我的放荡无行，把我人格一变，我可以离开伪绅士更远，也不算是损失吧。

我只要得到机会便喝酒，惰性极重的我，是无论如何可以把这

---

[1] 沈从文. 沈从文全集：第 3 卷 [M]. 太原：北岳文艺出版社，2009:441.

"上瘾"的方便得到的。我或者，将来就用酒醉死，醉死并不是比活着更坏的事！[1]

沈从文作《不死日记》时，面临着巨大的生存压力，房租饮食就够他应付的了，再加上他的母亲生病需要钱，他给妹妹请法文教师每月五元钱拖欠，拖欠裁缝做好的两件衣服的工钱，第二件做好的衣服只好让裁缝送当铺当掉换钱……沈从文做梦都想着发大财——得到四百元钱。沈从文在日记中哀叹，人已到中年，一事无成，有的只是自怨自艾，自卑自怜。"金钱，名誉，女人，三者中我所要的只是能使我们这一家三个人勉强活下来的少许金钱，这一点点很可怜的欲望还不能容易得到。"[2]

1928年，沈从文26岁，穷到娶不上妻子。房东的女儿，甚至对面租房的女大学生，对他构成一种诱惑。"望到（房东女儿）那发育得正好的背影，心就摇荡，且更为自己可笑又可怜的，是因为希望可以在楼廊上见到这女人一面，竟屡次借故到妈房间中去，又出到六号房去。不期然的碰头中，对视不过两秒钟，人就不能自持，回头到自己的房中来，所想到的只是愿意哭一场。"待情绪平复，沈从文坦诚地写道，"人的样子并不美，但身体仍然是少女的身，总觉得十分可爱。"[3]

《不死日记》中有大段大段的沈从文的内心独白，就像卢梭写的《忏悔录》一样，坦率而真诚，大胆地剖析一个青年作家的心灵。

黄际遇读了很多沈从文的著作，唯独在读了《不死日记》后，留下一段感想。显然是通过《不死日记》了解了沈从文其人。虽然《不死日

[1] 沈从文. 沈从文全集：第 3 卷 [M]. 太原：北岳文艺出版社，2009:444—445.

[2] 沈从文. 沈从文全集：第 3 卷 [M]. 太原：北岳文艺出版社，2009:406.

[3] 沈从文. 沈从文全集：第 3 卷 [M]. 太原：北岳文艺出版社，2009:410.

记》中有不少"颓废"的想法，但黄际遇并不把沈从文归入颓废派。

再来看黄际遇日记中的交游、宴饮和赏月。

1932 年 9 月 28 日

晨钟甫动，早寐不成，披衣携杖，道京山路，万国公墓，折入第一公园。槲叶渐丹，残荷半绿，圸无积水，草荫斜堤，植杖高瞻，惊满园之秋色。据坡远眺，宛在水之中央，气候冒殊，何止过驹之感，历时三刻，归食早餐。

授课两小时，喉音失润而神完意闲，悠然自得。十时，张校长伯苓来校讲演达一时半，亲陪参观书库、课堂，复驱厚德福之宴，未及二时，余先引归，客至三席，唯有唯之与阿而已。

晚赴青岛市商会之招饮于亚东。便道访少侯，偕咏声同来夜谈。

1934 年 5 月 22 日

夜少侯来，同出步月，明星三五，习习凉风，初夏景光，行谈甚惬。皮达吾自济来，送来仙槎（何思源）所馈兰陵陈酒二尊。上海黄史锁亦馈陈绍，甚矣，先生之非此不乐也。

1934 年 10 月 5 日

晨起神思稍振，漫走山阿。循例授书温课，复入图书馆视公家所有者。

少侯示以《人间世》（小品文半月刊），载太炎先生挽黎（元洪）联，云：

继大明太祖而兴玉步未更佞冠岂能干正统

与五色国旗同尽鼎湖一去谯周从此是元勋

（《蜀书》：后主从谯周之计，遣使请降于邓艾。又，魏以周有全国之功，封阳城亭侯。）

唐凤图来不晤。少侯约同柬招太侔夫妇、洪浅哉、唐凤图、李仲珩、舒舍予、水天统、毅伯、达吾、仲纯诸友七日晚饮于寓庐。

夜浴。卧阅《人间世》，有郁达夫"青岛杂事"诗，其一云"邓家姊妹似神仙，一爱楼居一爱癫；握手凄然伤老大，垂髫我尚记当年。"达夫以颓废文学名家者。[1]

据梁实秋说："任初（黄际遇的别字）每日必饮，宴会时拇战兴致最豪，嗓音尖锐而常出怪声，狂态可掬。"从交游、宴饮可见一个人的性情。

黄际遇在青岛交游者多为山大同仁，也有夏季来青岛避暑的名流。他陪张伯苓在山大参观书库、课堂，陪蔡元培游览崂山。他写景状物，皆是古代诗人的笔墨，可以看出审美、旨趣承袭了中国传统文人的趣味。

通过两人日记的对比，可以看出两人的精神旨趣迥异。沈从文与黄际遇在山大并无多少交往，但是代表了两种文化。新月派诗人梁实秋、闻一多、方令孺、陈梦家在国立山大，沈从文、老舍、台静农等新文学名家在山大，成了一种新的力量。山大的学术新旧交融，这最终要归功于杨振声继承了蔡元培的办学思路——兼容并包，学术自由。

新旧融汇一校，自然会互相影响。黄际遇在 1932 年 10 月 8 日《万年山中日记》中，记录了读沈从文《不死日记》的感受，用的就是白话文。黄际遇一向用文言文写日记，唯独关于沈从文的这一大段，用白话文，这很是罕见。显然，这是受到沈从文《不死日记》文风的影响。

沈从文一向天马行空，独来独往，但也会受到中文系同仁的影响。

1932 年 12 月中旬，黄际遇的母亲病逝，他无法赶回广东老家奔丧。于是，在青岛的住所设置灵堂，祭奠送别母亲。山东是礼仪之邦，国立山大的教职员工纷纷到黄家送奠。12 月 21 日，黄际遇在日记中写道（节选）：

[1] 黄际遇 . 黄际遇日记类编：国立山东大学时期 [M]. 黄小安，何荫坤，编注 . 广州：中山大学出版社，2020:52,211,279.

授课二时。诣谢诸友送莫。

宋锡波、吴同伦、王志轩、李韵涛、邵磊庵、姜春年、刘芳椿、张振楷、廖雪琴诸同人送幛一幅，使一金。

袁振英、王寿之、庄仲舒、郭宣霖、吴伯箫、王守珍、邓以从、杜原田、李庆三诸同人送幛一幅，使一金。

汤腾汉、傅鹰、王祖荫、黎书常、曾省、邓初、刘咸、沙风护、秦素美诸同人送幛一幅，使一金。

杜毅伯、张怡荪、闻在宥、沈从文、姜忠奎、游国恩诸同人送缎幛一幅联一对。联云：

画荻毓贤才，风雨天涯，时过高斋寻叔度；

音徽归肇祀，松楸垄上，愿从澄海拜泷冈。

郝更生、高梓、宋君复、鲍东生、傅宝瑞诸同人送幛一幅，使一金。

赵畸（太侔）送幛一幅，使一金。[1]

国立山大几乎每个系、科室的同仁都来送幛，中文系教师送的挽联，用词古雅，富含典故。游国恩个人送挽联一副。

欧阳修的母亲画荻教子，千古流传。凄风苦雨，断肠人在天涯。同仁来到黄家灵堂，悼念太夫人，劝慰黄际遇。上联中把黄际遇的母亲比作欧阳修的母亲，教子有方，培育英才。把黄际遇比作东汉黄宪（字叔度），黄叔度品学超群，尤以气量广远著称。

下联中，音徽应指音容之意。归肇祀典出《诗经·生民》："恒之糜芑，是任是负，以归肇祀。""松楸垄上"，应是化自宋代张嵲《寒食

---

[1] 黄际遇. 黄际遇日记类编：国立山东大学时期 [M]. 黄小安，何荫坤，编注. 广州：中山大学出版社，2020:94.

行》："家家丘坟各为主，何人垄上无新土。自从遭乱去乡关，几岁松楸不曾睹。"最后的"泷冈"是指欧阳修作的祭文《泷冈阡表》。下联的意思是说，黄际遇先生的母亲病逝，我们祭奠她老人家，她的音容笑貌如在眼前，我们跟随澄海黄际遇先生祭拜，像欧阳修安葬他的父母于泷冈那样。

国立山东大学中文系教师送的这副挽联，不知出自谁之手。张煦、闻宥、姜忠奎、游国恩都是治古典文学的专家。估计是某位先生执笔创作，也可能汇集了大家的智慧。

送缎幛、送挽联、赙祭，遵循传统的丧葬礼仪，这是国立山大教师的群体行为，新文学家沈从文、吴伯箫名列其中。这可以看出那个时代文人的交往、酬答、宴饮等社会风貌。

值得一提的是，1949年后，沈从文转行，从事文物研究。他经常翻阅古代经典，广泛涉猎诗词歌赋，他开始写古体诗。《沈从文全集》中收录了他的不少古体诗。

一切水得归到海里

—— 沈从文与孙大雨

　　徐志摩拿到《猛虎集》样书，签名送给新月派诗人孙大雨，他半是恭敬、半是玩笑地在扉页上写道，"大雨元帅正之"，落款为"小先锋志摩"。这本签名本，在"文革"中被抄没了。晚年孙大雨想起这本书，顿觉痛惜。

　　徐志摩对孙大雨的诗歌格外欣赏，每每谈起来，眉飞色舞。1930年秋冬之际，徐志摩领衔办《诗刊》时，孙大雨和邵洵美直接参与了刊物的编务工作。创刊号上有孙大雨的《诀绝》《回答》和《老话》三首，均为商籁体（十四行诗）。志摩在《序语》中称赞说："大雨的三首商籁是一个重要的贡献；这竟许从此奠定了一种新的诗体。"[1]

　　在新月同仁当中，徐志摩与大雨的诗观最为接近，也最能显现出他们彼此之间的友谊和性格。孙大雨写作数量不多。"诗风上，他似乎比徐志摩还要重格律，重韵致，又喜欢经营卷帙浩繁的诗作，代表作为《自己的写照》。"[2]

　　陈子善先生认为《自己的写照》在中国新诗史上是绝无仅有的"。

　　孙大雨原名孙铭传，字守拙，号子潜，浙江诸暨人。孙大雨在清华园读书时，就有诗名。他与朱湘（字子沅）、饶孟侃（字子离）、杨世恩

---

[1][2] 韩石山. 徐志摩传 [M]. 北京：人民文学出版社，2010:263.

（字子惠），被誉为"清华四子"。

闻一多从美国留学回来，1925 年 6 月中旬，到了北京，与余上沅、陈石孚在西单二龙坑梯子胡同租赁了房屋，与孙大雨他们毗邻而居。1925 年 8 月，闻一多在徐志摩妻弟张嘉铸（字禹九）的介绍下，认识了徐志摩，加入了新月社。闻一多在给梁实秋的信中写道："现在的住址是西京畿道 34 号，家庭管理生活差强人意，时相过从的朋友以'四子'为最密……新月社每两周聚餐一次。志摩常看见……"

1926 年，孙大雨赴美国达特茅斯学院深造，1928 年毕业，又转耶鲁大学研究院研修。1930 年初夏，26 岁的孙大雨完成了在耶鲁大学的学业，谢绝了加拿大麦吉尔大学为期五年的高薪聘请，回到了上海。这年 8 月，新月旧友新知雅聚，沈从文认识了刚刚回国的陈雪屏、孙大雨。8 月 14 日，沈从文在给王际真的信中，开头就提及新认识的两位朋友。由徐志摩介绍，孙大雨到武汉大学任外文系任教。沈从文原计划到国立青岛大学任教，但由于战争阻隔交通，在胡适和徐志摩的推荐下，他也到了武汉大学，在中文系执教。

来到武汉后，沈从文和孙大雨常常一起上小饭馆就餐。饮食和居住条件不佳，武汉街头的卫生状况亦堪忧，在给朋友们的信中，沈大倒苦水。两人一起来武汉大学执教，沈从文比孙大雨大两岁多一点，孙大雨因是海归派，在外文系被聘为教授，沈从文低两级，是助教。待遇如此悬殊，沈从文难免有情绪。"大雨在此作他的诗，还快乐，因为他会快乐。我是不会快乐，所以永远是阴暗的，灰色的。"[1]

沈从文只在武汉大学任教一个学期，孙大雨在此任教一个学年。此后，孙大雨辗转多个高校执教，但都不长，是其耿介清正的性格使然。孙大雨每次失业，就猛刷"友情卡"，徐志摩每次都不厌其烦地为其找

[1] 沈从文.沈从文全集：第 18 卷 [M].太原：北岳文艺出版社，2009:116.

工作。孙大雨穷困潦倒时，徐志摩也热心地介绍他译书。

1931年暑假，沈从文已接到国立青岛大学的聘书，而孙大雨失业在家。8月12日，徐志摩给胡适写了一封信，看看能否从胡适主持的编译委员会拉来一笔稿费：

> 孙大雨又译了几百行哈姆雷德，颇见笔力，他决定先译 *King Lear*，我想他是 at least as good as any of us。我举荐他给你的译会，如其他答应五个月内交稿，他可否希望先支用二百块钱？请复信。[1]

这是孙大雨漫长的翻译莎士比亚生涯之始。过了一段时间，沈从文和孙大雨在青岛聚首。1933年2月，孙大雨在梁实秋的邀请下，来国立山东大学外文系执教。

据学者张洪刚考证：孙大雨到青岛后，住在登州路，离在鱼山的山东大学还有一段路。他讲授英国文学课，也从事一些翻译工作。授课之余孙大雨和梁实秋等学者，常到宋春舫的"褐木庐"，畅谈莎士比亚和英美文化。[2]

好景不长，孙大雨的倔强脾气又发作了。在翻译莎士比亚剧作的方法上，他与梁实秋产生了尖锐的矛盾。梁实秋认为应以散文体翻译，孙大雨则认为应以诗体翻译，二人互不相让。孙大雨甚至在课堂上，对梁实秋用散文体翻译莎士比亚进行批评。孙大雨的书生意气，令梁实秋下不了台。

孙大雨因为与同事和学生关系僵化，拂袖而去。孙大雨离开青岛回

---

[1] 韩石山. 徐志摩传 [M]. 北京：人民文学出版社，2010:264.

[2] 张洪刚. 梁实秋在山大 [M]. 济南：山东大学出版社，2017:199.

上海的时间是 1933 年 6 月上旬。沈从文与孙大雨是好友，沈从文专门设宴为他送行。张宗和从北平来青岛看望姐姐张兆和，把这件事写在了日记中："还有一次是送孙大雨。孙同这里的教授闹不对，学生也闹不对，所以他不等到暑假就走了。"[1]

晚年梁实秋在台湾，回望在青岛教书的岁月，岁月的长河已经化解了两人的分歧，冲淡了当年的争论，剩下的唯有绵延在山河之间的友情。梁实秋在《略谈〈新月〉与新诗》一文中写道：

> 这时候还有一位孙大雨，他写诗气魄很大，态度也不苟且，他给《诗刊》写诗，好像还写过一首很长很长的诗，这该是第一次长诗的出现。孙大雨还译过莎士比亚的《琅耶王》(《李尔王》)，用诗体译的，很见功力。[2]

暮年时，孙大雨回首翻译莎士比亚戏剧的往事，不由得慨叹："堪叹英雄值坎坷，平生意气尽消磨。魂离故苑归应少，恨满长江泪转多！"他亦十分珍惜在青岛的岁月，想起梁实秋，感叹良多："可惜几十年来我与他再没有机会谋面，更无从当面切磋莎剧译艺，如今他已作古，我也到耄耋之年，每每想起往事，有恍如隔世之感。"

孙大雨的女儿和女婿孙佳始、孙近仁在所著的《耿介清正：孙大雨纪传》中，把孙大雨执教国立山东大学的时间定为 1933 年下学年，应是孙大雨的回忆出了偏差。

1933 年暑假，沈从文和未婚妻张兆和双双辞去国立山东大学的职

---

[1] 张宗和 . 张宗和日记（第一卷）：1930—1936[M]. 张以哦，张致陶，整理 . 杭州：浙江大学出版社，2018:317.

[2] 张洪刚 . 梁实秋在山大 [M]. 济南：山东大学出版社，2017:201.

务，回到北平。一北一南，沈从文与孙大雨关山阻隔，但两人的友情仍在延续。

1934 年，林语堂主编的《人间世》开设"人物志"栏目，倡导名家写名家，沈从文执笔为孙大雨"画像"。《孙大雨》一文发表在 1934 年 7 月 5 日《人间世》第 7 期。

> 于是他（上帝）就造了一个孙大雨。十分草率的外表，粗粗一看，恰恰只是一个人的坯子。大手，大脚，还在硕长俊伟的躯干上，安置了一个大而宽平松散的脸盘。处处皆待琢磨，皆待修正。然而这个毛坯子似的人形，却容纳了一个如何完整的人格，与一个如何纯美坚实的灵魂！也多力、狂放、骄傲、天真。倘若面对着这样一个人，让两者之间在一种坦白放肆谈话里，使心与心彼此对流，我们所发现的，将是一颗如何浸透了不可言说的美丽的心！[1]

沈从文就像画家一样，描摹孙大雨的肖像，传达他的灵魂："为人直率，绝不同虚伪和懦弱谋妥协处，这使他时常陷入孤立的境地。"沈从文在他的文学作品中，通过塑造人物形象，呼吁"原始人的野蛮朴素精悍雄强的气息！作风为多力、狂放、骄傲、天真"。孙大雨的倔强、天真，恰似他小说中的人物。

沈从文说他常常在课堂上与大学生舌战，在大街上与人作战，少数理解他的朋友对他这种精力耗费的用途无一不感到忧虑，这少数的朋友中就有徐志摩和梁宗岱。沈从文说，没有他们，孙大雨回国后的成就也许难以取得，甚至"也许早就绝望自杀了"（同为清华四子的朱湘就是纵身跃入清波，投水而死）……

---

[1] 沈从文. 沈从文全集：第 12 卷 [M]. 太原：北岳文艺出版社，2009:193—194.

在沈从文的眼中，诗人孙大雨精力充沛，所以作长诗，注重格律和韵律。孙大雨有一首一千行长诗名为《自己的写照》，陈梦家这样评价："是一首精心结构的惊人的长诗，是最近新诗中一件可以纪念的创造。他有阔大的概念……"

"水得归到海里，青年人的热情得归纳到一个女人的爱情里。"沈从文的这篇文章，似乎提到孙大雨的一次爱情……

"一切水得归到海里，到了海里，平静了，那点惊心动魄的波涛的起伏，就不再见了。大雨的那首诗，恐怕也永无完成的机会了。"沈从文的欲言又止，留下海天之间的想象空间。从这篇文章，可以看出，沈从文与孙大雨在 20 世纪 30 年代，一度是亲密的朋友，他们在青岛的海滨，一起谈论过诗歌与爱情。

孙大雨这样骄傲、这样天真的诗人，注定会遭遇磨难与波折。"文革"中，他又一次被投进监狱，且加上了一顶"反革命"的帽子。

孙大雨两次身陷囹圄，饱尝铁窗风味。1979 年，平反昭雪，孙大雨回不去复旦大学，调往华东师范大学。迎来春天，孙大雨为追回蹉跎岁月，孜孜不倦地翻译。他留下累累硕果：

> 八部诗体莎译，一部屈原诗选英译，一部古诗文英译，虽然未能完成自己全译莎剧与英译屈原的夙愿，却足以构成一座文化的丰碑。[1]

1997 年 1 月 5 日，新月的光辉陷入永久的黑暗之中，孙大雨在上海病逝，享年 92 岁。孙大雨是最后一位去世的新月诗人。新月派文人命运叵测，自徐志摩遇难开始，朱湘投水，方玮德病死，闻一多被暗杀，

---

[1] 黄昌勇. 寂寞孙大雨 [J]. 黄河，1999(1):91.

陈梦家自杀……死，是这么强悍，可又那么虚无；是这么毋庸置疑，又是那么残酷冰冷。20世纪的历史舞台上，诗人与政权发生了诸多碰撞，文学与政治也发生了诸多纠葛。诗人之死，多为悲剧，除了诗人性格的因素，产生悲剧的根本原因是什么？

上帝造了一个孙大雨，"处处皆待琢磨，皆待修正"。这位活得长久的诗人，令人敬佩，也令人叹息！这位个性奇特的新月派诗人，最后一个谢幕，标志着一个时代的终结。

《十四行诗》第18首是莎士比亚的经典名篇，孙大雨的译作也堪称经典：

> ……
> 被机运或被造化变迁所跌宕，
> 任何美妙的形象会显得不美。
> 但你这丰华的永夏不会衰颓，
> 你不会丧失你这无比的修好；
> 死亡不会夸，你在它影下低回，
> 有这些诗行将你的韶光永葆：
> 只要人们还活着，眼睛还能看，
> 这首诗便能栩栩赋予你霞丹。

也许，对于诗人，死亡并不可怕，因为有诗长留人间。对于用中文阅读莎士比亚剧作的读者来说，有这些诗行将孙大雨的韶光永葆！

海上那一轮红月亮

—— 沈从文与陈翔鹤

1932 年，沈从文在青岛教书，他的老朋友陈翔鹤 1 月也来到了青岛，担任青岛市立中学的语文教师，同时在市立女中兼课。两位老友在青岛重逢，每逢周日，常常聚在一起聊天，谈心、叙旧。中山公园留下了两位作家的身影。

直到 20 世纪 80 年代，沈从文仍然清晰地记得和陈翔鹤交往的种种细节。他在《小忆青岛》一文中写道："那时老朋友陈翔鹤先生，正在中山公园旁的市立中学教书，生活十分苦闷，经常到我的住处，于是陪他去公园，在公园一个荷塘的中央木亭子里谈天，常常谈到午夜。公园极端清静，若正值落月下沉海中时，月光如一个大车轮，呈鸭蛋红色，使人十分恐惧，陈翔鹤不敢独自回学校，我经常伴送他到校门口，才通过公园返回宿舍，因为我从乡下来到大城市，什么都见过，从不感到恐惧。" [1]

沈从文的这段回忆，很有画面感。通过他的描写，可以想象两人在中山公园凉亭促膝对谈。时值盛夏，晚风吹过荷塘，带来莲花的清芬。刚开始，两人坐下来聊天时，公园里还有零星的游人，不知不觉，已到深夜。周围一片寂静，风停憩在樱花林中。亭亭玉立的荷花在月光下，进入梦境。两人谈国事，时而慷慨激昂，时而新亭对泣。谈各自的工作，

---

[1] 刘宜庆. 名人笔下的青岛 [M]. 青岛：青岛出版社，2008:175.

谈进行的创作，谈共同的朋友，谈昔日北大听课时的共同经历……他们话语终止，互相望着，沉默了一会儿，公园里的月色很安静，忽然，停憩的风醒来，微微摇动着树梢，地上的树影在动，满池风荷的清香浮动。他们抬起头，发现一轮月亮正悄悄西沉，这一次的深夜谈天，已过子时。这大而圆的月亮，与"皎皎空中孤月轮"迥异，呈鸭蛋红色，两人平生所未见，这奇异的景象，令陈翔鹤有点害怕。沈从文看着悬在海面上空的月亮，道了一声："有什么可怕的，我送你回校。"两人踩着皎洁又有点神秘的月光，踏着远处汇泉湾的潮声，穿过大半个中山公园，送陈翔鹤到市立中学门口……

沈从文看着陈翔鹤进了学校，目送他进了"山海楼"，他才转身离开。他穿过中山公园，经过万国公墓时，他瞄了一眼月光下静穆的林立的墓碑，听到猫头鹰发出一串悠长的"咕咕喵，咕咕喵"叫声，诡异的叫声，也许是在笑。沈从文想起古人记录的怪鸮的鸣叫，也不觉得瘆得慌。他知道，这不过是昼伏夜出的鸟儿生活的习性罢了……

陈翔鹤执教的青岛市立中学位于太平山下的伊尔蒂斯兵营，中山公园东，校门口开在湛山大路（今香港西路）上。青岛市立中学的前身是1924年成立的私立胶澳中学，是如今的青岛一中。不同历史时期，不同的名字，校址也经常变。1924年夏，羡季（顾随）辞去济南女一中的教职，接受青岛新成立的胶澳中学的聘请，为国文教师，同时也教英文。顾随在此教书，冯至来到青岛度过了一个暑假。他俩又请陈翔鹤、陈炜谟也来青岛教书。青岛文史学者翟广顺先生说："'浅草社'成员在青岛留下深深的印痕，1924年夏天，他们在青岛编辑《浅草》第四期，没有料到这是最后一期。"

陈翔鹤在青岛完成了两篇小说《转变》和《独身者》。这两篇小说，大抵折射了陈翔鹤的心路历程和文艺美学理念，带有强烈的青春伤感气息。有研究者称之为"感伤小说"。感伤，感时，是一部分知识分子的精神状态。鲁迅在一封信里说："多伤感情调，乃知识分子之常，我亦大有此病，或此生终不能改……"

陈翔鹤的"感伤"，与沈从文的"有情"相对应。更重要的是，两人在情感上的心路历程也相同。

陈翔鹤在青岛情感不顺，与其失恋有关，当时他在追求孔德中学女生王迪若。所以，他经常和好朋友沈从文到中山公园凉亭谈心。两人的情感经历一样，真是难兄难弟。后来，都修得正果，沈从文与张兆和结婚，陈翔鹤与王迪若结婚。

陈翔鹤执教的青岛市立中学，想来沈从文曾到此。两人执教的两所学校，一为大学，一为中学，都是在德国人留下的兵营办学。从1924年到1937年，顾随、王统照、刘次箫、王少华、王赞臣、张友松、汪静之等在青岛市立中学执教，留下诸多诗文与记忆。昔日的兵营，成为文教胜地，枪炮最终偃旗息鼓，笔墨取而代之，校园里的琅琅书声取代了曾经的军队操练之声。因为两所学校都有一大批作家春风化雨，青岛堪称文学名家群星闪耀之城。

沈从文与陈翔鹤的友情开始于北京，两人相识于北京大学。1923年8月，走出湘西的沈从文到了北京。怀揣读大学梦想的沈从文，很快意识到京城米贵，居大不易。为了方便在北大旁听，他在沙滩附近的银闸胡同的一个公寓里，租了一个"房间"。这个"房间"是由原先的一个贮煤间略加改造而成，"临时开个窗口，纵横钉上四根细木条，用高丽纸糊好，搁上一个小小写字桌，装上一扇旧门"。[1] 房间狭小，光线不佳，沈从文给这个房间取名"窄而霉小斋"。

沈从文在北大旁听，结识了一批喜欢新文学、进行创作的北大学生。他与北大中文系的陈翔鹤、外文系的陈炜谟（学英语）、外文系的冯至（学德语）、哲学系的杨晦熟悉了起来，并成为好朋友。这一批青

---

[1] 沈从文 . 沈从文全集：第 12 卷 [M]. 太原：北岳文艺出版社，2009:252.

年作家以沙滩为中心，常见面的朋友有湖南人刘梦苇、黎锦明、王三辛……陈炜谟、赵其文、陈翔鹤是四川老乡，志同道合。沈从文与这些人交游甚密。

陈翔鹤的儿子陈开第在纪念文中写道：

> 沈从文和陈翔鹤来往密切，他俩一同去北大中文系聆听鲁迅先生讲中国小说史，鲁迅先生小说集《呐喊》出版后，他们同去书店购买。陈翔鹤知道沈从文经济上比较困难，经常约沈共餐，从不让沈付款，对沈的接济也是经常的事。[1]

陈翔鹤出身商人家庭，家境不错。沈从文的《忆翔鹤》一文也可证实："翔鹤住中老胡同，经济条件似较一般朋友好些，房中好几个书架，中外文书籍都比较多，新旧书分别搁放，清理得十分整齐。兴趣偏于新旧文学的欣赏，对创作兴趣却不大。"[2]

陈翔鹤从青年时代起就与文学结缘，他的文学生涯始于在上海读复旦大学时。1922 年，陈翔鹤在上海与林如稷、邓均吾、陈炜谟组织浅草社，创办《浅草》季刊。浅草社核心人物林如稷赴法留学。陈翔鹤北上到北京大学深造，专攻中国文学和外国文学，并与杨晦、冯至、陈炜谟等人组织创办沉钟社，编辑出版《沉钟》半月刊。"浅草"象征着青春的一抹青翠的绿色，"沉钟"象征着人生所要承担的社会责任，他们要以文艺唤醒沉睡的世人，为内忧外患的时代带来黄钟大吕一样的声音。

《浅草》《沉钟》受到鲁迅先生的好评，沉钟社四口"钟"，都得了鲁迅先生的鼓励。鲁迅这样评价《浅草》季刊："向外，在摄取异域营

---

[1] 陈开第 . 沈从文与陈翔鹤："澹而持久的古典友谊"[J]. 纵横，2006(1):15.

[2] 沈从文 . 沈从文全集：第 12 卷 [M]. 太原：北岳文艺出版社，2009:255.

养；向内，挖掘自己的灵魂，将真和美歌唱给寂寞的人们。"这给予年轻人莫大的鼓励。鲁迅先生认为沉钟社是当时"中国最坚韧、最诚实、挣扎得最久的团体"。还说："看现在文艺方面有力的，仍只有创造、未名、沉钟三社。"

1925 年 3 月，沈从文在林宰平和梁启超的推荐下，到熊凤凰（熊希龄）创办的香山慈幼院图书馆做编辑，业余时间进行文学创作。他住在香山饭店前山门新宿舍里。这房子原是香山寺的庙宇。当香山寺改为饭店时，慈幼院便以"破除迷信"为理由，将庙堂改装成几间单身职工宿舍。原来供奉四大天王泥塑像的地方，住进去沈从文一个大活人。他第一个搬进去住。沈从文把这经历写信告诉陈翔鹤。陈翔鹤读信后，激起了探访的兴趣，独自骑着一头毛驴，悠然自得上香山寻幽访胜，成了沈从文在香山的第一位客人。好友来访，两人享受着香山的寂寞之美，沈从文晚年以炉火纯青的文笔写出这种妙处：

> 半山亭近旁一系列院落，泥菩萨去掉后，到处一片空虚荒凉，白日里也时有狐兔出没，正和《聊斋志异》故事情景相通。我住处门外下一段陡石阶，就到了那两株著名的大松树旁边。我们在那两株"听法松"边畅谈了三天。每谈到半晚，四下一片特有的静寂，清冷月光从松枝间筛下细碎影子到两人身上，使人完全忘了尘世的纷扰，但也不免鬼气阴森，给我们留下个清幽绝伦的印象。[1]

两人同在青岛中山公园谈心时，一定忆及这一段往事。幽静的香山，陡峭的石阶下，两株大松树挺拔峻峭，两位好朋友畅谈，清冷的月光松间照。子夜的中山公园，清幽的荷塘边，凉亭下，皎洁的月光

---

[1] 沈从文 . 沈从文全集：第 12 卷 [M]. 太原：北岳文艺出版社，2009:256—257.

铺地，一轮红月亮渐渐西沉，将要落入海中。两个类似的场景，让人想起司空图《诗品》中的句子："载瞻星辰，载歌幽人，流水今日，明月前身。"

1932年年底，陈翔鹤离开青岛。1933年夏天，沈从文离开青岛。据陈开第的文章，陈翔鹤于1934年返回四川，辗转多地教书。

全面抗战爆发后，陈翔鹤积极投入文化抗战的大潮之中。1938年，他参加中华全国文艺界抗敌协会，任成都分会常务理事。1939年，经周文介绍加入中国共产党，积极从事文艺界抗战活动。

1949年，中华人民共和国成立后，陈翔鹤历任川西文教厅副厅长、川西文联副主席、四川省文联副主席、四川大学教授。据陈开第的文章："全国解放后，沈从文在中央革命大学学习，毕业后，曾随北京工作组去四川宜宾，参加过一段时间的农村土地改革工作。那时陈翔鹤任四川省教育厅长、四川省文联副主席。听说沈从文到了宜宾，急忙派车把沈从文接到成都的家中，畅谈分别20多年各自的情况。"[1]

查阅《沈从文年谱》，未见到沈从文与陈翔鹤见面的记载。

沈从文赴四川参加土改，1951年11月4日抵达重庆，11月8日，到达目的地内江县。11月13日，到达产糖的内江县第四区烈士乡驻地。沈从文所在的队伍，一共有104人，由来自北京的教师、干部、作家、学者等人士组成。

沈从文在内江县参加土改，生活了3个多月。他在内江的这段时间，见人总是客客气气地淡淡微笑，"平时缄口而行"。但面对热气腾腾的生活，他内心萌动着重新拾起小说家笔的冲动。他后来的确写了一篇小说，没有发表。他把内江的见闻和感受，倾注到写给张兆和的家书中。

1954年，陈翔鹤奉调北京，任中国作家协会理事、作协古典文学部

---

[1] 陈开第. 沈从文与陈翔鹤："澹而持久的古典友谊"[J]. 纵横，2006(1):16.

副部长（后调到中国社科院文学所，任研究员），主编《文学遗产》和《文学研究季刊》。两位作家在北京又相聚了。

那时陈翔鹤住在东总布胡同 22 号作协宿舍，沈从文住在东堂子胡同历史博物馆宿舍（1953 年 3 月搬入），相距不远。两人时常促膝长谈。

陈翔鹤主编《光明日报》的学术副刊《文学遗产》，使之成为中国古典文学研究的重镇。

陈翔鹤向沈从文约稿，沈从文给予老友支持。1954 年 7 月，沈从文作《文史研究必须结合文物》，10 月 3 日，发表在《文学遗产》。沈从文有五篇研究文物的文章发表在《文学遗产》。

1958 年至 1960 年，在古典文学研究领域展开了一场旷日持久的"陶渊明讨论"，王瑶、陆侃如、郭预衡等学者在陈翔鹤主持的《文学遗产》上发表关于陶渊明的文章。陈翔鹤对陶渊明产生了浓厚的兴趣。1961 年 5 月，《文学遗产》编辑部编《陶渊明讨论集》由中华书局出版后，他利用休假时间写了一篇历史小说《陶渊明写〈挽歌〉》。为了写好这篇历史小说，准确再现诗人陶渊明的服饰和社会环境，他多次向老友沈从文求教。陈翔鹤把小说写出来，请老友沈从文修改。沈写出翔实的修改意见，陈一一修改。小说发表后，引发历史小说创作热潮。1962 年，陈翔鹤又在《人民文学》第 10 期发表了第二篇历史小说《广陵散》。孰料，这两篇历史小说竟然在"文革"中成为被批判的靶子。

1969 年春天，陈翔鹤在被押解到中国社科院的途中，在一个十字路口倒地不起，发病身亡。

时间的流水不停地流，到了 1980 年，沈从文深情怀念老友陈翔鹤，写下《忆翔鹤》一文。往事分明在，琵琶不成调。1954 年，陈翔鹤从四川调到北京，他安顿好后就去沈从文住处，两人谈起香山往事和那两株高耸的松树。陈翔鹤记得很清楚，沈从文在松树下弹奏琵琶，弹的曲子是《梵王宫》。沈从文微笑着说，那是从刘天华处间接学的，"弹得可真蹩脚，听来不成个腔调，远不如陶潜挥'无弦琴'有意思。"[1]

几乎每个人的生命都受到朋友的影响，每个人的成就也有朋友的支持。沈从文在《忆翔鹤》一文中说："我的工作成就里，都浸透有几个朋友淡而持久古典友谊素朴性情人格一部分。"[2]

陈翔鹤的另一位知己陈白尘这样评价他："一般作家是用纸和笔写作的，革命作家是用血和肉写作的，翔鹤是用他整个生命来写作的，所以我称他为真正的作家。因为，他首先是一个真正的人！"[3]

这也道出了文学创作的秘密——"首先是一个真正的人"。陈翔鹤曾对老友杨晦说："我总觉得我人比文章好些，内心又比本人好些。"内心善良，为人真诚，品行高洁，境界超脱，这是那一代文学家的共同写照。

两人的友情颇有六朝风度。陈翔鹤的两篇历史小说，成为生命的绝唱，而沈从文远离文学，恰如《广陵散》。海上的那一轮红月亮，也好似 20 世纪作家诡异的命运……

[1][2] 沈从文. 沈从文全集：第 12 卷 [M]. 太原：北岳文艺出版社，2009:258.

[3] 汪兆骞. 陈翔鹤的两首生命绝唱 [N]. 北京晚报·五色土·人文，2020-12-08(23).

沅芷澧兰傍水生
—— 沈从文与熊澧南

"兰坡，你说说，从文是不是旱鸭子？"

熊澧南笑而不答。这是 1982 年的一个夏日，熊澧南在沈从文家做客。当他走进厨房，问候正准备湘西风味宴席的张兆和时，张兆和兴致勃勃地问了熊澧南这样一个问题。

熊澧南这个名字，很有文化的内蕴。湖南自古为楚地，而熊姓，是春秋战国时期楚国君王的姓氏，取其"熊熊烈火"之意。

澧水，位于湖南省西北部，流域跨越湘鄂两省边境。因上游"绿水六十里，水成靛澧色"而得名。澧水在屈原的《楚辞》中哗哗流淌，似乎带着楚音与先民的吟唱，流淌到今人身边。《楚辞·九歌·湘夫人》有句"沅有芷兮澧有兰"，"沅芷澧兰"，用来形容品行高洁卓尔不群的人物，也用来形容芳香四溢、品位不俗的事物。澧水，也因屈原的这句诗，被称为兰江。

"澧水滩险急流多，船工常用竹篙助力。"流传五百多年的澧水船工号子，高亢、粗犷、急促，流水的声音作为背景。船娘的橹歌泼辣、妩媚、柔情。船工号子与橹歌代表了湘西的风情。沈从文的《湘行书简》中常常描写船工与水边劳动者的歌唱。

熊澧南是沈从文的小学同学，一起下河洗澡的好伙伴。他的名字出现在《从文自传》中。

因沈从文的父亲沈宗嗣去了北京，管教沈从文的重任就落在大哥肩上。夏天，沈从文喜欢下河洗澡，大哥沈云麓（沈岳林）担忧，怕他"一不小心就会被水淹死"，就到河边找。调皮的沈从文为避免被大哥发现，用大石头把衣服压着，在河中心和一群孩子嬉戏。当大哥来捉他回家时，他就采取这样的对策："向天仰卧，把全身泡在水中，只露出一张脸一个鼻孔来，尽岸上哪一个搜索也不会得到什么结果。"

沈云麓因小时候生病，听力不好，视力也不佳（近视得厉害）。再加上河里有沈从文的好伙伴掩护，沈云麓常常无功而返。

有时，河岸上的沈云麓发现了沈从文的好伙伴，就唤他们："熊澧南，印鉴远，你见我兄弟吗？"

那些同学便故意大声答着："我们不知道，你不看看衣服吗？"

"你们不正是成天在一堆胡闹吗？"

"是呀，可是现在谁知道他在那一片天底下？"

"他不在河里吗？"

"你不看看衣服吗？不数数我们的数目吗？"[1]

这批顽童以糊弄沈云麓为乐。沈从文脸上则现出得意的神色，为打掩护的小伙伴竖起大拇指。

善良的沈云麓信了熊澧南、印鉴远等人的鬼话，叹了一口气，欣赏河中的景致，在河滩上捡起几个漂亮的贝壳，用他那双经常流泪又发愁的眼睛，欣赏贝壳上的花纹。或者干脆坐下来，随意画两张河流的风景素描。然后，嘴上打着嘘嘘的口哨，悻悻而归。

看着大哥远去的身影，小伙伴们在河心爆发出肆无忌惮的笑声。孩子们热衷于模仿沈大哥的口气和语调问话。

"熊澧南，印鉴远，你见我兄弟吗？"

……

---

[1] 沈从文 . 沈从文全集：第 13 卷 [M]. 太原：北岳文艺出版社，2002:278.

孩子们相互模仿和问答，乐此不疲。问着答着，就打起了水仗，直到一个孩子落荒而逃，于是，又爆发出一阵笑声……

整个夏天，沈从文就这样泡在水里，因之与水建立了深厚的感情。

> 我感情流动而不凝固，一派清波给予我的影响实在不小。我幼小时较美丽的生活，大部分都与水不能分离。我的学校可以说是在水边的。我认识美，学会思索，水对我有极大的关系。[1]

熊澧南与沈从文是发小，是同学，是玩伴。熊澧南是泅水的高手，沈从文只会下河洗澡（简单的仰泳）。两人都从湘西出发，走到了大城市。

大革命时期，沈从文在上海滩站稳了脚跟。熊澧南高中毕业，来到上海待考。两位好友相逢在黄浦之滨。从家乡的沱江到黄浦江，在人海之中，两位好友见面，含笑致意，虽然没有太多的话，但感觉到友情流淌在身边。熊澧南自称是从山旮旯里走出来的"土包子"，沈从文自称是"乡下人"，来闯荡上海滩大世界。沈从文鼓励熊澧南"坚持学好英语，要有锲而不舍的进取精神"。后来，熊澧南未能学英语，感觉有点愧对好友的期望。熊澧南感受到友情的温暖："你的热诚和期待却成为我在过来的人生道路上战胜困难、抵御风雨的力量。"

几年后，江湖故人相遇在青岛。1932年夏天，熊澧南随学校来青岛实习，借宿在山大。"这是上海别后的重逢，真是幸会！"

沈从文、沈岳萌兄妹带着熊澧南领略青岛海滨风光。在汇泉湾，他们参观德国人留下的已经废弃的炮台。熊澧南为九妹沈岳萌拍摄了一张照片，成为他们共同的记忆。

"我为小妹选取了旧炮台为背景，她掮着太阳伞背向大海，海上白

---

[1] 沈从文. 沈从文全集：第13卷 [M]. 太原：北岳文艺出版社，2002:252.

帆点点海鸥翱翔，那蓝天、大海、小人物的图景简直是一个天然的艺术造型。我虽初学摄影，但这种美丽、和谐的自然构图给予我灵感的启发，倒使作品好似出于经验丰富的老摄影家之手。冲洗后片子令人十分满意，我一直把它珍藏着和分送给一些知交。"[1]

后来，熊澧南回到凤凰，投身桑梓，教书育人。但在"文革"中，他拍摄的照片，被当作"四旧"抄缴了。

1982年的夏日，熊澧南在沈从文家做客，喝着当时紧俏的青岛啤酒，金黄色的啤酒在杯中冒溢着欢快的泡沫。电光石火之间，他想起在青岛游览旧炮台的往事，他想问问沈从文是否还保存着九妹的这张照片，话到嘴边，觉得不妥，喝了一口啤酒，把话咽下去了。"北京重逢时，我本想问及你身边是否还保存有小妹的这张照片，但毕竟小妹早已不幸夭折，我唯恐你受伤的心再为此流血，因此就此作罢了。"

五十年前的那个夏天，熊澧南与沈从文、沈岳萌结伴而行，青岛海滨留下了三位湘西年轻人的身影。他们仿佛又回到了童年无忧无虑的时光。

> 青岛依水傍山，满目苍翠，海韵迷人。如画的街市毗邻海滩，有潮汐如线，碎沙晶莹，游人如织、渔舟唱晚。环市人众，无论男女老少、青壮童叟、高层仕女、贩夫走卒各色人等都邀约一起，投入了宽广无限的大海情怀，用沁凉的海水洗去人世

[1] 熊澧南.迟写的纪念——追忆少年同窗从文先生 [M]// 中国人民政治协商会议湖南省凤凰县委员会文史资料研究委员会.凤凰文史资料第二辑·怀念沈从文专辑.湘西:[出版者不详]，1989:83.

间的一切烦恼。[1]

青岛是避暑胜地，达官贵人纷纷来此避暑消夏。游客和青岛市民下海游泳多在汇泉湾海水浴场。青岛人把游泳称作洗海澡。熊澧南自幼在沱江就是泅水高手，在青岛实习，大海的浪花欢迎这位游泳健将。"山东大学校址距离海滨游场不过投目之遥，山道不算崎岖，往返都很方便。"天时地利，还有"浪里白条"熊澧南的保驾护航，这是沈从文、沈岳萌学游泳的最好时机。"你们兄妹素性文静，初次下水必然胆怯，有我为你们'保驾'仗胆，也就万无一失了。"可是，在汇泉湾海水浴场的沈从文，任凭熊澧南百般鼓励，就是不肯下海学游泳。熊澧南只好独自下海，畅游汇泉湾。

熊澧南晚年想起在青岛游泳的往事，以没有教会沈从文游泳为憾："我虽属来此实习，但教会你们兄妹游泳的时间倒还十分充裕，然而此种愿望却终未能实现，使你们兄妹此生与游泳无缘，而今回想起来，倒成为一生中的一件憾事！"

沈从文幼时，和熊澧南、印鉴远等小伙伴整日泡在河里。为何在青岛却不肯下海学游泳呢？笔者猜测，可能是好友陆弢斗勇下河游泳不幸溺亡留下的阴影导致。

五十年后，熊澧南在沈从文家做客。张兆和见到沈从文童年的好伙伴，所以才有沈从文是不是旱鸭子之问。

半日相聚，情深话长，时光匆匆，竟成永别。

北京的会面有许许多多的话要谈、别后数十载的朝夕相盼，离

[1] 熊澧南. 迟写的纪念——追忆少年同窗从文先生 [M]// 中国人民政治协商会议湖南省凤凰县委员会文史资料研究委员会. 凤凰文史资料第二辑·怀念沈从文专辑. 湘西：[出版者不详]，1989:84.

情别绪一齐涌上心头，然相对无言不知从何说起。我们只好询问了儿女们的情形，当年的亲朋故交的下落和近况，但你谈的最多的还是你的服饰研究和文物的清点与编目。仅半日相聚，如何能够谈尽几十年的人世沧桑？甚至连你最近应邀去美国访问一事也没有时间相叙我们就匆匆分手。想不到此一分手就成永别，早知如此我说什么也要陪你久住上些日子。[1]

　　童年时沱江嬉戏，青年时同游青岛海滨，晚年时相逢在北京。人这一生，真如流水。时光无情人有情，两人都留下了各自的生命记忆。这一对好朋友，好似沅芷澧兰傍水生。

　　如今，沈从文故里凤凰，熊澧南的后人开了熊家小屋，在北边街沱江边上的小小吊脚楼里，伴着沱江的流水声，可以聆听他们的故事……

---

[1] 熊澧南.迟写的纪念——追忆少年同窗从文先生 [M]// 中国人民政治协商会议湖南省凤凰县委员会文史资料研究委员会.凤凰文史资料第二辑·怀念沈从文专辑.湘西：[出版者不详]，1989:84.

不可忽视一侧影

——沈从文请客记

在国立山大，沈从文喜欢独来独往，不合群。杨振声组的"酒中八仙"酒局，沈从文游离其外。"酒中八仙"指校长杨振声、教务长赵太侔、文学院院长闻一多、理学院院长黄际遇、图书馆馆长梁实秋、秘书长陈季超、总务长刘康甫（刘本钊）、中文系讲师方令孺（新月派女诗人）。

梁实秋对诗酒风流的场景，有生动的描述。

他们时常在顺兴楼、厚德福两处雅聚豪饮。三十斤一坛的花雕抬到楼上筵席，每次都要喝光才算痛快。酒从薄暮时分喝起，起初一桌十二人左右，喝到八时，就剩下八九位，开始宽衣攘臂，猜拳行酒，夜深始散。"有时结伙远征，近则济南，远则南京、北京，不自谦抑，狂言'酒压胶济一带，拳打南北二京'，高自期许，俨然豪气干云的样子。"

"酒中八仙"以蓬莱杨振声为首，他是国立青岛大学的祭酒。不知道"酒中八仙"是谁先提出来的。想来是大家在雅聚时，喝得酣畅淋漓，恰好座中有方令孺女士（对应"八仙"中的何仙姑）；杨振声老家又在蓬莱，蓬莱是八仙过海各显神通的地方。"酒中八仙"这叫法的确很传神，不胫而走，成为流传至今的一段佳话。

"酒中八仙"在宴饮时，姿态各异，隐约可见其人的性格、志趣和禀赋。振声善饮、豪于酒，他"尤长掬战，挽袖挥拳，音容并茂"，"一杯在手则意气风发，尤嗜拇战，入席之后往往率先打通关一道，音容并茂，咄咄逼人"。赵太侔"有相当的酒量，也能一口一大盅，但是他从不参加拇战"。闻一多"酒量不大，而兴致高。常对人吟叹'名士不必须奇才，但使常得无事，痛饮酒，熟读《离骚》，便可称名士'"。黄际遇"每日必饮，宴会时拇战兴致最豪，嗓音尖锐而常出怪声，狂态可掬"。陈季超喝酒"豁起拳来，出手奇快，而且嗓音响亮，往往先声夺人，常自诩为山东老拳"。刘本钊"小心谨慎，恂恂君子。患严重耳聋，但亦嗜杯中物，因为耳聋关系，不易控制声音大小，拇战之时呼声特高，而对方呼声，他不甚了了，只消示意令饮，他即听命倾杯"。方令孺"不善饮，微醺辄面红耳赤，知不胜酒，我们亦不勉强她"。

梁实秋没有笔墨他自己饮酒后的情态，想来他是那种乘着酒兴，意气飞扬，妙语连珠，时而点评宴席中菜品，时而月旦文坛人物，时而指点江山激扬文字。他不说话时，意态萧然。即使玉山颓欹，脑海里蹦出"淋漓满襟袖，更发楚狂歌"这样的诗句，也不会灌夫骂座。

有一次，胡适来到青岛，邀请梁实秋、闻一多等人翻译莎士比亚，校长杨振声款待他。胡适见到这班人划拳豪饮的样子，吓得立刻把他太太给他的刻有"戒酒"二字的戒指戴上，要求免战。

客居青岛的文化名人，飞觞醉月，前有逊清遗老的"十老会"，后有国立青岛大学的"酒中八仙"。文人喝酒，处江湖之远，失意时喝酒；风雨欲来，国事蜩螗时喝酒；豪情万丈，诗兴大发时喝酒。酒让他们宁静的生活掀起了波浪般的喧哗，在历史久远的夜空里回响。一群性情中人，一段文坛佳话，一个城市的记忆。

"天下没有不散的筵席。"胡适回到北平后给他们写信，劝说酒"多饮无益反有害，依我之见，酒中八仙宜散不宜聚，还是早日散了为好"。随后，受学潮影响，杨振声辞职，曾经的"酒中八仙"也随之星散。

沈从文在青岛，内心并不认同"酒中八仙"周末的聚饮。他所到之处，把遇见的人与事，都作为小说的素材。他以"酒中八仙"为原型作小说《八骏图》，讽刺饮酒作乐的教授们，更是在心里与他们割裂开来。

事实上，沈从文不大喜欢群体性的活动，他不喜欢打扑克，不喜欢打桥牌，不喜欢打麻将，把这些娱乐活动视为浪费时间的举动。他喜欢读书、写作、在大自然中静思默想。

在青岛，沈从文的性格有了一些转变，开朗了一些，也多了一些交游。他有自己的朋友圈，他的福山路3号"新窄而霉斋"，有不少朋友来访。陈翔鹤、吴伯箫、巴金、卞之琳、叶公超等朋友来过。

1932年《新月》主编、清华大学教授叶公超来青岛，为沈从文拍摄了一张照片。沈从文出版《记丁玲》时就用上了这张照片。

这张照片，沈从文站在宿舍的阳台上，露出腼腆、安静的笑容。阳台的外墙上，还摆放着两盆花。青岛的德式建筑，多配以花岗石嵌角或采用厚重的蘑菇石作墙裙。沈从文所住的这栋小楼的外墙，可以看出以崂山花岗岩做墙裙，蘑菇石清晰可见，起到装饰的效果。

叶公超很欣赏沈从文的作品，他说："缺乏诗的素养，无法了解沈从文。从文下笔之妙，笔端有画。"[1]

只这一句话，就道出了新月派诗人何以青睐沈从文的小说。"不学诗，无以言"，没有诗人的宇宙观和人生观，不容易展现作品的深刻。

关于叶公超来青岛，臧克家晚年回忆自己与新月派文人的交往，提到这件事：

> 1932年春，或头一年，新月派理论家、学者叶公超先生到青岛来看望闻一多、梁实秋先生。有一天，他和我坐在校门内广场上的一块大石条上谈起来了。他开口背起《难民》那首诗的头两句：

[1] 巴金，黄永玉.长河不尽流——怀念从文 [M].长沙：湖南文艺出版社，2018:181.

"日头坠到鸟巢里，黄昏还没溶尽归鸦的翅膀"，而且盛赞它！接着对我说：我们想在北平办个刊物，或者就叫《学文》吧，每期只印它五百份，希望你多为我们写点稿子。我一听这话，一切全明白了——搞京派的阳春白雪。我只默默。我心里正在想给上海的《文学》写点诗呢，王统照先生告诉我，要办这样一个刊物。[1]

叶公超来青岛的时间，毫无疑问是 1932 年。如果是"头一年"1931 年春，沈从文在上海。臧克家的记忆，1932 年春，也未必准确。看叶公超给沈从文拍摄的照片，沈从文穿着衬衣，挽着袖子。根据青岛的气候和沈从文的穿衣来推测，应是 5 月下旬或者 6 月初。

沈从文在青岛时，王际真的弟弟王际可从济南来青岛。还有一位远道而来的客人来过青岛，这个人对沈从文的人生和思想产生过重大影响。

沈从文在《小忆青岛》文中说："影响我看新书报的印刷工人赵圭舞[2]先生也来住了半月，为其买了长沙车票，送上了车。"

赵圭舞在青岛的半月的时间，沈从文作为东道主，会请他在高档一点的饭店吃饭，请他品尝青岛的海鲜。按照青岛习俗，请客人吃饭要点红加吉鱼（鲷鱼）。沈在《水云》中写道，上海的阔人来青岛，上馆子时必叫"甲鲫鱼"，这"甲鲫鱼"就是青岛当地人口中的"加吉鱼"，分为红、黑两种颜色，红加吉鱼在青岛的宴席上是名贵菜。沈还陪伴他游览青岛的景点，在汇泉德国人留下的炮台或者栈桥照几张相，到他住处附近的中山公园逛逛。他们在青岛，吃饭时，边聊边逛时，一定会谈及

---

[1] 赵明顺，刘培平.战士·学者·诗人——臧克家先生百年诞辰纪念文集 [M].济南：山东大学出版社，2005:504.

[2]《沈从文全集（第 13 卷）》注释中写为"赵奎五"；金介甫《沈从文传》写成"赵龟武"；赵瑜《沈从文：北漂史》文中写作"赵奎武"。

保靖办报纸的往事。

沈从文 20 岁在保靖印刷厂当校对时，结识了从长沙来的青年工人赵圭舞，两人同住一个房间。沈从文因而接收到五四新文化新思想的信息，促成了人生的一个转折。《从文自传》有详细描写：

> 这印刷工人倒是个有趣味的人物，脸庞眼睛全是圆的，身个儿长长的，具有一点青年挺拔的气度。虽只是个工人，却因为在长沙地方得风气之先，由于五四运动的影响，成了个进步工人。他买了好些新书新杂志，削了几块白木板子，用钉子钉到墙上去，就把这些古怪东西放在上面。我从司令部搬来的字帖同诗集，我却把它们放到方桌上。[1]

因为陈渠珍搞"联省自治"，开办学校，兴办实业，创办报纸，不同地方的两个人，同住一个房间。新与旧进行交流，沈从文的心，被《新潮》杂志捕获了。

> 这印刷工人使我很感谢他，因为若没有他的一些新书，我虽时时刻刻为人生现象自然现象所神往倾心，却不知道为新的人生智慧光辉而倾心。我从他那儿知道了些新的，正在另一片土地同一日头所照及的地方的人，如何去用他们的脑子，对于目前社会作一度检讨与批判，又如何幻想一个未来社会的标准与轮廓。他们那么热心在人类行为上找寻错误处，发现合理处，我初初注意到时，真发生不少反感！可是，为时不久，我便被这些大小书本征服了。我对于新书投了降，不再看《花间集》，不再写《曹娥碑》，却欢喜看《新

———————————

[1] 沈从文 . 沈从文全集：第 13 卷 [M]. 太原：北岳文艺出版社，2009:360.

潮》《改造》了。[1]

赵圭舞为沈从文打开一个世界。推开"偶然"这道窗口，五四新文化新思潮扑面而来。外面的世界很精彩，新颖而广阔，沈从文不安分的心，宛如升起的帆，被强劲的新文化之风鼓荡，航向北京。说赵圭舞是沈从文思想的启蒙者，并不为过。

两人在青岛相逢，不清楚具体时间，也许赵圭舞知道了沈从文已把他写入《从文自传》。

1933 年 6 月，杨振声来到青岛。他在北平已主持教育部中小学教科书编写工程，急需得力助手，他邀请沈从文加盟。杨振声回来做疏通工作，并顺便看望在大学读书的儿子杨文衡，以及大学的老朋友们。

1933 年 6 月上旬的一个晚上，沈从文请了一次客，客人多，气氛热烈，在其漫长的人生中很少见。张宗和在日记中记录了请客的大场面：

请的全是青大的大教授，如梁实秋、杨振声、赵太侔、赵少×、游国恩、吴××、张××，还有我认得的陈逵、赵龟王，一共十四位客。他们这些教授，到了席上，教授的尊严像是全失了，闹酒划拳。那晚很奇怪，像是不很划拳的某人赢了不少回，他老是叫五五五，别人全输在五上。许多教授，如杨先生、赵先生、梁先生，猜起拳来很神气，声音叫得响亮，尾巴也带得好听，一切都表明他们老于此道。谁知他们却输了，他们一输就说某人的拳有毛病。尤其是大胖子赵太侔，有一次他接连输了六拳，他们再也不同他划

[1] 沈从文 . 沈从文全集：第 13 卷 [M]. 太原：北岳文艺出版社，2009:361—362.

了。我们连酒带饭一共吃了二十多元，这儿请客真是太费了。[1]

赵少×，是赵少侯，时任国立山东大学外文系教授，讲授法语。沈从文的九妹沈岳萌插班旁听法语。吴××，可能是吴伯箫，时任校长办公室秘书。张××，可能是张怡荪（张煦），时任中文系主任。陈逵，时为山大外文系教授，他是方令孺留学美国时的同学。赵龟王，很可能就是印刷工人赵圭舞，他来青岛的时间迎刃而解。

宴席上觥筹交错，猜拳行令，好不热闹。花费了二十多元，请了十几位朋友，透过张宗和的眼睛，我们看到了沈从文请客的盛况。

由此可见，沈从文与"酒中八仙"并非格格不入，只是性格、志趣不同。该请客时就出手，豪爽！沈从文一向待朋友仗义，在热情待客的山东请客，在民风淳朴的古齐之地请客，说明沈从文完全融入青岛，他的朋友圈也不断扩大。在青岛，和沈从文关系最好的是外文系教授孙大雨。孙大雨因与同事和学生关系僵化，辞职而去。沈从文专门设宴为他送行。

青岛是文化名人的驿站，他们似乎都来去匆匆。1933年6月19日，在吃过三姐做的红烧肉后，张宗和要离开青岛回苏州了。第二天，在三姐和沈从文的目送下，张宗和离开了青岛，"车开了，三姐和沈先生跟着车跑，我叫他们停住，我看见三姐的眼睛里有眼水，我心里也难过"。

1933年8月初，沈从文在完成国立山大暑假学校的任务后，辞职离开青岛。

[1] 张宗和. 张宗和日记（第一卷）：1930—1936[M]. 张以䇹，张致陶，整理. 杭州：浙江大学出版社，2018:316—317.

第五章　高山与流水

—— 沈从文与王际真的友情

王际真

——英译红楼第一人

沈从文、王际真两人是灵魂知己，宛如高山流水，友情横跨太平洋，温暖了半个世纪。

王际真（1899—2001），字稚臣，原籍山东省桓台县马家村。他是第一位将《红楼梦》节译为英文的华人。

王际真出生于一个书香门第。其父王寀廷（1877—1952），原名贡忱，字拱底，号眉孙，又号丑石，后以字行。王贡忱是光绪癸卯科进士，丁未会考，用为知县，分发广东。民国初田中玉主鲁，王寀廷任山东省副参议长。开设逢源阁书店，以王懋卿为经理。家富藏书，且多善本，尤重乡邦文献。于古籍碑刻，书画鼎彝收藏颇夥。主修过《重修新城县志》。其藏书之室名曰"止适斋"。王寀廷与王献唐交游甚密。1949年后，他将平生所藏悉数捐献给山东省文物管理委员会。"公自涉世，即记日记，举凡国家大事、地方要闻、日用物价、亲友往还、家庭巨细，意以为当记者，悉记之。工楷细书，一展卷，如读白折。可见公之敬事，真乃半部近百年史也。公晚年毅然以毕生尽心竭智搜罗整理之文物古籍，悉数捐赠国家矣。"

1907年，王际真随父到广东生活，所以他能说一口极标准的广东话。"广东话的难学是有公论的，可他少年时学会的广东话保持了一辈子。"[1]

王际真 11 岁时，考入清华学堂，一直读到 19 岁。1922 年，王际真赴美留学，先后在威斯康星及哥伦比亚大学学习政治及新闻学，获学士学位。王际真曾任纽约大都会艺术博物馆（Metropolitan Museum of Art）东方部职员，后任哥伦比亚大学中文教授，长期在哥大任教，成为翻译中国文学的先驱。

晚年沈从文回忆说，1928 年王际真从美国归来，回山东老家，路过上海，徐志摩介绍沈从文认识王际真[2]。此后，两人频繁通信。由于沈从文不懂英文，王际真给沈从文写信时，便邮寄一大摞写好的信封，沈从文写好回信，装入已经写好收信人地址的信封，交付邮寄即可。

从 1929 年 9 月 15 日到 1932 年 2 月 28 日，沈从文给王际真写了 41 封信。这一段时间，沈从文辗转在上海中国公学、武汉大学、国立青岛大学执教。

1929 年，王际真将《红楼梦》节译为 39 节和一个楔子，后半部故事作提要式叙述，译名为 *Dream of the Red Chamber*。此书由美国纽约多伯里台·杜兰公司出版，同年，英国乔治·路脱莱西公司出版伦敦版。此书一出版，就在中美两国引起强烈关注。

耶鲁大学研究东亚的名教授，世界上最著名的唐诗翻译家亚瑟·威尔利欣然为此书作序，称其信、达、雅，堪称中英文俱佳的译著。"著名作家、翻译家赛珍珠亦在颇享时誉的《亚美》杂志上撰文盛赞这是一部杰作。《纽约时报》的书评专栏上请人予以评赞。"[3]

1929 年 6 月 17 日，天津《大公报》"文学副刊"第 75 期刊发《王

---

[1] 王海龙 . 哥大与现代中国 [M]. 上海：上海文艺出版社，2000:66.

[2] 沈从文《友情》文中说，认识王际真在 1928 年，实为 1929 年。

[3] 王海龙 . 哥大与现代中国 [M]. 上海：上海文艺出版社，2000:69.

际真英译节本〈红楼梦〉述评》一文，署名"余生"的书评作者评价王译本的特色说："总观全书，译者删节颇得其要，译笔明显简洁，足以达意传情，而自英文读者观之，毫无土俗奇特之病……故吾人于王际真君所译，不嫌其删节，而甚赞其译笔之轻清流畅，并喜其富于常识，深明西方读者之心理。《聊斋》《今古奇观》《三国演义》等，其译本均出西人之手。而王君能译《红楼梦》，实吾国之荣。"

王际真英文版的节译《红楼梦》，在上海的书店中摆放在显著位置。沈从文两次见到，都写信向王际真汇报。

> 我同大雨到南京路一个外国书店门外，看到你的《红楼梦》整整齐齐摆在窗子里。（1931 年 2 月 6 日，上海。）[1]
>
> 一到南京路去就见到你的《红楼梦》，他们大吹大擂地说你是个唯一大的大角色，大本书摆在窗外，十分美观。（1931 年 5 月 21 日，上海。）[2]

王际真英文版的节译《红楼梦》出版后，为他的人生带来一个重大的机遇。哥大东亚系主任富路特（Carrington Goodrich）读过此书，印象深刻。有一次，两人在纽约街头偶遇，当年清华园中的故人意外重逢，双方都格外欣喜，富路特就邀请王际真到哥伦比亚东亚系任教，直至退休。王际真推荐夏志清继任他的空缺。

1958 年，王际真将节译本《红楼梦》增补后，由吐温出版社再次出版纽约版。陈汝洁在《王际真：英译〈红楼梦〉第一人》文中说："他翻译的《红楼梦》虽然只是原书一半回数的节译本，但在杨宪益、戴乃迭

---

[1] 沈从文. 沈从文全集：第 18 卷 [M]. 太原：北岳文艺出版社，2009:126.

[2] 沈从文. 沈从文全集：第 18 卷 [M]. 太原：北岳文艺出版社，2009:141—142.

1978 年合译英文全译本出版之前，王际真的译本一直是英美最为流行的
《红楼梦》版本，在西方颇受推重。"

王际真在清华读书时，经历了新文化运动，他也把中国的新文学译
介到西方。英文版节选本《红楼梦》出版后，王际真开始紧锣密鼓地翻
译鲁迅的短篇小说。

王际真在翻译《现代中国小说选》时，可能征求过沈从文的意见。
沈从文给王际真的回信中，有这样一段，很有趣：

> 你翻书，若是想要翻哪一类，可以告我。中国目下年青作
> 家，说故事好文字好的，似乎还有几个人，若是想选出说精致
> 话做漂亮文章的可就难了。依我看，是郭沫若郁达夫都不行的，
> 鲁迅则近来不写，冰心则永远写不出家庭亲子爱以外。[1]

沈从文坦率地提出自己的见解，言外之意，"故事好文字好的"，而
且"说精致话做漂亮文章的"，正是给你写信的小兄弟沈从文。这可以
看出沈从文对自己的短篇小说成就的自信，也展示出这个来自湘西的
"乡下人"的直率、大胆，他靠着他的天才与刻苦、勇猛与执着，闯荡
文坛，打出自己的一片天地。其实，也透露出他的野心——把湘西的文
学版图拓展到英文世界。

王际真的译著在 20 世纪 40 年代集中出版：哥伦比亚大学出版社出
版《阿 Q 及其他——鲁迅小说选》（*Ah Q and Others: Selected Stories of
Lusin*，1941 ）、《中国传统故事集》（*Traditional Chinese Tales*，1944 ）和
《现代中国小说选》（*Contemporary Chinese Stories*，1944 ）。《现代中国小
说选》则介绍了老舍、张天翼、叶绍钧、凌叔华、巴金和沈从文。王际

---

[1] 沈从文．沈从文全集：第 18 卷 [M]．太原：北岳文艺出版社，2009:39.

真把沈从文的短篇小说《龙朱》《神巫之爱》翻译成英文，收录于《现代中国小说选》。

　　1930年1月12日，沈从文谈到王际真翻译他的小说《神巫之爱》，在写给王际真的信中："你说作比译在美为时行，你不妨说是作的也不要紧。若果觉得《神巫之爱》还值得译，就任你如何去译，译成写'作'，写'合作'，皆无不可。"[1]

　　沈从文与王际真频繁通信，两人在信中无话不谈，文学和艺术、小说和翻译、战事和时局、人生的目标和青春的苦恼、生活的点滴和瞬间的灵感。从沈从文写给王际真的信来看，两人是灵魂知己，虽然隔着太平洋，两人在精神上毫无隔阂。

　　因为王际真的缘故，沈从文还认识了王际真的弟弟王际可。

---

[1] 沈从文．沈从文全集：第18卷[M]．太原：北岳文艺出版社，2009:38.

王际可

——从文际真中转站

1935 年 1 月 20 日，王献唐先生收到沈从文手书的一封约稿信：

献唐先生：

　　昨托王际可先生便致一缄，想尘清鉴。《艺周》(《大公报·艺术周刊》)深盼先生能赐一大著，以光篇幅，如于二月中此间即可得尊作，载一专刊，殊感幸也。此间所谓艺术，范围极宽，就贵馆瓷、铜各器作一文章，亦复佳甚！

　　专此

　　并候安吉

司徒乔、沈从文顿首。[1]

　　王际可，字筱臣，是在济南开设逢源阁书店的桓台名士王宋廷的小儿子。王际可成为沈从文和王际真的中转站。

　　沈从文和好友、画家司徒乔主持《大公报·艺术周刊》，向王献唐约稿，王际可居中牵线搭桥。

　　1929 年 8 月 2 日，王献唐出任山东省图书馆馆长。他着意搜集文物

---

[1] 刘宜庆. 沈从文致王献唐的一封佚信 [J]. 新文学史料 .2018（1）:116.

典籍，扩充馆藏，使山东省图书馆成为当时全国收藏文物典籍最丰富的图书馆之一。1930年，考古学家吴金鼎赴山东，发现了城子崖龙山文化遗址，邀王献唐同去勘查。之后，他与傅斯年、李济、董作宾等人共同领导遗址的发掘工作，并成立山东古迹研究会，对山东其他遗址进行了普查和小型发掘，为山东考古工作奠定了基础。王献唐致力于山东文献的整理，文物古籍的保护，堪称齐鲁文脉的守望者。

据王献唐《五灯精舍日记》1935年1月19日载："王际可来，带沈从文一函，嘱余为《大公报·艺术周刊》撰文，附《周刊》一卷。" 20日载："又接司徒乔及沈从文一函，求为《艺术周刊》撰文，即复。"[1] 沈从文、司徒乔的这封信，是王献唐于1935年1月20日收到的。

沈从文于1930年左右得到王际真的接济。两人频繁通信，自然会提及王际可。从沈从文给王际真的信中可知：沈从文与王际可有书信往还；王际可也曾接济沈从文。

> 际可有信没有？我给他信也得他信，我告他应当大家来各在一方努力读一点书，我只想到这个话可说。（1930年11月5日，武昌。）[2]
>
> 际真，际可在不久日子里，是把你为他留作学费的钱又寄了五十块来的。前次你寄的，我告你说同大雨分用的五十，如今又由大雨还一半，我全用了。我想到为什么我要用你那么一些钱，心里实在难过。你不应当因为我两个人好一点就尽寄钱来。（1931年2月6日，上海。）[3]

---

[1] 张书学先生提供。

[2] 沈从文. 沈从文全集：第18卷 [M]. 太原：北岳文艺出版社，2009:112.

[3] 沈从文. 沈从文全集：第18卷 [M]. 太原：北岳文艺出版社，2009:128.

投我以木桃，报之以琼瑶。王际真对中国书法有兴趣，沈从文就给王际真邮寄书法方面的书籍或者文物。

听大雨说你写草字，此间有怀素书四十二章经一册，书道大观一部，想寄来也一时不能付邮。（1930 年 8 月 20 日，吴淞。）[1]

在武汉大学时，沈从文给王际真邮寄书籍，还谈到要给他邮寄"古董"。

还有几本帖，若果上海不必上多少税，我将寄来给你。这东西在中国值不了什么钱，不过十元左右，或许到了美国便是古董了。

有一点明人祝枝山的真迹，似乎是真的，为我的弟弟在军中得来，预备试作为书本寄来。若这个在美国有人出到几百元美金买，那可以卖去，若一个钱不值，你留到玩，因为这东西在中国倒是值钱的。你觉得要送人，就送人，你随意处置好了。

若果要邮费太多，又要上许多海关上的税款，恐怕就寄不来了，因为我身边从没有存过五块钱。（1930 年 11 月 5 日，武昌。）[2]

通过这封信，也可以看出沈从文的经济状况。所以王氏兄弟接济沈从文。

王氏父子的文史资料不多。从沈从文给王际真的信札中，可以找到一些。笔者苦苦寻觅王宷廷、王际真、王际可的资料，在王绍曾、沙嘉孙著《山东藏书家史略（增订本）》一书中，查阅到王宷廷。该条目中，

---

[1] 沈从文. 沈从文全集：第 18 卷 [M]. 太原：北岳文艺出版社，2009:100.

[2] 沈从文. 沈从文全集：第 18 卷 [M]. 太原：北岳文艺出版社，2009:114.

谈到他的藏书，还提到一段鲜为人知的事情，抄录如下：

贡忱另藏有明万历间刻本《金刚般若波罗蜜经》一卷，三十年代其子季真留美时，将是书与潍县高氏上陶室砖瓦拓片若干种售与美国国会图书馆。末有贡忱题记云：

篆书三十二体《金刚经》，经帙始刻于元皇庆二年（1313），今海内罕有存者。此有明万历间倪氏摹刻本，戈法钩勒，精妙入神，原本不可得，得此亦大不易。民国纪元第一甲子，以四十金购自江阴胡氏，什袭之藏，未尝轻以示人也。大儿子留美，将有襄办中国书法展览会之举，来函征集出品，小儿际可既为搜索碑帖拓片多种，并以此四册附焉。

二十三年（1934）冬大雪后二日，贡忱氏识于济南道合里之止适斋。[1]

王氏售与美国国会图书馆的明万历间刻本《金刚经》、潍县高氏上陶室砖瓦拓片，想来可以在美国查阅到。王际真在美"襄办中国书法展览会"，资料稀缺，不见记载。

王际可想到上海中国公学读书，可得沈从文的关照。可是，沈从文很快转到武汉大学，他在给王际真的信中，表示很抱歉。1931 年 11 月中旬，王际可到了青岛，沈从文热情款待他。

经过一番波折，王际可到上海读书。全面抗战爆发后，他投笔从戎，加入战地服务团，遭日机轰炸，为国捐躯。为沈从文和王献唐充当信使的王际可，也因为这些信，在湮没的时光中显影。

---

[1] 王绍曾，沙嘉孙. 山东藏书家史略（增订本）[M]. 济南：齐鲁书社，2017:333.

死亡阴影
——沈从文的困境与出口

沈从文在和王际真的通信中，经常倾吐心中的烦恼，青春的虚妄、心底的渴望、愤世嫉俗的念头，这些情绪常常通过他一支极具魔力和魅力的笔表达出来，有时汪洋恣肆，一泻千里；有时汩汩流淌，静水深流。

1928年至1931年，沈从文在上海与胡也频、丁玲办红黑出版社，由于经营问题，欠了不少债务，又遇到母亲生病，负担九妹的学费、生活费，沈从文的经济压力极大，长期卖文为生。入不敷出，难免影响心情，沈从文心情不好时，常有逃避现实的念头，也有愤世嫉俗之语。

在给王际真的信中，沈从文想从现实中逃逸，到云深不知处的道观当一名道士，或者出家当和尚，与寺庙梵音、晨钟暮鼓为伴。

> 我还作好笑打算，是我将来或者会忽然想去做和尚这件事，因为心上常常很孤单，常常不能如别人一样的快乐，又不能如别人一样生活，所以我仿佛觉得我站在同人世很远很远处，一定还可以做出一点事业来。（1931年2月27日，上海。）[1]
>
> 我心中常常想将来我会去做道士，因为我总是好像要一种别样生活的方法，生活的境界，在孤单里才对。时时刻刻讨厌目下生活，

---

[1] 沈从文.沈从文全集：第18卷[M].太原：北岳文艺出版社，2009:134.

时时刻刻讨厌人同我自己，可是走到街上去，见一个女人都好像愿意拥抱她一下。想不到人还不上三十，心情就是那么坏，那么软，那么乖张。（1931 年 4 月 13 日，上海。）[1]

你女人怎么样了？大致你还好，我是简直不行的。我只想自己做道士，只在避开女人的烦恼，做得出来事来。到北京去找或者过西山住下，做不剃发的大师，生活不得同世界接近，就只一颗心与一切接近，无聊透顶了的。（1931 年 5 月 21，上海。）[2]

除了上述逃离红尘的念想，也有几次，有了轻生自杀的念头。这些念头集中出现在 1929 年至 1930 年执教中国公学时，背负着沉重的债务，爱而不得的绝望，父亲的病逝，好友采真在武汉被逮捕杀害，好友胡也频在上海被逮捕秘密杀害，让沈从文处于一片浓重的黑暗之中，无法呼吸，无法挣脱。身披黑色衣裳、手持长长镰刀的死神出现在沈从文的噩梦之中。

1929 年沈从文与王际真认识，两人见面时相谈甚欢，随后王际真返回美国，两人就变成了笔友。1929 年 9 月 15 日，沈从文在给王际真的信中写道："我发烧到不知多少度，三天内瘦了三分之一，但又极怕冷，窗子也不敢开。无事做，坐在床边，就想假若我是死了又怎么样？我是没有病也常常这样想的，大约彻底说来，就是人太不中用的缘故了。"[3]

"死"这个字一旦在脑海中出现，要彻底驱除它，恐怕也要费一阵子。1929 年 10 月 19 日的信里，沈从文这样写："若果在将来我可以在美国也生活得下，我愿意远走点到美国来留几年，在中国我在任何形式生活下全找不出结论，所以一面教书一面只想死，可是他们没有一个人明白我

[1] 沈从文．沈从文全集：第 18 卷 [M]．太原：北岳文艺出版社，2009:138.

[2] 沈从文．沈从文全集：第 18 卷 [M]．太原：北岳文艺出版社，2009:141.

[3] 沈从文．沈从文全集：第 18 卷 [M]．太原：北岳文艺出版社，2009:19—20.

有理由厌倦。或者我在今年会做出一些使你吃惊的事来也未可知……"

沈从文要做出什么事情啊，使远隔重洋的朋友王际真"吃惊"。一是自杀；一是自暴自弃，年轻时荒唐一点，与坏女人同居。在以后的信中，沈从文常向王际真倾吐内心隐秘的意识。

> 我是又要流鼻血了的，这怪病，这由于生理的无办法的病，总是要同我计划捣乱。既不能同任何女人好，也不敢去同娼妓住，结果总是一到某种时节就流鼻血，可以放心的是流了又会好。（1930年7月18日，吴淞。）[1]

颓废的时刻谁没有经历过，灰暗的想法谁没有过。"与娼妓同住"，这样荒唐的想法曾在沈从文的天空飘过，只是"不敢"。"不敢"的原因竟然是担心流鼻血搞得很狼狈。

自怨自艾的沈从文没有自杀，结果，一桩学生自杀事件，出现在他身边。1929年12月13日给王际真的信里写道："昨天此间学生之一自杀于江边，同时为看热闹往观者约数百人，本意活到不高兴时也许自杀，但看看一些毫无人性的大学生，把看死人为天朗气清一消遣事，觉得还是活下来为好了。"[2] 是啊，生活中很多人会出现轻生的念头，尤其在最绝望的时刻，但生活会修正这些念头。生死流转，往往在转念之间。

1929年12月28日，这天是沈从文的生日，他到江边散步。死神的形象又无声无息地冒出来。看着宽阔的江面，汹涌的江水，有一个声音说："我跳下去。"一切就都解脱了。"不过，想想，为什么？就觉有踌躇的必需了。大约应当为女人这样事投江才有意思……可是不知

---

[1] 沈从文. 沈从文全集：第 18 卷 [M]. 太原：北岳文艺出版社, 2009:95.

[2] 沈从文. 沈从文全集：第 18 卷 [M]. 太原：北岳文艺出版社, 2009:29.

什么时候才有一个使我投江的女人！"[1]这样想想，沈从文就回到住处，神气自若地吃晚饭了。1930 年的元旦，带着新的曙光与希望降临了。

1930 年的早春二月，沈从文在给王际真的信中报告了一位朋友的遭遇："有一个朋友在山东被判八年徒刑，现在这人三十岁，若果照年岁算则卅一到卅八正是有作为之一段，但这人竟无办法。"[2]

这个朋友是沈从文在燕京大学认识的刘谦初，1929 年从福建被派到山东，担任中共山东省委书记，领导山东的革命和工人运动。不料被叛徒出卖，国民党把刘谦初抓捕。他被严刑拷打，坚贞不屈，被判处八年徒刑。沈从文记错了刘谦初的年龄，刘谦初出生于 1897 年，被判刑时 33 岁。沈从文认识刘谦初是燕大的学生会干部董秋斯介绍的，刘谦初读燕京大学时，就成长为爱国的学生领袖。沈从文获悉刘谦初被判刑肯定是通过董秋斯。董秋斯、蔡咏裳夫妇在上海，曾给监狱中的刘谦初邮寄了他们的译著《士敏土》。

沈从文给同是山东人的王际真报告这样一个消息，有对刘谦初被捕被判刑的同情，也激发了他对生命和自由的思考，"为自己为朋友，至少也生活得热闹一点"。[3]

刘谦初之事，对沈从文是一种刺激，他因而更加爱自己手中的笔，更坚定地写下去。1931 年 4 月 5 日，邓恩铭、刘谦初、郭隆真等 22 位中共先烈，被韩复榘杀害于济南纬八路刑场（今济南市槐荫广场），他们被称为四五烈士。

1930 年 5 月下旬，沈从文写了两天小说，疲倦到无法支持，累倒了。过度的劳累，再加上天气干燥，他的鼻子血管破了。5 月 30 日，流鼻血三次。每次都很吓人，就像喷泉。打针失效，吃药不灵，血还从口里浸。

---

[1] 沈从文 . 沈从文全集：第 18 卷 [M]. 太原：北岳文艺出版社，2009:35.

[2][3] 沈从文 . 沈从文全集：第 18 卷 [M]. 太原：北岳文艺出版社，2009:51.

医生让他卧床好好休息，头上用冰块包裹，用来止血。5 月 31 日，沈从文给王际真的信中说："这信到你手边，我或者死了，或者又在做事了……我自己因为有了经验，总想一个礼拜不死，就一定是爬得起来做事。"[1]

由此可见沈从文写作之勤奋。诚如胡适所说："明天就死又何妨，努力做你的工，就像你永远不会死一样。"

沈从文在 1930 年前后，给王际真的信中，多次谈到死去活来。沈从文到国立青岛大学教书后，生活逐渐稳定下来，还完了债，经济上有教书稳定的薪水和稿费。每天可以看到大海，心胸开阔，大海对沈从文是一种启迪和教育。追求张兆和有了结果。在后来写的《水云》中，提到了一次死亡："我坐的地方八尺以外，便是一道陡峻的悬崖，向下直插深入海中，若想自杀，只要稍稍用力向前一跃，就可堕崖而下，掉进海水里喂鱼吃……有时又可看到两三丈高的大浪头，戴着绉折的白帽子，排列成行成队，直向岩石下扑撞，结果这浪头即变成一片银白色的水沫，一阵带咸味的雾雨。"[2]

孤独的沈从文带着一本书，到太平角坐看水云时，意识随着海浪一起流动。这句子中的"自杀"，已经离沈从文在吴淞时的轻生念头有遥远的距离。大海带来沈从文生命的壮美和浩瀚，感受到生之欢欣，生发出一种生命的智慧和力量。

死亡的羽翼消逝在海天水云深处，再度降临时，是玄黄已定的 1949 年……当大家欢天喜地地迎接新时代时，他却因巨大的压力精神失常，失去理智，试图在人生舞台上谢幕。两度自杀未遂后，他逐渐从混乱中恢复过来，在毁灭中塑造了一个新的沈从文——放下手中的笔，转向文物研究。

---

[1] 沈从文 . 沈从文全集：第 18 卷 [M]. 太原：北岳文艺出版社，2009:12.

[2] 沈从文 . 沈从文全集：第 12 卷 [M]. 太原：北岳文艺出版社，2009:93.

沈从文恢复理智时，仿佛大梦醒来，睁开眼睛，看到的是历历往事，场景分明。初夏时节吴淞，在风中摇曳的大片波斯菊；青岛太平角海滨松林里褐色的野兔子，听到他的脚步声，扭身逃进密林，待安全时，回头望着沈从文，野兔子的眼睛里有温润的光泽……生命啊，生命！

未曾哭过长夜的人，不足以语人生。未曾到鬼门关走一遭的人，也不能参透生死。沈从文经常用的四个字——人生可悯——包含了沈从文对天地万物、有情人生、婆娑世界的认知，也是破解他精神内核的一个密码。

灯下书简
——文心绵远传深情

朋友之间的通信，就像是心灵独白，自由坦荡、无拘无束，可谓性情文字。正因为是灵魂的知己，所以他们也会在信中谈女人。1930年1月3日，沈从文在给王际真的信中附了一幅画。"叔（淑）华才真是会画的人，她画得不坏。这女人也顶好，据他们说笑话，是要太太，只有叔华是完全太太的，不消说那丈夫是太享福了。"他们说笑话，娶妻当娶凌叔华，新月派文人（胡适、徐志摩）看好凌叔华（相貌美）、欣赏凌叔华（才华高），陈西滢抱得美人归。徐志摩和陆小曼谈恋爱时，徐志摩的父母坚决反对，老两口就看好凌叔华，觉得她是最理想的儿媳妇。徐志摩也对凌叔华欣赏有加，信任有加，他去欧洲旅行前，把"百宝箱"（装有写给林徽因的情书等重要物品）交给凌叔华保管。

沈从文想要一个知心爱人，想要一个温暖的家。1930年1月22日，他给王际真的信里这样写："近来常常想试同人结一次婚，可是照目下情形，就是打锣满街喊也喊不出一……"[1]

那时，沈从文正苦苦追求着张兆和。最初，沈从文源源不断地给张兆和写情书，他却遇到张兆和沉默的高墙，顽固的磐石。他的期待与幻想，他的痴迷与痴情，他的挫败与绝望，装入漂流瓶，横跨太平洋，抵达彼岸，王际真在大洋那一端，凝神倾听。

---

[1] 沈从文.沈从文全集：第18卷 [M]. 太原：北岳文艺出版社，2009:44.

我在此爱上了一个并不体面的学生，好像是为了别人的聪明，我把一切做人的常态的秩序全毁了。……女人太年轻了，一个年轻人照例是不会明白男子的，我于是除了给这女人奇怪惊讶之外毫无所得。……只是看近处的近处，因此一个黑脸不甚至美观的身体，也使我苦恼，从摇荡中看出自己可怜。（1930 年 4 月 26 日，吴淞。）[1]

　　今年来我简直是胡混，因为身体不济事，一面似乎不能忘记女人，要女人却不按照女人所欢喜的去做一个男子，把自己陷到最可羞的情形里去。……若是我能因这女人苦两年，我也正可以在此等行为上多得一点教训。（1930 年 6 月 26 日，吴淞。）[2]

　　我为了一个女人跌下去又复爬起了，还想好好来做文章，写他十年再说。（1930 年 8 月 14 日，吴淞。）[3]

　　有一次，沈从文给王际真写完信，午后的时光仿佛停滞了，静得吓人，世界像死了一样。在动与静之间，沈从文走过许多地方的桥，看过许多地方的云。不论走到哪里，不论环境如何，他都忘不掉心头的那个人。

　　因为在上海我爱了一个女人，一个穿布衣，黑脸，平常的女人。但没有办好，我觉得生存没有味道。（1930 年 11 月 5 日，武昌。）[4]

　　在武汉大学执教时，沈从文被聘为助教，居住和饮食都不如在上海中国公学时好。好在，陈西滢、凌叔华夫妇在生活上很关照他，让他感

[1] 沈从文. 沈从文全集：第 18 卷 [M]. 太原：北岳文艺出版社，2009:62—63.

[2] 沈从文. 沈从文全集：第 18 卷 [M]. 太原：北岳文艺出版社，2009:74—75.

[3] 沈从文. 沈从文全集：第 18 卷 [M]. 太原：北岳文艺出版社，2009:97.

[4] 沈从文. 沈从文全集：第 18 卷 [M]. 太原：北岳文艺出版社，2009:111—112.

受到友情的温暖。

每当沈从文忧愤交加时，他希望能够从当下逃逸，幻想出国，换一种生活，"有什么人出国当公使，我跟他出到任何一国去，做一个任何名义的小事，也许过几年新鲜日子。"沈从文一直有一个梦想，出国留学，或者随驻外公使出行，担任秘书之类的职务。这样的想法是时代和环境决定的，此时孙大雨也在武汉大学执教，比沈从文小两岁，但被聘为教授。新文学家在大学只能当助教、讲师，还被人瞧不起。难怪沈从文愤愤不平，甚至想打人！可是，又能打谁呢，"只想打自己，痛殴自己"。这样的想法，多么像大学里自卑的男生啊。

武汉大学所处的环境恶劣，大学附近有兵营、试枪场、杀人场。天一亮，号兵吹喇叭、点名、报数、操练、新机关枪急促的射击声，纷至沓来。这让沈从文想起当年他当兵时，学着吹喇叭。"这里街上全是兵，扁头扁脸见了也使人生气。脏得怕人，蠢得怕人。""这里每天杀年青人，十九岁，十七岁，都牵去杀，还有那么多年纪尚小的女子中学生。"[1]沈从文信中提到的情形，是国民党清党，穷凶极恶，大肆捕杀共产党人。当时的中国就是这个样子，他建议王际真，"不回中国，也算是幸福"。[2]很快，沈从文就习惯了清晨的各种声音，听到起床号，仍然能蒙着被子呼呼大睡。

> 北京倒极清净。我的住处是燕京大学的职员住处，我借光住到这儿来的，成天望到窗子下有年青女人过身，这些人远远地看来，听到说话，都像仙人……（1931 年 6 月 29 日，北平。）[3]

---

[1][2] 沈从文 . 沈从文全集：第 18 卷 [M]. 太原：北岳文艺出版社，2009:115.

[3] 沈从文 . 沈从文全集：第 18 卷 [M]. 太原：北岳文艺出版社，2009:143—144.

在上海，沈从文参加了施蛰存与陈慧华的婚礼。他写了"多福多寿多男女"的章草贺词，这是一幅鹅黄洒金笺的横幅，装裱好，送给这一对新人。在北平，他参加了叶公超与燕京大学校花袁永熹的婚礼。

从上海到武汉，从吴淞到北平，不管身处何方，沈从文在给王际真的信中，都会谈到张兆和这个让他欢喜让他忧伤的女人。1932年2月28日，沈从文在青岛福山路3号，新窄而霉斋，写给王际真的信中，又开始了他的满腹牢骚，这都因张兆和而起：

> 三年来因为一个女子，把我变到懒惰不可救药，什么事都做不好，什么事都不想做。人家要我等十年再回一句话，我就预备等十年。有什么办法，一个乡下人看这样事永远是看不清楚的！或者是我的错了，或者是她的错了，支持这日子明是一种可笑的错误，但乡下人气氛的我，明知是错误，也仍然把日子打发走了。(1932年2月28日，青岛。)[1]

沈从文出版了新作，照旧给王际真邮寄一本。"近来文章是简直也不必再写了。寄来那本《虎雏》多坏！越写只是越坏，鬼知道，女人有多大能耐，因为痴痴地想一个女人，就会把自己变到这样愚蠢。"(1932年2月28日，青岛。)[2]

沈从文在给王际真的信中谈张兆和，这是尾声了。这年暑假，沈从文到了苏州张家，叩开了张家的大门，同时也敲响了胜利之门。1933年春，沈从文和未婚妻张兆和同在国立山东大学工作了。张兆和来青岛，沈从文的心态平和了，他无须再频繁地给王际真写信，倾吐心中的烦恼了。

沈从文在和王际真通讯的这几年，可以肯定的是，王际真写给沈从文的信中，也谈到了他在美国追求的女人。信已经灰飞烟灭。我们可以

---

[1][2] 沈从文 . 沈从文全集：第18卷 [M]. 太原：北岳文艺出版社，2009:163.

从王际真给夏志清的信中，还原大洋彼岸王际真追求女人的故事。

王际真一生有四位妻子。原配夫人在济南，旧式婚姻。王际真与原配夫人生了一个儿子。沈从文在济南时，见到了王际真的儿子。"壮大得可观，俨然一位将军。"在另一封信中，沈从文称王际真的儿子，身材似军人，神情似女人。

1924 年至 1927 年，王际真以清华留美生的身份在哥伦比亚大学学习，他并不热于攻读学位，"因为他总是对女孩子发生兴趣，直到对方感到厌烦或者他又发现了更有兴趣的对象"。1987 年 1 月 24 日，王际真写了一页回忆文字，把复印件分发给夏志清。在他心仪的中美女孩中，特意写到 1924 或者 1925 年他在纽约遇见的玛莎（Martha）：

> 至于玛莎，她是我的至爱。为了和她长相爱，我甚至退了船票，取消了回国的行程。最后，她离不开自己的族群而拒绝了我，我发疯心碎。但看了她那封绝情的信，我又很快地渡过了这一劫。我对自己又惊奇又失望，甚至对自己的反复无常感到耻辱，虽然那时我是多么的愤怒啊。[1]

1929 年夏天，王际真觉得该是时候回去看望父母妻儿了，但他故态重萌，在回国的西伯利亚的火车上又爱上了一个中国女孩，但女孩父亲察觉出王际真已婚。

王际真这次回到济南家中，他的父亲希望他留在中国，不愿意放他回美国。父亲中断了他的经济来源，他寸步难行，被困在家中，一筹莫展。恰好，有"清华同学"慷慨解囊借给他一百大洋。事情有了转机，他悄悄地离开济南，到了上海，在好友陈雪屏的帮助下，得以返回美国。

---

[1] 夏志清，董诗顶 . 王际真和乔志高的中国文学翻译 [J]. 现代中文学刊 ,2011(01):96−102.

百岁老人王际真曾和前来拜访的年轻学者王海龙谈起这段往事。"远峰叠嶂，无限关山，那苍茫的雾霭凄迷了我们的眼睛。出乎我们的意料，突如其来的，这位百岁老人大哭起来。"陪伴王海龙一起拜访王际真的麦斯克尔教授（王际真的学生）急忙上前安慰他，让他激动的心情稍微平复。王际真讲出了一个让他刻骨铭心而又无法释怀的秘密——资助他在困境中出行的不是什么"清华同学"。多年以后，他才获知被刻意隐瞒的真相：原来是含辛茹苦、翘首以待盼他归来的妻子，拿出了她多年积蓄的100元大洋，又送他踏上回美国的旅途。这位隐忍又大气的妻子，默默地流过多少泪水？她是怎样攒下这一笔巨款？她又是经历怎样的心理斗争决定出资让夫君赴美？

　　这位把中国的古典小说和现代小说传播到美国的翻译家，一生跌宕起伏，他与几位女性的传奇经历，书写了他的故事。

　　王际真和他的第二任妻子 Bliss Kao 生活时间最长，曾把自己1958年修订版的《红楼梦》译本献给她。王际真第三任妻子是 Yang Dalai，看名字，是个在美国生活的华人。夏志清的文章中，还提到王际真的遗孀，这个应该是第四任妻子。

　　也许因为翻译《红楼梦》的缘故，王际真像贾宝玉一样，痴情又深情，堪称一位情场高手。情感经历如此丰富的人，他写给沈从文的信，一定十分精彩。这精彩的信札，被战争的炮火烧毁，化为纸灰飞走，没有留下任何痕迹。

　　山一程，水一程，身向叵测的前方行进，夜深了，亮起一盏灯。灯下，被太平洋阻隔的两人，拿着笔，写着长长的信。他们有共同的话题，精神趣味相投，相伴走过了四年的时光。晚年两人重逢，这是命运最好的安排。

迟到的见面

——友情永在跨时空

1980 年 10 月 27 日，沈从文应美国一些大学的邀请，偕夫人张兆和到美国讲学。这次出访美国得到了沈从文供职单位中国社科院的支持。

听闻沈从文夫妇即将到访美国，美国汉学界一片欢腾。当年沈从文在西南联大执教时期的学生、在北京大学执教时期的学生，多在美国的著名大学任教职，他们翘首以盼，期待见到"沈师"，把见面的日子作为隆重而盛大的节日。再度聆听"沈师"的讲座，再续情缘，先生与学生，内心都百感交集。

到国外留学，曾是青年沈从文的梦想。这一次到美国讲学，在美国各大学备受欢迎，让他想起前尘旧梦。

1980 年 11 月 7 日，沈从文在美国哥伦比亚大学作"20 年代中国新文学"的讲演，由夏志清教授主持，傅汉思担任翻译。在老友王际真任教职的大学讲演，沈从文想起前尘旧事。一到美国，沈从文就迫切地想见旧友王际真。"虽然回信像并不乐意和我们见面，我们——兆和、充和、傅汉思和我，曾两次电话相约两度按时到他家拜访。"王际真退休后，离群索居，性情变得有点古怪。他委婉地称，不必见面，保持当年的印象更佳。但他的谢绝无法阻挡跨越大洋、跨越岁月的脚步。

见面的这一天到了。经历岁月沧桑的沈从文心情有些激动。沈从文在《友情》一文中这样写见面的情形。

第一次一到他家，兆和、充和即刻就在厨房忙起来了。尽管他连连声称厨房不许外人插手，还是为他把一切洗得干干净净。到把我们带来的午饭安排上桌时，他却承认作得很好。他已经八十五六岁了，身体精神看来还不错。我们随便谈下去，谈得很愉快。他仍然保有山东人那种爽直淳厚气质。[1]

两位老友见面时，时间倒流，记忆复活。当他们的手紧紧地握在一起，手有点颤抖。他们从彼此的面容辨认出各自青年时的形象。两人聊了一会，王际真起身到书房。

使我惊讶的是，他竟忽然从抽屉里取出我的两本旧作，《鸭子》和《神巫之爱》！那是我二十年代中早期习作，《鸭子》还是我出的第一个综合性集子。这两本早年旧作，不仅北京上海旧书店已多年绝迹，连香港翻印本也不曾见到。书已经破旧不堪，封面脱落了，由于年代过久，书页变黄了，脆了，翻动时，碎片碎屑直往下掉。[2]

岁月无情，友情绵长。沈从文在异国，看到老友保存的《鸭子》和《神巫之爱》，内心百感交集。沈从文的小说处女作《鸭子》，在大陆已经非常罕见。"早年不成熟不像样子的作品，还被一个古怪老人保存到现在，这是难以理解的，这感情是深刻动人的！"有面对处女作的惭愧，有面对老友的感激，也有今日文物专家面对昔日文学家这个身份的心潮激荡，沈从文内心诸多复杂的感受交织在一起。此情此景，旧作碎片碎屑直往下掉，眼泪也要往下掉，沈从文的眼睛湿润了。

谈了一会，王际真忽然又想起了什么，取出一摞信来。这一摞信

---

[1][2] 沈从文 . 沈从文别集·友情集 [M]. 长沙：岳麓书社，1992:271—272.

是沈从文在 1928 年到 1931 年写给他的。其中最重要的，就是一页最简短的，报告志摩遇难的信。这封信承载着沈从文、徐志摩、王际真三人真挚的友谊。如同高山流水，酿成一段永恒的文坛佳话。

1980 年 12 月 5 日，窗外寒风呼啸，室内温暖如春。阳光遍布蔚蓝的天空，温暖，普照大地。在看望了王际真之后，沈从文在哥伦比亚大学做了题为"中国古代服饰"的演讲。中国古代的服饰是文物，承载了不同历史时期的丰富的文化。美好的友情是人类的服饰，让人们体面又有尊严。

沈从文与王际真、王际可兄弟的友情诚挚，与王际真的友情更是弥足珍贵。诚如沈从文在《友情》一文中说："人的生命会忽然泯灭，而纯挚无私的友情却长远坚固永在，且无疑能持久延续，能发展扩大。"

第六章 有情与事功

—— 转型的 20 世纪 50 年代

自杀未遂

——杜鹃泣血蛙声乱

1949 年 1 月，"历史正在用火与血重写"，当众人兴高采烈地迎接北平的解放之时，沈从文的神经已发展到"最高点"上，"不毁也会疯去"。

沈从文的心被"绿魇"压着，沉入黑色的噩梦的深渊，但他紧绷的神经却冲上顶点。1948 年，大局玄黄未定，沈从文拒绝了国民党南下的机票，坚定地选择留下来。但他没有料到，他心中担忧的事呼啸而至。

1949 年 1 月上旬，北京大学民主广场上贴出批判沈从文的壁报。教学楼前挂出大幅标语则是"打倒新月派、现代评论派、第三条路线的沈从文"，这触目惊心的大标语就像炮弹一样在沈从文心头炸响。

喧嚣的口号、愤怒的斥责、无声的惊雷、呼啸的枪炮……种种声响在沈从文心头掠过，最后声音消逝……在飘忽的灯光下，沈从文给远在香港的表侄黄永玉写信："城，三数日可下，根据过往恩怨，我准备含笑上绞刑架。"信写完，沈从文向黑夜与虚空掷笔，各种声响轮番轰鸣。

一个月前，《益世报·文学周刊》停刊。"大局玄黄未定……一切终得变。从大处看发展，中国行将进入一个崭新时代，则无可怀疑。"沈从文给"吉六"的退稿信中写道："人近中年，情绪凝固，又或因性情内向，缺少社交适应能力，用笔方式，二十年三十年统统由一个'思'字出发，此时却必须用'信'字起步，或不容易扭转，过不多久，即未被迫搁笔，亦终得把笔搁下。这是我们一代若干人必然结果。"[1]

1949年1月，沈从文在时代的压力下，处于精神崩溃的边缘。儿子沈龙朱说："对于我们家其他成员来说，迎接解放是自然的、兴高采烈的事，是崭新生活的开始。人们用非常直观的对比来看待纪律严明的解放军。穿着朴素得和普通士兵一样、和老百姓打成一片的共产党军管会干部，让见惯了国民党军队、官员、特务的我们大开眼界，佩服有加。大家兴高采烈地迎接解放，父亲却陷入诚惶诚恐，老觉得有人在窃听、偷窥、监视他。"[2]

北平解放后，多位故交、革命干部来看望沈从文，仍然无法缓解他内心的压力。沈从文惶惶不可终日，不被容于新政权的幻觉如影相随。

1949年的3月，沈从文在生存与毁灭的中间地带，用笔留下了内心的挣扎、精神的彷徨。他题写在自己作品中的题识，仿佛在和创造这些作品的生命挥手道别。他在《龙朱》文后写道："幻念结集，即成这种体制，能善用当然可结佳果，不能善用，即只当成一个真正的悲剧结束，混乱而失章次，如一虹桥被新的阵雨击毁，只留下幻光反映于荷珠间。雨后到处有蛙声可闻。杜鹃正为翠翠而悲。"[3]

这的确是出自精神分裂的文学家的手笔，思维跳跃，场景神秘，他创作的人物翠翠（美与真），出现在他精神的废墟之中，杜鹃泣血蛙声乱，雨珠跳荷翠叶间。此时的幻念连接着过去与现在，他却在阵雨之中，看不到风平浪静、雨过天晴出现的彩虹。

沈从文在三月的一个夜晚的灯下，重读《灯》后题道："这是十八年作，恰廿足年，也正是当时主人岁数。灯熄了，罡风吹着，出自本身内

[1] 沈从文 . 沈从文全集 : 第 18 卷 [M]. 太原 : 北岳文艺出版社，2009:519.

[2] 张新颖 . 生命流转，长河不尽——沈从文纪念集 [M]. 太原 : 北岳文艺出版社，2015:346.

[3] 沈从文 . 沈从文全集 : 第 14 卷 [M]. 太原 : 北岳文艺出版社，2002.457.

部的旋风也吹着，于是熄了。一切如自然也如宿命。"[1]

在《建设》文后，题道："当时最熟习的本是这些事，一入学校，即失方向，从另一方式发展，越走越离本，终于迷途，陷入泥淖。待返本，只能见彼岸遥遥灯火，船已慢慢沉了，无可停顿，在行进中逐渐下沉。"[2]

这些题跋，让我们看到沈从文的内心世界。"灯熄了"，"船已慢慢沉了"，他创造的文学世界逐渐下沉，在他看来，这是无法躲过的宿命。万念俱灰，生无可恋……

1949年3月的一天，14岁的沈龙朱看见父亲把手伸到电线的插头上。他在慌乱中拔掉电源，把父亲蹬开。3月28日上午，中老胡同院子里的花木欣欣向荣，一派生机盎然。在无垠的寂静之中，沈从文看不见院子里万物勃发的春天，他在家里自杀，"用剃刀把自己颈子划破，两腕脉管也割伤，又喝了一些煤油"。[3]幸好被到沈家做客的张中和发现，他听到沈从文房间里痛苦的呻吟声，推门不开，情急之下，破窗而入。随后，沈龙朱也赶回家，目睹了悲惨的一幕："父亲已经用小刀将手腕上的动脉、脖子上的血管划破，处于昏迷状态，头上手上的鲜血流得一塌糊涂，样子很吓人。"[4]

他们把沈从文送到位于德胜门外的安定医院。被医生救活的沈从文，仍不安定，幻觉中认为医院是牢房，大喊着要逃走。

在鬼门关前走了一遭，沈从文死而复生，但手腕上留下的伤疤清晰可见。这伤疤是改天换地留下的深刻印痕，是新我与旧我的交界点。此后，他每当写东西，随身携带着的一个特殊符号也跟着动。

沈从文在家人和好友（梁思成、林徽因）的劝慰下，在疗养院休

[1][2] 沈从文 . 沈从文全集：第14卷 [M]. 太原：北岳文艺出版社，2002:458.

[3] 沈从文 . 沈从文全集：第19卷 [M]. 太原：北岳文艺出版社，2002:22.

[4] 史飞翔 . 有一种沉默叫惊醒 [M]. 呼和浩特：内蒙古人民出版社，2009:86.

养。女作家杨刚看过沈从文之后，1949 年 4 月 6 日，沈从文在日记中发出寂静的呐喊："给我一个新生的机会，我要在泥沼中爬出。"[1]

在家人的照料和自我恢复下，在杨刚、朱早观等人的帮助下，沈从文彻底告别了孤立无援的境地，向死而生。他的精神松弛下来，变得平和了。他的思想完成了转变："我必须为一个新国家做点事！"他意识到余生如何安放："我生命似乎已回复正常，再不想自己必怎么怎么选择业务或其他。只在希望中能用余生做点什么与人民有益的事。我的教育到此为止，已达到一个最高点。"

时间的指针指向 1949 年 4 月 6 日早晨，天空清明洁净，大地万物勃发，这是告别的时节，亦是新生的时刻。阳光温暖和煦，花朵明媚动人，一种美好而慈柔的感觉和早晨的太阳一样升起。"悲剧转入谧静，在谧静中仿佛见到了神，理会了神。看一切，再不会用一种强持负气去防御，只能和和平平来接受了。"[2]

早晨八点的阳光，温暖而多情，大悲悯的情怀照耀着他。"听到隔院笑语和哭泣，哭泣声似从一留声机片上放出，所以反复相同，而在旁放送者笑语即由之而起。人生如此不相通，使人悲悯。"[3]

沐浴着和煦的阳光，"我要在泥沼中爬出"，只这一句就包含着悲凉与酸楚。他经历了怎样的生死搏斗？谁能体会到沈从文的内心呢？阳光与黑暗仍有一次静悄悄的生死博弈。

1949 年 5 月 30 日，在能听得见自己心跳的夜晚，他在日记中记录了此刻：

---

[1] 沈从文 . 沈从文全集：第 19 卷 [M]. 太原：北岳文艺出版社，2002:25.

[2] 沈从文 . 沈从文全集：第 19 卷 [M]. 太原：北岳文艺出版社，2002:28.

[3] 沈从文 . 沈从文全集：第 19 卷 [M]. 太原：北岳文艺出版社，2002:29.

两边房中孩子鼾声清清楚楚。有种空洞游离感起于心中深处，我似乎完全孤立于人间，我似乎和一个群的哀乐全隔绝了……

十分钟前从收音机中听过《卡门》前奏曲，《蝴蝶夫人》曲，《茶花女》曲，一些音的涟漪与坡谷，把我生命带到许多似熟习又陌生过程中，我总想喊一声，却没有作声；想哭哭，没有眼泪；想说一句话，不知向谁去说。

……

我在毁灭自己。什么是我？我在何处？我要什么？我有什么不愉快？我碰着了什么事？想不清楚。

我希望继续有音乐在耳边回旋，事实上只是一群小灶马悉悉叫着。我似乎要呜咽一番，我似乎并这个已不必需。我活在一种可怕孤立中。什么都极分明，只不明白我自己站在什么据点上，在等待些什么，在希望些什么。[1]

黑夜中的挣扎，让今天的读者仍能感受到生命不能承受之痛。这一晚格外漫长，"夜静得离奇"。死亡的幻念又一次出现："端午快来了，家乡中一定是还有龙船下河。翠翠，翠翠，你是在一零四小房间中酣睡，还是在杜鹃声中想起我，在我死去以后还想起我？"[2]经过惊心动魄的生死搏斗，沈从文走出了这一次的精神困境。

搁下笔的沈从文，离开北京大学的讲坛，躲进了历史博物馆。这是好友郑振铎的介绍和关照，他的人事关系由北大转入新成立的历史博物馆。沈从文转行，是时代的抛弃还是自我的放逐？只有时间才能给出答案。从死灰一样的心灵中，又生发出生活的热情。诚如沈从文在《烛虚》中所说："生命或灵魂，都已破破碎碎，得重新用一种带胶性观念把它粘

---

[1][2] 沈从文.沈从文全集：第19卷 [M].太原：北岳文艺出版社，2002:42—43.

合起来，或用别一种人格的光和热照耀烘炙，方能有一个新生的我。"[1]

"另一种人格的光和热"，是沈从文下半生对国家的爱，对文化的爱，对土地以及生活其上人民的爱。这是他生活和工作的全部动力。

后来，沈从文回忆在博物馆的日子：当时的我呢？天不亮即出门，在北新桥买个烤白薯暖手，坐电车到天安门时，门还不开，即坐下来看天空星月，开了门再进去。晚上回家，有时下雨，披个破麻袋。记得当时冬天比较冷，午门楼上穿堂风吹动，上面是不许烤火，在上面转来转去为人民服务，是要有较大耐心和持久热情的。

被时代的罡风吹裂，上半生是文学家，下半生是文物专家。最初转变身份，带来的阵痛难免。午门城下的沈从文，化身为文物守护专家，成为一个苍凉的历史身影。

> 关门时……独自站在午门城头上，看看暮色四合的北京城风景……明白我生命实完全的单独……因为明白生命的隔绝，理解之无可望……[2]

沈从文是如何一步一步转变的？理解了转变的过程，这苍凉的滋味更加萦绕不散。

---

[1] 沈从文.沈从文全集：第12卷 [M]. 太原：北岳文艺出版社，2009:27.

[2] 沈从文.沈从文全集：第19卷 [M]. 太原：北岳文艺出版社，2002:117—118.

思想改造
——挥汗如雨扫厕所

颐和园附近的西苑蝉声如沸，沈从文带着水桶、扫帚和拖把，钻进厕所。午后的阳光炽热，院子里悄无一人，唯有蝉声嘶力竭地歌唱。沈从文低着头，用力地又扫又拖，用水桶冲刷。厕所里呛人的气味，熏得人头晕，刺激性的气体往眼睛里钻。他的头上满是豆粒大的汗滴，汇在一起，蜿蜒流淌……

学员们躲在房间里，有的打扑克，有的下棋，有的睡觉，没有人知道沈从文挥汗如雨地打扫厕所。把厕所打扫得干干净净，他直起腰，看着清洁好的尿池，满意地笑了笑。此时，汗水已经湿透了他的短袖衬衫，紧紧地贴在后背上。

这是1950年夏天的一个午后。沈从文在华北人民革命大学学习，他利用节假日，默默地把厕所的十几个尿池打扫了。

1950年的4月，沈从文来到颐和园附近的西苑，成为华北人民革命大学政治研究院的学员。这里是政治学习、思想改造的场所。沈从文所在的班，学员主要是大学里的教授、系主任、院长、研究员和回国的留学生。每逢休息日，学员如八仙过海各显神通，唱歌跳舞扭秧歌，打牌下棋闲聊天。这样的群体生活，沈从文还是无法融入，他几乎没有娱乐活动。唯一的娱乐，就是钻进大学的食堂给炊事员帮帮忙、打打下手，有时与炊事员闲聊片刻。

也许，这是沈从文融入群众的一种方式；也许，这是一位曾经的作家保留下来的收集小说素材的习惯。事实上，沈从文的确以一位炊事员的经历，写了一篇短篇小说《老同志》。这篇小说还给丁玲看过，但没有发表。

1950 年 8 月 2 日，沈从文给萧离写信，谈到自己的学习生活。说自己政治理论水平低，测试在丙丁之间，和老少同学相比，事事都显得落后。在与群众打成一片的各种娱乐活动中，更是落伍，"毫无进步表现"。沈从文对革大出现的一些现象不理解，认为"学习既大部分时间都用到空谈上，所以学实践，别的事既作不了，也无可作，我就只有打扫打扫茅房尿池"。[1]

沈从文默默地做好事，打扫厕所之举，以班级的名义写了大字报通报表扬。老少学员对他投来各种各样的目光，沈从文自然懂得眼光里的含义。他心怀坦荡，微笑面对。

谁能想到，十六年后，"文革"初起之时，沈从文在历史博物馆被批斗，批斗之后发配他打扫厕所，不光让他打扫男厕所，也让他打扫女厕所。后来，沈从文微笑着对黄永玉说："这是造反派领导、革命小将对我的信任，虽然我政治上不可靠，但道德上可靠……"[2]

在革大，沈从文主动打扫厕所，是一种接受思想改造、向党靠拢的自觉，是个人的转变；在"文革"中被罚打扫厕所，则是黄钟毁弃、瓦釜雷鸣，这是一个时代的悲哀。

1985 年，有一位年轻的女记者采访沈从文，他谈到天天打扫厕所的那段经历，女记者同情他的遭遇，诚恳地说了句："沈老，您真是受苦受委屈了！"沈从文听了，顿时号啕大哭，泪如雨下，张兆和像哄小孩一样又是摩挲又是安慰，才让他安静下来。

---

[1] 沈从文 . 沈从文全集：第 19 卷 [M]. 太原：北岳文艺出版社，2002:71.

[2] 黄永玉 . 沈从文与我 [M]. 长沙：湖南美术出版社，2015:139.

回到 1950 年的夏天。革大放假，8 月 8 日，沈从文在中老胡同家中。这是一个雨天，雨过天晴，天空如汝窑瓷器呈淡青色。雨后的院子里，高大的向日葵被雨水洗后格外翠绿，巨大的叶片滴着晶莹的水滴。茑萝匍匐在窗前，早晨开出红色的五角星状小花，娇艳的红花与盎然的绿叶在雨后更加清新，细长如丝的叶尖挂着雨滴，晶莹剔透。院中的无花果叶片支棱着，叶柄上绿色的无花果很牢固，包含着半是青涩、半是甜蜜的梦。一个房间一个房间看去，沈从文觉得这熟悉的场景有点陌生，又有点亲切。空气中有薄荷叶散发的气味，混合着雨后植物的气息，被清凉的风送到房间。

沈从文的目光从窗外到窗内，看着房间里的家具，心中顿时生发出细密的感触，习惯使然，他坐在书桌前，拿起笔写下此刻的感受。

"每个房间窗口都有向日葵绿色的光影浸入，情景很离奇。这房子光景似乎和我已极熟习，因为有些家具是十八年前分别从各处买来的，有些又是三年前为这个房子需要特别找来的。每一件木器都和自己生活分不开，且为我保留了许多记忆，有些还极鲜明生动。" [1]

沈从文看了看窗外的一朵红茑萝，在风中荡秋千，他又写道："从这些大小家具还可重现一些消失于过去时间里的笑语，有色有香的生命。也还能重现一些天真稚气的梦，这种种，在一个普通生命中，都是不可少的，能够增加一个人生存的意义，肯定一个人的存在，也能够帮助一个人承受迎面而来的种种不幸的。可是这时节这一些东东西西，对于我竟如同毫不相干。" [2]

沈从文回头看到墙上唯一的圣母和被钉的耶稣，"痛苦和柔情如此调和又如此矛盾"，他的目光扫描书架上的书，低头写道："书架上那

[1][2] 沈从文 . 沈从文全集：第 19 卷 [M]. 太原：北岳文艺出版社，2002:73—74.

些书我都十分熟习，这时节也若和我全不相干。"[1]

《八月八日》，沈从文的所思所想留在日记里。他从革大抽身而出，还要返回，继续学习。

1950年12月，在革大毕业前，沈从文写了个人学习总结。毕业时，校长刘澜涛给沈从文发了毕业证书。当然，有个别人不仅没有拿到毕业证书，反而被公安局抓走了。就这样，沈从文"沉默归队"，成为人民中的一员。

"个人渺小"的沈从文，厕身历史博物馆一隅，活得很卑微。陈徒手的《午门城下的沈从文》中写了这样一件事：馆里明明有几间空闲的办公室，就是不给沈从文办公室。有同事向分管的某副馆长代为申请办公室，领导从嗓子深处发出"哼"的一声："沈从文，鸳鸯蝴蝶派！"就这样给拒绝了。

尽管如此，在个人待遇上，沈从文的心态还是很超脱的。在1952年工资定级时，主动要求降低自己的标准，不要高过馆中领导。

1953年3月，沈从文留下几则日记，可以看出他的无奈。3月31日，沈从文半夜没有睡，这天早晨"发热，胸部如刺。早起带虎虎去医院，夜里还是咳，仍勉强来办公"。沈从文对馆中有这样的认识，"有某种官僚主义精神的浸润滋长，工作不易改进"，沈从文告诫自己："少说或不说馆中问题。凡事秉承馆中首长——馆长，主任，组长……要做什么即做什么，实事求是做一小职员，一切会好得多。对人，对我，对事，都比较有益。"[2]

正当沈从文在历史博物馆中安心做小职员时，有关方面抛来橄榄枝，请他回到作家队伍中。他该如何选择呢？

---

[1] 沈从文. 沈从文全集：第19卷 [M]. 太原：北岳文艺出版社，2002:74—75.

[2] 沈从文. 沈从文全集：第19卷 [M]. 太原：北岳文艺出版社，2002:362.

归队邀请

—— 想要讴歌新时代

1953 年 3 月，沈从文一家搬到东堂子胡同，结束了租住民房的日子。东堂子胡同 51 号，这是历史博物馆的家属宿舍，沈从文住在后院靠东头的北房三间。这标志着历史博物馆真正接纳了沈从文。而沈从文除了做讲解员，抄写要展览的文物说明，也开始了文物的研究。

1953 年 7 月 26 日，《光明日报》刊发了沈从文的《明代织金锦问题》，这是他在 1949 年后发表的第一篇专业论文；《中国织金锦缎的历史发展》发表于《新建设》第 9 期；《新观察》的第 19 期上刊发了他的《中国古代陶瓷》。这些研究文物的论文发表，标志着他拥有了新的身份——文物研究专家。库房里的锦缎、织绣有着漂亮的图案；布满灰尘与蛛网的瓷器，坛坛罐罐擦拭干净后，造型与图纹皆呈现出和谐安宁的美。沈从文的生命时光在历代服饰的花朵上绽放，他的智慧和学识被历代坛坛罐罐储存。

他沉浸在文物研究之中，迎来好天气。

国庆节刚过，北京城里秋高气爽，充满了欢乐、祥和的气氛。天空高远湛蓝，白云柔软蓬松，微风轻拂着中南海的花木。

怀仁堂里笑语晏晏，毛泽东主席和周恩来总理等领导人接见十二位老作家，并与老作家们握手。

1953 年 9 月 23 日至 10 月 6 日，中国文学艺术工作者第二次代表大会（文代会）在北京召开，沈从文作为全国美协推选的代表参加了这次会议。10 月 4 日，毛泽东主席接见部分与会代表，文化部部长沈雁冰（茅盾）向毛泽东逐一介绍了参加会见的代表。

当沈雁冰介绍到沈从文时，毛泽东问了沈从文的年龄，听到 51 岁的回答后鼓励他：年纪还不老，再写几年小说吧……[1]

听了毛主席的话，沈从文的眼睛湿润了，党和国家领导人的接见与鼓励，化解了沈从文心底的委屈。从毛泽东说的这句话来看，他显然知道沈从文是写小说的，是否读过他的作品不清楚。

沈从文后来回忆说："这次大会经主席接见，一加勉慰，我不能自禁万分感激而眼湿……照我当时的理解，这对我过去全部工作，即无任何一个集子肯定意义，总也不会是完全否定意义。若完全否定，我就不至于重新得到许可出席为大会代表了，不至于再勉励我再写几年小说了……"[2]

在毛主席接见前一阵子，胡乔木来信，表示愿为沈从文重返文学创作岗位作出安排。沈从文收到来信，颇费思量，没有及时回信。

有学者认为，1956 年，沈从文进入了一段新的创作时期。新的一年，新气象。1956 年 1 月 10 日，沈从文作为特邀代表被增选为政协委员。一度被视为"落后分子"的沈从文，也有了政治地位。1 月 30 日，他步入了参政议政的殿堂，参加了中国人民政治协商会议第二届全国委员会第二次会议，并在会上做了发言，2 月 9 日的《人民日报》全文刊发了《沈从文的发言》。沈从文在发言中谈道：

> 六年以来，从一件一件事情看去，并参加了一系列的社会改革运动，我才日益明白过去认识上的错误。正因为解放，才把帝国主

[1] 吴世勇. 沈从文年谱 [M]. 天津：天津人民出版社，2006:358.

[2] 沈从文. 沈从文全集：第 27 卷 [M]. 太原：北岳文艺出版社，2002:249.

义在中国百余年的恶势力连根拔去，才加快结束了蒋介石的独裁政权，全体农民才从封建地主压迫下翻过身来，才有今天全国农业合作化高潮和全国私营工商业的社会主义改造高潮的来临。……

……中国共产党和毛主席就这样领导中国人民把中国历史带入一个光耀辉煌的道路上去。我相信了共产党。我一定要好好地向优秀党员看齐，加强学习马克思列宁主义和毛主席的著作，联系业务实践，并且用郭沫若院长报告中提起的三省吾身的方法，经常检查自己，努力做一个毛泽东时代的新知识分子，把学到的一切有用知识，全部贡献给国家。如果体力许可，还要努力恢复我荒废已久的笔，来讴歌赞美新的时代、新的国家和新的人民。[1]

"把学到的一切有用知识，全部贡献给国家"，这是沈从文甘坐冷板凳研究文物的动力。"如果体力许可，还要努力恢复我荒废已久的笔，来讴歌赞美新的时代、新的国家和新的人民。"这句话，则是对毛泽东、胡乔木关心和鼓励的一种表态。

沈从文的一系列转变，历史博物馆的书记张文教看在眼里。大约在1953年前后，他专门找沈从文谈话："老沈，我把你介绍入党，你有条件，你政治上没问题，这是上头有过交代的。"[2]

其实，早在中华人民共和国成立初期，沈从文就有机会加入中国共产党。当时，友人丁西林和张奚若就曾动员他申请加入共产党。

最终他是以"无党派民主人士"的身份成为全国政协委员的。

1956年5月，毛泽东主席在最高国务会议上提出，在文艺和学术研究中实行"百花齐放，百家争鸣"的方针。主管文艺界的周扬催促中

---

[1] 沈从文 . 沈从文全集：第 14 卷 [M]. 太原：北岳文艺出版社，2002:406—407.

[2] 王亚蓉 . 沈从文晚年口述 [M]. 西安：陕西师范大学出版社，2003:182.

国作家协会各刊物的负责人，要多请搁笔多年的老作家写稿。1957 年 2 月 17 日，周扬对《人民文学》的主编严文井说："你们要去看看沈从文。沈从文如出来，会惊动海内外。这是你们组稿的一个胜利！"[1]

严文井早在 20 世纪 30 年代，就在沈从文主编的《大公报》副刊发表过最初的作品，跟沈从文私交不错，这时欣然从命，很快与《人民文学》编辑部主任李清泉一起去看望了沈从文。

面对热情的约稿，沈从文写了一篇短小的散文《跑龙套》，发表于《人民文学》1957 年 7 月"革新特大号"，在本期散文的头条位置。在短文中，如实地写了他自己在新中国成立后的心态以及当时的处境：

> 近年来，社会上各处都把"专家"名称特别提出，表示尊重。知识多，责任多，值得尊重。我为避免滥竽充数的误会，常自称是个"跑龙套"角色。我欢喜这个名分，除略带自嘲，还感到它庄严的一面。因为循名求实，新的国家有许多部门许多事情，属于特殊技术性的，固然要靠专家才能解决。可是此外还有更多近于杂务的事情，还待跑龙套的人去热心参与才可望把工作推进或改善。一个跑龙套角色，他的待遇远不如专家，他的工作却可能比专家还麻烦些、沉重些。[2]

把自己定位为"跑龙套"的角色，可以看出沈从文的低调。他从事的文物杂项的研究，以低调、隐忍的姿态完成，他一向谦逊地自称"我始终是一个不及格的说明员"。

这篇刊登在《人民文学》"革新特大号"上的散文让国内关注文艺

---

[1] 涂光群. 中国三代作家纪实 [M]. 北京：中国文联出版公司，1995:273.

[2] 沈从文. 沈从文全集：第 14 卷 [M]. 太原：北岳文艺出版社，2002:410.

的读者眼前一亮。曾饱受批评的沈从文、周作人、穆旦、汪静之等沉寂多年的老作家们一起亮相，登上《人民文学》的"革新特大号"这个舞台，在"大鸣大放"的节骨眼上，引起海内外的强烈关注。

然而，1957年的早春太短暂。很快，反右运动像夏天的雷雨，突然降临。风向变化太快，"革新特大号"被认定为"毒草专号"，一些在文艺界占据要津者（冯雪峰）和一些作者（穆旦）被划为右派。

反右运动以雷霆万钧之势，席卷全国。反右高潮时，沈从文来到了青岛……

来青休养
——小说讽刺打扑克

1957 年 3 月的一天，沈从文撰写的创作计划摆在中国作协领导的办公桌上。这份 1957 年的创作计划，是中国作协请沈从文提交的。

沈从文提到正在构思的两部中篇小说：一部是以张兆和的堂兄革命烈士张鼎和（张璋）的事迹为原型；一部是以四川内江糖房为背景，此为 1951 年沈从文到内江参加土改时收集到的素材。

虽然有创作计划，但沈从文的文物研究工作紧锣密鼓地开始了。1957 年 4 月 12 日，沈从文离开北京，踏上了出差的旅程。他赴南京、苏州、上海、杭州等地考察丝绸生产，参观各地博物馆，为筹建丝绸博物馆做调研。

8 月 4 日，沈从文离京赴青岛休养近一个月，准备写几篇小说，为回归作家队伍热身。沈从文的书信没有明确写出在青岛居住在什么地方。笔者从沈从文书信中透露出的信息推测，沈从文住在文登路上的文化部疗养院。文化部系统的高级干部、艺术部门的人在此疗养，徐悲鸿的太太廖静文带着两个孩子（一男一女，十二岁上下）在此，"一天尽在水中泡，各晒得乌黑"。[1]

在青岛，沈从文居住在一个小房间里，早晨五点起床写作，下笔如

---

[1] 沈从文 . 沈从文全集：第 20 卷 [M]. 太原：北岳文艺出版社，2002:186.

有神，头脑又恢复了写《月下小景》时的状态，做到了自己充分支配自己——写了一篇批评知识分子打扑克的短篇小说，张兆和建议他多练笔，而不发表。

1957 年 8 月 11 日，张兆和在给沈从文的信中说："拜读了你的小说，这文章我的意思暂时不拿出去。虽然说，文艺作品不一定每文必写重大题材，但专以反对玩扑克为主题写小说，实未免小题大做；何况扑克是不是危害性大到非反不可，尚待研究。即或不是在明辨大是大非运动中，发表这个作品，我觉得也还是要考虑考虑。"张兆和在写了如许反对发表的话之后，又给沈从文打气，鼓励他："我希望你能写出更好一些，更有分量的小说，因为许久不写了，好多人是期待、注意你的作品的，宁可多练笔，不要急于发表，免得排了版又要收回。我的看法是不是太主观，太武断，不切实际，请批评，请原谅，只是希望你不要因此气馁，你多写，你会写得好的。"[1]

张兆和在给沈从文的信中，有两种身份，一为《人民文学》的编辑，一为相知相伴经历时代变故的妻子。从张兆和的话中，我们可知她用心良苦。

沈从文为何写一篇讽刺知识分子打扑克的短篇小说？这源自他对打扑克的反感由来已久。1931 年至 1933 年，沈从文在青岛大学执教，大学内有"酒中八仙"之称谓，杨振声、闻一多、梁实秋、方令孺等人每逢周末猜拳饮酒，每到这个时候，沈从文总是躲得远远的，他反感，写了一篇《八骏图》的讽刺小说。在昆明，西南联合大学时期，多数教授以打桥牌作为消遣，沈从文也是从不参与，在文章中，他将战时的这种风气视为堕落。

1957 年，沈从文在青岛休养期间，逛中山公园，看到有人打扑克，他将目睹之场景，在 1957 年 8 月 25 日的信中向张兆和汇报：

---

[1] 沈从文 . 沈从文全集：第 20 卷 [M]. 太原：北岳文艺出版社，2009:183.

有个什么机关游玩队伍约二十来人，选好有风背阳地方后，就玩起麻将来，计两桌另加一扑克队，男女嘻哈，玩得蛮有精神，使得其他来玩的人想坐坐也无地方。过去玩牌多躲着在亭子间搞，大热天住上海弄堂房子的，本身是流氓，因此不怕警察干涉，就搬到路旁玩，究竟还是少数。现在这公园中也有人租牌赌钱的，浴场边换衣处也有牌出租，报上叫禁止，没有办到。公园中玩扑克的可到处有的是，我觉得还是反映一种不大好的趋势。[1]

针对打扑克的风气，沈从文提出了一个建议："书店正卖廉价书，有不少好书，有百把元就可有大几百本书可以供人阅读，如有个读书车子在公园荫凉处，一定会可以把扑克减少，扭转成看书风气。"[2]

这个建议，可以看作一个无不良嗜好的知识分子理想化的愿望。

在青岛，海滨已无当年的清净，"海岸边每天总有大几千游人，和煮饺子一般泡在水里"。故地重游，熟悉的朋友多已烟消云散，"公园中银杏树当时眼看到栽种，现在已高大荫人"，真有"树犹如此，人何以堪"之感。

8月25日晚，沈从文到山东大学，赴萧涤非家宴。萧涤非、黄兼芬夫妇热情款待沈从文。沈与萧20世纪30年代在青岛和昆明西南联大都是同事，沈从文的两个儿子沈龙朱、沈虎雏与萧涤非长子萧光照在昆明时是发小。沈从文写给张兆和的家书中，写了萧光照："昨到萧家吃了顿晚饭，已看到了小光照，和虎虎同型而略小，多了副眼镜，大学一年级生，学船舶修理，将来工作和生活，大致将长远在江边海边了。是从大连回来的。如再见到龙虎，大致通不认识了。"[3]

沈从文家书中提到的萧光照，已经考入大连海运学院。放暑假，

[1][2] 沈从文.沈从文全集：第20卷[M].太原：北岳文艺出版社，2002:204.

[3] 沈从文.沈从文全集：第20卷[M].太原：北岳文艺出版社，2002:206.

正好在家。

之后，沈又与萧前去看望老友赵太侔。赵太侔两任山东大学校长，是旧时代的风流人物，但 1949 年之后，不能担任校长这种重要职位。"头已全白，独自住在学校宿舍里，房子中倒收拾得比其他讲究得多，在教点英文，人倒胖胖的和丁差不多。他的儿子在东北养病还不能教书，比废名（处境）还坏。也真糟，年纪轻轻的却这么不幸！"[1]

"人倒胖胖的和丁差不多"，"丁"指丁西林，抗战胜利后任山大物理系主任。赵太侔在东北生病的儿子，指的是在东北人民大学执教的赵西陆[2]。

沈从文这次到山东大学，1957 年 8 月 27 日写了一封致山东大学负责人的信函，信中建议历史系建立文物资料室："去年从文在济南参观省博物馆时，和王献唐先生谈及，也深深感于新的文物研究工作，配合不上社会需要。把希望寄托在山东大学历史系新同学。"筹划中的文物资料室文物从何而来，沈从文在信中有计划："山大条件比许多学校条件还好一些，因为这个资料室如能成立，省博物馆调借文物，相当方便，青岛市文管会文物，更加容易拨调。另外一方面，也可直接去函历史博物馆，或请高教部商文化部，商借一些文物。并委托历史博物馆那方面购买、复制一些文物补充。"[3]

从后来"文革"中沈从文写的材料来看，他帮助好几所大学成立了文物资料室，其中有山东大学。看来，这件事在他的热心之下促成了。

---

[1] 沈从文. 沈从文全集：第 20 卷 [M]. 太原：北岳文艺出版社，2002:208.

[2] 赵西陆是赵太侔与原配夫人所生长子，先后在西南联大、北京大学执教。1952 年，全国高等院校大调整，北大中文系的杨振声、冯文炳（废名）、刘禹昌、赵西陆，被调往当时的东北人民大学任教。赵西陆后任吉林大学中文系主任，兼任古典文学教研室主任，著有《世说新语校释》，1987 年病逝于长春。赵西陆的女儿赵实曾任中国文联党组成员、副主席、书记处书记。

[3] 沈从文. 沈从文全集：第 20 卷 [M]. 太原：北岳文艺出版社，2002:210—211.

旧时代的文学家，在新时代搞文物，沈从文在两者之间有过摇摆，是很自然的。他在青岛写给大哥沈云麓的信中，可以看出他放弃文学心有不甘："可惜的还是写短篇的能力，一失去，想找回来，不容易。大哥，只有我们自己可以说，这真是国家损失。……我还得努力来把一切失去的力量找回来，好多为国家做些事情。"[1]

---

[1] 沈从文 . 沈从文全集：第 20 卷 [M]. 太原：北岳文艺出版社，2009:197.

旧作被焚
——枯木也有逢春时

1953 年的一天，沈从文接到开明书店的来信。他打开信看完，颓然地坐在书桌前，一阵风吹来，他看着那一张薄薄的信纸，从书桌滑落，飘飘悠悠，落在地上。信纸落地时，像蝴蝶的羽翼一样，扇动了两下，安静了。沈从文望着地上的信，内心百感交集……

这是一封焚毁沈从文著作的通知书，一纸信函承托不住沈从文内心的哀痛。

开明书店与青年出版社合并，改组为中国青年出版社。沈从文接到开明书店的通知：新中国成立前出版的《沈从文著作集》中各书因内容过时，凡已印未印各书稿及纸型，均代为焚毁。开明书店作为一家很有影响力的出版社，出版了诸多新文学作家的经典著作，它的消亡竟然以焚毁沈从文的著作而落幕。

1954 年 1 月 25 日，沈从文复"道愚"信。在信中袒露心声，开明书店通知焚毁他作品对精神上的打击："本意写作还有益于人，有益于国家，才把它在一个极长而寂寞的学习中支持下来。……到书店正式通知我说书已全部烧去，才明白用笔已完全失去应有意义。……在床上躺着听悲多汶（贝多芬），很觉为生命悲悯。可惜得很，那么好的精力，那么爱生命的爱人生的心，那么得用的笔，在不可想象中完了。

不要难过。生命总是这样的。我已尽了我能爱这个国家的一切力量。"[1]

这生命的哀伤、巨大的打击，对一位作家来说，刻骨铭心，没齿难忘。二十多年后想起，仍无法释怀。1980 年，美国的大学里，兴起研究沈从文的文化热潮，他的著作被翻译成多种语言，在海外既受到普通读者的欢迎，还受到学院派的青睐。这种历史的落差，更让沈从文唏嘘。1980 年 6 月 15 日，他给美国普林斯顿大学葛斯德东方图书馆馆长孙康宜的信中，谈到开明书店焚毁书稿旧事："过去所有作品，五三年就已得承印开明书店正式通知：'所有拟印各书稿（已印出十本），业已过时，全部代为焚毁，包括纸型在内。'"当年的打击仍在心头，到底意难平，也写到台湾地区的决定："另外一方面，则台湾，也同样用明令把各书烧毁，纸型在内。还加上一句'永远禁止在台湾发表任何作品'。"[2]

印好的著作化为灰，化为还魂纸（纸浆），对一个作家来说，是世间最残酷的事情。但是，作品一旦诞生，就像大地下的根，具有了顽强的生命力，野火过后，春天降临，又是一片葳蕤。沈从文的著作出版，等待着一个时机。

20 世纪 50 年代，风向飘忽不定。沈从文作品也有枯木逢春之时。

1957 年，人民文学出版社决定出版《沈从文小说选集》。他选集题记中说过这样一句话："我和我的读者，都共同将近老去了……"[3] 这句话淡淡道来，却有一种浓重的伤感。这篇短短的序言（选集题记），沈从文反复琢磨，可谓字斟句酌。

---

[1] 沈从文 . 沈从文全集：第 19 卷 [M]. 太原：北岳文艺出版社，2002:379,381.

[2] 沈从文 . 沈从文全集：第 26 卷 [M]. 太原：北岳文艺出版社，2002:95.

[3] 笔者特意在旧书网买了一本《沈从文小说选集》，很遗憾，不是 1957 年的初版本，而是 1982 年的再版本。1957 年初版印数为 24000，1982 年再版印数为 21000。自序（选集题记）中的这句话，在黄永玉的《沈从文与我》一书中，这样表述："我和我的读者都行将老去。"这句话似乎更有力量，广为流传。

题记中有这样几句："……我既然预备从事写作，就抓住手中的笔，不问个人成败得失，来作下去吧。'德不孤，必有邻'，于是就凭这点简单的信念，当真那么作下来了。"

1957 年 8 月 20 日，沈从文在青岛给张兆和写信，信写完了，他忽然想起，写了两段：

> 选集序，我想如果不发表，就不用好。书中那篇，如来得及我也想抽去，我怕麻烦。
>
> 如已用，似得把你说的"德不孤，必有邻"删去。[1]

经历了大风大浪，沈从文对自己的作品，再也没有写《湘行散记》时的自信，他变得谨小慎微，恐怕引起什么"麻烦"。

在青岛休养时，沈从文给张兆和的家书（1957 年 8 月 26 日）中，提到这本书稿费的用途。他打算拿出四五百元捐赠给家乡凤凰的小学，资助家乡的教育事业。因为张兆和的爸爸张冀牖毁家纾难办乐益女中，再加上沈从文的大哥热心当地公益事业，他有捐资助学的行动。他颇有感慨地说："将来如有钱，还是得学你爸爸，办法还是正确的，你们种种也还是得到爸爸好处。许多对人民有益的事，要从看不见处去做，才真是尽心，从种种好的方面来学做一个后备党员，也是对的。做人和写文章一样，得不断地改，总会改好的。"[2]

1957 年 11 月，当沈从文拿到《沈从文小说选集》样书，他摩挲着书的封面，眼睛里流露出怜惜的神情。11 月 20 日，在给大哥沈云麓的信中，自然谈到这本具有独特意义的新书。感慨自己写了这么多年小说，

---

[1] 沈从文 . 沈从文全集：第 20 卷 [M]. 太原：北岳文艺出版社，2002:192.

[2] 沈从文 . 沈从文全集：第 20 卷 [M]. 太原：北岳文艺出版社，2002:207.

"却和做梦一样竟和本业离开来搞文物"。只此一句感慨，让人喟叹：一个人无法割舍自己的前世。没有前世，哪有今生！这本书的出版，似乎又激荡起沈从文写作的热情。在信中，他展望："我还能写大作品，但得用我自己方法。和学习什么一样，如只照目下有些人方法，什么也不能写好的！"[1]

"还能写大作品"，却迟迟没有动笔写；有几次回归作家队伍的机会（也有调到故宫博物院的机会），但依然坚守在历史博物馆研究员的岗位。沈从文为何不肯回归作家队伍。其实，他已经认识到，他的风景画的白描写法与"抽象的抒情"的写作风格，与新时代注重现实功能、偏重叙事的文学类型不能相融。

早在1952年，沈从文在四川内江参加土地改革时，就已经意识到这个根本性的问题。他读《史记》时，写阅读札记："年表诸书说的是事功，可掌握材料完成；而列传写人，需要作者生命中'即必由痛苦方能成熟积聚的情——这个情即深入的体会、深至的爱，以及透过事功以上的理解与认识'。"事功可学，而有情不可学。《老同志》《财主宋人瑞和他的儿子》就是尝试学习"事功"的产物，《老同志》修改了七八遍，也没有发表。这篇小说有很多政治化的东西，失去了沈从文之前小说的灵性。主题先行，脸谱画像，小说有点僵硬。与其处于"有情"与"事功"的夹缝之中，还不如安心在历史博物馆研究文物，他已经闯出文物研究的路子——多看实物，典籍文献与地下出土文物相结合。

纵观沈从文的20世纪50年代，个人与时代的冲突，"思"与"信"的冲突，"有情"与"事功"的冲突，未能忘情文学创作的"写"与"不写"的冲突，若隐若现，贯穿他的这十年。

---

[1] 沈从文.沈从文全集：第20卷[M].太原：北岳文艺出版社，2002:224.

第七章　创作和休养

——生命印染青岛蓝

种子落地

——仍想创作新长篇

　　1960 年 1 月 2 日，沈从文致信大哥沈云麓，谈到新年的创作计划。"请一年创作假，来完成个四嫂一家（以张鼎和烈士事迹为题材）的长篇小说。如批准，即可过宣化、合肥以至昆明各处走几个月，再用半年来用笔。"[1]

　　新年伊始，这个创作计划是个大的框架，就像一粒种子在心中萌芽，开始生长。十几天后，这个计划生长出枝叶。

　　1 月 18 日，沈从文致信沈云麓。沈从文谈了自己的创作计划，已经有了清晰的轮廓："初步估计将去宣化住二月，合肥住二月，如便利，且有可能要到（湘西土家族苗族）自治州住十天半月，再上贵州昆明，共用二月时间，即回北京着手写个长篇……是用张家四哥鼎和一生革命，到廿四年牺牲后，一家老小逃亡，抗战时终于到了昆明，鼎和女儿又在学运中活动，复员后又去上海参加学运，随后即逃往解放区，现在在龙烟钢铁公司党委会工作。因为第一代背景是合肥大地主家庭，到第二代背景是昆明一亲戚非常腐败的家庭，和当时昆明社会，学生，这种种，我多相当熟习……所以如果那么写下去，大致年终当可将廿

---

[1] 沈从文 . 沈从文全集：第 20 卷 [M]. 太原：北岳文艺出版社，2002:368.

五万字初稿完成。"[1]

沈从文要写的这部长篇小说，写家国变迁，写大时代中从大家庭走出来的儿女的个人选择。"计划分三部分，各写十万字，分别写大地主家庭腐败、分解和大革命后种种。"这是一部宏大的家族史，也是一幅波澜壮阔的投身革命浪潮的革命者的心灵史。创作难度高，沈从文也有一些顾虑："搁笔究竟已十年，体力又时有好坏，目下对写作要求又不同往年可以放手从个人认识问题写去，毫无任何抽象拘束，现在主要是用纪传体写革命，实不大好写。"[2]

"本领有限，工具已旧，现在人们乐意要一点浪漫夸张叙述法，我就不会。"

他也担心，写出来，也不会有多少读者，"绝不会如老舍那样成功，是可以预料的"。

尽管顾虑重重，沈从文还是踏上收集素材的旅途。6月25日，他离开北京前往宣化，下午2点到达。沈从文此次到宣化，主要是为创作以张鼎和烈士事迹为题材的长篇小说搜集材料。

6月30日，沈从文在宣化致信沈云麓。信中，沈从文感慨道："一生只想写短篇小说，竟中途而止，未能充分使用生命到上面去。……十年因工作改变，却几乎完全失去了。"[3]

从给大哥沈云麓的几封信来看，沈从文患得患失，对在新的时代写长篇小说，有畏难情绪。他也知道，他最擅长写短篇小说。可是，原来的小说技法似乎已经不能适应新时代。所以，在坚守文物研究本职工作与回归写小说之间，他有些摇摆，当然，也有被时代分裂的两种身份的撕裂感。这是他心底的悲哀。尽管如此，这年9月，他开工

---

[1][2] 沈从文 . 沈从文全集：第 20 卷 [M]. 太原：北岳文艺出版社，2002:374.

[3] 沈从文 . 沈从文全集：第 20 卷 [M]. 太原：北岳文艺出版社，2002:431—432.

写作以张鼎和及其女儿革命生涯为原型的长篇纪传体小说。完成了其中的一节。

这一年，沈从文写小说的念头很强烈，如晚潮来急，虽然他在文物研究方面的工作已经进行了十年。也是在这一年，他第一次谈到自己编著中国服装史的计划，这部浩大而系统的工程，成为沈从文下半生的职志。1960 年、1961 年，时常提上日程的小说创作，其实都是沈从文业余的工作。

1961 年 1 月 5 日，沈从文因高血压和心脏病住进阜外医院，工作停止了，久违的阅读开始了。他读了列夫·托尔斯泰的《战争与和平》《安娜·卡列尼娜》，读高尔基的作品。他边读边写阅读札记。放下书，躺在床上，他的脑海中又冒出来一个创作计划：可以写写抗战期间家乡子弟兵的事迹，写一本有历史价值的小说。

1 月下旬，在给张兆和的信中，沈从文谈了自己看完《安娜·卡列尼娜》后的看法："这本书有好处也有一定弱点。写事，笔明朗，如赛马、猎鸟、农事收获，及简单景物描写，都很好。至于写人，写情感变化，有些过细，不大自然，带做作处，似深而并不怎么扎实，乍看好，较仔细看，即觉得不十分好。"并谈到与屠格涅夫比较，屠格涅夫的作品，"写人分析较少，让人从谈话中见性格，见思想，方法上还是有长处，比托时时用解释方法分析情感，倒是屠的方法比较自然"。认为看这些 19 世纪作品能引起自己一种信心，即照这种方法写，可以写得出相当或者还稍好些的作品。然而"难的是如何得到一种较从容自由的心情，来组织故事，进行写作。难的是有一个写作环境"。[1]

沈从文的文学创作，受屠格涅夫和契诃夫的影响大。沈从文最

---

[1] 沈从文 . 沈从文全集：第 21 卷 [M]. 太原：北岳文艺出版社，2009:14.

喜欢的俄国作家是契诃夫[1]，两人气质相近，都在短篇小说中对各种小人物怀揣着悲悯和善意。沈从文有一个文学梦想，成为中国的契诃夫。

1961年1月下旬，在给张兆和的信中，沈从文还认为当时国内的短篇小说都写得不好，作家"都不会写，不会安排故事，不会对话，不会写人"。[2]认为特写散文和诗歌等也不好。

在张家口的汪曾祺[3]，听说恩师沈从文病了，写信探疾。2月2日，沈从文在病房回复汪曾祺信。信中写道："近来看了些文学书，血压也下降了些，不免静极思动，心想还可能写个十来本本什么玩意儿的。真近于古人所说'跛者不忘履'，还简直不忘飞奔！并不是想和什么年青人争纪录，那是不必要的。也无意和'语言艺术大师'老舍争地位（那是无可望的天才工作），只幻想如果还有自己可以支配的时间，假定说，此后还可活过几年，照我的老办法，呆头呆脑来用契诃夫作个假对象，竞赛下去，也许还会写个十来本本的……可是万一有个什么人，在刊物上寻章摘句，以为这是什么'修正主义'，如此或如彼的一说，我还是招架不住，也可说不费吹灰之力，一切努力，即等于白费。想到这一点，重新动笔的勇气，不免就消失一半！"[4]

沈从文表示，这些年来自己什么都不写，正是把写作看得过于认真的结果。师生之间，意气相投，志趣相投。在信中聊天，坦诚、随意。

---

[1]1932年，沈从文第一次到苏州张兆和家做客，所带礼物中，就有英译《契诃夫小说选集》。他希望张兆和成为一个翻译家。这个愿望未能实现，这套书却转送给了汝龙，成为汝龙翻译契诃夫的底本。

[2] 沈从文. 沈从文全集：第21卷 [M]. 太原：北岳文艺出版社，2009:15.

[3] 汪曾祺1958年被补划为右派，下放张家口沙岭子农业科学研究所劳动。

[4] 沈从文. 沈从文全集：第21卷 [M]. 太原：北岳文艺出版社，2009:21—22.

沈从文的这封信，催化了汪曾祺的创作[1]。

沈从文给汪曾祺的信，还谈到自己 1949 年后的遭遇，沈从文写道："记得在过去若干年前谈到写作问题时，我即主张万壑争流、争成就，不在寻章摘句方式上找问题，彼此消耗……当时没有人相信。……我希望有些人不要骂我。不相信，还是要骂……于是骂倒了。真的倒了。但是究竟是谁的损失？"[2]

时隔十年，沈从文谈起被迫搁笔，到底意难平。也可能文艺界意识到沈从文转行是中国文坛的损失，动员他复出的建议屡次出现。

1961 年 5 月 27 日，沈从文复信沈云麓："又最近闻周扬说，还是让我写小说，也许不久还是要把搁下十年的旧业，重新再抓起来。如先得将拟写的长篇完成，我想有可能去青岛写半年。"[3]

那个碧海之中的青色岛屿，等待沈从文第三次登临。

---

[1] 汪曾祺接到沈师的来信时，他正在画《中国马铃薯图谱》，这年冬天，他创作了《羊舍一夕》，邮寄给恩师沈从文和师母张兆和。1954 年开始，张兆和任《人民文学》编辑。经张兆和推荐，这篇小说得以在《人民文学》发表。

[2] 沈从文 . 沈从文全集：第 21 卷 [M]. 太原：北岳文艺出版社，2009:24.

[3] 沈从文 . 沈从文全集：第 21 卷 [M]. 太原：北岳文艺出版社，2009:52.

海滨追忆
—— 城中过尽无穷事

据陈徒手《午门城下的沈从文》一文可知，1961年6月底，沈从文来青岛休养，并进行长篇小说创作，是中宣部和中国作协的安排。经陈翔鹤向周扬请示，同意给沈从文创作假。由中国作协出面，"向历史博物馆领导和齐燕铭同志为他请准了创作假"。

最初安排他到成都进行休养和创作。"但是，作协六月二十三日突然致电沙汀，告知领导又重新安排沈从文到青岛休息"。不知是哪位领导善解人意的安排，把沈从文的休养和创作地改到青岛。看来这位领导懂沈从文，也了解他。这种"懂"与"了解"，包含了对沈从文的一种尊重和关怀。

1961年6月27日，沈从文致信中国作协副秘书长张僖，主动提出自己承担车费：

> 这次承作协同志费神为安排去青岛休息种种便利，实在感谢！关于车费，希望自己花合理一些，不必要公家破费，望你能够同意，免得我住下情绪上反而成为一种担负，也失去了组织上让我休息之原来好意！国家正在事事讲节约，我们也能从小处做起，从本身做起，我觉得是应当的。务请将我应出车费收下，免得住在那边心不

安定。[1]

从这封信，可以看出沈从文的性格，淡泊名利，他对钱看得很淡。他对文物事业看得很重。1959 年，因沈从文在历史博物馆工作表现受到肯定，给他发年终奖金。收到奖金后，沈从文致信馆长并把钱退回历史博物馆。他表示："不应当受奖，所以还给公家，少笔开支。或不可能再由公家收回，就请你为设法处理一下，或捐献给公家，或补贴十分需要经济补助同志，……"[2]

6 月 28 日，沈从文乘坐火车来到青岛。显然，中国作协已经给青岛市文化局和青岛市文联发了公函。青岛市文化局工作人员吴克柔[3]、市文联工作人员孔琳[4]接待了他，并将其安排住在中山路 2 号青岛市人民委员会交际处招待所。这是一栋德占青岛时期的建筑，楼的墙面为淡黄色。沈从文住在二楼三号房间。这栋楼对面就是中山路 1 号——中苏友好协会。

6 月 30 日，沈从文给大哥沈云麓的信中汇报住的地方和地理环境："地方在市区大街附近，也靠海，一出去即到了栈桥。算是青岛一般市民所必到地方，去海滨浴场远些，交通只一条线，不甚方便。"[5]

沈从文第一次来到青岛，是 1931 年 8 月初。已经过去了三十年，

[1] 沈从文 . 沈从文全集：第 21 卷 [M]. 太原：北岳文艺出版社，2002:63.

[2] 沈从文 . 沈从文全集：第 20 卷 [M]. 太原：北岳文艺出版社，2002:363.

[3] 沈从文致张僖信中提到的名字有误，应为吴克宾，时任青岛市文化局副局长。

[4] 沈从文致张僖信中提到的名字有误，应为孔林。青岛市文联副秘书长、副主席，《海鸥》杂志社主编。

[5] 沈从文 . 沈从文全集：第 21 卷 [M]. 太原：北岳文艺出版社，2002:64.

"凡事陌生"。"当时一年级同学已任校长[1]，同事多早成古人，只闻一多住处改成'一多楼'，留个故事而已，其实本地人已不知闻一多是什么人。我或者已成知道卅年前校中事最多一位！"[2]

7月10日，沈从文来到大学路，重游原山东大学。山大已于1958年搬迁到济南，鱼山路校园新成立了山东海洋学院。山大的故人去了济南，只有赵太侔还在青岛。沈从文在家书中称赵太侔为"老约翰"，留在青岛养老，在山东海洋学院教点英文。三十年前，校园中的法国梧桐还没有现在这样高大、粗壮。绿荫中的红楼犹在，只是故人烟消云散。

在大学校园里，沈从文看了当年的教学楼，图书馆。在图书馆门口，沈从文伫立片刻，他似乎看到当年的三三从门口走了出来，脸上笑意盈盈。法国梧桐茂密的绿荫中，洒下斑驳的阳光，有风停憩在树冠上，风醒来，地下光影晃动。三三就这样来到他的跟前……

记忆呈现，有时如当下的幻觉。放了暑假，校园里已经人不多。几位年轻的学子在人行道与他擦肩而过，没有人知道他是谁。

沈从文缓缓步行，来到福山路3号，他停下来，向门口望去，有军人出入。老楼仍然如旧时模样，已经带有岁月的痕迹。往事涌上心头，"山大文学院同事，连同一次暑期班从北大清华邀来的短期讲学许多熟人，或住到这小楼上，或常到这小楼来谈天……"

周围还是那样静，福山路另一侧的红楼，沿着福山路高高低低，错

---

[1] 指杨希文（1910—1991），原名杨翼心，山东金乡人。1931年考入国立青岛大学教育系，所以，沈信中说他是"一年级同学"。1931年11月30日，"反日救国会"在青岛大学大礼堂举行大会，杨希文、魏少钊为学生领袖，组织学生罢课南下，抗日请愿。杨希文因领导学潮被国立青岛大学除名。1932年秋，入江苏省立教育学院，专攻民众教育和职业教育。1937年，抗日战争全面爆发后，参加抗日救亡运动。1945年，抗日战争胜利后，任山东省人民政府委员、教育厅厅长。1956年，任山东大学副校长。1961年，山大的校长是成仿吾。

[2] 沈从文. 沈从文全集：第21卷[M]. 太原：北岳文艺出版社，2002:64.

落有致。有的房间窗口飘出钢琴声。他凝视谛听了一会，听出是《卡门》前奏曲。他又看到珍珠梅，一簇簇白色的花序，是轻柔的茂密，就像绒绒的一片白雪，映衬在绿叶间，随着微风轻摇出往事的风情。刹那间，他内心百感交集。他放眼望去，福山路3号附近还是一片明绿。"一片不同层次的明绿逼近眼底：近处是树木，稍远是大海，更远是天云，几几乎全是绿色。"[1]

他像三十年前一样，沿着原来的路，走向中山公园。"公园中加拿大种小叶杨正长日翻动着小小银白叶片，到处有剑兰，一簇簇白花，从浓绿剑形叶片中耸起，棣棠花小而黄，更加显得十分妩媚亲人。"[2]

沿着记忆交叉的小径，沈从文在中山公园附近漫游。"园林管理处正在计划开辟儿条新路供游人散步，准备夹路分别栽种不同花木幼苗，计有海棠、紫薇、银杏、蜡梅、木槿、迎春、紫藤……新掘好的土坑充满了一种泥土和腐叶混合的香味。"[3]

眼前的景色与记忆中的场景交织在一起，"银杏路的银杏早已变成大树，有几条较小行人路，花木都交枝连荫，如同长长的绿色甬道。又有些树木且因为枝干过老生虫，管园人正在砍伐供薪炊用"。[4]

汇泉海水浴场，"那个皇冠式屋顶的音乐亭，也再听不到白俄餐馆乐队演奏柴可夫斯基舞曲了。日本妇人的木屐和粉脸也绝了踪"。[5]

沈从文转了一圈，乘车返回中山路。还有一天，他信步溜达到中山路上的一家旧书店，他在里面翻翻看看，消磨了一个小时的时光。书店里的老掌柜卖了几十年旧书，沈从文和他攀谈起来，他欣喜地发现这位老掌柜还记得20世纪30年代的岛城旧事："知道宋春舫曾经有一楼关于戏剧书籍，如何由聚而散，以及闻一多在山大作文学院长买

---

[1][2][3][4] 沈从文 . 沈从文全集：第 27 卷 [M]. 太原：北岳文艺出版社，2009:533.

[5] 沈从文 . 沈从文全集：第 27 卷 [M]. 太原：北岳文艺出版社，2009:535.

书。"当年宋春舫在福山路上的褐木庐藏书楼，成为岛上文人和国内戏剧家神往的地方。梁实秋有专门的文章写褐木庐，胡适来青岛，也曾到褐木庐参观、流连。李健吾来青岛，专程到褐木庐一睹宋春舫收藏的国外精装的西文戏剧书。闻一多是国立青岛大学图书委员会的委员，为校图书馆购书是其职责。闻一多在青岛期间，为买书事，与山东省图书馆馆长王献唐有交往[1]。

两人谈起书人旧事，不胜唏嘘。20 世纪 30 年代的文人，因大学云集。如今，大学也搬走了。三十年，青岛已经换了人间。因宋春舫（1938 年病逝于青岛）、闻一多（1946 年"民主斗士"喋血西仓坡）都已成古人！杨振声校长在北京病逝，也已经去世五年。

三十年来，城中过尽无穷事，栈桥不改旧时波。沈从文散步到栈桥，站在回澜阁。他仔细观察了回澜阁的建筑样式，"主要建筑是参考唐宋人所绘的蓬莱仙境图样作成的"。[2]

他凭栏观海，"面前一碧无际早晚相对的大海"，是旧相识，是一个涵容广大、包罗万象、十分相熟的老朋友。

这次在青岛，沈从文还去了一趟崂山。"崂山太清宫遇见一个六十三岁的老法师，还记得起好些有关青岛德日前后占领时代人民遭受苦难的事情，和康有为、傅增湘、杨振声等游人的姓名。"[3]

沈从文在青岛住了一个多月，计划中的长篇小说（长故事），没有动笔写。8 月 4 日，在离开青岛的前一天，他写信给大哥沈云麓，谈到对青岛的感情，以及其在自己写作生涯中的作用：

---

[1]1932 年 3 月 21 日，王献唐到国立青岛大学访赵太侔、闻一多、黄淬伯，中午四人在顺兴楼午餐。此前，王献唐来大学访杨振声和闻一多，闻一多外出。

[2] 沈从文. 沈从文全集：第 27 卷 [M]. 太原：北岳文艺出版社，2009:564—565.

[3] 沈从文. 沈从文全集：第 27 卷 [M]. 太原：北岳文艺出版社，2009:533.

这里气候极好，海边总是有凉风，因此在太阳下也过得去。初来时心还常痛，近一阵子好了。卅年前我住了将近三年，一生精力最旺盛，写文章最多而好，是在这里那一段时间。工作重人不感到重，大致和气候有关。[1]

卅年前在青岛不到三年我似乎即写了五六本书，而廿三年到廿六年一段在北京又印了四本书，基本上也是和青岛时储备精力分不开的。[2]

当年如此高产，现在是什么情况呢？也谈到在青岛没有完成长篇小说的原因："现在能一年写个十万八万字中篇，和一本短篇，已很不错。短篇息手已十二年，真是长期停工现象，特别是像我这种大量生产多产的作家。事实上不是懒惰，是重点转用到万千种文物上来了。"[3]

夫人张兆和对此的解释是："一九六一年热闹，他想写，但是框框太多，一碰到具体怎样写，他就不行了。没有多大把握，写了也写不好。"

这次来青岛，他想借青岛的大海和水云，赋予他文学创作的灵感。即使在青岛，他也无法突破自己的宿命。既然不能独立写作，"首先想到政治效果，教育效果，道德效果"，再加上被一些评论家吓怕了，心有余悸，左思右想，还不如不写。他借了一些有关青岛的书读，写了一篇两万四千多字的《青岛游记》，没有发表。

在这篇文章中，沈从文写到了德日对青岛的侵占，写到了1949年之后青岛发生的翻天覆地的变化和新气象。有对海的抒情，也有对青

---

[1] 沈从文. 沈从文全集：第 21 卷 [M]. 太原：北岳文艺出版社，2002:80.

[2][3] 沈从文. 沈从文全集：第 21 卷 [M]. 太原：北岳文艺出版社，2002:81.

岛风景名胜的介绍。文章介绍了青岛的政治、经济、文化、历史、地理，囊括工农商学兵，可谓一篇青岛指南，也是研究青岛一份重要的历史文献：

> 我到了青岛，和卅年前初来时情形一样，青岛依旧绿而静。微风吹拂中面前大海在微微荡动，焦红山石间大片绿树也在微微荡动，一切给我的印象依旧是绿而静……青岛发展更经过近半世纪中华民族由酣然沉睡到觉醒奋起反帝斗争艰苦历史的全程。青岛的变化是迅速而剧烈的，青岛动荡的幅度比中国任何一个都市其实都大得多。我想且先从个人对于这里自然景物所体会到部分写下去，看看这个绿而静的海滨山岛，给我的究竟是些什么。[1]

青岛带给沈从文的尽在这篇雄文之中了。这篇浸透了沈从文感情色彩的游记，是这次休养的成果之一。沈从文在青岛名为休养，但也完成了很多工作。

---

[1] 沈从文.沈从文全集：第 27 卷 [M]. 太原：北岳文艺出版社，2009:532.

考察绣厂

——生命印染青岛蓝

沈从文这次在青岛，还有一个重要任务，考察青岛的绣厂、印染厂、丝绸厂。青岛是纺织业城市，以"上青天"闻名国内外。沈从文研究中国服饰史，考察丝绸、织绣、印染的现代生产。工艺是现代的，但一些传统的技术仍然在发挥作用，而纺织物的图案，更是从传统中来。

沈从文在参观、考察青岛的绣厂、印染厂、丝绸厂的过程中，由于走进了四方、沧口等工业区，对青岛市容市貌有了更深刻的体会和观感。1961 年 7 月 10 日，沈从文在给大哥沈云麓的信中写道："这里大约因为天气好，无灰尘，人都穿得特别干净，整齐，孩子们也光溜溜的，还不曾见到一个生疱生疮。除工厂区，全市都静静的。"[1]

在《青岛游记》中，他写道："从中部住宅区和商业区看市容看人，则有一种景象格外显著突出，即街道异常清洁，市民职工身上穿得格外整齐，仿佛准备做客一样。"[2]

沈从文看青岛市民的穿衣打扮，一方面是研究中国服饰史的热情延伸，一方面是对布匹、服饰工艺美术的关注。"青岛是国内一个重要纺织工业区，不仅棉纺生产数字相当大，花布印染工艺水平，在国内也极

---

[1] 沈从文 . 沈从文全集：第 21 卷 [M]. 太原：北岳文艺出版社，2002:69—70.

[2] 沈从文 . 沈从文全集：第 27 卷 [M]. 太原：北岳文艺出版社，2009:559.

著名，因此本市妇女穿的衣服，花色格外鲜明。"[1]

在青岛，沈从文看了青岛生产的地毯，对此印象深刻："青岛本来不生产地毯，解放前不过六七个工人在古董商人控制下进行点修复工作，解放后生产数字已到国内第 × 位。青岛外销较早的麻布绣花餐巾台布，是手工艺日用品中一种加工复杂的生产，向丹麦、瑞典、英、比行销，年达三万大套还继续脱销，如人力来得及，过几年可能到十万大关。"[2]

1961 年 7 月 14 日，沈从文从青岛致信在北京家中的沈朝慧[3]："你可把红碗画下。这工作不能稍松，既不大费体力，宜多画。有几个荷包、锦缎也可画出来。我还写个信给王家树先生，请他借几个碗来画，那些碗是上次为那个小个儿崔毅选的。有极好看的！到这里参观印花布厂，才知道正需要这种图案作花布。如能学涂色，将来即可为他们画花布，也可送过上海去投稿。"[4]

同一封信里沈从文还对沈朝慧提及："（黄）永玉处我送过他几册日本人印的庭院花卉册子，全是彩色，可以借回来看看，增长知识极多。都是写生花，可以试用作花布设计。目下最需要的即是小花，二三色，以省料明朗活泼为理想，这里有机会看了许多多。同时还看到，长大到四五丈的花布机旁，许多廿来岁年青女孩子在工作，庄严感人得很。在工厂设计，一般多感到资料见得少，无可奈何。你有机会学绘画，底子

[1] 沈从文 . 沈从文全集：第 27 卷 [M]. 太原：北岳文艺出版社，2009:559.

[2] 沈从文 . 沈从文全集：第 27 卷 [M]. 太原：北岳文艺出版社，2009:559—560.

[3] 沈从文弟弟沈荃的女儿。沈荃黄埔军校毕业，全面抗战爆发后，在湖南等地与日军血战。1949 年，沈荃随陈渠珍起义。1951 年，在镇反运动中沈荃被枪决。1983 年获得平反。1961 年沈朝慧被沈从文接到北京家中养病。沈从文视之为己出，当女儿抚养。沈朝慧与中央美术学院教师刘焕章结婚，刘后来成为著名雕塑家。

[4] 沈从文 . 沈从文全集：第 21 卷 [M]. 太原：北岳文艺出版社，2002:71.

越打得扎实，将来即可望为国家多做许多事。"[1]

此前，沈从文在给大哥沈云麓的信中还提到，沈朝慧在北京家中养病，一切都好，并且在坚持画画，准备报考美术院校。只是高烧仍不退，沈从文希望能带她到青岛海边好好养病。

在考察青岛纺织、织绣的过程中，沈从文借阅了一些相关书籍，他关注山东蚕丝和丝绸的生产史。在《青岛游记》中有详细的记录：

> 山东出产的柞蚕茧绸，是历史上齐国一个传统产品，目下生产蚕丝大部分，也在这里加工外销。山东绣最早应数到范子《计然》一书中提起的"齐绸绣文"，当时生产经济价值即极高，反映工艺水平也必十分先进。到近四百年来明代山东线绣，故宫博物院还留下部分作品，组织壮美，布色华丽，在刺绣中别具一格，艺术水平实不下于苏绣、湘绣或广绣。[2]

在考察青岛的机绣后，沈从文在灯下写出了自己的见解：

> 青岛机绣近于古绣一个分支，本属新起品种，在布上加工专做生活日用品，本来只供内销，不出省境。近年组成机绣生产合作社，却大量生产外销日用品，组织上千人生产，总还是供不应求。这部门生产无疑还要加速发展，值得艺术家注意关心！因为工艺美术不单纯停顿到手工制作赏玩品上，走向机化和日用普及方向，无疑是种健康正常发展的趋势。由于兄弟友好国家人民对于中国的爱，对

---

[1] 沈从文. 沈从文全集：第21卷 [M]. 太原：北岳文艺出版社，2002:72—73.

[2] 沈从文. 沈从文全集：第27卷 [M]. 太原：北岳文艺出版社，2009:560.

于中国工业品的尊重和爱好，它的发展更是必然的。[1]

夜深了，栈桥附近的涛声隐约可闻。关了书灯，沈从文望了一眼窗外，中山路上一片静悄悄，海风带着大海的气息，扑进窗。孤独的路灯发散着橘黄色的光芒。

他躺在床上，脑海里呈现一幅又一幅的传统织染绣的锦绣画卷。织锦、印染、刺绣是中国古老的手工艺，生产出绚丽多彩的丝织品，古代劳动人民的创造，在丝绸之路上闪耀，在衣冠王国绵延流传。经纬交织，印染装点，以针线代笔墨绣画，织就中华丝绸文化的华彩，绘就锦绣中华的瑰丽。沈从文从故宫看到的古代服饰，在历史博物馆经手的古代织物，最近在青岛看到的机绣工艺品，汇成一条流动的河流，在他的身体里奔涌。

沈从文从事古代服饰研究，也注重与生产相结合。他考虑青岛的机绣，"如何使得这种生产品图案花纹更富于民族民间艺术特有的气魄和情调，更见出人民艺术的智慧和巧思，却值得进一步加强提高设计能力"，"让它送到世界各国得到更多的好评"，青岛的机绣，"将比苏绣湘绣更有广阔的前景！"[2]

在青岛休养的三十多天，沈从文还校对了一册数十万字的《中国陶瓷》，景德镇编写的。

1961 年 8 月 5 日，沈从文离开青岛，返回北京。在离开青岛前一天，青岛文联的两位同志陪同沈从文游览青岛前海。沈从文在《青岛游记》中写道："我有机会得市文联于、曾二同志陪同看了看青岛重要市容，特别感谢曾同志指点六十年前旧青岛面貌种种。例如天后宫后黄县路的村落位置，和太平路渔村时代景象，得到许多一般书中没有的感性

---

[1][2] 沈从文 . 沈从文全集：第 27 卷 [M]. 太原：北岳文艺出版社，2009:560.

知识。"[1]

先有天后宫，后有青岛城。太平路上的天后宫，是青岛历史的根脉。从沈从文的记录来看，曾同志给沈从文介绍了青岛村的位置和历史。

开往北京的火车缓缓离开青岛站。沈从文向青岛的大海这位老朋友告别，他在《青岛游记》中明确地说，"这次也可说正是为要再看看这个大海"而来，和青岛的大海"温习过去，叙述当前，商量明天"。[2]

沈从文对青岛的感情可谓深情似海。1931 至 1933 年，青岛的大海把沈从文的生命时光染蓝。大海深深地影响了沈从文：

> 我看了三年海，印象总括说来实简单之至，海同样是绿而静。但是它对于我一生的影响，好像十分抽象却又极其现实，即或不能说是根本思想，至少是长远感情。它教育我并启发我一种做人素朴不改和童心永在的生存态度，并让我在和它对面时，从长期沉默里有机会能够充分消化融解过去种种书本知识、社会经验和生命理想，用一种明确素朴的文字重新加以组织排比，转移重现到纸上来，成为种种不同完整美丽的形式，不仅保存了一部分个人生命的青春幻想和一生所经所遇千百种平常人爱恶哀乐思想情感的式样，也从而影响到异时异地其他一部分青年生活的取舍，形成我个人近三十年和社会发展在某种意义上为特殊密切，在某种意义上又相当疏远的关系。我一生读书消化力最强、工作最勤奋、想象力最丰富、创造

---

[1] 沈从文 . 沈从文全集：第 27 卷 [M]. 太原：北岳文艺出版社，2002:561.

[2] 沈从文 . 沈从文全集：第 27 卷 [M]. 太原：北岳文艺出版社，2002:533.

力最旺盛，也即是在青岛海边这三年。[1]

再见，青岛！再见，栈桥！再见，太平角的水云！再见，崂山的仙境！

念念不忘，必有回响。一年后，沈从文将第四次来到青岛，这次，他会揭开心灵深处最隐秘的一角。一位风姿绰约的女神，在一树怒放的白玉兰下，与沈从文邂逅……

[1] 沈从文 . 沈从文全集：第 27 卷 [M]. 太原：北岳文艺出版社，2009:534.

第八章　仙境与秘境

——白玉兰花引考释

江西之旅
——白头作诗诗兴浓

建设新山村——干部下放四周年

井冈天下胜，佳名久著闻，
天险黄羊盖，圣地大井村。
烟云呈仙境，竹木蔚萧森，
未闻骑白鹿，还歌二羊擒。

仿佛闻鼓角，叙旧余老成。

星星燎原火，燃红天上云。

山区重建设，倏尔四经年，
青春冶一炉，锻炼比金坚。

上下同辛苦，建国立本根。

水石齐驯服，生产日以繁。

遗迹重恢复，同惊面貌新。

平地楼台起，灯火曜列星。

岁暮庆佳节，我幸兹登临。

妙舞拟仙蝶，清吹转凤音。

天下好儿女，同羡"井冈人"，
青春能预此，不负好青春！

回南昌途中

昔人在征途，岁暮百感生，
江天渺萧瑟，关河易阻行。
王粲赋登楼，杜甫咏北征，
食宿无所凭，入目尽酸心。
遥遥千载后，若接昔苦辛。

我幸生明时，千里一日程，
周道如砥矢，平稳感经营。
连村呈奇景，远山列画屏。
待渡赣江南，江水清且深，
群峰幻青碧，千帆俱崭新。
倏忽白云驰，比翼雁南征。
默诵王勃文，入目壮怀增。
……[1]

---

[1] 沈从文.沈从文全集：第15卷[M].太原：北岳文艺出版社，2002:258—260.

沈从文的这一组古体诗发表于 1962 年《人民文学》第二期。这一组古体诗的发表，让熟悉他的亲友感到新奇和佩服。沈从文在什么背景下开始写古体诗？他的这一组古体诗怎样发表的？

1961 年 11 月，中国作协应江西省领导邵式平之邀，安排沈从文、阮章竞、华山、周钢鸣、蔡天心、江帆、戈壁舟、安旗八人至赣参观、休养和创作。"这些作家来自不同的单位：沈从文任职于中国历史博物馆；阮章竞时为《诗刊》副主编；蔡天心是全国作协沈阳分会副主席，与江帆为夫妇；戈壁舟时任四川省文联党组副书记，安旗是其夫人；周钢鸣为全国作协广州分会副主席兼党组书记；华山乃新华总社记者。"[1]

沈从文打算在井冈山住下来，边体验生活边写作，写在青岛未动笔的以革命烈士张鼎和为原型的长篇小说。但计划没有变化快，沈从文的这次江西之旅也没有写成长篇小说。一是集体活动，没有写这类题材的氛围。二是旅行团中诗人多，大家相约写诗，于是，沈从文在大家的带动下，诗兴大发，创作了《匡庐诗草》等十几首古体诗。

沈从文自称"把四十年前向萧选老、文颐真学的作旧诗一套老本钱拿出来，不知不觉也就写了廿来首旧体诗"。"萧选老"是《从文自传》中爱吃狗肉的军法长萧官麟，字选卿[2]。"文颐真"是《从文自传》中出现过的秘书官。

1981 年 10 月 31 日，沈从文在给山东博物馆王家鼎的信中，详细谈

---

[1] 廖太燕.1961：沈从文等八作家的江西行 [N]. 中华读书报，2018-03-21(14).

[2] 军法长萧选卿问小师爷的名字，听到沈岳焕这个名字后，脱口而出："焕乎，其有文章！"出自《论语·泰伯》。他建议小师爷改叫沈崇文。于是，沈岳焕字崇文。他离开军队后，把"崇文"改为"从文"，有弃军从文之意。这真是名中注定：从文一生，一生从文。只有文章和功业，才能巍然而灿烂！从军时，沈从文凡称呼自己必说"老子"，秘书官文颐真听后对沈说："小师爷，你人还那么一点点大，一说话也老子长老子短！"沈答："老子不管，这是老子的自由。"随即着着文和气的样子，又害羞起来："这是说来玩的，不损害谁。"文颐真曾留学日本，他的行李箱中装有一个乾坤。沈从文第一次读到《辞源》，订阅《申报》，由此，眼界大开。

到在江西如何写起了古体诗。

沈从文戏言，这些古体诗是一个"名记者"（华山）用打趣的方式，以"一言为定"迫胁情形中逼出的。旅行团的一位朋友拉沈从文同玩，但他不会打扑克，也不会跳舞，"开玩笑约同来写诗，并约好，不论是谁先作了诗，另外一人必须奉和"。沈从文笑着与华山击掌，答应写诗。沈从文记得很清楚，这些诗是用了一个破碗，倒了些蓝墨水，写在一个旧式的红格子账本上。

这次长达四个月的江西旅行参观，大家其乐融融。沈从文在旅途中酝酿情绪，把所见所闻写入诗中。他自嘲说："白头学作诗，温旧实歌今。"由于大家相处愉快，他还为旅行团的诗人写了古体诗，《戏赠戈壁舟同志》《赠安旗同志》《赠阮章竞同志》，这三首诗发表在 1962 年 3 月10 日的《光明日报》。

这次在江西的参观、访问，激活了沈从文沉睡的诗心。可以理解为长期被压抑的文学才情，以古体诗的形式抒写。

1962 年 1 月 5 日，沈从文在南昌观看完排演的《西厢记》，给张兆和写信，心中跳跃的诗情，如一江春水涌动，流淌在家书中："出奇的也许还是一颗心竟还像卅年前的情形，总是一面十分天真地来迎接一切新事物，一面却看什么总充满一种奇异感，外面印象一到心中搅成一团，仿佛即在有所孕育，情形完全和卅年前我们去崂山北九水玩时差不多。也和我回沅陵时一个人在船上过年差不多。不论什么外缘人事景物，一浸到这颗永远青春的心上，即蕴蓄了一种诗意，只待机会成形……也许应说是'你的好处'所发生的影响？细想虽是还不尽是。只能说是生命的一种总和。"[1]

张兆和阅读沈从文邮寄来的古体诗，一种新鲜的感觉从江西革命老

[1] 沈从文 . 沈从文全集：第 21 卷 [M]. 太原：北岳文艺出版社，2002:130—131.

区吹来，混合着泥土和花朵的气息，带着江西深厚的人文底蕴以及红色的革命文化的热情，让她耳目一新。

1962 年 1 月 12 日，张兆和复沈从文信。张兆和在信中谈及沈从文所寄的旧体诗："诗写得很不错，白尘同志觉得惊异，连我也没想到。编辑部准备发，除《史镜》篇外，准备全部发表。"陈白尘担任中国作家协会秘书长、《人民文学》副主编。1960 年当选为中国作家协会书记处书记。他读了沈从文的古体诗，也是暗暗称奇。

张兆和在信中告诉沈从文，《人民文学》编辑郝芬和《红旗》编辑浩然亦向他约稿，希望发表他所写的散文。"全家都为你高兴，问题不在目前写出多少首诗多少篇文，主要的是心胸开阔，情绪饱满兴致高，这对你身体有好处，也是重新拿起笔来写出更多好文章的开始。"[1]

自称所写的古体诗是"打油诗"，这是沈从文的谦虚。当他看到《人民文学》发表的古体诗后，真情流露，他对张兆和说："若是别人写的，发表在贵刊上，我说不定还要加以称赞称赞，以为编者还有眼力！"黄永玉称许这些诗在用意结体上合魏晋法度，颇有价值。

1962 年，沈从文江西诗草系列组诗发表在《人民文学》，创作古体诗的热情高涨，灵感如同多年地下积蓄的泉水，在这一年喷涌而出。如果说《匡庐诗草》是一个序曲，6 月下旬，沈从文在青岛创作了《白玉兰花引》，这首古体诗是他 1949 年之后文学作品中的一个顶峰，营造了一个白云缭绕、雄奇瑰丽的仙境……

---

[1] 沈从文 . 沈从文全集：第 21 卷 [M]. 太原：北岳文艺出版社，2002:146.

公园忆往
——沧海明月一滴泪

　　1962 年的春天，沈从文的心被春水涌动的诗兴浸润。在江西参观考察的古体诗发表后，给诸多好友带来惊喜与新奇，也有好友指出诗作"还有感情"，但政治色彩过于浓郁，与时下流行的诗文并无太大区别，缺少了他的文学作品中"固有的幻异抒情特征"。

　　在从江西返回北京的途中，沈从文意识到这一组古体诗少了他文笔中的灵动。文气充沛，却失之灵动，略有僵硬之感。他想在这个水平上有大的突破，内心中隐秘的一角，被神秘的手无意撩开，往事如同崂山的云海一样升腾，把他笼罩。此后的日子，每当夜深人静、万籁俱寂，一个形象在他的脑海中愈加清晰。人生中的遗憾，崂山古白玉兰树下的邂逅，青春年华的错过……种种复杂而微妙的情感，柔软的情感包围着一粒砂，孕育着一颗光滑细腻的珍珠。

　　崂山上的往事，就应该在青岛写出来。1962 年 6 月下旬，沈从文悄然一人，来到青岛。这次来青岛，应是自费，专门写这首诗。

　　故地重游，人海之中，没有人知道这位白发老者是谁。他住在黄海路 4 号青岛疗养院，距离汇泉海水浴场近，离中山公园也不远。这次到青岛，有高血压休养的因素，"希望从含碘较多的海风中吹吹，稍稍减轻心脏和脑中压力"。他没有沿着海边散步两三个小时，而是几乎天天到中山公园走走。公园里，樱花大道是主路，玉兰路、海棠路、丁香路花径幽深曲折，走累了，就在公园的长椅上休憩，看着陌生的游人来来往往。

草坪一侧，有旋转木马不知疲倦地巡游。孩子们嬉戏的笑声，让沈从文觉得颇有趣味，也让他有点伤感，时间啊时间！"如茵草坪侧，木马转不停，童稚转盛年，盛年转成尘。"

"日月走双丸，倏忽三十春。"坐在公园的长椅上，沈从文闭上眼睛，就看到青年时的自己向此时的自己走来。

1931年8月，沈从文结缘青岛。福山路3号住处临近中山公园，他刚到青岛，这个城市的一切都深深地吸引他。有一次，沈从文写作累了，到中山公园散步。那时，中山公园的正门还在今天的延安一路上。他看到两个花匠在公园忙忙碌碌。公园里刚刚开辟了几条花径，他们在路两旁挖坑，移栽花木，填土灌溉。沈从文饶有兴致地观看，趁两个老花匠休息时，聊了起来。当花匠得知他是刚来国立青岛大学的教书先生时，他们对这个年轻人很亲切，热情地讲起这个公园的历史，最初是德国人建的植物试验场。两位老花匠对公园的一花一木了如指掌，如数家珍。

聊完中山公园，一位老花匠指着远处信号山南麓的德国总督官邸说："看，德国总督的住宅。仿照德国皇宫的样子，花费了五年的时间建造，一个古堡式样的大别墅，院子里花木多。"德国总督官邸造型之典雅，装饰之豪华，轮廓线条之优美，色彩之瑰丽，两个老花匠无法用语言来描述。沈从文看着他们用手比画着，唾沫星子乱飞地讲，觉得挺好玩。

在德国总督官邸（1949年前，青岛老百姓称为德国提督楼，之后称为迎宾馆）院子栽花、种树，亲眼看到"每个房间都依据某某世纪布置，一切用具各不相同"。

两个老花匠打开了话匣子。德国人准备长远占据青岛，建成他们的"海外省"（海外模仿殖民地），好景不长，第一次世界大战，日本鬼子打了进来。两位老花匠被日本人拉去，在贮水山下营造的日本"神社"

种花。青岛老百姓把"神社"称为"日本大庙"。过了几年，中国把青岛收回来了，虽然赔给日本不少银两，但这漂亮的城市是咱们自己的了。这时候，他俩在公园种花已经快十年了……

坐在长椅上的沈从文睁开眼睛，两个老花匠不见了。眼前是当年他们栽种的花木成林，"上枝曳荫，不见天日"。沈从文抬头望着公园里的花木，葳蕤一片。沈从文起身，又在公园里漫步。前面山坡上的蔷薇连成一片，粉色的、红色的、黄色的蔷薇绚烂繁复，风把蔷薇馥郁的芬芳吹得很远，似乎连天上的白云也浸润成香甜的味道。

来到小西湖，出水芙蓉绽放，白色的、粉色的荷花亭亭玉立。有几只蜻蜓在小西湖上空盘旋，有的停留在初绽的荷花上扇动翅膀，在清风中保持着平衡。荷花的香气带着蒲草的气息，把沈从文包围。黄昏悄悄降临，水汽氤氲，烟云弥漫，公园里的花木在柔和的光线之中静默，仿佛期待月光的洗礼。

沈从文回望公园中几株高大的法国梧桐，这是德国人栽植的，成为园中巨树。高大的树冠中落了一群喜鹊，喳喳地叫着，它们似乎遇到了什么兴奋的事情，有掩饰不住的喜悦，兴高采烈地分享。高耸入云的法国梧桐身披夕阳的光辉，一半明亮，一半阴暗。远处的树丛中，一只孤独的夜莺开始歌唱，婉转悠扬。近处小西湖附近的一株榉树上，传来微弱的蝉鸣。

独坐黄昏，沈从文在湖畔的长椅上坐了下来，谛听公园里发出的细密的各种声息。闭上眼睛，国立青岛大学同仁杨振声、闻一多的音容浮现在眼前，忽然，云雾弥漫，杨闻二人被升腾的云雾淹没。云端有一位美丽端庄的女子，宛如拉斐尔笔下的圣母，出现在沈从文眼前，只见她缓缓降落，伫立在一株高大的白玉兰树下，树上万千白色的繁花怒放，树下落花盈寸，如一张白玉兰花瓣做的地毯……

再次睁开眼睛，所有的一切消失。沈从文的眼角滴落一滴泪，圆满过后的月亮升起来了，沧海明月一滴泪，为谁而流？

崂山仙境
—— 星光虹影或可证

　　大海上，月光潋滟荡波光。在汇泉湾澎湃的潮音之中，在窗外唧唧的虫声中，沈从文作《忆玉兰花》[1]。梦中飘落的玉兰花，轻盈落地，"诉说一颗灵魂在夜晚的重量"。

　　　　　夜半有虫频扰我，欲睡难作伏枕卧。
　　　　　引思深感生命奇，却忆海月车轮大。

　　《忆玉兰花》是一首七言歌行体长诗[2]，开篇即奠定了全诗的怀旧基调，也预示着诗歌中将出现一个雄奇、瑰丽的人间仙境，一段浪漫唯美的故事。

　　这首诗的第一节写实，三十年前的经历，沈从文与杨振声、闻一多等人在游崂山。这是一次逸兴遄飞的游览，而写诗则是一次奇妙的穿越。

---

[1] 又名《忆崂山》《白玉兰花引》。本书所引，采用《沈从文全集·补遗卷1》收录的版本，这个版本沈从文本人的注释最为详尽。{ 沈从文. 沈从文全集·补遗卷1[M]. 太原：北岳文艺出版社，2020:317—322.}

[2]《忆玉兰花》这个版本90行，《白玉兰花引》100行。以青岛为题材的古体长诗，在新文学作家中，前有俞平伯1937年作的五言《青岛纪游诗》，后有沈从文的七言《忆崂山》。

沈从文一行住在上清宫。"崂山上清宫《聊斋志异》提到的玉兰，还活得极有精神，花朵较小，树干得两人抱。"

崂山的名花当数绛雪耐冬。满树繁花，如同燃烧的云霞，从大雪纷飞的隆冬季节，一直开到次年五月上旬。每年四月，树下落花满地，令人不忍踩踏。白牡丹开花，硕大的洁白的花瓣，在月光下，娴静素雅。蒲留仙笔下的花仙为崂山增添了神秘的色彩。在出离尘世之地，在神仙洞窟，合该有故事发生。

从棋盘石远望崂顶主峰，"悬岩千丈如精铁"。上清宫中，一株古老的白玉兰仍然繁花满树，"玉兰花发十万朵"。

> 花落藉地铺银毡，谷中青鸟鸣一个。
> 如此清寂绝尘凡，触事会心证道果。

这样的铺垫，奇景开辟鸿蒙，打开一次奇遇。

> 白云蓬蓬海上来，双鹿云车瞬息过。
> 中有帝子拟天人，大石磐磐邀同坐。
> 秀眉明胪巧盼睐，绿发茸茸草梳裹。
> 白鹄宛转延素颈，翠羽明挡故消随。
> 来不言兮去不辞，微笑低鬟心印可。

沈从文在诗中注释：白云洞奇景之一，即海云景象。先是水平如镜，能远及数十里外，小小白帆渔船也十分清楚。随即一小簇白云忽起，迅速扩大面，滚滚驰逐，一会会儿海面就全部封裹于白云中！

这样的人间仙境，沈从文遇到一位美如洛神的女子："来不言兮去不辞，微笑低鬟心印可。"偶然相逢，心有灵犀，擦肩而过，这之后，是莫名的惆怅："日月不停走双丸，如烟成尘永相左。海市蜃楼难重期，不如园中自种'人参果'。"惊鸿一瞥的短暂相逢后，沈从文专注于文学创作，在青岛两年出版了七本书，"为一生创作最旺盛期"。

错过之后，偶尔想起，想象另外一种可能："当时若稍进一步，一切即将大不相同矣。"1932 年暑假，在崂山古白玉兰树下，沈从文与某外文女教师邂逅，互相吸引，心生爱慕。此时，他持续写情书追求张兆和，还没有结果。

2002 年出版的《沈从文全集》收录的版本是《白玉兰花引》。沈从文自己对这首诗的注释比较简单。这首诗神奇迷离，在云雾缭绕之中，打破了仙界与人间的距离。沈从文与某外文女教师在古玉兰树下一起默契赏花，一起看云海日落，又在山顶大石上同坐，这个"女神"究竟是谁？云山雾罩，欲说还休，引起了学界的猜测，一些学者进行考证，试图破解谜团[1]。

2020 年出版的《沈从文全集·补遗卷第 1 卷》，收录的《忆玉兰花》这个版本，沈从文的注释详尽，自己把谜团揭开。"翩若惊鸿"的"洛神"是国立山东大学外文系新聘的讲师周铭洗。

这首融合了游仙与纪实、仙境与秘境、叙事与抒情的风怀诗，有屈原、宋玉、曹植的余风留韵，有李商隐《无题》一般的含蓄隐晦，也有曹雪芹《红楼梦》中的谜团和索引。

1962 年 6 月下旬，沈从文在青岛完成了初稿，后来，不断地进行修改，有多个版本。这个诗稿在"文革"中也遭遇了被抄家的命运。后又发还给主人。可以想见，沈从文面对发还的《白玉兰花引》诗稿，内心定会激荡起巨大的波澜。

1975 年，沈从文将此诗题写在黄永玉的《木兰花长卷》上。同年，臧克家索诗，沈从文又以此诗书赠。1930 年，臧克家考入国立青岛大学外文

---

[1] 周彦敏 . 解密《边城》背后的情感密码 [J]. 关东学刊，2020（3）:130—131.

系就读，后追随闻一多，改学中文系。沈从文与臧克家在青岛有两个学年的交集。两人同居京城，有师生情谊，又都写诗。沈从文认为他"可能是唯一在三二、三三年前后也上过崂山，还同样看过上清宫的古玉兰花的当时人"。沈从文在信中再三叮嘱臧克家："这种作品，本来不是为供多数不相干的陌生人'欣赏'而写的，所以盼望不必再费钱装裱，也不必随便给人看，因为属于个人抒情或叙事，都不适合当成'客室'以至于'书房'的装饰品，更不宜成为不相干人茶余饭后指指点点的玩意。"[1]

为了读者更好地理解这首诗，按照沈从文诗跋的说明，可以进入神秘的诗境。在这里结合沈从文的诗与跋，大致还原现实中游览崂山的经过。

1932年暑假，校长杨振声率领大学的教师们游览崂山。闻一多也在其中，所以诗中有这样两句："同看奇景五七人，闻才雄桀杨稳妥，豪情举杯能三续，兴来攀高足忘跋。"同去崂山的还有赵太侔、俞珊。赵太侔是诗中的"假洋人"，喜欢打扑克。俞珊就是诗中的"山鬼"，沈从文注释中提到的"演员"。当时赵太侔正在追求俞珊，所以有这样的诗句：

> 山鬼三五次第逢，木叶为衣心如裸。
> 时近清流濯素足，还摘山樱邀同嚼。
> 遥闻风音啭碧空，厌听山魈热亲"哦"。

同游的队伍中有十多位女教师职员。"有一个神情身材全如拉飞耳（拉斐尔）所绘圣母的外文系新近回国讲师，在教师欢迎会上知道姓周，会后又知道是×最小女儿，在京某天主堂中学毕业后，即去美在一旧教女子大学毕业，回国还只三个月。"周铭洗是诗人周大烈的女儿。

在白云洞巨大的岩石罅隙中，沈从文发现一丛丛野生的百合花。硕

---

[1] 沈从文. 沈从文全集：第24卷 [M]. 太原：北岳文艺出版社，2002:319—320.

大的花朵，橘黄色的花瓣微微翻卷，围拢长长的花蕊。崂山上生长的野百合，是德国人最早在小青岛上发现，德国的植物学家把这种百合带到西方植物学家的视野，这是一种新的品种，被命名为青岛百合（也叫崂山百合）。崂山百合在风中摇曳，清香袭人，别具风情。

"野花村酒难醉人，百合清芬颜易酡。"沈从文冒着危险，到十丈高悬崖下，采摘了一大把朱砂色崂山百合，正准备送给沉静的周铭洗，孰料，被俞珊抢走，送给了周铭洗。

沈从文与周铭洗一起在古玉兰树下赏花。周铭洗看花，沈从文看看花的人。两人都有一种吸引，但沈从文无法迈出那关键性的一步。他又与周铭洗同坐在大石头上观赏云海，两人还作了一番交谈。微笑，沉默。"我感觉这里似乎有一点青色火焰在什么人心中燃烧，而且在破坏原有在沉醉中的平静。"这"青色火焰"其实就是心旌摇荡。

结合沈从文的诗与跋来看，有一些矛盾的地方。

1932 年暑假，山大为了迎接新教师，校长组织游览崂山。校长杨振声已经辞职，赵太侔接任校长。因为学潮，闻一多被学生驱赶，7 月中旬，他和陈梦家一起离开青岛，游览泰山。"因雨留住灵岩寺三日"，一场酣畅淋漓的大雨，把烦恼一洗而空。闻一多下山后，就去了北平，8 月应聘清华大学中文系教授。

1932 年暑假，大学为迎接新教师游览崂山，不可能有杨振声和闻一多的身影。

查山大档案资料，周铭洗 1932 年秋天到校。也不可能参加暑假的崂山游。

1932 年暑假游览崂山，早已经过了白玉兰开花的时节。崂山深处的崂山百合一般在 6 月上旬和中旬开放。

当然，沈从文诗与跋中的这些矛盾，并不能消减这首诗的艺术性。小说与诗歌的创作，调动作者生活经验的总和，是人生经历的提炼与升华。生活中不可能发生的事情，发生在文学与艺术的殿堂之中。《忆玉兰花》诗中描述的场景，更多的是沈从文的想象，一种艺术的创造。

> 诗或音乐的形成，有时或来自虹影星光的一刹那间，只有爱能
> 扩大爱。
> 这种星光离人间极远，说不定却能支配某些人的一生，即因此
> 而产生世界上第一流的文学艺术！

《忆玉兰花》这首长诗，是沈从文"有情"文学的一个顶峰。冯友兰在《论风流》中指出，魏晋风流和名士风度，归结为玄心、洞见、妙赏、深情。"所谓妙赏，就是对于美的深切的感觉。"《忆玉兰花》，处处可见他对天地万物的妙赏、深情，"他的情与万物的情有一种共鸣"，"对于万物，都有一种深厚的同情"，"都是对于宇宙人生的情感"。

《忆玉兰花》将沈从文的前世今生贯通，将天地人神打通，有玄心超越自我，有洞见超越时代。深情是他赤子之心的真诚生发，精神气质的自然流露。

《忆玉兰花》这首长诗，是沈从文风景画的白描与抽象的抒情的完美结合，真切传神；是文学性灵与文物素养的共同华育，境深格高。

自沈从文在青岛创作此诗，他就没有想到发表。毕竟与时代格格不入，毕竟埋藏着他心底青春的秘密。他不想发表后给人以"粉红色作家"的口实。限于时代环境和心境[1]，沈从文故意留下很多谜团和线索，以待"解人"。

---

[1] "文革"期间，为《白玉兰花引》写跋时，不能不考虑到政治影响和自身的安全，所以忆及往事，含蓄又节制。诗中明确提到的两位杨振声闻一多，一个在1956年病逝，一个在1946年被暗杀，成为民主斗士。提到这个位，出于政治因素的考虑，是安全的。俞珊（山鬼，山魑）、赵太侔（假洋人）在"文革"中被迫害致死，与江青有很大关系。在跋和注释中曲折地提到俞珊的轨迹和命运。

1976 年，沈从文为诗写跋（四个版本），"七十进四，写毕时已夜深人静，不觉眼湿"。"人之有情，亦复可悯！"老年沈从文，想起周铭洗，一往情深。她是星光，她是虹影，她是沈从文心中隐秘的"洛神"。现实中的周铭洗，究竟是何人？

周氏铭洗
——秀眉明眸巧盼睐

"爸爸，快来看，我捉住一只蜻蜓！"

一位十二三岁的少女，在池塘边盛开的荷花上，捉到了一只休憩的绿蜻蜓。她开心地惊呼起来，用小手轻轻地捏着蜻蜓的翅膀，欢呼雀跃，一溜小跑，风一样闯进双清别墅，给父亲周大烈看，熊希龄和梁启超看着这个可爱的女孩，不禁微微一笑。

这一幕被在香山慈幼院图书馆做编辑的沈从文看到。他对这位少女的神态印象深刻。

这是 1925 年 8 月下旬的一个午后，沈从文看到的一幕。这个小女孩叫周铭洗，她是诗人周大烈的幼女。

湘潭周大烈（1862—1934），字印昆，别号夕红庵，又号十严居，名其居为乐三堂。周大烈出生于官宦世家，书香门第。周大烈 19 岁时便在当地教书，门生众多，颇有声望。

风云际会，周大烈与义宁陈氏三代都有深厚的交情。1894 年，陈宝箴任湖北布政使，迁居武昌。次年，周大烈被聘为教师，教陈宝箴之孙陈师曾诗文、书法。1903 年，周大烈在陈寅恪父亲陈三立创建的南京思益小学教国文、历史。这个学校培养的学生后来很多成为著名学者，如茅以升、陈寅恪、宗白华等。

1905 年，周大烈争取到湖南官费名额，东渡日本，就读于东京政治大学，曾拜访过同在日本的孙中山先生。1911 年辛亥革命成功后，周大烈以湖南省名额当选众议院议员。1917年，周大烈出任张家口税务署监督，看不惯曹锟贿选总统，愤而退职，隐居北京香山，以诗书自娱。著有《夕红簃诗集》8卷334首，另有《清故宫诗》100首存世。周大烈个性耿介，喜好交友，与清末民初名流多有交往。

周大烈共育七女。老六周俟松，字芝子，青年时代与邓颖超是天津直隶第一女师同学。周俟松1928年毕业于北京师范大学数学系，毕业后远赴武昌第一女子中学任教。早在1919年参加五四爱国运动时，周俟松便注意到了在游行队伍中的许地山。后来，两人在戏剧家熊佛西家中认识，就很有戏剧性了。一见倾心，一见如故，一见钟情，两人跌入爱河。周俟松不顾父亲周大烈的反对，与许地山自由恋爱，有情人终成眷属。两人的婚礼选在中山公园"来今雨轩"举行，由熊佛西、朱君允夫妇作介绍人和证婚人。婚礼上，学界名流云集，有蔡子民、陈援庵、田汉、周作人等。周俟松写日记，1929年5月1日那一栏中，写着"风和日朗我们于九时行婚礼"。

周铭洗是周大烈的七女。周铭洗和姐姐周俟松的求学经历基本一样。同考入天津直隶第一女师，同毕业于北京师范大学数学系。后去美国留学，获得教育硕士学位回国。最初任北京大学讲师。1932年秋，被聘为山东大学外文系讲师。

周铭洗是谁介绍被山大聘请，还是一个谜。根据北京学界的关系推测，应是许地山托杨振声聘请[1]，周铭洗来到青岛。

1932年的山大校报，在9月12日（农历八月十二）这一天，登载了一则《本校聘定各学系教授讲师助教》的短讯，在外文系的教师名单中，周铭洗名列其中。

---

[1] 许地山和杨振声同为新文学作家，同为燕京大学中文系教授。1928年至1930年，杨振声任清华大学教务长、中文系主任。许地山曾在清华大学兼职。许与杨交好。杨振声虽已辞职，但为继任校长赵太侔延揽人才，在情理上也讲得通。

1932 年《国立山东大学教职员调查表》显示：周铭洗，湖南湘潭；履历：北平师大毕业、美国圣德肋撒大学研究、北京大学讲师、外文系讲师；任职时间：民国二十一年九月。

周铭洗受聘为外国文学系讲师，讲授英文课程，外文系学生有印象。据外文系学生柳即吾的回忆："我是 1931 年考入这个学校，于 1935 年毕业的学生……当时的名教授和名讲师，外文系有水天同、李茂祥、戴丽琳（美国人）、陈逵、周铭洗、郑成坤、赵少侯、葛其婉（德国人）、孙方锡、邓初（兼校医室主任）。"[1]

周铭洗 9 月任职，应暑假就到校了。沈从文回忆 1932 年暑假，山大教师游览崂山。在古木森森的道观中，沈从文与周铭洗在古玉兰花树下偶遇，在云气缭绕的青峰的大石头上重逢。经过攀谈，终于确认北京香山双清别墅中的那个场景。因为有这样一段共同的记忆，两人关系似乎更加默契。

晚年沈从文回忆大石谈话的情景：

> 下面松林间却有一个女同事叫她，她不即作答，却回过头来，向我低低地说："谢谢你，把我带回到遗忘了多年的小时候旧事。你的作品我看过几本，是从燕大一个老同学在图书馆工作介绍的。写得很好。写乡村女孩子特别好，背景和极好的水彩画差不多。可没料想到，你就是在香山图书馆做事的那一个……我还依稀记得说你是熊伯伯的亲戚，可不曾找过他。到香山工作，还是梁伯伯介绍的！不想这十多年，你写了那么多好小说！"[2]

---

[1] 张洪刚. 梁实秋在山大 [M]. 济南：山东大学出版社，2017:220.

[2] 沈从文. 沈从文全集·补遗卷 1[M]. 太原：北岳文艺出版社，2020:319.

这段回忆，有小说家的文采。可以确定的是，两人互有好感，在游览人间仙境的情况下，互相吸引。但沈从文发乎情，止乎礼，并没有向前跨出突破性的一步。次年秋天，沈从文也离开了青岛，回到北平，协助杨振声编辑教科书。

沈从文离开了青岛，但周铭洗这个人，进入了他的精神世界。在沈从文眼中，周铭洗身材、神情，宛如拉斐尔笔下的圣母。明亮的大眼睛，乌黑发亮，如湖水般清澈，又如星辰般晶莹，明眸善睐，顾盼有情。即使现在的我们看到周铭洗年轻时的照片，也惊为天人！面容姣好，五官精致，有一种脱凡超俗的美。周铭洗经常一袭黑衫，沉静似水。难怪，沈从文说她有修女的气质。

香山双清别墅池塘边的蜻蜓，飞到崂山，落在满树灿然的白玉兰上，香山的白云飘到崂山，崂山大石上两人共同看到的云海，一直停泊在沈从文的心里。这样的奇遇，这样的女人，让沈从文魂牵梦萦，就像沈小说中的情节，发乎自然，出自人性。

周铭洗只在山大外文系任教一年。1933年秋，周铭洗辞去山大外文系讲师的教职，被青岛圣功女子中学 [1] 聘为校长。周铭洗在山大当讲师月薪100元，担任圣功女校的校长，月薪160元。

1934年，老舍从济南的齐鲁大学辞职，本想到上海当自由作家，到上海一看，当作家养活不了全家，于是，接过赵太侔校长的聘书，来到青岛的山东大学任教。

---

[1]1922年9月，天主教德籍神父维昌禄在德县路13号创办了私立圣功女子小学。1931年美国天主教圣方济各会与当局联系，获准开办女子中学，定名为"青岛私立圣功女子中学"。9月14日举行了第一次开学典礼。圣功女中第一任校长林倩英，第二任周铭洗。圣功女中的特色教育是英语、音乐、体育，优秀毕业生可直升北平辅仁大学、上海复旦大学，也有机会到美国留学。办学质量在国内颇有名气。茅盾托端木蕻良到青岛来考察中学，打算让女儿就读圣功女中，因全面抗战爆发，未果。1943年，王度庐任教于圣功女中，任初中一年级的国文老师，这段时间他创作的系列长篇武侠小说有：《宝剑金钗》《卧虎藏龙》《舞鹤鸣鸾记》《虞美人》等。1952年，圣功女中由青岛市人民政府接管，该校改名为"山东省青岛第七中学"。

老舍与许地山是好友。周铭洗通过姐姐周俟松姐夫许地山的关系，邀请老舍到圣功女校做演讲。1934年10月，老舍应周铭洗邀请赴青岛圣功中学作了题为《我的创作经验》的讲座。[1]他说："在我幼年时候，我自己并没发现，别人也没看出，我有点作文的本事。真的，为作不好文章而挨竹板子倒是不常遇到的事。"[2]

就这样，友谊之花绽放开来，在周铭洗九十寿辰之际，胡絜青还给她作画祝寿。

周铭洗当圣功女校校长，带来一系列新气象。

东海浩荡兮，泰山高耸，圣功介其中。

后枕山，前面海，景色优越无穷。

壮哉，丽哉，我圣功。

师生聚首兮，勤治与共（金冶玉攻），敬业尚艺其乐融融。

敦厚以崇礼，守道能饬躬，学舍飘扬洙泗风。

壮哉，丽哉，唯我圣功。

技艺充，学业隆，道德高，情感丰，师也生也意趣同，师也生也神志崇。

壮哉，丽哉，唯我圣功。

技艺充，学业隆，敦厚以崇礼，守道能饬躬，一切光荣属我圣功！[3]

---

[1] 老舍在圣功女子中学的演讲，张桂兴先生编撰的《老舍年谱（修订本）》（上）不见记载。1934年10月8日，老舍在青岛市立中学演讲《我的创作经验》。这个讲题在圣功女子中学也讲过一次。许地山先生夫人周俟松在给鲁海的信中说："老舍曾去圣功作报告，由周铭洗邀请。"

[2] 张桂兴.老舍年谱：上[M].上海：上海文艺出版社，2005:7.

[3] 许地山.青岛七中建校八十周年[J].[连续出版物题名不详]，2011：18.

这是周铭洗担任校长后，约请许地山为圣功女校写的校歌词。

虽然周铭洗为圣功女子中学挣足了面子，然而周铭洗任校长职时间不长，关于她的记载并不多。1936年，卸任校长后，她仍在圣功执教。据她的学生金心回忆："1945年，我考入青岛私立圣功女中。那时日本还没投降，及至开学时，这所由美国天主教于1931年开办的学校恢复了由修女管理的局面。教我们初一英语的就是周铭洗先生。那时她已是修女，我们称她周修女。"还有学生回忆，她还曾担任教务主任等职。[1]

1949年，周铭洗离开了青岛，后在美国继续从事教育工作。1996年，以92岁的高龄辞世，留给青岛一抹浅浅的微笑，留给学校一首文雅的校歌，留给学生难以忘怀的记忆。

值得一提的是，周铭洗终身未嫁。

沈从文在《忆白玉兰》一诗的注释中，提到周的命运："在学校（山大）不习惯，回到市里一个天主教女子中学做主任，不到卅岁便死去了。"显然不确。这是小说家的障眼法。

沈从文《忆白玉兰》和四个版本的跋故意留下很多矛盾，也留下了线索，让后人索引。

也许，他早就料到这篇诗作必将传世，以待"解人"。面对种种考证和解读，在崂山山海之间，青峰之上，沈从文从水云之中，露出一个意味深长的笑脸，透着"乡下人"狡黠的目光……

---

[1] 张文艳. 女子有才也是德：圣功女子学校始末 [N]. 半岛都市报, 2017-09-12(A25)。

凤凰不死

——水流云在守边城

一架飞机呼啸着冲上云端，离开北京……

1980年10月27日，沈从文张兆和夫妇乘机出行，访问美国。行前（10月19日）他致信钟开莱，把自己比作"熊猫"，"能给人看看已完成了一半任务"，"其次则谈谈天，交流交流意见"。沈从文此行的主要目的是，"去博物馆看看国内看不到的中国重要杂文物"。[1]

三个半月，所到之处，沈从文皆受到热烈的欢迎。他像新出土的国宝文物一样，受到广泛的关注。这热烈的欢迎来自美国的文化界和学术界，来自他的亲友故交和西南联大时期的学生，来自美国的华人和留学美国的学生。

据傅汉思、张充和撰写的《沈从文在美国的讲演与文化活动》一文可知，沈从文在美国三个半月，到15所大学做了23场演讲，参观博物馆、图书馆及其他文化活动多达66项（沈从文在美国西北部和夏威夷的文化活动，不在此内）。[2]

在美国期间，沈从文在大学做的演讲，《二十年代的中国新文学》《从新文学转到历史文物》《二十年代我从事文学的种种和社会背景点滴》

---

[1] 沈从文.沈从文全集：第26卷[M].太原：北岳文艺出版社，2002:173.

[2] 巴金，黄永玉.长河不尽流——怀念从文[M].长沙：湖南文艺出版社，2018:483—493.

引起的反响尤为热烈。

这次美国之行，沈从文切身感受到海外的"沈从文热"（文学和文物的双重加持）。海外研究沈从文第一人、美国哈佛大学毕业的金介甫博士，认定沈从文作为作家是属于世界的。他认为沈次于莎士比亚、巴尔扎克、乔伊斯，却高于都德和法朗士，以及纪德、莫泊桑。沈从文一贯地不认同作家排高低、文学论短长，也未必认可金介甫的观点。但他从听众、读者的热情中，切切实实感受到自身创作的文学的价值所在，自己仍然拥有大量的读者。这对于隐忍几十年的沈从文来说，是一种安慰。

更令沈从文欣慰的是，《中国古代服饰研究》这部大作于 1981 年 9 月由香港商务印书馆出版。

1981 年下半年，沈从文给青岛市图书馆鲁海回信，谈到了在青岛的生活和创作。信中向鲁海打听青岛的情况，表示如果条件方便，将于入秋后到青岛修改《中国古代服饰研究》，以便于翻译成英文、法文等文字出版。

沈从文以文学身份归来，是从亮相一系列重要会议开始。1979 年 10 月 30 日至 11 月 16 日，第四次全国文代会召开，沈从文归来。1982 年 6 月召开全国文联四届二次会议。在这次会议上，沈从文被选为全国文联委员，在身份上正式被纳入"文学编制"中。

国内的出版社开始出版沈从文的文学作品，国内外的"沈从文热"方兴未艾。但沈从文却非常清醒，1981 年 10 月 5 日，在给龙海清的信中说："我总以为在国外情形，与其说是对个人表示欢迎热情，其实不如说是对中国表示好感为合理，因为在任何情形下，我总还是个土生土长的中国人！"沈从文为何如此表态，信中说得很明白：

　　我生活和外界近于隔绝状态已多年，稍不小心即易出差错，也即"防不胜防"。俗话说"人怕出名猪怕壮"，近三十年来从不和人争名位权利，只沉沉默默活下来，牢牢记住"为人民服务"五个字，凡事"为而不有"，才在倏忽来去人为风风雨雨中，免遭灾殃。[1]

1988年4月，当沈从文获悉凌宇正在组织一个国际性的沈从文研究学术研讨会，他连写两封信，加以阻止。第一封信，拒绝语气温和而坚定：

> 你只知道自己，全不明白外面事情之复杂。你全不明白我一生，都不想出名，我才能在风雨飘摇中活到如今，不至于倒下。……社会既不让我露面，是应当的，总有道理的。不然我哪能活到如今？你万不要以为我受委屈。其实所得已多。我不欢喜露面，请放弃你的打算，自己做你研究，不要糟蹋宝贵生命。[2]

第二封信，态度严厉，前所未有：

> 我目前已做到少为人知而达到忘我境界。以我情形，所得已多。并不想和人争得失。能不至于出事故，就很不错了。你必须放下那些不切事实的打算，免增加我的担负，是所至嘱。[3]

沈从文的后半生，"非淡泊无以明志，非宁静无以致远"，他已经达到了宠辱不惊的化境。初夏的天空，蔚蓝而高远，一朵白云浮在天心。"云无心以出岫，鸟倦飞而知还。"

1988年5月10日下午，一个平静的下午，沈从文会见黄庐隐女

---

[1] 沈从文. 沈从文全集：第26卷 [M]. 太原：北岳文艺出版社，2002:278.

[2] 沈从文. 沈从文全集：第26卷 [M]. 太原：北岳文艺出版社，2002:547.

[3] 沈从文. 沈从文全集：第26卷 [M]. 太原：北岳文艺出版社，2002:550—551.

儿[1]时心脏病发作。谁也没有料到死亡的黑色羽翼降临。他感觉气闷和心绞痛，张兆和扶着他躺下。他脸色发白，不让老伴走开。王矜、王亚蓉闻讯急忙赶来，他对他们说："心脏痛，我好冷！"6点左右，他对张兆和说："我不行了。"此时，太阳正落入远方的地平线。

在弥留之际，沈从文握着张兆和的手，说："三姐，我对不起你。"生命的火炬将要熄灭之时，沈从文留下充满人性良善光芒的一句话。这光芒照亮了即将到来的永久黑夜，令死神也却步。一生中最后一句话，留给一生最爱的人。两人的手紧紧握着，不能分离。

对不起什么？有什么对不起？泪眼婆娑的张兆和紧握着沈从文的手，有点颤抖，她内心涌起诸多复杂的情感，一句话也说不出。后来，张兆和似乎对沈从文最后一句话做了隔空回应[2]。

晚8时35分[3]，时间的指针指向这一刻，一颗伟大的心脏停止了跳动。在这一刹那，卑微的肉身凋零，伟大的灵魂永生。他的精魂永存在他的文学版图之中。

沈家把沈从文病逝的消息发电报给至亲以及挚友。巴金收到电报

---

[1] 据吴立昌著《"人性的治疗者"沈从文传》，沈从文会见黄庐隐的女儿女婿，听她谈起其父"种种不幸遭遇"时，特别激动，心脏旧病发作。笔者查阅了黄庐隐的著作和评传，沈从文生前会见的最后的客人应是李恕先（李瀷仙）。李恕先是李唯建黄庐隐夫妇的女儿。此前，黄庐隐与北大哲学系毕业的郭梦良相爱，有过一段短暂的婚姻，育有一女郭薇萱。郭梦良不幸患肺病去世。清华外文系毕业的李唯建，比黄庐隐小9岁，热烈追求黄庐隐。两人冲破阻力结婚，生下女儿李恕先。1934年5月13日，黄庐隐因临盆难产，流血过多，抢救无效，病逝于上海大华医院。李恕先与丈夫拜访沈从文，谈话内容无从得知，但可以肯定的是，谈到其父的悲惨遭遇，引起沈从文的激动情绪。

[2] 沈从文去世后，张兆和致力于整理出版他的遗作。在1995年出版的《从文家书》后记里，她说："从文同我相处，这一生，究竟是幸福还是不幸？得不到回答。我不理解他，不完全理解他。后来逐渐有了些理解，但是，真正懂得他的为人，懂得他一生承受的重压，是在整理编选他遗稿的现在。过去不知道的，现在知道了；过去不明白的，现在明白了。……太晚了！为什么在他有生之年，不能发掘他，理解他，从各方面去帮助他，反而有那么多的矛盾得不到解决！悔之晚矣。"

[3] 吴世勇《沈从文年谱》中沈从文逝世的时间为晚上8时30分，中科院历史研究所沈从文同志治丧办公室发布的讣告中，逝世时间为晚8时35分。

后，发唁电安慰张兆和："病中惊悉从文逝世，十分悲痛。文艺界失去一位杰出的作家，我失去一位正直善良的朋友，他留下的精神财富不会消失。我们30、40年代相聚的情景还历历在目。小林因事赴京，她将代我在亡友灵前敬献花圈，表达我感激之情。我永远忘不了你们一家。请保重。"李小林代巴金参加了沈从文的葬礼。

沈从文逝世后，灵堂悬挂的遗照上，写有他生前的题词：

照我思索，能理解"我"；照我思索，可认识"人"。

这可以看作他一生写作的自我陈词，也是一次自我辩护。

1988年5月18日，这是一个简单而安静的遗体告别仪式，没有要员，文艺官员也少见，甚至没有人放声大哭。前来送别的亲友、弟子以及读者，每人手持一朵白色或者紫红色的月季花，轻轻地放到他的身边。沈从文生前最爱听的贝多芬的《悲怆》循环播放。前来送行的学者吴泰昌走到沈从文身边时，一位亲属抑制不住地哭了，只听到夫人张兆和刚毅地说："别哭，他是不喜欢人哭的。"

吴泰昌"望了望鲜花丛中沈老那副安详的面容，紧紧地含住了眼中的泪"。[1]

后来，张兆和写信向巴金描述沈从文身后事："火化前他像熟睡一般，非常平静，看样子他明白自己一生在大风大浪中已尽了自己应尽的责任，清清白白，无愧于心。"[2]

诗人赵瑞蕻在《悼念沈从文师》组诗中写到"葬礼"：

[1] 巴金，黄永玉. 长河不尽流——怀念从文 [M]. 长沙：湖南文艺出版社，2018:395.

[2] 巴金，黄永玉. 长河不尽流——怀念从文 [M]. 长沙：湖南文艺出版社，2018:28.

没有举行隆重的追悼仪式，

没有千篇一律的哀乐和唁电，

没有冠冕堂皇的悼词，

没有成排的花圈和挽联。

沈先生啊！您安详地走了，

在贝多芬《悲怆》的乐音中走了，

在静静的月季花香里走了，

在亲人、学生和朋友们的低泣间走了。[1]

　　1988 年 5 月 19 日，《人民日报》发表新华社记者郭玲春撰写的沈从文葬礼的报道。大标题为《杰出作家沈从文告别亲友读者》，肩题"眷恋乡土多名作，饮誉中外何寂寞"。这篇 1200 字的报道，看得出是记者精心撰写，而且大标题独出心裁，死者与生者告别，似乎蕴藏着更多内涵。一般来说，都是生者向死者告别。这篇报道写得公允客观，文中有这样一句："中国现代的文学史将怎样重新看待这位寂寞的作家？沈先生说过，让历史来作出评价吧。"显然，这是对争议的回应。

　　沈从文逝世，引起海外的反响。瑞典汉学家马悦然、瑞中友好协会主席倪尔思，以及美国、澳大利亚的友人纷纷打电报或打电话安慰沈家人，并撰写怀念文章表达哀思。

　　倪尔思在悼念沈从文的文章《一位真诚、正直、勇敢、热情的长者》中写道："1988 年秋瑞典出版的两本选集都引起了人们对沈从文作品的很大兴趣。很多瑞典人认为，如果他在世肯定是 1988 年诺贝尔文学奖的最强有力的候选人。"[2]

---

[1] 巴金，黄永玉. 长河不尽流——怀念从文 [M]. 长沙：湖南文艺出版社，2018:35.

[2] 巴金，黄永玉. 长河不尽流——怀念从文 [M]. 长沙：湖南文艺出版社，2018:324.

倪尔思的话说得很含蓄，后来，马悦然给予证实。

十二年后，马悦然发表《中国的"诺贝尔文学奖"候选人》，他证实大家的猜测："作为瑞典文学院的院士，我必定对时间尚未超过五十年的有关事项守口如瓶，但是我对沈从文的钦佩和对他的回忆的深切尊敬促使我打破了严守秘密的规矩，沈从文曾被多个地区的专家学者提名为这个奖的候选人，他的名字被选入了一九八七年的候选人终审名单，一九八八年他再度进入当年的终审名单，学院中有强大力量支持他的候选人资格。我个人确信，一九八八年如果他不离世，他将在十月获得这项奖。"[1]

沈从文去世四年后，凤凰县政府和沈从文家属商议，将其骨灰归葬故乡。魂兮归来！他一生爱水，一部分骨灰由亲属撒入沱江，一部分埋葬在依山傍水的听涛山下。

赵瑞蕻《悼念沈从文师》组诗之五《凤凰涅槃》写道：

> 焚去了的是您的肉身，
> 焚不去的是您的品德和精神
> 是您的文集，您心灵的花枝！
> 您永生了！在火焰的橙红光中；
> 从凤凰乡来回到凤凰的怀抱中，
> 湘江长流，边城翠色长青！
> 乡人吹唢呐笛子迎您回家，
> 谛听声声山歌飘过林壑水滨。[2]

[1] 张新颖. 沈从文的后半生：1948—1988[M]. 桂林：广西师范大学出版社，2014:343—344.

[2] 巴金，黄永玉. 长河不尽流——怀念从文 [M]. 长沙：湖南文艺出版社，2018:35.

如今，沈从文墓地已经成为海内外读者凭吊膜拜的圣地。听涛山下，涛声依旧，翠色如故，一块天然的大石作碑，一面写着：

照我思索，能理解我；
照我思索，可认识人。

另一面刻着张允和撰写的挽联：

不折不从，亦慈亦让；
星斗其文，赤子其人。

这幅嵌名联令人深思。一年四季，墓碑上鲜花不断，这是源源不断来此拜谒的读者和游客敬献。

沈从文墓地还立着一块长方形的石碑，上书黄永玉的字："一个士兵要不战死沙场，便是回到故乡。"

凤凰不死，水流云在守边城。一切都在原来的位置，各安其所。万物都有自己的去处和归宿。长河不尽流，白云来复还。在沈从文的墓地稍坐片刻，伴着水声，会明白很多，很多……

后记

鸢尾花间见彩虹

心脏怦怦狂跳，如被擂响的鼓声。我以百米冲刺的速度，追赶着驶入车站的公交车，却还是与其错过。31路公交车启动，呼啸而过。我放慢了脚步，回望一下八大关，郁郁苍苍的树林被涂抹了一层柔和的光辉。一片金黄色的法国梧桐树叶落下来，从我的头顶滑落，落到地上，翻卷了两下，不动了，很安静。凝神谛听，远处的太平湾涨潮了……太阳落下去的天空上方，五彩斑斓，金色、橘色、红色交织在一起，热烈地燃烧。而头顶上空的暮气氤氲开来，银色的云朵，仍然很轻盈的样子，但被镶了铅色的边儿。公交站外，是一片杉树林，有一丛紫薇，带着优美的弧线，最后一串紫薇花，在暮色中明艳动人……

此时，我才想起我把买的沈从文的《边城》忘在了同学的住处。这是1997年10月底的一个黄昏，隔着二十多年的时光，记忆里这个场景，无数细密的情感在这里生发。茫然地观望着公交车站候车的人群，我发现我与这个热闹的世界如此隔膜。暮色落到我的发梢，寂寥爬上我的衣襟，在一夕晚照中，处在人群之中，我却感到无边的孤独。

我错过了一班公交车，但没有错过沈从文。落在同学处的那本《边城》，是湖南的一家出版社出版的，在高密路学苑书店购得。正因为这本书的失落，我在一所学校的图书馆中，把沈从文的著作一一借阅。

1999 年 6 月，我转到一家报社工作，报社办公楼临近高密路学苑书店。几乎每天午饭后，我都习惯性地泡在学苑书店，翻阅一会书。2002 年，我在学苑书店购得一套岳麓书社出版的《沈从文别集》，如获至宝。这套书装帧雅致，用纸考究；小开本，便于携带，适合枕边、车上阅读。每一本书名都是张充和题写，书中还有沈从文、黄永玉的速写作为插图。

"书卷多情似故人，晨昏忧乐每相亲。"这套书已经陪伴我整整二十年。回望我出版的十几本书中，有一半的书有写沈从文。2009 年，我的《红尘往事：民国时期文人婚恋传奇》出版，这本书中收录了写沈从文的文章——《水上情书：沈从文与张兆和》。这本书出版后，带来的一系列反响，始料未及。有一家出版社的编辑约请我编选一本沈从文散文集。闲暇时，阅《沈从文全集》，我编选好，定名为《坐看水云：沈从文散文集》。后来，这位编辑跳槽，这本散文集不了了之。2011 年，凤凰卫视"凤凰大视野"录制了《红尘往事：民国婚恋传奇》系列纪录片，于当年 11 月播出。中央电视台纪录片导演晏然，录制沈从文的纪录片时采访了我，谈沈从文的情感世界。

因为喜欢沈从文、汪曾祺的文学作品，我被引领至西南联大这片沃土。我在此耕耘了十余年。2021 年夏天，当我完成一本海洋学家的传记时，我又开始翻阅《沈从文全集》。人到中年，阅识海桑，更能品尝沈从文文中的细节和滋味。我想把之前出版的书中关于沈从文的篇章辑录，再新写五六篇，出版一本谈沈从文的集子。但随着阅读的深入，我推翻了这个计划，决定以沈从文在青岛为线索，写一本沈从文别传，仍然命名为《坐看水云》。

这本书以沈从文的青岛时光为线索，上下求索，经纬编织，连缀成一部独特的沈从文别传，织就一部幽微的沈从文心灵史。

在动笔写这本书前，我特意到了太平角，在一块青黛色的大礁石上，坐看水云。青岛夏天的云，大朵大朵漂浮在青色的山峰上，在雾气的升腾中，披上一层神秘的面纱。而海上的云，有时低低地浮在海面，如在镜中。海浪澎湃，奏响连绵不绝的潮音。在海浪撞击礁石飞溅起的水沫中，我获得了写作的灵感。在海的咸腥气息中，我走进了沈从文的精神世界，感受到一颗野性而自由的心灵，蕴藏的诗意与热忱。

晚年沈从文走进文物的世界。他在面对万千文物时，生发这样的感喟："一些生死两寂寞的人，从文字保留下来的东东西西，却成为唯一联接历史沟通人我的工具。因之历史如相连续，为时空所阻断的情感，千载而下百世之后还如相晤对。"一旦进入写作的秘境，在湘西边城，在青岛海滨，在昆明翠湖，在暮色四起的午门城下，时时与沈从文相遇，仿佛相对晤谈，毫无隔碍。

生命流转，四季更迭。从 2021 年夏天开始，沈从文的著作和研究沈从文的著作堆积在我的书桌上，摆放在我的窗台上，环绕着我的电脑桌，俯仰之间，皆是沈从文。工作之余，写作推进，我似乎很享受这种写作的进程。有时，解决了一个注释，我也会开心半天。

2022 年 3 月，又一个春天来临。我的写作紧锣密鼓地进行着，有时除了吃饭睡觉，一天十几个小时沉浸在写作之中。

3 月中旬，二月兰、蒲公英、早开堇菜开花。鸟儿活跃，每天清晨纵情歌唱。我写累了，就伫立在窗边看画眉鸟。一对画眉鸟在窗前的一株杏树上跳跃，追逐，嬉戏，对唱小情歌。杏花打苞，怒放，凋谢，绿叶满树，再看不见这对情侣的身影，但能听到它们的鸣叫。杏花开时，这对情侣在花间打情骂俏。吃饱的画眉很调皮，用灵活的小嘴巴啄花苞、花瓣，小脑袋转动着，把花瓣丢在杏树下。看画眉鸟，会想起沈从文的趣事。1955 年前后，他与黄永玉一起在颐和园游玩。沈从文童心大发，在横的树上"拿"了一个"顶"，又用一片叶子舐在舌头上学画眉叫。叫声婉转，惟妙惟肖，像是两只画眉打架。沈从文轻轻地告诉黄永玉，是画眉"采雄"（交配）。沈从文会学七八种鸟儿的鸣叫。一个人，不管到什么年龄，葆有未泯的童心，有一颗赤子之心，就是艺术家。想到沈从文学画眉叫，我会心一笑。

当我基本完成书稿，走出家门，春深似海。

从写作沈从文的状态中抽离出来，走在浩荡的春风里，满眼皆是花朵。丁香花馥郁，海棠花繁复绚烂，樱花灿若云霞，花朵抚慰我的眼睛。可是，我的心仍然停留在沈从文的文学世界，逢人必说沈从文。身处花团锦簇的春天，我远眺沈从文在昆明的那个暮秋。

当年沈从文完成《看虹摘星录》后，处于创造的世界与现实的世界边缘。他独立在萧瑟的深秋，看到"住处对窗口破瓦沟中那两线白了头的狗尾草，在暮秋微凉风中摇动"。在梦与醒之间，"我已经离自己一个小时前那种向生命深处探索的情境也很远了"。沈从文擅长捕捉生活的场景，记录当下绵密的感悟："我"正漂浮于过街小马项铃细碎匀称的声音上，消失在为黄黯黯灯光所笼罩的空气中。一位作家离开他创造的世界之时，他创造的那个世界，遗世独立。沈从文最终抖落了强加于他身上的批判性的标签，而创造的世界，仍具有强大的吸引力。这就是时间的力量。

4月上旬，我根据新发现的资料，增订书稿。25日，校对完书稿。送女儿上学后的清晨，我蹲在楼前一大片盛开的鸢尾花前，看着浓郁的紫色花瓣上晶莹的露珠，忽然热泪盈眶。紫色的花瓣披离，在如剑的绿叶之中，格外醒目。这不是莫奈在吉维尼的花园中种植的鸢尾，也不是梵高的画笔下愁苦凝结的浅蓝色鸢尾花。这是人间烟火气的鸢尾花。在看传记动画片《至爱梵高·星空之谜》时，有这么一句话从我的脑海里蹦了出来：每个人心中都有一团火，路人只看到一缕烟。我写的《坐看水云：沈从文别传》，就是让读者看到沈从文心中的那一团火。正因为心中有一团永不熄灭的火，沈从文观照婆娑世界，有情人间，是爱的温度。诚如汪曾祺说："他总是用一种善意的、含情的微笑，来看这个世界的一切。"

那一团火贯穿生命的始终，对文学的虔诚，对文化的热爱，对工作的热忱，对文物的炽爱。他在《长河》题记写道："一个人对于人类前途的热忱，和工作的虔敬态度，是应当永远存在，且必然能给后来者以极大鼓励的！"我在写作这本书的过程中，无时无刻不受沈从文的熏陶感染，获益良多，怀揣着一颗感恩的心，庄严地写作，虔敬地创造，纯粹地爱人世间的一切。

鸢尾花英文单词为 Irises。Irises 为希腊语"彩虹"之意，喻指花色丰富，有蓝、紫、黄、白、红等颜色，宛如雨后彩虹。我想起沈从文在达园看到的雨后彩虹，光景稀奇。Irises 被译为爱丽丝。我想到沈从文的长篇小说《阿丽思中国游记》。爱丽丝在希腊神话中是彩虹女神，她是众神与凡间的使者，主要任务是将善良人死后的灵魂，经由天地间的彩虹桥携回天国。

彩虹是另一种水云。在这一大片灿烂的鸢尾花前，我顿悟了写作的全部意义。善良与美好是彩虹的两端，善良在大地扎根生生不息，美好在天空飞升……

2022 年 5 月 2 日
楼下一株泡桐花盛开，酿造甜蜜的空气

主要参考文献

[1]　沈从文．沈从文全集：1—32[M]．太原：北岳文艺出版社，2002.

[2]　沈从文．沈从文全集：1—32[M]．太原：北岳文艺出版社，2009.

[3]　沈从文．沈从文全集补遗卷：1—4[M]．沈虎雏，编．太原：北岳文艺出版社，2020.

[4]　沈从文．沈从文别集：20 卷 [M]．长沙：岳麓书社，1992.

[5]　沈从文．沈从文小说选集 [M]．北京：人民文学出版社，1957.

[6]　沈从文．沈从文诗集 [M]．张新颖，编．桂林：广西师范大学出版社，2019.

[7]　沈从文，张兆和．从文家书：从文兆和书信选 [M]．沈虎雏，编．上海：上海远东出版社，1996.

[8]　沈从文．沈从文家书 [M]．北京：人民文学出版社，2010.

[9]　沈虎雏．沈从文年表简编 [M]//《沈从文全集》编委会．沈从文全集（附卷）．太原：北岳文艺出版社，2003.

[10]　朱光潜，张充和．我所认识的沈从文 [M]．荒芜，编．长沙：岳麓书社，1986.

[11]　中国人民政治协商会议湖南省凤凰县委员会文史资料研究委员会．凤凰文史资料第二辑·怀念沈从文专辑 [M]．湘西：[出版者不

详], 1989.

[12] 巴金，黄永玉 . 长河不尽流——怀念从文 [M]. 长沙：湖南文艺出版社，2018.

[13] 刘洪涛，杨瑞仁 . 沈从文研究资料（上下）[M]. 天津：天津人民出版社，2006.

[14] 吴世勇 . 沈从文年谱 [M]. 天津：天津人民出版社，2006.

[15] 凌宇 . 沈从文传 [M]. 北京：北京十月文艺出版社，1988.

[16] 吴立昌 . "人性的治疗者"：沈从文传 [M]. 上海：上海文艺出版社，1993.

[17] 金介甫 . 沈从文传 [M]. 符家钦，译 . 北京：国际文化出版公司，2005.

[18] 张新颖 . 沈从文的后半生 [M]. 桂林：广西师范大学出版社，2014.

[19] 张新颖 . 沈从文的前半生：1902—1948[M]. 上海：上海三联书店，2018.

[20] 张新颖 . 沈从文九讲 [M]. 南京：译林出版社，2021.

[21] 刘红庆 . 沈从文家事 [M]. 北京：新星出版社，2012.

[22] 李辉 . 沈从文与丁玲 [M]. 武汉：湖北人民出版社，2005.

[23] 黄永玉 . 沈从文与我 [M]. 长沙：湖南美术出版社，2015.

[24] 王亚蓉 . 沈从文晚年口述 [M]. 西安：陕西师范大学出版社，2003.

[25] 孙德鹏 . 乡下人：沈从文与近代中国（1902—1947）[M]. 桂林：广西师范大学出版社，2021.

[26] 聂华苓 . 沈从文评传 [M]. 刘玉杰，译 . 北京：北京联合出版公司，2022.

[27] 杜素娟 . 沈从文与《大公报》[M]. 济南：山东画报出版社，2006.

[28] 王道 . 友朋从文 [M]. 杭州：浙江大学出版社，2019.

[29] 杨雪舞 . 沈从文的朋友圈 [M]. 石家庄：花山文艺出版社，2017.

[30] 张宗和 . 张宗和日记（第一卷）：1930—1936[M]. 张以峁，张致陶，

整理. 杭州: 浙江大学出版社, 2018.

[31] 张允和口述, 叶稚珊. 张家旧事 [M]. 北京: 生活·读书·新知三联书店, 2014.

[32] 张允和. 最后的闺秀 [M]. 北京: 生活·读书·新知三联书店, 2012.

[33] 张允和, 张兆和. 浪花集 [M]. 北京: 新世界出版社, 2005.

[34] 金安平. 合肥四姊妹 [M]. 凌云岚, 杨早, 译. 北京: 生活·读书·新知三联书店, 2007.

[35] 张允和, 张兆和. 水——张家十姐弟的故事 [M]. 张昌华, 汪修荣, 编. 合肥: 安徽文艺出版社, 2009.

[36] 张充和. 曲人鸿爪 [M]. 桂林: 广西师范大学出版社, 2013.

[37] 白谦慎. 张充和诗书画选 [M]. 北京: 生活·读书·新知三联书店, 2014.

[38] 王道. 一生充和 [M]. 北京: 生活·读书·新知三联书店, 2017.

[39] 柴霍夫. 柴霍夫书信集 [M]. 程万孚, 译. 上海: 上海亚东图书馆, 1935.

[40] 程朱溪. 紫色炸药 [M]. 上海: 上海中华书局, 1937.

[41] 汪曾祺. 我在西南联大的日子 [M]. 济南: 山东画报出版社, 2018.

[42] 范诚. 凤凰, 那些人, 那些事 [M]. 长沙: 岳麓书社, 2017.

[43] 陈翔鹤. 陈翔鹤选集 [M]. 成都: 四川人民出版社, 1980.

[44] 陈翔鹤. 陈翔鹤代表作: 不安定的灵魂 [M]. 中国现代文学馆编. 北京: 华夏出版社, 2009.

[45] 孙近仁, 孙佳始. 耿介清正——孙大雨纪传 [M]. 太原: 山西人民出版社, 2000.

[46] 韩石山. 徐志摩全集（1—10）[M]. 北京: 商务印书馆, 2019.

[47] 章景曙, 李佳贤. 徐志摩年谱 [M]. 杭州: 浙江大学出版社, 2021.

[48] 韩石山. 徐志摩传 [M]. 北京: 人民文学出版社, 2010.

[49] 胡适．哭摩 [M].王任，编．北京：金城出版社，2012.

[50] 王世儒．蔡元培年谱新编（插图版）（上下）[M].北京：北京大学出版社，2019.

[51] 程新国．晚年蔡元培 [M].上海：上海文化出版社，2011.

[52] 胡适．胡适日记全编 1931—1937（1—8）[M].曹伯言，整理．合肥：安徽教育出版社，2001.

[53] 季培刚．杨振声年谱（上下）[M].北京：学苑出版社，2015.

[54] 杨振声．杨振声选集 [M].北京：人民文学出版社，1987.

[55] 闻一多．闻一多全集（1—17）[M].孙党伯，袁謇正，主编．武汉：湖北人民出版社，2020.

[56] 闻黎明，侯菊坤．闻一多年谱长编（修订版）（上下）[M].上海：上海交通大学出版社，2014.

[57] 梁实秋．梁实秋文集（1—15）[M].杨迅文，主编．厦门：鹭江出版社，2002.

[58] 梁实秋．梁实秋散文：第四集 [M].北京：中国广播电视出版社，1989.

[59] 刘天华，维辛．梁实秋怀人丛录 [M].北京：当代世界出版社，2007.

[60] 张洪刚．梁实秋在山大 [M].济南：山东大学出版社，2017.

[61] 黄际遇．黄际遇日记类编：国立山东大学时期 [M].黄小安，何荫坤，编注．广州：中山大学出版社，2020.

[62] 张桂兴编撰．老舍年谱（增订本）（上下）[M].上海：上海文艺出版社，2005.

[63] 子仪．陈梦家先生编年事辑 [M].北京：中华书局，2021.

[64] 臧克家．臧克家回忆录 [M].北京：中国工人出版社，2004.

[65] 赵明顺，刘培平．战士·学者·诗人——臧克家先生百年诞辰纪念文集 [M].济南：山东大学出版社，2005.

[66] 庐隐. 庐隐散文全集 [M]. 张军，琼熙，编. 郑州：中原农民出版社，1996.

[67] 肖凤. 庐隐评传 [M]. 北京：中国社会出版社，2008.

[68] 江丕栋. 老北大宿舍纪事（1946—1952）：中老胡同三十二号 [M]. 北京：北京大学出版社，2011.

[69] 陈徒手. 人有病天知否：1949 年后中国文坛纪实 [M]. 北京：生活·读书·新知三联书店，2013.

[70] 涂光群. 中国三代作家纪实 [M]. 北京：中国文联出版公司，1995.

[71] 夏志清. 中国现代小说史 [M]. 刘绍铭，译. 上海：复旦大学出版社，2005.

[72] 王海龙. 哥大与现代中国 [M]. 上海：上海文艺出版社，2000.

[73] 唐文一. 书海拾珍：中国现代作家处女作初版本录 [M]. 上海：复旦大学出版社，2016.

[74] 《山东大学百年史》编委会. 山东大学百年史 [M]. 济南：山东大学出版社，2001.

[75] 山东政协文史资料编委会. 悠悠岁月桃李情 [M]. 北京：中国文史出版社，1991.

[76] 樊丽明，刘培平. 我心目中的山东大学 [M]. 济南：山东大学出版社，2005.

[77] 山东大学校史编写组. 山东大学校史 [M]. 济南：山东大学出版社，1986.

[78] 枫. 沈从文在青岛 [N]. 益世报，1932-6-27.

[79] 知堂. 沈从文君结婚联 [J]. 艺风，1933（11）.

[80] 赵景深. 记沈从文 [J]. 十日，1935（1）.

[81] 五郎. 卞之琳和沈从文 [N]. 华北日报，1936-10-07.

[82] 忆子. 青岛文人过鸿录 [N]. 大公报（香港版）：大公园，1949-01-19.

[83]　吴泰昌.巴金与沈从文的友情 [N].南方日报，2005-10-22.

[84]　彭林祥.《从文自传》的版本谱系 [N].中华读书报，2015-01-14.

[85]　张新颖.鲁迅，沈从文与砍头 [J].书摘，2016(5).

[86]　陈子善.沈从文婚礼 [N].温州晚报，2014-01-12.

[87]　刘洪涛.沈从文与九妹 [N].报刊荟萃，2003(5).

[88]　刘祖春.忧伤的遐思——怀念沈从文 [J].新文学史料，1991(1).

[89]　颜家文.沈从文与九妹 [N].文汇报，2011-10-23.

[90]　胡其伟.程朱溪的抗日小说《紫色炸药》[N].中华读书报，2015-05-06.

[91]　胡其伟.八十年前北平古都生活的第一手资料——程朱溪夫妇的"北平家用账本" [N].中华读书报，2016-02-17.

[92]　郭存孝.程万孚与胡适——兼谈与沈从文及罗尔纲的友情 [J].江淮文史，2016(5).

[93]　闻黎明.闻一多与胡适 [J].历史档案，1994(1).

[94]　王锦厚.沈从文为何咒骂梁实秋 [J].郭沫若学刊，2014(2).

[95]　陈开第，祁忠.我的父亲陈翔鹤 [J].新文学史料，1989(4).

[96]　陈开第.沈从文与陈翔鹤："澹而持久的古典友谊" [J].纵横，2006(1).

[97]　汪兆骞.陈翔鹤的两首生命绝唱 [N].北京晚报·五色土·人文，2020-12-08.

[98]　黄昌勇.寂寞孙大雨 [J].黄河，1999(1).

[99]　夏志清，董诗顶.王际真和乔志高的中国文学翻译 [J].现代中文学刊,2011(1).

[100]　杜英.风景，抒情及其他：1949 年前后的沈从文 [J].民族文学研究，2011(5).

[101]　李扬.缱绻与决绝：1950 年代的沈从文 [J].长城，2005(3).

[102]　任葆华.沈从文的另一面.博览群书 [J]，2010(5).

[103]　李青果．论沈从文的文物研究与文学活动 [J]．文艺研究，2020(4)．

[104]　孙玉祥．"天真"的沈从文．同舟共进 [J]，2016(5)．

[105]　王欣．张兆和研究述略 [J]．淮南师范学院学报，2015(5)．

[106]　王道．沈从文与青岛印花布 [N]．北京晚报，2020–01–17．